献给奥兹,最初的魔印人。

魔印人

下册

【美】彼得·布雷特 PETER. V. BRETT ◎著

程栎 邹蜜 ◎译

重庆出版集团 重庆出版社

THE WARDED MAN by Peter V. Brett
copyright © 2008 by Peter V. Brett
This edition arranged with JABberwocky Literary Agency, Inc., through The Grayhawk Agency.
Simplified Chinese edition copyright © 2013 Chongqing Green Culture Co., Ltd.
All rights reserved.

图书在版编目(CIP)数据

魔印人 / (美) 布雷特著；程栎译. —重庆：重庆出版社，2013.11

书名原文：The Warded Man

ISBN 978-7-229-07085-4

Ⅰ.①魔… Ⅱ.①布…②程… Ⅲ.①长篇小说—英国—现代 Ⅳ.①I561.45

中国版本图书馆CIP数据核字(2013)第236630号
版贸核渝字(2013)第198号

魔印人

MOYIN REN

【美】布雷特著　程　栎　邹　蜜译

出　版　人：罗小卫
责任编辑：张立武
责任校对：廖应碧
装帧设计：重庆出版集团艺术设计公司 · 卢晓鸣

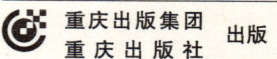
重庆出版集团
重庆出版社　出版

重庆长江二路205号　邮政编码：400016　http://www.cqph.com
重庆出版集团艺术设计有限公司制版
自贡兴华印务有限公司印刷
重庆出版集团图书发行有限公司发行
E-MAIL:fxchu@cqph.com　邮购电话：023-68809452

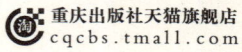
重庆出版社天猫旗舰店
cqcbs.tmall.com

全国新华书店经销

开本：880mm×1230mm　1/32　印张：21　字数：485千
2013年12月第1版　2013年12月第1次印刷
ISBN 978-7-229-07085-4
定价：58.00元(上下册)

如有印装质量问题，请向本集团图书发行有限公司调换：023-68706683

版权所有　侵权必究

译者序

这是一个关于勇气与希望的故事。

2008年，新人奇幻作家彼得·V.布雷特(Peter V. Brett)的处女作《魔印人》还未上市，就已经引起了出版界和奇幻读者的广泛关注，被誉为"继帕特里克·罗斯弗斯的《风之名》之后的最佳奇幻处女作"。目前，该书已经在欧美再版数次，并在世界上二十多个国家和地区翻译并出版，受到了广大奇幻爱好者的广泛欢迎。

作家彼得·V.布雷特(以下简称"布雷特")1973年生于美国纽约，从小喜爱奇幻小说、漫画和"龙与地下城"，并于布法罗大学获得了英语文学和艺术史的学位。在成为专职作家之前，他曾经在药学刊物出版社工作了十多年。有意思的是，由于每天上下班需要长时间坐地铁穿行在繁华的纽约最幽暗的地底世界，布雷特养成了用手机写小说的嗜好。《魔印人》的绝大部分初稿都是他用一部惠普iPAQ6515型手机写作完成的，并将一部分发表于他的个人网页上。天才总是会闪光的，功夫不负有心人。布雷特被一位著名的奇幻文学经纪人签下，并最终成为专职的奇幻文学作家。

《魔印人》讲述了一个发生在名为提沙的世界，这个世界所在的星球，有很多魔物居住在地心，这些魔物会被阳光所

I

伤。因此只有晚上才能自地心升腾并凝聚成形,并肆意猎杀人类。魔物无法被一般的武器伤害,古代的人类曾经发现可以攻击和防御魔物的魔印,并在解放者的领导下赢得了与恶魔的战争,从此恶魔便隐匿不出。然而,人类在自以为取得胜利后就开始自相残杀,群雄逐鹿。最终魔法被遗忘,科学开始兴起。数百年之后,某一夜魔物突然蜂拥而出,而科学制造的武器对恶魔毫无伤害。人类曾经辉煌的文明毁于一旦,只剩下少数人类凭借寻找到的防御魔印龟缩于几个城堡与村镇之间。

小说围绕着主人公亚伦展开。亚伦是小村庄提贝溪镇一个普通农户的儿子,原本平静的生活由于地心魔物的意外袭击而被打破。而他父亲的胆怯与懦弱,导致他的母亲被恶魔爪伤,继而失去治疗的最好时机而过世。生活的剧变让亚伦明白,不只是地心魔物,人类内心的恐惧正在慢慢让人类灭亡。他毅然出走,利用魔印对抗黑夜中的地心魔物,最终成为了"魔印人";同时也被很多普通人认为是预言中带领人类击败地心魔物的"解放者"。

随着电影《魔戒》及《霍比特人》,以及电视剧《权力的王座》的热映,史诗奇幻逐渐为国内的很多读者所接受,并受到一些年轻人的热捧。《魔印人》无疑也属于史诗奇幻的范畴。按照屈畅先生对于史诗奇幻的界定,《魔印人》拥有独立的世界设定,以人物为中心,而故事核心则是世界的安危,包含世界、英雄和命运三大元素。而且《魔印人》更是采用了时下《冰与火之歌》中最为流行的POV视角,采用不同人物的主视角推动故事的发展,在《魔印人》中主要是亚伦、黎莎和罗杰三个主要人物的视角,而在后续作品中则引入了贾迪尔、英内薇拉等其他人物的视角,让整个系列故事更加精彩。可以说,《魔印人》的故事让传统的史诗奇幻读者毫无生涩感。

然而,《魔印人》又非传统的史诗奇幻作品,它没有广阔的世界、众多的人物、复杂的政治、多元的神灵和魔法体系。《魔印人》本身的世界格局不大，人物也不多，文明本身更是退缩到了中世纪的水平。当很多人在讨论以"时光之轮系列"为代表的"高魔"史诗奇幻和以"冰与火之歌系列"为代表的"低魔"史诗奇幻孰优孰劣时，《魔印人》里面除了魔印本身之外，几乎可以说是一个"无魔"的史诗奇幻小说。这样做的目的很明显，读者可以更多地关注主要人物的命运，而无需为了记忆繁多的人名、地名、诸神的名字和各种专用名词而大费脑筋；同时《魔印人》吸收了新英雄奇幻小说的元素，充满了紧张刺激的动作场面，让读者大呼过瘾。而《魔印人》的世界设定，又类似于"后毁灭奇幻小说"。最近大热的电影《饥饿游戏》和动画片《进击的巨人》也源于类似的奇幻设定。这些无疑都提高了本作的可读性。

综上所述，《魔印人》不愧为当代新史诗奇幻的代表作之一。作者布雷特为这个史诗奇幻系列小说设定了的宏大的故事格局，目前计划为五部曲，命名为"恶魔系列"，同时还有一些相同设定下的中短篇小说。截至今日，"恶魔系列"五部曲的第二部《沙漠之矛》和第三部《白昼之战》均已出版，故事正值高潮，全球读者都在翘首以待最后两部《骷髅王座》和《地心魔域》(暂定名)的出版。开卷有益，望各位读者可以喜欢"恶魔系列"之《魔印人》，我们一起期待作者为我们献上更精彩的后续故事。

程栎

2013年10月于北京

第十六章　自由的心

323—325 AR

　　对于亚伦而言，密尔恩公爵图书馆的屋顶是充满魔法的地方。晴朗的日子里，世界在他脚下铺开，一个不受围墙和魔印束缚的世界，无止境地向外延伸。这儿也是亚伦第一次用心凝视玛丽，并真正看见她的地方。

　　图书馆的工作即将完工，他不久就会回到卡伯的魔印店。他看着阳光在白雪覆盖的高山上嬉戏，接着深入下方的谷底，试图将这美丽的景象描摹在画卷里。当他回首凝望玛丽时，他也想永远把她刻在心里。她今年十五岁，远比高山和白雪更加美丽。

　　一年多来，玛丽一直都是他最要好的朋友，但亚伦从未对她有过任何非分之想。此刻，阳光披在她的身上，凉凉的山风轻拂她的长发，双手环抱在隆起的胸口前抵御寒冷，他突然发现她是个女人，而自己是个年轻男子。当微风吹起她的裙摆，露出衬裙的蕾丝时，他感觉自己心跳加速。

　　他一言不发地看着她娉婷前来，她看见他眼中的那种目光，随即展颜微笑。"也该是时候了。"她说。

　　他试探性地伸手，手背轻抚她的脸颊。她靠近，他沉醉于她甜蜜的气息，凑上前去轻轻一吻。最初吻得很轻柔，很害羞，但在引起共鸣后变得狂野，仿佛这一吻有自己的生命，充满了

饥渴与热情,是不知不觉间已经在他体内孕育多年的东西。

也不知过了多久,四片嘴唇在一下轻轻的"啵"声中分开。两人随即露出腼腆的微笑。他们彼此拥抱,瞭望密尔恩,在稚嫩的纯爱光辉中分享心事。

"你总是在凝望山谷,"玛丽说,她手指滑过他的发梢,在他脑侧轻轻一吻,"告诉我在你双眼出神遥望远方时,心里到底看见什么样的美景?"

亚伦沉默片刻说道:"我梦想将世界自地心魔物的恐惧中解放。"

这个意想不到的答案完全超出她的预想,听完后她不禁笑出声来。她没有恶意,但她的笑声却像鞭子般抽痛了他的内心。"你把自己当作解放者?"她问,"你打算怎么做?"

亚伦微微向后退,突然感到脆弱无力。"我不知道,"他承认道。"先从担任信使做起,我已经存够买护具和马匹的钱。"

玛丽摇头。"如果我们要结婚的话,那可不行。"

"我们要结婚?"亚伦惊讶地问道,没有料到自己竟会如此紧张。

"怎么,我配不上你吗?"玛丽问完愤怒地推开他。

"不是!我没说……"亚伦立刻辩解。

"好吧,那么,"她说,"担当信使或许能够带来财富与荣耀,但太危险了,特别是等我们生了孩子以后。"

"这下我们又要生孩子了?"亚伦尖声叫道。

玛丽看他的眼神仿佛把他当作白痴。"不,那样不行。"她继续说,完全不理会他,自顾自地想道,"你必须成为魔印师,就像卡伯。你还是有机会与恶魔对抗,但你会安安全全地与我在一起,而不是骑马穿越地心魔物横行的荒山野岭。"

"我不想当魔印师。"亚伦说,"绘制魔印只是手段,无法达到目标。"

"什么目标?"玛丽问,"死在路边?"

"不。"亚伦说,"那种事不会发生在我身上。"

"有什么事是当信使可以做而当魔印师不能做的?"

"逃离。"亚伦想也不想地说道。

玛丽陷入沉默。她转过身去回避他的目光,片刻后,放开他的手臂。她默不作声地坐在原地,亚伦发现哀伤的神情让她看来更加美丽。

"逃离什么?"她终于问道,"我吗?"

亚伦看着她,沉浸在他才刚刚开始了解的爱情中,一时间无言以对。留下来真的有这么糟糕吗?此生有多少机会再度遇上一个像玛丽这样的女孩?

但这样就够了吗?他从来没有想过要成家,家人是他不需要的负担。如果他想要结婚生子,干脆就留在提贝溪镇和瑞娜一起生活算了;他以为玛丽有所不同……

亚伦的脑海浮现过去三年支持自己一路走来的景象,看着自己骑马上路,无拘无束地探索世界。一如往常,这个想法令他内心激荡,直到他再度转头看向玛丽。他的幻想消失殆尽,此刻他满脑子只想亲吻她。

"不是你。"他说着握起她的双手,"我不会想离开你。"他们嘴唇再度交会,此时此刻,他脑中没有任何其他想法。

"我打算去哈尔登园一趟。"瑞根说,那是一个距离密尔恩堡一天路程的小村落,"你想陪我一起去吗,亚伦?"

"瑞根,不行!"伊莉莎叫道。

亚伦看了她一眼,但瑞根在他开口前抓住他的手臂。"亚

伦,可以让我和我妻子独处片刻吗?"他轻声问道。亚伦擦了擦嘴,离开餐桌。

瑞根在他离去后关上房门,但亚伦拒绝让其他人决定自己的命运,于是他穿过厨房,来到仆役走道偷听。厨师看着他,但亚伦也回瞪他,于是对方继续去做自己的事。

"他太年轻了!"伊莉莎说道。

"伊莉莎,他在你眼中永远都太年轻了。"瑞根说,"亚伦已经十六岁,有能力参与一天的旅程了。"

"你在怂恿他!"

"你很清楚亚伦根本不需要我怂恿。"瑞根说。

"那你是在给他机会。"伊莉莎叫道,"他在家里比较安全!"

"他和我在一起也很安全。"瑞根说,"在有人指导的情况下开始最初的几趟旅程不是比较好吗?"

"我宁愿他根本不要开始什么旅程,"伊莉莎不悦道,"如果你关心他,就应该有同样的想法。"

"黑夜呀,伊莉莎,我们不会遇上任何恶魔。我们会在黄昏前抵达哈尔登园,天亮后再展开回程。每天都有许多普通人往返两地之间。"

"我不在乎。"伊莉莎说,"我不要他去。"

"这不是你能决定的。"瑞根提醒她道。

"我不准!"伊莉莎吼道。

"你不能不准!"瑞根吼回去。亚伦从未见过他对她如此大声说话。

"你等着看,"伊莉莎怒道,"我会给你的马下药!我会把所有长矛砍断!我会把你的护甲丢到井里,让它烂掉!"

"随便你拿走多少工具,"瑞根咬牙切齿地道,"亚伦和我们明天一定要去哈尔登园，必要的话，我们步行了。"

"那我就离开你。"伊莉莎冷冷说道。

"什么？"

"你听到了。"她说，"带亚伦出城，回来你就见不到我了。"

"你不会是认真的吧。"瑞根说道。

"我这辈子从来没有这么认真过。"伊莉莎说，"带他走，我就离开。"

瑞根沉默片刻。"听着，莉莎，"他终于开口，"我知道你对于没有怀孕一事耿耿于怀……"

"我不准你把那件事扯进来！"伊莉莎大叫。

"亚伦不是你儿子！"瑞根也大叫，"不管你再怎么疼他，也不可能让他变成你儿子！他是我们的客人，不是我们的孩子！"

"他当然不是！"伊莉莎叫，"我每次排卵你都在外送信，他怎么可能会是我们的孩子？"

"你嫁给我时就知道我是干什么的。"瑞根提醒道。

"我知道。"伊莉莎回答，"而我现在了解当年应该听我妈的。"

"你说这话是什么意思？"瑞根大声质问。

"就是我再也无法忍受的意思。"伊莉莎说着开始哭泣，"不断地等待，不知道你到底还会不会回家；每次回家你身上总有许多你宣称没什么大不了的伤疤；期待寥寥几次的做爱可以让我在年老前怀孕；而现在，你居然要带亚伦出门！"

"结婚时我知道你是做什么的，"她泣道，"而我也以为我有办法接受这样的生活。但是现在……瑞根，我实在不能同时失去你们两个。我不能！"

一双手突然放上亚伦的肩膀，吓了他一大跳。玛格莉特站

在后方,神情十分严峻。"你不该偷听他们说话。"她说,亚伦对于偷听感到十分惭愧。正要离开时,他听见信使的话。

"好吧,"瑞根说,"我会告诉亚伦他不能一起去,从此再也不怂恿他。"

"真的?"伊莉莎哽咽道。

"我保证。"瑞根说。"等我从哈尔登园回来后,"他补充,"我就休几个月假,好好给你灌溉施肥,非要让你体内长出东西不可。"

"喔,瑞根!"伊莉莎破涕为笑,亚伦听见她扑入他的怀里。

"你说得对。"亚伦对玛格莉特说,"我没有权利偷听这些。"他压抑心中的怒意。"但是他们一开始就没有权力讨论这些事。"

他回到楼上的房间,开始收拾行李。他宁愿睡在卡伯店里的硬草垫上,也不要牺牲决定自己命运的权利去换取一张舒服的软床。

接下来几个月,亚伦一直避开瑞根和伊莉莎。他们常常会路过卡伯的店去探望他,却一直没有办法见到他。他们派遣仆役先行知会,但结果还是一样。

亚伦不愿使用瑞根的马厩,于是自己买了一匹马,到城外的原野上练习骑术。玛丽和杰克常常会陪他去,三人的友情日益增长。玛丽不喜欢看他练习骑马,但他们都很年轻,单是在原野上奔驰的快感就能令她抛开内心的不快。

亚伦开始在卡伯的店里独立工作,在不须督导的情况下接待新客户并且外出作业。他开始在魔印师的圈子里建立起自己的名声,卡伯的生意蒸蒸日上。他雇佣仆役,招收更多学徒,然后把他们交给亚伦训练。

多数傍晚,亚伦会和玛丽一起散步,欣赏天际的色彩。他们的吻越来越饥渴,两个人都想要更进一步,但玛丽总是在紧要关头把他推开。

"再过一年你就可以学成出师。"她总是这么说,"如果你愿意,我们可以第二天就结婚,到时候你每天晚上都可以和我做爱。"

有一天早上,卡伯不在店里,伊莉莎来访。亚伦当时忙着与顾客交谈,发现她时已经来不及躲了。

"哈啰,亚伦。"她等顾客离开后说道。

"哈啰,伊莉莎女士。"他回道。

"没有必要这么正式。"伊莉莎说。

"我认为不这么正式的话会混淆我们之间的关系。"亚伦回答,"我不希望再犯同样的错误。"

"我已经一再道歉了,亚伦。"伊莉莎说,"你要怎么样才肯原谅我?"

"真心道歉。"亚伦回道,工作台后的两名学徒对看一眼,同时转身离开。

伊莉莎不理会他们。"我是真心的。"

"你不是。"亚伦回道,拿起柜台上的几本书放回原位,"你对我偷听到你们谈话并且大发雷霆感到歉疚,你对于我离开你家感到歉疚,而你唯一没有感到歉疚的是你自己做的事,逼迫瑞根拒绝带我远行。"

"那是一趟危险的旅程。"伊莉莎小心翼翼地说道。

亚伦用力放下书，首次迎向伊莉莎的目光。"过去六个月里，我已经往返两地十几次了。"

"亚伦！"伊莉莎倒抽一口凉气。

"我还去过公爵的矿场，"亚伦继续，"以及南采石场。距离密尔恩一天内的地方我统统去过。我已经建立起自己的声望。自从提出入会申请以来，信使公会就一直在评估我，带我前往任何我想去的地方。你做的一切都没有意义。我不会被困在这里，伊莉莎。不会受困于你，也不会受困于任何人。"

"我从来都没打算困住你，亚伦，我只是想要保护你。"伊莉莎柔声说道。

"你无权管我。"亚伦说着继续手边的工作。

"或许没有，"伊莉莎叹气，"但我之所以这么做只是因为我在乎，因为我爱你。"

亚伦停下动作，但拒绝转头看她。

"真的有这么糟吗，亚伦？"伊莉莎问，"卡伯年纪不小了，他把你当成自己儿子。接手他的生意，和我见过的那个美丽女孩结婚，真的有这么糟吗？"

亚伦摇头。"我不会成为魔印师的，永远不会。"

"等你像卡伯一样退休后呢？"

"我不会活到退休年龄。"亚伦说道。

"亚伦！你怎么能说这种话！"

"为什么不能？"亚伦问，"这是实话，任何持续工作的信使都不可能寿终正寝。"

"你既然知道这个工作有多危险，为什么还要去做呢？"伊莉莎问道。

"因为我宁愿以自由之身在世数年，也不要在监狱中苟延残喘数十年。"

"密尔恩称不上监狱，亚伦。"伊莉莎说道。

"它是。"亚伦坚持，"我们说服自己相信密尔恩就是全世界，但它不是；我们告诉自己外面没有任何城里没有的东西，但是外面有。你以为瑞根为什么还要继续送信？他拥有一辈子都花不完的财富。"

"瑞根在为公爵服务。这是他的职责，因为没有其他人可以顶替他的位置。"

亚伦嗤之以鼻。"城里还有其他信使，伊莉莎，而且在瑞根眼中，公爵跟一只虫没什么两样。他不是为了忠诚和荣耀，他这么做是因为他知道真相。"

"什么真相？"

"外面的世界有很多这里没有的东西。"亚伦说道。

"我怀孕了，亚伦。"伊莉莎说，"你认为瑞根可以在别的地方让他妻子怀孕吗？"

亚伦停顿了一会儿。"恭喜。"他最后说道，"我知道你有多想怀孕。"

"你只有这些话可说？"

"我想你会希望瑞根退休。一个父亲不能外出冒险，是不是？"

"要对抗恶魔还有其他方法，亚伦。每个孩子的出生都是我们的胜利。"

"你听起来和我父亲一模一样。"亚伦说道。

伊莉莎瞪大双眼。自从认识他以来，她从来不曾听他提起自己的双亲。

"听起来他是个睿智的男人。"她轻声说道。

话一出口，伊莉莎就知道自己说错话了。亚伦露出她从未见过的冷峻神情，某种令人害怕的神情。

"他一点也不睿智!"亚伦大叫,将一个装刷子的杯子摔在地上。杯子化为碎片,在地上溅开黑色颜料。"他是个懦夫!他任由我母亲死去!他让她死……"他的五官痛苦扭曲,身体摇晃,紧紧握拳。伊莉莎连忙跑到他的身前,不知道该做什么或是该说什么,只知道自己很想拥抱他。

"他任由她死去,因为他恐惧黑夜。"亚伦低声道。他在她双臂环抱而来时试图抗拒,但是她紧紧地将泪流不止的他拥在怀中。

她抱了他一会儿,轻轻抚摸他的头发。最后,她轻轻地说道:"回家吧,亚伦。"

学徒生涯的最后一年,亚伦住在瑞根和伊莉莎家,但他们的关系已经改变了。现在他是独立的男人,就连伊莉莎也不再抗拒这个事实。令他讶异的是,放弃抗拒后却让他们两人更加亲近。随着她的肚子越来越大,亚伦的关爱越来越甚,他和瑞根两个人错开远行的时程,不会把她一个人留在家里。

亚伦同时也花了很多时间和伊莉莎的草药师接生婆相处。瑞根说信使必须涉猎草药师的知识,于是亚伦帮草药师寻找生长在城墙外的植物和树根,而她则教导他药草方面的技能。

那段日子里,瑞根一直待在密尔恩附近,而当他的女儿玛雅出生后,他就将长矛束之高阁。他和卡伯喝酒庆祝了一整晚。

亚伦和他们坐在一起,但他凝视着自己的酒杯,迷失在自己的思绪里。

"我们应该拟订计划。"一天傍晚,玛丽在与亚伦一同散步前往他父亲住所时说道。

"计划?"亚伦问。

"婚礼计划呀,呆头鹅。"玛丽笑道,"我父亲绝不会让我嫁给学徒,但等你成为魔印师后,他就不会多说什么了。"

"信使。"亚伦纠正她道。

玛丽看着他良久。"该是你停止旅行的时候了,亚伦,"她说,"你很快就会当爸爸的。"

"旅行和这有什么关系?"亚伦问,"很多信使都有孩子。"

"我不会嫁给信使。"玛丽冷冷说道,"你知道的,你一直都知道。"

"就像你一直都知道我注定会成为信使。"亚伦回道,"但你还是和我在一起。"

"我以为你会改变。"玛丽说,"我以为你爱我!我以为你会忘掉这种疯狂、自以为须以身犯险寻求自由的妄想。"

"我当然爱你。"亚伦说。

"但没有爱到放弃当信使。"她说。亚伦闷不吭声。

"你如果爱我,怎么还能做出这种事?"玛丽问道。

"瑞根深爱伊莉莎,"亚伦道,"两者兼顾是可行的。"

"伊莉莎痛恨瑞根的职业。"玛丽反驳,"这可是你自己说的。"

"而他们已经结婚十五年了。"亚伦说道。

"你打算让我过那种生活?"玛丽问,"独守空房,彻夜难眠,也不知道你到底什么时候回家?是否遭遇不测,或是有没有跟其他女人私奔了?"

"不会有那种事。"亚伦说道。

"你说的一点也没错,"玛丽说完,眼泪沿着脸颊滚下,"我不会让这种事情发生,我们结束了。"

"玛丽,拜托。"亚伦说着对她伸出双手。但她后退一步,不让他碰。

"我们没什么好说了。"她转身朝父亲的住所跑去。

亚伦僵立在原地，久久凝望着她离去的方向。阴影逐渐拉长，太阳渐渐沉入地平线下，但他仍木在原地，就连最后的晚钟响起也没离开。他慢慢转身，在石板地上拼命地摩擦着鞋底，希望地心魔物穿越石板而来，让自己摆脱这缠绵的痛苦。

"亚伦！造物主呀，你在这里做什么？"伊莉莎在他进入屋内时向他快步迎去，吃惊地大叫道，"太阳早就下山了，我们还以为你今晚会住在卡伯那里！"

"我只是需要一点时间思考。"亚伦喃喃说道。

"在黑漆漆的屋外？"

亚伦耸耸肩。"整座城市都有魔印守护，附近不会有任何地心魔物的。"

伊莉莎张嘴欲言，但在看到他的眼神后，便把斥责的言语吞了回去。"亚伦，你怎么了？"她柔声问。

"我把对你说的话告诉玛丽了，"亚伦麻木地笑道，"她的反应很强烈。"

"我记得我的反应也很强烈。"伊莉莎说道。

"那你就知道我在说什么了。"亚伦说着转身上楼了。他回到他的房间，打开窗户，呼吸夜晚凉爽的空气，凝望着窗外的黑暗。

第二天早上，他准备去找马尔坎公会长。

当天早上，天还没有亮，玛雅就已经开始哭闹，但是她的哭声不会带来心烦，只会让伊莉莎感到宽慰——她曾听说小孩在夜晚死去的故事,而这个阴影在她脑中挥之不去,以至于每晚睡觉时都要有人自她手中抢走女儿她才肯放手,而且她睡得很不安稳。

伊莉莎翻身下床,穿上拖鞋,托住一边乳房喂小孩吃奶。玛雅会拼命吮吸,吸得她的乳头发疼,但她对这种痛楚甘之如饴,因为这表示她的孩子生命力很旺盛。"就是这样,我的太阳,"她无限爱怜地说道,"好好喝,快快长大。"

她一边喂奶一边走动,开始担心有一天会和她分开。瑞根安安稳稳地在睡梦中打呼。只不过退休几个星期了,他已经睡得比以前好多了,做噩梦也越来越少,而她和玛雅让他在白天忙得不可开交,或许他再也不会受到城外道路的诱惑了。

玛雅终于喝饱,心满意足地打了个嗝,在她怀里沉沉睡去。伊莉莎伏身亲亲她的小脸蛋,轻轻地把她放回摇篮,朝门口走去。玛格莉特在门外等她,一如往常。

"早安,伊莉莎母亲。"女人说道。这个头衔及对方真诚的语气令伊莉莎满心喜悦。尽管玛格莉特是她的仆人,但在密尔恩人的观念里,直到现在她才拥有与玛格莉特平起平坐的地位。

"听到小宝贝在哭。"玛格莉特说,"哭声很洪亮。"

"我要出门。"伊莉莎说,"请帮我准备洗澡水,然后拿出蓝色裙装和貂皮斗篷。"女人点头,伊莉莎随即回到孩子身边。沐浴更衣后,她才不舍地将孩子交给玛格莉特,在她丈夫起床前出门。瑞根如果知道她管这件事一定会责骂她,但伊莉莎知道亚伦已经站在悬崖边缘,她绝对不会因为自己没有采取行动而让他跌落谷底。她东张西望,生怕被亚伦看见自己进入图书馆。她没有在任何隔间或书柜附近看到玛丽,但是她并不意外。亚伦很少提及自己以前的私事,他也很少提起玛丽。但是只要有提,伊莉莎就会用心去听。她知道这个对他们两人有特殊意

义,也知道那个女孩一定就在那里的某个角落。"

伊莉莎在图书馆屋顶上找到了玛丽,她在哭。

"伊莉莎母亲!"玛丽惊讶说道,连忙擦干脸上的泪水,"你吓了我一跳!"

"很抱歉,亲爱的。"伊莉莎说着走到她的身边,"如果你想要我离开,我会走的,但我想你或许需要找个人谈谈。"

"亚伦叫你来的吗?"玛丽问。

"不是。"伊莉莎答,"但是我看到他很难过,我知道你一定也非常难过。"

"他很难过?"玛丽抽噎问道。

"他在黑暗的街头游荡了好几个小时。"伊莉莎说,"让我担心死了。"

玛丽摇头。"他就是一定想找死。"她喃喃道。

"我的看法正好相反。"伊莉莎说,"我认为他渴望找寻活着的感觉。"玛丽好奇地看着她,她在女孩身旁坐下。

"许多年来,"伊莉莎说,"我都不能理解我丈夫为什么觉得自己非要离开家园、面对地心魔物,为了几个包裹和邮件以身犯险。因为他赚的钱足够我们舒舒服服地过两辈子了,为什么还要继续下去?"

"人们或许会用职责、荣誉及自我牺牲等字眼去形容信使,他们相信这些就是信使要担任信使的原因。"

"不是吗?"玛丽问。

"我本来以为是这样,"伊莉莎说,"但现在我看得比较透彻。生命中有些时刻会让我们体验到强烈的'活着'感觉,而那些时刻过去后,我们会感到……遗憾。在这种时候,我们就会不顾一切想找回那种感觉。"

"从来不曾感到遗憾。"玛丽说道。

"我也没有,"伊莉莎回道,"直到我怀孕后。突然间,我必须为自己体内的生命负责。我吃的每个东西、我做的每一件事都会影响到她。就像许多我这个年龄的女人,我等待太久,生怕我会失去这个孩子。"

"你又没有多老。"玛丽辩道。伊莉莎只是微微一笑。

"我可以感觉到玛雅的生命在我体内的心跳。"伊莉莎继续道,"我的生命与她融为一体。我从来不曾有过这种感觉,现在孩子出世了,我生怕自己永远无法再度拥有那种感觉。我无时无刻不与玛雅黏在一起,但这种亲密感就是与之前的感觉不同。"

"这一切和亚伦又有什么关系?"玛丽问。

"我只是在告诉你我认为信使远行的时候是什么感觉。"伊莉莎说,"对瑞根而言,我认为以身犯险让他更珍惜生命,并且激发体内一种永远不让他死去的本能。"

"对亚伦而言,却又有所不同。地心魔物夺走他很多东西,玛丽,而他认为那都是自己的错。我觉得,在内心深处,他甚至痛恨自己。他仇视地心魔物,因为它们让他有这种感觉,只有与它对抗,他才能找到内心的平静。"

"你是怎么办到的,母亲?"玛丽问,"你是如何忍受这么多年嫁给信使的日子?"

伊莉莎叹气。"因为瑞根心肠好,同时又很坚强,而我知道这样的男人多么稀有。因为我从来不会怀疑他对我的爱,不曾怀疑他会回家。最重要的是,和他短暂的相聚胜过所有分隔的时光。"

她伸手搭在玛丽肩上,紧紧搂着她。"给他一些回家的理由,玛丽。我想亚伦终究会了解自己的生命有一定的价值。"

"我一点也不希望他远行。"玛丽低声说道。

"我知道。"伊莉莎同意,"我也是。但就算他经常远行,我觉得我对他的爱并不会因此而减少。"

玛丽叹气。"我也是。"

当天早上杰克离开磨坊的时候,亚伦在外面等他。他牵着自己的马。一匹名叫黎明跑者的黑鬃栗色骏马,并带着他的护具。

"怎么了?"杰克问,"要去哈尔登园?"

"不止是哈尔登园,"亚伦说,"公会委任我前往雷克顿。"

"雷克顿?"杰克倒抽一口凉气,"那要走好几个礼拜才能到。"

"你可以和我同去。"亚伦提议。

"什么?"杰克问。

"当我的吟游诗人。"亚伦说道。

"亚伦,我还没有准备好……"杰克开口。

"卡伯说最好的学习方式就是放手去实践。"亚伦打断他道,"跟我走,我们一起学!你打算一辈子耗在磨坊里吗?"

杰克低头看向石板地面。"在磨坊工作也没有什么不好。"他说着不断移动双脚,改变重心。

亚伦凝望他片刻,点一点头。"你自己保重,杰克。"他说着跨上黎明跑者。

"什么时候回来?"杰克问。

亚伦耸肩。"我不知道。"他说着看向城门,"或许再也不回来了。"

当天早上稍晚时,伊莉莎和玛丽回到瑞根宅邸,等待亚伦回家。"不要轻易放弃。"伊莉莎边走边道,"你可不想放弃所有权力。让他尽力争取你,否则他永远不会懂得你的价值。"

"你认为他会争取吗?"玛丽问。

"喔,"伊莉莎微笑,"我知道他会的。"

"你今天早上有见到亚伦吗?"到家的时候,伊莉莎问玛格莉特。

"有的,母亲,"女人回答道,"几个小时前。和玛雅玩了一会儿,然后带了一个袋子离开了。"

"袋子?"伊莉莎问。

玛格莉特耸肩。"或许是去哈尔登园之类的地方吧。"

伊莉莎点头,对于亚伦选择离城一两天并不感到讶异。"他至少要到后天才会回来。"她对玛丽道,"离开前先上来看看孩子吧。"

她们上楼。伊莉莎在接近玛雅的摇篮时发出逗弄的声音,迫不及待地想要抱抱自己的女儿,但是当看见女儿身体下方垫着一张折起来的信笺纸时,她立刻停下了脚步。

伊莉莎双手颤抖,拿起那封信念道:

亲爱的伊莉莎和瑞根:

我接受了信使公会委任前往雷克顿。当你们看到这信时,我已经上路了。我很抱歉没有办法满足所有人的期许。

谢谢你们为我做的一切,我永远不会忘记你们。

"不!"玛丽叫道。她转身冲出房间,迅速离开瑞根家。

"瑞根!"伊莉莎叫,"瑞根!"

她丈夫连忙赶到她身边,读完信后,他悲伤地摇了摇头,喃喃说道,"总是在逃避自己的问题。"

"怎么样?"伊莉莎问道。

"什么怎么样?"瑞根问。

"去找他!"伊莉莎叫道,"带他回来!"

瑞根严肃地看着妻子,两人在沉默中争论。伊莉莎自一开始就知道争不过他,不久就低下头去。

"太快了,"她低声说道,"他为什么不愿意多等一天?"瑞根在她开始哭泣时伸手抱住她。

"亚伦!"玛丽边跑边叫。所有装出来的冷静消失得无影无踪,什么假装强硬,让亚伦争取自己的想法全抛到脑后。此刻她唯一想做的就是找到他,告诉他自己有多爱他;不管他选择要做什么,自己都不会停止爱他。

她以足以破纪录的速度抵达城门,喘到几乎筋疲力尽,但是太迟了。守卫说他已经离开好几个小时了。

玛丽心里清楚他永远不会回来了。如果想要和他在一起,她就必须去找他。她会骑马,她可以去向瑞根借马,然后骑马去追他。第一天晚上他肯定会在哈尔登园住宿,只要快马加鞭,她还是可以及时赶到。

她冲回瑞根家,生怕失去他的恐惧给了她支撑下去的力量。"他走了!"她叫道,"我要借马!"

瑞根摇摇头说:"已经过中午了。你不可能及时赶到,你会在半路上被地心魔物撕成碎片。"

"我不在乎!"玛丽哭道,"我非去不可!"她冲向马厅,但是瑞根拦住她。她大哭大叫，伸手打他，但是他毫不让步，不管她怎么做都无法挣脱。

突然间，玛丽了解亚伦为什么说密尔恩是座监狱，同时也了解所谓的残缺是什么感觉了。

卡伯看到夹在柜台账本里的简信时，天色已经晚了。信中，亚伦为了在七年期限前离开而道歉。他希望卡伯可以了解。

"造物主呀，亚伦，"他说，"我当然了解。"

接着他忍不住老泪纵横。

第三部分

SECTION III *Krasia*

克拉西亚

第十七章　废墟

328 AR

　　你在做什么，亚伦？他手持摇曳不定的火把，顺着阶梯步入下方更深的黑暗时，不禁自问道。太阳即将西下，营地距离这里还有数分钟的路程，但这道台阶对他散发出一种难以言说的诱惑。

　　卡伯和瑞根都曾警告过他这种情况。某些信使无法抗拒在废墟中寻获宝藏的引诱，愿意去冒不必要的风险、愚蠢的风险。亚伦知道自己就是这类人，但他一直无法抗拒探索"地图上失落的地点"，一如朗奈尔牧师所说。他利用担任信使赚取的财富展开这些旅程，有时候会前往远离道路好几天路程的地方。但不管耗费多大的劲，他一直没有多少收获。

　　他的思绪回到那叠他还来不及翻阅，便在他手中化为灰烬的上古典籍，划破自己手臂并导致伤口感染灼痛的箫剑，突然坍塌导致他受困三日，最后凭借自己的力量重见天日，却连一瓶酒都没带出来的酒窖。探索废墟从来没有带来任何好处，而且他知道终有一天这些废墟将成为自己的葬身之地。

　　回去，他催促自己。吃点东西、检查魔印，然后休息一下。"黑夜会害死你。"亚伦诅咒自己，然后快步走下台阶。

　　尽管自怨自艾。亚伦依然难忍心中的兴奋。他感受到了自由城邦所缺失的自由与活力，这就是他立志成为信使的理由。

他抵达台阶底端，用衣袖擦了一把额头的汗水，拿出水袋喝了一小口水。在这种高温下，他实在很难想象日落后沙漠的气温竟然会降到足以冻死人。

他沿着一条满是碎石和沙砾的走廊前进，将火把插在墙壁上，火苗如同暗影恶魔般上下左右翻飞。世界上有暗影恶魔吗？他心想。照我的运气来看应该是有的，他叹气，世上存在着太多他不知道的事。

在过去的三年中，他学到了很多，如同海绵般拼命吸收来自其他文明的知识及对抗地心魔物的经验。在安吉尔斯森林里，他花了几个星期研究木恶魔。在雷克顿，他见识过比提贝溪镇双人独木舟还大的船只，为了满足对水恶魔的好奇，手臂上多了道凸起的疤痕。他当时很幸运，可以站稳脚跟拉扯水恶魔的触角，将它拖离水面。由于无法忍受陆地的空气，恐怖的怪物放开亚伦窜回湖中。他在那里停留好几个月研究水系魔印。

来森堡和他的家乡很像，不太像是一座城市，比较类似农村村落，人人互助合作，减少穿越魔印桩而来的地心魔物造成的损失。

但沙漠之矛克拉西亚堡，才是亚伦最向往的城市。克拉西亚终年刮风，白天炎热，而冰冷的夜晚则会召唤来自沙丘的沙恶魔。

克拉西亚，一座顽强的城市。

克拉西亚的男人不允许自己向绝望屈服。他们每晚都将女人和小孩锁在家中，拿起长矛和大网与地心魔物作战。他们的武器和亚伦携带的一样，无法刺透地心魔物坚硬的外壳，但它们可以刺痛恶魔，足以将它们逼入魔印陷阱，然后等到太阳升起，把它们化为灰烬。他们坚定的信念十分鼓舞人心。

但学得越多只是让亚伦渴望更多。每座城市都教会他一些其他城市学不到的技术——世上一定有某个地方存在着他寻求的答案——于是他踏入这座废墟。这座一半埋在沙里的安纳克桑城废墟,已数百年无人造访。地表上的城墙楼房等已在风沙的侵蚀下坍塌风化,但深入地底的部分,至今仍保存完好。

亚伦走过转角,屏住呼吸。借助幽暗的火光,他看见前方走道两旁的石柱上刻满符号——魔印。

亚伦移近火把仔细查看。这些魔印年代久远,非常古老,散发着数百年累积下来的腐败味。他从背包里拿出纸张和炭笔开始拓印,接着咽了一下喉咙,继续往里走,每一步都很小尽量不激起陈年的积尘。

他来到走道尽头的一扇石门前。门上雕刻着斑驳的魔印,亚伦只认得其中几个,他取出笔记本,抄下还可以辨识的魔印,然后开始研究这扇门。

它比较类似石板,不太像门,亚伦很快就发现除了本身的重量,他并没有任何东西可供支撑。他拿出长矛充当杠杆,将矛头插入墙面和石板间的缝隙,然后用力一抬;矛头立时折断。

"黑夜呀!"亚伦骂道,在距离密尔恩如此遥远的地方,金属十分昂贵、稀有。他不愿放弃,从背包中取出凿子和榔头开始凿墙壁。他轻松地凿落不少沙石,不一会儿,就挖出可以将矛柄伸入后方房间的缺口。亚伦将又粗又硬的矛柄插入缺口,用尽全身重量顶上,大石板微微松动了一些。大石板还是太重,木柄可能会在推开大石板前折断。亚伦继续利用凿子撬开石门下方的地板石块,挖出一条足以将凿尖插入的凿沟。既然有办法移动这块石板,便可利用它本身的惯性让它继续移动。

回到长矛前,他再度使劲去推。石板一动不动,但亚伦咬紧牙关用力。最后,在震耳欲聋的撞击声中,石板轰然倒下,墙面上留下一道狭窄的裂缝,尘土四下飞扬。

333

亚伦进入一间看起来像是墓穴的地下室。空气弥漫着陈年的腐味，但新鲜空气已经开始自外面的走道涌入。他高举火把，发现墙上画满许多有民俗特色的小人图像，描绘出上古人类与恶魔作战的景象。

似乎是人类处于优势的时代。

房间中央躺着一座黑色石棺，粗略雕刻成男子手持长矛的图案。亚伦来到石棺前，注意到整座棺材四周刻满魔印。他伸手触摸它们，这才发现自己的手在颤抖。

他知道离太阳下山只剩一点点时间，但此刻就算所有地心魔域的恶魔都爬出来找他，他也不愿转身离开。他作了一次深呼吸，走向石棺头部，用力推开棺盖，试图在不破坏棺盖的情况下打开石棺。亚伦突然觉得自己应该先抄录魔印图案，明天再来开棺盖探宝，可充满好奇的他哪忍受得住那份煎熬。

亚伦一脚蹬在身后的墙上施力，肌肉上青筋勃起，满脸涨得通红。沉重的棺盖缓缓开启，在一声回荡于走廊上的吼叫声中，棺盖滑开，掉落在地。

亚伦毫不理会棺盖，只是凝望着石棺中的景象。里面的尸体保存良好，但尸体无法吸引他的目光。亚伦眼里只看到它包满布条的手中所握着一杆金属长矛。

亚伦虔敬地将武器自尸体粗壮的手掌中取下，对它的轻盈感到十分惊奇。这根长矛从头到尾足足有七英尺长，矛柄直径超过一英寸。矛头在尘封多年后仍锋利无比。亚伦不曾见过这种金属，但这个想法并没有在他的脑海中停留，因为另一件事吸引了他——长矛身上刻有魔印。魔印沿着银色的柄身雕刻，一种已经失传的技术。这些魔印与他所学到的魔印大不相同。

当亚伦了解到这是多么重大的发现时，同时也察觉到自己离死神有多近。太阳渐渐西沉。如果他没有活着将这些古董带回文明世界，一切将没有意义。

亚伦抓起火把，冲出墓穴，飞速跑过走廊，一次跨越好几级台阶上楼。他凭借直觉穿梭在迷宫似的走道中，暗自祈祷自己没有走错路。最后，他看见出口外的尘封街道，但门外没有丝毫日光洒落。来到门口时，他发现天空还有些微色彩。太阳才刚刚下山。营地已印入眼帘，地心魔物才刚开始现身。

亚伦没有丝毫迟疑，沙恶魔体型较小，动作比较灵巧，但在众地心魔物里仍属于最强壮而且外壳最硬的品种之一。它们有小巧尖锐的鳞片，呈肮脏的黄色，在沙漠中看来毫不显眼，与它们的表现石恶魔身上的深灰色大型甲壳大不相同，而且它们以四肢着地行走，而石恶魔则以双脚站立。

但它们的长相一模一样；两排锐利的牙齿如同动物的口鼻般露在下颚之外，鼻孔很粗，而且相隔较远，十分接近上方没有眼睑的大眼。额头上骨骼高高隆起，如同尖锐的兽角般长在鳞片间。它们在行走时会不停甩头，借此甩落永不止歇的风沙。

而比巨大的体型更可怕的在于，沙恶魔集体掠食。它们团结协作，不达目的誓不罢休。

亚伦心跳急促，将刚刚的惊喜完全抛到脑后，以敏捷的动作极快地穿过废墟，跳过坍塌的石柱和石块，左右闪避逐渐形成的恶魔。

在恶魔理清地表的状况之前，亚伦朝自己的魔印圈冲去。他踢中一头恶魔的膝盖后方，将它击倒在地，迅速通过。接着他笔直冲向另一头恶魔，在最后关头才向旁闪开，恶魔的利爪划过空荡荡的空气。

随着魔印圈逐渐接近，亚伦全速前进，但一头恶魔挡在面前，已经闪躲不及。对方近四英尺高，它四肢伏地，嘴中发出饥渴的嘶嘶声，准备攻击直冲到面前的猎物。

亚伦已经十分接近目的地了——他宝贵的魔印圈就在数英尺外。他现在能做的就是战胜恶魔，然后在它杀死自己前滚入魔印圈内。

他跳起身来撞向恶魔时刺出自己的钢铁长矛。长矛击中恶魔时发出一道强烈的闪光，亚伦重重落在一片沙地上，头也不回地冲入魔印圈内，终于远离危险。

亚伦一面猛喘，一面抬起头来，透过沙漠暮色下的轮廓看着将他团团围住的沙恶魔。它们嘶嘶吼叫，攻击他的魔印，利爪在力场上划出耀眼的魔光。

透过其中一道闪光，亚伦看见刚刚被他撞倒的恶魔。它正一步步远离亚伦以及它的同伴，在沙地上留下一条深黑色的痕迹。

亚伦瞪大双眼。慢慢地，他低头凝望依然握在自己手中的长矛。矛头上沾满了恶魔的脓汁。

亚伦强忍住大笑的冲动，回头看向受伤的恶魔。一个接着一个，恶魔的同伴停止攻击亚伦的魔印，开始嗅闻空气。它们转身，瞪着地上的胆汁痕迹，然后转向受伤的恶魔。众恶魔发声喊叫，扑向受伤的恶魔，将它撕成碎片。

沙漠夜晚的寒意终于强迫亚伦将目光自金属长矛上移开。之前扎营时，他已经架好了一堆堆柴禾，此刻他打了点火星进去，生起营火取暖，顺便烧制食物。下午，亚伦已将黎明跑者捆绑在魔印圈中，覆盖毛毯，刷过鬃毛并且喂食，然后才离开营地前往探索废墟。

与过去三年的每个晚上一样，独臂魔在月亮升起后立刻现身，穿越沙漠，赶跑挡路的地心魔物，站在亚伦的魔印圈前。

亚伦按照惯例双掌击向它，独臂魔则朝他发出愤怒的吼声。

刚离开密尔恩时，亚伦曾怀疑可能无法在独臂魔攻击魔印圈的巨响中入眠，但现在他对这种声音已习以为常。这些年来，证明了他的魔印圈已坚不可破，亚伦还是谨小慎微地维修它、修补绳索、擦亮木牌。

他痛恨这头恶魔，长年的对抗并没有让他与密尔恩城墙守卫一样对它产生熟悉感。就像独臂魔记得手臂是被谁砍断的，亚伦也从未忘记自己背上皱巴巴的伤痕是谁抓的，当年是谁差点夺走了自己的性命。他同时也记得密尔恩有九名魔印师、三十七名守卫、两名信徒、三名草药师，以及十八名平民葬身在它手下。他冷冷地瞪着恶魔，下意识地抚摸手中的新矛。如果他主动进攻会怎么样？这把武器刺伤了一头沙恶魔。其上的魔印是否也能伤害石恶魔？

他竭尽全力抗拒跳出魔印圈去决战的冲动。

阳光将恶魔逐回地心魔域，亚伦几乎彻夜未眠，但依然兴致高昂地自地上爬起。用过早饭后，他取出记录，检视长矛，专心一意地抄录所有魔印，并且研究它们在矛柄和矛头上相互连接的模式。

忙完手上的活，太阳已高挂天际。他拿了另一支火把，回到地下陵寝拓印刻在石棺上的魔印。底下还有其他墓穴，他很想不顾一切逐一撬开它们。但就算多待一天，他的食物都会在抵达黎明绿洲前耗尽。他本来是抱着赌一赌的心态期待在安纳克桑城里找到水井，而他也找到了，但附近的植物稀疏且不宜食用。

亚伦叹了口气。这座废墟已经耸立数百年了，下次再来的锐的吼叫,伸出魔爪,对着魔印力场挥出完好的手臂。恶魔身体前倾,仿佛在推挤一道看不见的墙,于痛苦的嘶吼声中一再增加力。它的魔爪与力场接触的地方绽放出一张狂暴的魔法光网,随着恶魔加强力道,魔印力场开始出现向内缩的现象。

在令亚伦胆战心惊的声响中,石恶魔挺直双脚,踏穿魔印网,跌入两道魔印圈之间。黎明跑者嘶声哀鸣,试图挣脱绳索。

亚伦与石恶魔同时起身,目光交会。弱小的沙恶魔拼命模仿独臂魔的身姿,但魔法石的间隔十分精确,单凭沙恶魔的力量根本无法闯入。它们朝魔法力场发出沮丧的叫声,退到一旁见证魔印圈内的冲突。

现在的亚伦已经比第一次见面时长高了许多,但独臂魔似乎还是和那个恐怖的夜晚里同样高大。石恶魔从头到脚超过十五英尺,比两个男人加起来还高。亚伦必须抬起头来才能看到地心魔物狠狠瞪视自己的双眼。

独臂魔张开血盆大口,露出两排锐利的牙齿,口水直流,并且挑衅地伸展匕首般的利爪。它挺起坚硬的胸膛,上头覆盖一层一般武器无法穿透的黑色硬壳,长满尖刺的尾巴前后甩动,力道足以杀死马匹。它的身体因为穿越魔印而满身焦痕,不断冒烟,但这些明显的创伤只会让地心魔物看来更危险,如同因痛苦而疯狂的巨人。

亚伦紧握金属长矛,步出魔印圈。

第十八章　成年礼

328 AR

　　独臂魔仰起脖子朝夜空大声吼叫，复仇的时刻终于到了。亚伦深吸一口气，竭力克制狂跳的心脏。就算长矛上的魔印真的可以伤害这头恶魔——目前他只能一厢情愿地如此希望——也未必能赢得这场决斗，他需要激发所有潜能。

　　他缓缓撤开双脚，摆出战斗姿势。沙地会影响他的反应速度，但也会影响独臂魔。他维持与恶魔目光接触，不敢轻举妄动，任由地心魔物享受此刻。即使手持长矛，它的攻击范围还是比他广多了，让它采取主动。

　　亚伦觉得自己的一生仿佛就等着这一刻的来临。他不确定自己是否准备好接受考验，但在被这头恶魔追踪十多年后，他认为自己已不能继续逃避。即使到了这个地步，他依然可以退入身后的魔印圈，避开石恶魔的攻击。但他远离魔印圈，毅然接受这次决斗。

　　独臂魔看着他绕圈，龇牙咧嘴，喉咙中发出低沉的隆隆声。它的尾巴越摆越快，亚伦知道大战即将来临。

　　恶魔大吼一声，疾扑过来，张开利爪，破空袭来。亚伦迎向前去，闪过利爪，闯入地心魔物的攻击范围。他继续狂奔，在它的两腿间，就地一滚，将长矛插入它的尾巴。一道耀眼的强光闪过，恶魔在长矛刺穿硬壳、插入皮胃中时放声吼叫。

亚伦猜到恶魔会以尾巴反击，但没想到反击竟然来得如此迅猛。他就势扑倒，尾巴尖刺距离他的脑袋数寸呼啸而过。他翻身而起，但独臂魔已转身，利用尾巴的力道加速回旋。这头地心魔物的体型巨大，身手却异常敏捷。

独臂魔再度出击，亚伦无法及时闪避。他挺直矛柄试图格挡，但他很清楚恶魔的力量根本无可抵挡。他被自己的情绪冲昏了头，现在与独臂魔比力量还言之过早。他暗骂自己竟然如此愚蠢。

然而，当恶魔的利爪击中金属矛柄时，刻在矛柄上的魔印立刻大放光明。亚伦几乎没有感受任何冲击，独臂魔却如同击中魔印力场般被反弹出去。恶魔在自身力道的反击下向后跌倒，不过很快就站稳脚步，毫发无伤。

亚伦强抑心中的讶异，随即加紧进攻，心知刚才的情况是怎么一回事，并且决定要善用这项优势。独臂魔疯狂进攻，决定要以蛮力突破这个全新的障碍。

在一阵尘土飞扬中，亚伦冲到一根石柱的残骸后方，借助石柱的掩护随时准备向左或是向右闪避，偷看恶魔从哪个方向攻击。

独臂魔狠狠撞上这根直径约四英尺的石柱，将它撞成两段，挥动肌肉发达的手臂，将一边断柱甩向一旁。恶魔的力量大得惊人。亚伦冲向魔印圈，试图争取时间喘一会儿气。

恶魔预料到亚伦会有这个反应，双脚一蹬、腾空飞起，落在亚伦与魔印圈之间。

亚伦猛然止步，独臂魔再度发出胜利的叫声。他已经测试过亚伦的斗志，发现他的斗志并不坚决。它敬畏长矛的威力，但当它前进时，眼中没有流露出丝毫恐惧。亚伦刻意放慢脚步缓缓后退，不希望以任何大动作激怒对方。他一路后退到魔印石组成的外圈边缘，几乎进入围观沙恶魔的攻击范围。

独臂魔看出他的窘迫，发出一声怒吼，以雷霆万钧之势疾扑上来。亚伦站稳脚步，双脚微屈。他并不打算举起长矛阻击。他竖起长矛，准备突刺。

石恶魔这一拳的力量足以击碎狮子的头骨，可惜没有击中目标。亚伦刚刚故意示弱，趁势退入隐藏在沙堆中的备用魔印圈内。

只见魔光大现，恶魔的攻击遭受反弹，亚伦早已蓄势待发，突然向前跃起，将他的魔印长矛深深插入恶魔腹中。

独臂魔的惨叫哀嚎声划破夜空，震耳欲聋、令人丧胆。在亚伦耳里却宛如天籁。他试图拔出长矛，但长矛卡在石恶魔的黑色硬壳中一时拔不出来。他再度猛力拉扯，这一次差点赔上性命，因为独臂魔发出拼命一击，利爪深深插入他的肩膀和胸口。

亚伦身体急旋，他奋力转向备用魔印圈，随即瘫倒在魔印守护中。他紧压伤口，看着巨大的石恶魔跌跌撞撞。一次又一次，独臂魔试图抓住长矛，将它拔出来，但一直被矛柄上的魔印弹开。而魔法持续运作，在伤口内闪闪发光，绽放出致命的波动侵袭地心魔物的躯体。

亚伦面露微笑，眼看独臂魔瘫倒在沙堆上，不停挣扎。但当恶魔四肢甩动的幅度变小，逐渐变成抽搐后，他心中竟掠过一丝莫名的空虚感。他曾无数次幻想这次场景，预想此刻的心情，自己会说些什么，但此刻的情况和自己想象中大不相同。他没有兴高采烈，反而感到沮丧茫然。

"这是为你复仇，妈。"他在恶魔不再抽搐时低声念道。他试图回想她的长相，迫切地想要得到她的认同，但发现自己已想不起母亲的容貌。他感到震惊与愧疚，放声大叫，在星空下感慨自己的不幸与渺小。

亚伦和恶魔保持距离，绕道回到自己的装备前开始包扎伤口。他缝得很糟，但至少伤口不再外露；皮肤上的猪根泥膏发烫，不过会痛表示药膏确实发挥了药效，伤口已开始感染了。

那天晚上他无法入眠。不只是因为伤口的疼痛以及内心的煎熬，同时还因为他生命中的一个阶段即将走到尽头，而他一定要亲眼见证这个阶段的结束。

当太阳自沙丘上升起时，阳光以一种只能在沙漠找到的速度照亮亚伦的营地。沙恶魔一看到日出的迹象立刻抱头鼠窜，此刻已消失殆尽。亚伦站起身来，艰难地踏出魔印圈，站在独臂魔前，取回他的长矛。

在阳光照耀下，黑色硬壳开始冒烟，接着爆出火星、起火燃烧。不久恶魔尸体变成了焦黑的灰烬，亚伦站在一旁，目不转睛地凝视这一幕。当石恶魔化为灰烬在晨风中灰飞烟灭时，他看见了人类的希望。

第十九章　克拉西亚第一勇士

328 AR

　　沙漠大道其实称不上道路，只是由许多古老方向牌排成的导向藩篱，以免旅人迷失方向，有些路牌上布满爪痕和缺口，有些则有一半深埋在沙丘中。一如瑞根所说，沙漠并非全是沙，但这里的沙已经多到可以让人行走数日仍看不见其他东西。沙漠边缘还有蔓延数百里的荒漠，龟裂的地表只会看到一些太干燥而腐烂不了的枯萎植物。除了一望无际的沙海中沙丘遮蔽出的阴影，完全没有地方可以躲避炙热的阳光，气温高到亚伦无法相信与为密尔恩堡带来和煦光芒的是同一颗。风沙持续吹袭，他必须以布捂住口鼻，以免吸入沙尘；他的喉咙又干又痛。

　　夜晚更难熬，太阳沉入地平面后，热气立刻自地表消失，变成一片寒冷的冰窖，迎接地心魔物的到来。

　　但即使在这种地方，生命依然存在：蛇类和蜥蜴猎食小型锯齿动物。腐食鸟类找寻受恶魔攻击或无意间闯入沙漠、找不到回家路的生物尸体。沙漠里起码有两座大型绿洲，聚积大量清水，于是附近的土壤滋长出茂密的可食用植物，并出现自岩石中冒出的细流，或直径不超过人类一步距离的小水洼，孕育着一小撮发育不完全的植物以及小型动物。亚伦见过这些沙漠生物晚上将自己埋在沙里，一方面利用残留的热气御寒，一方面躲避在沙漠中游荡的恶魔。

因为猎物太稀少,沙漠里没有石恶魔。没有东西可以燃烧,所以没有火恶魔。缺乏树干让木恶魔栖息,也没有树枝可供它们攀爬。水恶魔无法在沙中游泳,风恶魔找不到地方落脚。沙丘和荒原是沙恶魔独霸的地盘,然而就连它们也极少出现在沙漠深处,大部分会待在绿洲附近,但火堆会将方圆数里内的沙恶魔统统吸引过来。

来森堡与克拉西亚相距五个星期的路程,其中有超过一半的路途位于沙漠中,而这已超过大部分信使愿意承受的极限。尽管北方商人愿意提供优厚报酬换取克拉西亚丝绸和香料,还是只有少数信使渴望冒险——或是疯狂到铤而走险前往克拉西亚。

在亚伦看来,这是一段平静的旅程。白天最炎热的时段他会睡在马鞍下,全身裹在宽大的白布中。他经常喂马喝水,晚上在魔印圈下铺一层油布,以防魔印陷入沙中,这比藏在地下墓穴数百年更杳无踪影。

尽管沙恶魔叫声不断,黑夜在亚伦听来仍显得十分宁静,因为他已经习惯独臂魔的叫声。那些夜里,他睡得比以往任何夜晚还要平静。

生命中第一次,亚伦发现自己的未来不再局限于一个受人敬重的跑腿差役。他一直都坚信担任信使并非自己的使命终点,他命中注定要挺身战斗。但现在他了解自己的使命不止于此,他命中注定要带领众人冲锋陷阵。

他很肯定自己可以制作更多魔印长矛,并且开始思考将魔印运用在其他武器上的方式;弓箭、手杖、投石器的石弹等等,不胜枚举。

在他足迹所到之处,只有克拉西亚人拒绝生活在地心魔物的恐惧下。基于这个理由,亚伦特别敬重他们。全世界就属他们最有资格接受这份礼物。他会向他们展示长矛，而他会提供他一切材料，制造足以扭转战局的超级武器。

看到绿洲时，亚伦回过神来，沙漠会反射蓝天的色彩，诱使人类远离道路，迎向根本不存在的水源，但当他的马开始加快步伐时，亚伦特意肯定眼前所见并非幻觉，黎明跑者能嗅出水汽。

他们的饮水在一天前就已耗尽，所以抵达小池塘时，亚伦和马都已经渴到极限。他们同时将头埋入水中尽情畅饮。

喝饱后，亚伦装满水袋，将它们放在无声耸立于绿洲外围的巨石阴影中。他检查巨石上刻的魔印，确定它们都还很完整，只是有点磨损的痕迹，可能因为终年吹袭的风沙侵蚀所致，逐渐风化魔印锐利的边缘。他取出雕刻工具，加深笔画，重刻边缘，确保魔印网运作正常。

黎明跑者吃些野生的杂草和灌木的落叶。亚伦则忙着采集枣子、无花果以及其他绿洲树木上的果实。他收起自用的分量，然后将剩下的放在阳光下晾干。

绿洲的水源来自一条地下河道，在过去的岁月里不断有用刨子凿穿底下的岩石，终于挖到流动的河道。亚伦沿着石阶下行，来到一座清凉的地下石窟，拿起放在那里的渔网撒入河水中。他带着很多的鲜鱼离开洞窟，他挑出几条食用，清理剩下的，以食盐腌渍，然后与水果放在一起晾干。

他自绿洲的储藏库中取出一根长叉，在岩石附近搜寻，最后在沙地上找到一条泄露行踪的沟痕。不久他就以长叉插起一条蛇，抓住它的尾巴，如同鞭子般甩在岩石上，将其击毙。附近也一定藏有蛇蛋，但他没有费心去找。在绿洲中耗费过量的资源是可耻的行为。他再次收起部分蛇肉，将剩下的拿去晾干。

在其中一座砂岩上某个人工挖凿、周围有许多信使印记的隐秘角落中，亚伦取出一堆之前信使遗留下来的坚果干、鱼干以及肉干，装满他的马鞍袋。等刚刚采集到的食物晾干后，他也会为下一名路过此地的信使添满补给。

想要在不经过黎明绿洲的情况下穿越沙漠是不可能的事。这里是方圆百里内唯一的水源，往来沙漠的所有路人的目的地。大多数是信使，这也表示他们都是魔印师，多年来这个独特的族群在这里的岩石上留下他们存在的印记。数十个名字刻在岩石表面，有些只是潦草的字迹，有些则是大师级的美丽字体。许多信使不只是留下他们的名字，有些还会列出他们去往的城市，有些则会记录他们路过黎明绿洲的次数。

这是亚伦第十一次穿越沙漠，他早就刻过自己的名字和到过的城市，但他从未停止探索的脚步，所以他总是有更多东西可以补充。亚伦使用美丽的涡卷形字体，缓慢地、虔敬地在他曾造访的废墟清单上刻下"安纳克桑"。在绿洲留名的信使都不曾提及自己造访此地，这让他感到满心骄傲。

第二天，亚伦继续补充绿洲的库存。在离开绿洲时留下比抵达时还多的食物对信使而言是项荣耀，以免有人在负伤或中暑的情况下抵达绿洲，没有能力自行采集食物。

那天晚上，他写了一封信给卡伯。他写下很多信；它们全都好好地放在自己的鞍袋里没有寄出。他每次写信给卡伯，都觉得无法表达自己不辞而别的歉意，但这个消息实在太重要，一定要告知他。他精确无误地在心里画下矛头上的魔印，心知卡伯会立刻对密尔恩所有魔印师公开这些知识。

第二天早上天一亮，他就匆匆离开黎明绿洲，朝西南方前进。接下来的五天里，他除了遍地黄沙和沙恶魔什么也没看到。但第六天一早，笼罩在后方的群山间的沙漠之矛克拉西亚堡终于映入眼帘。

远远看来，它与普通沙丘没什么两样，砂岩城墙与周围的自然景观融为一体。这座城市沿着一座比黎明绿洲大上许多倍的绿洲而建。根据古老地图的说法，两座绿洲的水源都来自同一条地下河道。城墙上的魔印是雕刻的而不是用漆的，傲然耸立于太阳下。城市之巅飘扬着克拉西亚旗帜，上面绘有两根长矛交叉插在升起的太阳上。

城门守卫身穿黑色戴尔沙鲁姆之袍，克拉西亚战士阶级专属服装，脸上裹着面纱以对抗无情的风沙。尽管体型不如密尔恩人高大，克拉西亚人还是比一般安吉尔斯人或雷克顿人约高一个头，而且全身都是结实的肌肉；亚伦路过时朝他们点头招呼。

守卫高举长矛回礼。依照克拉西亚人的习俗，这是最基本的礼仪，但亚伦可是花了十来年的辛苦耕耘才赢得这一点点尊重。在克拉西亚，一个男人的价值取决于他身上伤疤的多少，以及他杀过的阿拉盖——地心魔物的数量。外来者，或者克拉西亚人口中的"青恩"，即使是信使，都被视为放弃战斗的懦夫，不值得任何戴尔沙鲁姆的敬重。"青恩"这个词本身有鄙视意味。

出乎克拉西亚人意料的是，亚伦竟然要求与他们并肩作战，他教导他们的战士许多新的魔印，并且协助他们除掉许多恶魔，现在他们改口称呼他为"帕尔青恩"，意即"勇敢的外来者"。他们永远不会将他视为战友，但至少戴尔沙鲁姆已经不再朝他的脚吐口水而且亚伦甚至结交了几个真正的朋友。

穿越城门后，亚伦进入大迷宫，这是介于城墙与城市内墙间的庭院，其中布满高墙、壕沟及深坑。每天晚上，戴尔沙鲁姆都将家人锁在内墙中，与恶魔展开"阿拉盖沙拉克"，所谓的"圣战"。他们引诱地心魔物进入大迷宫，以埋伏奇袭的战术将它们困入魔印深坑，然后等待阳光的到来。伤亡人数很多，但克拉西亚人相信在阿拉盖沙拉克中战死的人都有资格伴随在艾弗伦（也就是造物主）的身侧，所以他们都乐于赴死。

再过不久，亚伦心想，死在这里的就只有地心魔物了。

位于主城门后的是大市集，商贩站在数百辆装满货物的推车后高声叫卖，空气中弥漫着浓厚的克拉西亚香料、焚香以及奇特香水的气味。毛毯、布匹、绘有美丽图案的陶器、各式各样的水果和嘈杂的牲畜挤在同一场地买卖。这是个喧嚣拥挤的地方，到处都是讨价还价声。

亚伦见过的所有市集统统挤满男人，只有克拉西亚大市集里几乎清一色女人，个个从头到脚都包在黑色的厚布中。她们吵吵闹闹地交易、互相大吼大叫，最后一脸怨怼地拿出陈旧的金币付账。

珠宝和华丽的服饰在大市集里销路很好，但亚伦从来没有看过任何人拿出来穿戴。男人告诉他女人都将珠宝和服饰穿戴在黑袍里，只有她们的丈夫才知道。

几乎所有超过十六岁的卡拉西亚男人都是战士。少数人会成为"达玛"，克拉西亚的圣徒，兼世俗领导人。其他职业都是不荣誉的职业。工匠被称为"卡菲特"，属于低贱的阶级，在克拉西亚的地位只比女人高一点点。城内从务农、煮菜到照顾小孩等所有日常生活事务都由女人打理，她们挖掘黏土，制作陶器，建造或修葺房屋，养殖及屠宰牲畜，还要上市集去讨价还价。简单说来，除了战斗，所有家务事情都由女人负责。

尽管整天累得死去活来，她们对男人还是百依百顺。男人的妻子和未嫁的女儿就是他的财产，可以对她们为所欲为，就算杀掉她们也没人可管。一个男人可以娶很多妻子，但女人就算只是让其他男人看见自己没戴面纱的模样，都有可能——通常也会被杀掉。克拉西亚女人被视为消耗品，男人是主人。

亚伦知道，少了他们的女人，克拉西亚男人将会无所适从，但大多数的女人都很尊敬男人，对于她们的丈夫更是近乎崇拜。她们每天早上都会出门搜寻前一天晚上战死于阿拉盖沙拉克的战士，在她们的男人尸体身上号哭，将自己宝贵的泪水收集在小玻璃瓶里。在克拉西亚，水就是钱。战士的身份地位可以由死时获得的泪瓶数量加以衡量。

如果一名男子战死沙场，他的兄弟或朋友会出面接收他的妻子，让她们永远有个男人可以服侍。曾经有一次，在大迷宫中，一名垂死的战士躺在亚伦怀里，要求他接收自己的三名妻子。"她们很美丽，帕尔青恩，"他保证道，"也很能生，她们可以帮你生下很多儿子。答应我你会接收她们！"

亚伦承诺会照顾她们，然后另外找人接收她们。他很好奇克拉西亚女人的黑袍下究竟有些什么，但没有好奇到愿意拿他的携带式魔印圈交换一间黏土房舍，也不打算拿自己的自由去换取一个家庭。

几乎所有女人都跟着好几个身穿褐色服饰的小孩；女孩将头发包在布里，男孩则头戴破布帽。十一岁后，女孩就开始嫁人，改穿代表女人的黑色服饰，男孩则在更年轻时就被带往训练场。大多数男孩都会换上戴尔沙鲁姆的黑袍。少数人会穿上达玛的白袍，用自己的一生服侍艾弗伦。无法担任以上两种职业的人将会沦为卡菲特，直到老死都必须穿着代表耻辱的褐色服饰。

女人看着亚伦骑马穿过市集，纷纷开始交头接耳。他打量着她们。没有任何女人接触他的目光或是上前攀谈。她们喜欢的是他鞍袋中的物品——上等来森羊毛、密尔恩珠宝、安吉尔斯纸，以及其他来自北方的宝藏——但他是男子，更糟糕的是他是青恩,她们不敢上前攀谈。达玛的眼线无处不在。

"帕尔青恩!"一个熟悉的声音叫道,亚伦转身看见他的朋友阿邦朝自己迎过来,这名肥胖的商人一拐一拐地拄着拐杖走来。

阿邦从小瘸腿,是个卡菲特,没有资格与战士并肩作战,也没有能力成为教徒。不过,透过与来自北方的信使交易,他的日子倒是过得不错。他的胡子刮得很干净,头戴褐帽,身穿卡菲特上衣,但外面又加穿色彩鲜艳的包头巾、背心以及亮眼的丝质马裤,缠有许多彩色花边。他宣称自己妻子们的容貌可以与任何戴尔沙鲁姆的妻子比美。

"看在艾弗伦的分上,真高兴见到你,杰夫之子!"阿邦以标准的提沙语招呼道,同时在亚伦肩膀上拍了一下,"每当你大驾光临,阳光都显得更加耀眼!"

亚伦希望自己从没告诉对方自己父亲的名字,在克拉西亚,一个男人父亲的名字比他本身的名字意义更重大。他很好奇,如果他们知道他父亲是个懦夫会怎么想。

但他只是轻拍阿邦的肩膀,露出真诚的微笑。"我也很高兴见到你,朋友。"要不是这个瘸腿商人的帮助,他绝不可能学会克拉西亚语,也无法了解此地奇特而危险的文化。

"来,来!"阿邦说,"来我的摊位歇歇脚,喝杯茶润润你的喉。"他领着亚伦进入位于他推车后方的鲜艳帐篷。他拍一拍手,妻子和女人们——亚伦一直无法分辨谁是谁——立刻跑出来掀开帐门,照料黎明跑者。亚伦心知男人公然劳动在克拉西亚人眼中是很不得体的行为,所以只能强忍出手帮忙的行动,眼睁睁看着她们卸下沉重的鞍袋搬入帐篷。其中一名女子伸手去拿挂在鞍角上、用布缠起的魔印长矛。但亚伦抢先一步取走长矛。她深深鞠躬,深恐自己做出什么不敬的举动。

帐篷里放满色彩鲜艳的丝绸枕头以及图案袄的针织地毯。亚伦将积尘的靴子留在门边,然后深深吸了一口清凉芳香的空气。他靠在地上的枕头堆里休息,阿邦的女人端着清水和水果跪在他面前。

清洗完毕后,阿邦再度拍手,女人端出热茶和蜂蜜糕饼。"穿越沙漠的旅程还顺利吗?"阿邦问。

"喔,顺利。"亚伦微笑,"非常顺利。"

接着他们闲聊了一会儿。阿邦从来不会跳过形式上的客套,但他的目光不时飘向亚伦的鞍袋,同时会不由自主地摩拳擦掌。

"来谈生意吧?"亚伦认为客套够了,立刻问道。

"当然,帕尔青恩是大忙人。"阿邦同意,轻弹手指。女人们迅速搬出一大堆香料、香水、丝绸、珠宝、地毯以及其他克拉西亚特产。

阿邦检视来自亚伦北方客户的货物,亚伦则仔细研究对方打算交易的商品。阿邦皱着眉挑剔每样食物。"你穿越沙漠就只是为交易这种东西?"他看完后一脸厌恶地道,"你跑这趟根本不值得。"

亚伦强忍笑意,与他一同坐下,等待女人端上新茶。讨价还价通常就开场了。

"胡说八道。"他回道,"就算是瞎子也看得出来我带的是整个提沙最好的货物,比你的女人拿出来这些可怜的玩意儿要好多了。我希望你还藏着更多好东西,因为——"他指向一块地毯,纺织工艺的顶级产物——"就连泡在废墟中腐烂的地毯都比这玩意儿好。"

"这话太令我伤心了!"阿邦叫道,"亏我提供你茶水和庇荫!我真是太悲哀了,帐篷里的客人竟然会用这种态度对待我!"他悲叹。"我的妻子们夜以继日地操作纺纱机,使用上等羊毛编制出这块地毯！你绝不可能找到比这更好的地毯！"

紧接着，双方就各展身手展开议价，亚伦从来没有忘记很久以前从老霍格和瑞根身上学到的技巧。一如往常，这场议价以两人表面上都一副被抢了，实际上心里都自认占了便宜收场。

"我女儿会帮你收拾货物，暂时保存到你离开。"阿邦终于说道，"今晚愿意与我们共进晚餐吗？我的妻子们准备了一桌你们北方人做不出来的好菜！"

亚伦遗憾地摇头。"我今晚要参与圣战。"

阿邦也摇头。"你太融入我们的习俗了，帕尔青恩，你寻求和我们一样的死法。"

亚伦继续摇头。"我不会死，也不期待来世进入天堂。"

"啊，我的朋友，没有人愿意年纪轻轻就回归艾弗伦的怀抱，但参与阿拉盖沙拉克的人必须面对这样的命运。还记得从前克拉西亚人与沙漠中的沙一样多，但现在……"他伤心地摇头。"这里几乎已经算是空城。每个妻子的肚皮都塞满了小孩，但夜晚死去的人还是多于白天出生的人。如果不改变，十年后克拉西亚将会深埋在沙漠中。"

"如果我告诉你我是来改变克拉西亚的处境呢？"亚伦问。

"杰夫之子的心意真诚，"阿邦说，"但达玛基不会听你说话。艾弗伦要求我们作战，他们说，没有青恩可以改变他们的心意。"达玛基是克拉西亚的统治议会，由十二个克拉西亚部族地位最高的达玛组成。他们服侍克拉西亚的最终决策者，艾弗伦最宠爱的达玛安德拉。

亚伦微笑。"我不可能要求他们停止阿拉盖沙拉克，"他同意道，"但我能帮助他们打赢这场战争。"他解开包裹长矛的布匹，举到阿邦面前。

阿邦微微张大眼睛，看着这把闪闪发光的武器，接着扬起手掌，摇头说道："我是卡菲特，帕尔青恩。我的手掌污秽，不配碰触这根长矛。"

亚伦收回武器，鞠躬道歉。"我没有不敬的意思。"

"哈！"阿邦大笑，"你或许是唯一向我鞠躬的男人！就算是帕尔青恩，也不须担心对卡菲特不敬。"

亚伦皱眉。"你和大家一样都是男人。"

"这种想法注定你一辈子都只是个青恩。"阿邦说，但面带微笑。"你不是第一个在长矛上绘制魔印的人。"他说，"没有古老的战斗魔印，这样做并没有多大意义。"

"这些就是古老魔印。"亚伦说，"我在安纳克桑废墟里找到的。"

阿邦脸上苍白。"你找到失落之城了？"他问，"那份地图真的存在？"

"你为什么这么惊讶？"亚伦问，"我以为你保证那份地图精确无误！"

阿邦咳嗽。"是啊，这个，"他说，"我相信商品来源，当然，但已经三百年没有人踏足那座古城了。谁敢说那份地图能有多精确呢？"他微笑。"再说，就算我弄错了，你也不太可能回来要求退货。"两人同时大笑。

"看在艾弗伦的分上，这是很棒的故事，帕尔青恩。"阿邦在亚伦说完失落古城冒险故事后说道，"但如果你还在乎自己的小命，就不要让达玛基知道你搜刮了安纳克桑圣城。"

"我不会。"亚伦保证，"但无论如何，他们都会认同这根长矛的价值。"

阿邦摇头。"就算他们同意让你在议会发言，帕尔青恩，"他说，"而我对这点保持怀疑，他们还是不会认同任何青恩带来的物品会有什么价值。"

"你说的或许没错,"亚伦说,"但至少我的常识。反正我也有讯息要带去安德拉宫殿,陪我走走。"

阿邦立起拐杖。"宫殿距离这里很远,帕尔青恩。"他说。

"我走慢点。"亚伦说,心知拐杖只是他不愿去的借口。

"你不会希望在市集外的地方被人看见和我走在一起的,我的朋友。"阿邦警告道,"单是一点就能让你在大迷宫中努力赢得的尊敬前功尽弃。"

"那我就再多赢点。"亚伦说,"如果不能和朋友在一起受人尊敬又怎样?"

阿邦深深鞠躬。"有一天,"他说,"我真希望能够亲眼见识,究竟是怎样的土地能孕育出杰夫之子这样高贵的人。"

亚伦偷笑。"当那天到来时,阿邦,我会亲自带你穿越沙漠。"

阿邦抓住亚伦的手臂。"等一等。"他命令道。

亚伦立刻照做,尽管没看出任何不妥,他仍信任朋友的判断。他看到街上有一群身扛重物的女人,还有一群戴尔沙鲁姆走在她们前面。另一队人马自另一个方向而来,双方各由一名白袍达玛率领。

"卡吉部族,"阿邦说着,扬起下巴比向面前的战士,"另一边马甲部族。我们最好先在这里等一等。"

亚伦眯起眼睛打量两边的人马。双方都身穿黑衣,手中的长矛简单朴实,没有标记。"你怎么分辨得出来?"他问。

阿邦耸肩。"你怎么分辨不出来?"他反问。

在他们眼前,一边的达玛对另一边的达玛大声说了句话了。两人接着对峙起来,开始争辩。"你知道他们在吵些什么?"亚伦问。

"总是那么回事。"阿邦说,"卡吉达玛认为沙恶魔住在地狱第三层,风恶魔住在第四层。马甲达玛认为正好相反。《伊弗佳》在这个部分并没有明确的记载。"他补充道,"《伊弗佳》是克拉西亚的人神圣的《卡农经》。"

"这有什么区别吗?"亚伦问。

"位于越下层地狱的恶魔距离艾弗伦就越远。"阿邦说,"应该先杀。"

这时,达玛越吵越激烈,双方的戴尔沙鲁姆都已经在盛怒之下举起长矛,随时准备保护各自的领导人。"他们会为了应该先杀哪种恶魔而自相残杀?"亚伦难以置信地问道。

阿邦啐了一口。"卡吉部族会为了更微不足道的事与马甲部族打得血流成河,帕尔青恩。"

"但太阳下山后会一起面对真正的敌人!"亚伦反驳道。

阿邦点头。"到时候卡吉与马甲部族会团结一致。"他说,"就像我们说的,'夜晚来临,我们的敌人成为我们的兄弟'。但太阳还得好几个小时才会下山啊。"

其中一名卡吉戴尔沙鲁姆拿矛柄戳一名马甲部族战士,将对方击得蹲了下去。数秒过后,双方已经打成一团。他们的达玛站在路边,对于暴力冲突漠不关心,也不干涉,只是继续与对方争吵。

"为什么放任这种事?"亚伦问。"安德拉不能严令禁止吗?"

阿邦摇头。"理论上安德拉应该在部族间严守中立。但事实上,他一直偏袒自己所属的部族。就算他真的中立,也不可能平息克拉西亚所有的世仇。你不能禁止男人去做男人会做的事。"

"他们的行为比较像小毛孩。"亚伦说道。

"戴尔沙鲁姆只会耍长矛,达玛只懂《伊弗佳》。"阿邦悲伤地同意道。

战士们没有使用矛头……目前还没，但暴力行为愈演愈烈。如果没人出面制止，很快就会闹出人命。"不要乱来。"阿邦说，在亚伦准备上前时抓住他的手臂。

亚伦转身想要争辩，但他的朋友看着他的身后，突然一脚屈膝跪倒。他拉扯亚伦的手臂要他照做。

"如果你还珍惜生命，快跪下。"他嘶声说道。

亚伦环顾四周，发现阿邦恐惧的来源。一名女子沿街走来，身上裹着神圣的白袍。"达玛丁。"他喃喃说道。克拉西亚的神秘草药师鲜少在公开场合现身。

他在她通过时低下头，但没有下跪，这其实没有差别。她根本没有注意到他们，只是埋着头迎向混乱现场，众人直到她来到身边才察觉。两名达玛一看到她立刻吓得脸色发白，随即朝部下大吼大叫。打斗停止，战士们拜倒，清出一条路供达玛丁通过。在她通过后，战士与达玛一哄而散，路上的交通恢复正常仿佛什么也没有发生。

"帕尔青恩，你到底是勇敢，还是疯了？"阿邦等她离开后问道。

"从什么时候开始，男人要向女人下跪？"亚伦疑惑问道。

"男人不须向达玛丁下跪，但如果卡菲特和青恩够聪明，他们就该这么做。"阿邦说道，"就连达玛和戴尔沙鲁姆也怕她们。传说她们可以看穿未来，知道哪些男人可以安度夜晚，哪些会战死沙场。"

亚伦耸肩。"那又怎样？"他语带疑惑地问道。第一次进入大迷宫那晚会有达玛丁施术预测他的未来，但当时的经历并不足以让他相信她真能预见未来。

"对达玛丁不敬就等于是对命运不敬。"阿邦的语气仿佛把亚伦当作笨蛋。

亚伦摇头。"我们创造自己的命运，"他说，"就算达玛丁可以抛掷骸骨预测未来也一样。"

"好吧，如果你惹火了达玛丁，我可不会羡慕你的命运。"阿邦说。

他们继续前进，很快就抵达安德拉宫殿，一座由与这座城市一样古老的白石建造而成的巨大圆顶建筑。宫殿的魔印是以金漆漆成，在阳光下闪闪发光。

但在他们还没踏上宫殿石阶前，一名达玛已从上方跑到他们面前。"滚，卡菲特！"他叫道。

"很抱歉！"阿邦道歉，深深鞠躬，凝望地面并向后退开。亚伦站在原地。

"我是杰夫之子亚伦，来自北方的信使，人称帕尔青恩。"他以克拉西亚语说道，他将长矛插在地上，即使用布包覆，还是一看就知道是什么东西。"我为安德拉及其他官员带来信件与礼物。"亚伦举起背袋，继续说道。

"你既然会说我们的语言，就不该与这种人走在一起，北方人。"达玛说，仍怒瞪着阿邦，阿邦已经卑躬屈膝地伏倒在地。

亚伦心下大怒，但只能忍气吞声。

"帕尔青恩需要人带路，"阿邦对着地面说道。"我只是指引他……"

"我没叫你说话，卡菲特！"达玛大吼，对着阿邦的身侧狠狠踢过去。亚伦肌肉紧绷，但在朋友警告的目光下隐忍不发。

达玛仿佛没事似的转回身来。"把信交给我就行了。"

"来森堡的公爵要求我亲自将礼物呈交给达玛基。"亚伦大胆说道。

"只要我还活着,就不会放青恩与卡菲特进入宫殿。"达玛嘲笑道。

这个回复令人失望,但并不意外。亚伦从没见过任何达玛基。他交出信件与包裹,皱眉看着达玛走上台阶。

"我早就告诉过你了,我的朋友。"阿邦说道,"我跟你一起来只会让情况更糟,但我没说错,达玛基绝不会接见任何外来者,就算是你们来森堡公爵亲临也不例外。他们会礼貌性地让你傻等着,然后躺在某个丝质枕头中忘掉你,让你丢脸。"

亚伦咬牙切齿。他在想瑞根造访沙漠之矛时是如何应对,他的老师难道可以忍受这种侮辱吗?

"现在你愿意与我共进晚餐吗?"阿邦问,"我有个刚满十五岁的女儿,非常漂亮。她会在北方做你尽职的妻子,在你出远门时帮你持家。"

什么家?亚伦暗想,忆起安吉尔斯堡那间堆满书籍、已经一年没有回去的小屋。他看向阿邦,心知不管在任何情况下,这个诡计多端的朋友在意的,只是他女儿在北方可以建立起的贸易关系,而不是他的快乐或帮亚伦持家。

"你让我倍感荣幸,我的朋友。"他回复道,"但我还不打算放弃。"

"我也这样想。"阿邦叹气,"我想你是要去找他?"

"没错。"亚伦说。

"他和达玛一样不能忍受我的出现。"阿邦警告道。

"他了解你的价值。"亚伦不认同。

阿邦摇头。"他是因为你的关系才忍受我的存在。"他说,"自从你第一次随军进入大迷宫,沙鲁姆卡就一直想学北方人的语言。"

"而阿邦是克拉西亚堡内唯一懂得北方语言的人。"亚伦说,"这就让他在第一武士眼中成为有价值的人,尽管他是卡菲特。"阿邦点头,但并不信服。

他们朝距离宫殿不远处的训练场前进。城市中央是所有部族的中立区,他们聚集在那里拜神,并为阿拉盖沙拉克作战前准备。

当他们赶到时已经黄昏,营地里人马杂沓。亚伦与阿邦首先路过武器匠和魔印师工坊,这里产的工艺品是唯一够格让戴尔沙鲁姆使用的东西。再穿过一大片空地,则是战士接受训练的校场。

校场的另一端坐落着凯沙鲁姆宫,是沙鲁姆卡与他手下军官的宫殿。这座雄伟的圆顶建筑只比安德拉宫殿小一点,是在战场上一再证明自己勇猛善战,而成为全城最光荣的男人的住所。相传宫殿下方是一座大后宫,专供这些战士未来的世代留下优良血脉。

当阿邦拄着拐杖蹒跚路过校场时,人群中传来许多不满的目光与咒骂声,但没有人胆敢阻挡他们的去路,阿邦身受沙鲁姆卡的守护。

他们路过一排排练习刺矛的男人,另一些人则练习残暴但很有效率的沙鲁沙克,克拉西亚肉搏术。战士们练习投矛的精准度,或瞄准不停移动的持矛男孩,对他们抛掷网子,为了当晚即将到来的战斗准备着。校场中央有一座大营帐,贾迪尔就在里面和他的手下商讨策略。

阿曼恩·阿酥·霍许卡敏·安贾迪尔是克拉西亚的"沙鲁姆卡",这个头衔翻译成提沙语,就是"第一武士"。他的身材高大、超过六英尺,全身黑衣、头裹白布。根据某个亚伦不太理解的习俗,沙鲁姆卡同时也是有宗教意义的头衔,白头巾代表他的宗教地位。

他有着深铜般的肤色,双眼的色泽如同漆黑的发色,头发则以发油后梳,垂在脖子上。他的黑胡左右对称、修剪整齐,却没有丝毫文弱气息。他的举手投足间都有猛禽的气势,身手矫健、充满自信,宽大的袖子向上卷起,露出坚硬结实、表面布满伤疤的手臂;他刚三十岁出头。

一名营帐守卫看见亚伦和阿邦走近,于是弯下腰去向贾迪尔汇报。第一武士的目光随即离开以粉笔书写的石板。

"帕尔青恩!"他招呼道,张开双臂起身迎接他们,"欢迎回到沙漠之矛!"他说的是提沙语,字迹和口音都比亚伦上次来访时进步很多。他热情地拥抱亚伦,亲吻他的脸颊。"我不知道你回来了,今晚阿拉盖会害怕得发抖!"

第一次造访克拉西亚时,第一武士之所以对亚伦感兴趣,完全是出于好奇,但后来他们一起在大迷宫中为彼此流血奋战,而这在克拉西亚代表了一切。

贾迪尔转向阿邦。"你怎么敢来这里与男人站一起,卡菲特?"他一脸厌恶地问道,"我没有传唤你。"

"他是跟我来的。"亚伦说。

"他不必再跟着你了。"贾迪尔冷冷地说道。阿邦深深鞠躬,以他的瘸腿所能达到的最快的速度离开。

"我不知道你干吗在那个卡菲特身上浪费时间,帕尔青恩。"贾迪尔啐道。

"在我的家乡,人们不仅仅以长矛来评断男人的价值。"亚伦说。

贾迪尔大笑。"帕尔青恩,在你的家乡,人们根本不会去碰长矛。"

"你的提沙语比之前进步很大。"亚伦注意道。

贾迪尔咕隆一声。"你们青恩的语言真不好学,当你不在时，我还得去找个卡菲特来练习。"他看着阿邦一拐一拐地离开，对他亮眼的丝袍不以为然，"看看那家伙，打扮得像个女人。"

亚伦看着广场对面一名黑衣女子提水而过。"我可没看过女人穿成那个样子的。"

"那是因为你不肯让我帮你找个可以让你揭开面纱的老婆。"贾迪尔笑道。

"我怀疑达玛会让你们的女人嫁给不属于任何部族的青恩。"亚伦说道。

贾迪尔挥手。"胡说八道。"他说，"我们曾一起在大迷宫中挥洒热血，我的兄弟。如果我要你加入我们的部族，就连安德拉本人也不敢有任何异议！"

亚伦可不敢肯定，但他没开口争论。在克拉西亚人吹牛时，质疑会导致对方暴力相向，况且他未必是在吹牛。贾迪尔的地位至少可以与达玛基平起平坐。战士们会毫不犹豫地遵从他，甚至会为了他违背达玛的命令。

但亚伦并不打算加入贾迪尔的部族，或是任何其他部族，他令克拉西亚人不自在；一个参与阿拉盖沙拉克，同时又结交卡菲特的青恩。加入部族可以化解这种不自在的情绪，但一旦加入，他就归该部族的达玛基管辖，卷入所有的部族间世仇，并且永远不能离开克拉西亚。

"我现在还没打算结婚。"他说道。

"好吧，别等太久，不然大家会以为你是普绪丁。"贾迪尔说着哈哈大笑，在亚伦肩上推了一把。亚伦不确定这个字是什么意思，但他还是点了点头。

"你进城多久了，我的朋友？"贾迪尔问。

"才几个小时。"亚伦说，"我刚把信送到宫殿。"

"然后你就带着长矛前来助阵啦！看在艾弗伦的分上，"贾迪尔对手下叫道，"帕尔青恩体内一定流着克拉西亚的血！"他的手下跟他一起大笑。

"随我走走。"贾迪尔说着，一手搭在亚伦的肩，远离其他人。亚伦知道贾迪尔已开始盘算他今晚适合在什么位置作战。"巴金部族昨晚折损了一名深坑魔印师，"他说，"你可以取代他的位置。"

深坑魔印师是克拉西亚战士中最重要的角色，负责为囚禁地心魔物的深坑绘制魔印，并确保魔印会在恶魔坠入后立刻启动。这个工作十分危险，因为万一掩饰陷阱的油布没有完全落下，彻底露出其下的魔印，魔印师就必须在沙恶魔随时可能爬出深坑杀害自己的情况下负责揭开魔印。只有推进兵这个职务的死亡率比深坑魔印师更高。

"我比较想当推进兵。"亚伦回道。

贾迪尔摇头，但面带微笑。"你总是想担任最危险的职务。"他指责道，"如果你死了，谁帮我们送信？"

尽管贾迪尔的口音很重，亚伦还是听出话中的挖苦意味。信件对他而言没有多大意义，戴尔沙鲁姆根本没几个人识字。

"今晚没那么危险。"亚伦说。他难掩兴奋，拉开包裹新武器的布条，骄傲地举在第一武士面前。

"有帝王气势的武器，"贾迪尔低头道，"但帕尔青恩，击败黑夜的是战士，不是长矛。"他一手搭上亚伦的肩，凝望他的双眼。"不要太信任你的武器。我看过比你更经验老到的战士，他们在武器上绘制魔印，结果还是面对凄惨的下场。"

"这长矛非我所制。"亚伦说，"我是在安纳克桑废墟里找到的。"

"解放者的诞生地？"贾迪尔大笑，"卡吉之矛是虚无缥缈的神话,帕尔青恩,失落之城早已深埋在沙漠之下。"

亚伦摇头。"我去过了。"他说,"我还可以带你去。"

"我是沙漠之矛的沙鲁姆卡,帕尔青恩。"贾迪尔回道,"我不能像你一样打个背包,骑头骆驼深入沙漠,只为了寻找一座存在于古老文献中的城市。"

"我想入夜后,我就能用行动说服你。"亚伦说。

贾迪尔耐心地微笑。"向我保证你不会尝试任何愚蠢的事就够了。"他说,"不管有没有魔印长矛,你都不是解放者,埋葬你会让我非常伤心。"

"我保证。"亚伦说道。

"那就好!"贾迪尔拍拍他的肩,"来,我的朋友,天色已晚。今晚应该在我的宫殿用餐,然后一起前往沙里克霍拉集结!"

晚餐有香料肉、花生以及克西亚女人将湿面团放在热腾腾岩石上烘烤出来的薄面包。亚伦坐在贾迪尔身旁的荣誉座上,身边围绕着凯沙鲁姆,接受贾迪尔本人的妻子们服侍。亚伦一直不懂贾迪尔为什么如此礼遇他;但在安德拉宫殿外遭受那种待遇后,他很乐意接受这种盛情款待。

男人们要求他讲故事,指明要听独臂魔失去手臂的故事,尽管他们早就听过很多遍了。他们总是要听独臂的故事,或是阿拉盖卡的故事,他们如此称呼独臂魔。石恶魔在克拉西亚十分罕见,当亚伦开始讲述这个故事时,听众都听得如痴如醉。

"你上次来访后,我们建造了一台新的巨蝎。"一名凯沙鲁姆喝餐后花蜜时对他说道,"它可以利用长矛击穿一座石墙,我们迟早会找出方法击穿阿拉盖卡的外壳。"

亚伦轻笑摇头。"恐怕你们今晚不会见到独臂魔了。"他说,"永远都不会,它见过太阳了。"

凯沙鲁姆瞪大双眼。"阿拉盖卡死了?"其中一个问道,"你怎么杀死他的?"

亚伦微笑。"今晚战胜后,我再向各位述说这个故事。"他说话的同时轻拍身旁的长矛,第一武士以将信将疑的眼神看着他手中的长矛,一言不发……

第二十章　阿拉盖沙拉克

328 AR

"伟大的卡吉，艾弗伦之矛，今晚你的战士以你之名参与圣战，请赐予战士的手臂力量，为他们的心灵灌注勇气。"

亚伦不自在地移动身体，等待达玛基为戴尔沙鲁姆授予第一任解放者卡吉的祝福。在北方，宣称解放者只会使凡人遭来一顿毒打，但不会触法。在克拉西亚，这种异端邪说会被处以死刑。卡吉是艾弗伦圣徒，降世团结人类，共同对抗阿拉盖。他们称他为沙达玛卡，第一武士祭司，宣称当他们找回沙拉克卡，第一次大战时的美德后，有一天他会再度下凡团结世人。任何对此抱持异议的人，都会面临迅速残暴的死法。

亚伦没有愚蠢到将自己对于解放者神性的质疑说出口，但这些圣徒依然令他颇不自在。他们是否随时都是在想办法带他这个外来者去冒犯他们——在克拉西亚冒犯圣徒，通常只有死路一条。

不管亚伦在达玛基面前感到多不自在，来到沙利克霍拉，艾弗伦的雄伟圆顶神庙，总是令他欣慰的。沙利克霍拉字面上的意思是"英雄骸骨"，代表古人达成的成就，气势恢弘令亚伦见过的所有建筑皆相形失色。与他相比，密尔恩的公爵图书馆简直微不足道。

沙利克霍拉令人叹服的不只是规模；它代表了超脱死亡的

勇气,因为它的外观是以所有在阿拉盖沙拉克阵亡的战士骸骨装饰。这些骸骨支撑梁柱,组成窗框。大圣坛完全是由腿骨为材料。参拜者饮水的圣杯是一颗空心颅骨,杯座是两个骷髅手掌,座架是一根前臂骨,座底是一双脚掌。每盏巨大的吊灯都是由十几颗颅骨与数百根肋骨组成,而距离地面两百英尺高的巨大圆顶,则镶满古老克拉西亚战士的头颅,俯视下方,评断后人,并索求荣耀。

亚伦曾试图计算大厅用了多少战士的骸骨,但最后放弃了。所有提沙城市与小村庄的人口加在一起,或许约二十五万个灵魂,都不够用来装饰沙里克霍拉的一角。克拉西亚的人口曾多到数不清。

现在所有克拉西亚战士的总数或为四千左右,已无法填满沙里克霍拉。他们每天会在这里集合两次,黎明一次,黄昏一次,向艾弗伦表达敬意;感谢他守护他们铲除前一天晚上的地心魔物,并且祈求他赐予力量,继续当晚的战争。但最重要的是,他们祈求沙达玛卡重返人间,展开沙拉克卡。到时候他们会随他一同前往地心魔域。

尖叫声随着沙漠之风传到埋伏区中焦急等待地心魔物闯入的亚伦耳中。他身边的战士不断改变站姿,向艾弗伦祷告。阿拉盖沙拉克已在大迷宫中某处展开。

他们听见驻守城墙的穆罕丁部族射击武器,将沉重的石块与巨矛投入恶魔阵地中的声音。有些投掷武器击中沙恶魔,击毙恶魔或对恶魔造成足以让伙伴转而攻击他们的伤势,但远程攻击的真正目的是要激怒地心魔物,令他们陷入疯狂。恶魔很容易激怒,一旦被激怒,就会在看见猎物时如同赶羊般被赶往伏击点。

地心魔物陷入疯狂后，外城城门开启，外围的魔印网也被解除。沙恶魔与火恶魔冲锋入城，风恶魔则从天而降。通常他们会放数十头恶魔入城，然后关闭城门，重启魔印。

一群战士等在城门内侧，以长矛敲击盾牌。这些是所谓的诱饵兵，大多数是老弱残兵，是战略上的牺牲者，但他们死后可以得到无上光荣。他们大吼大叫，分散恶魔的攻势，以安排好的路线引诱恶魔，分头撤入大迷宫深处。

城墙上的观察兵以流星锤与巨网击落风恶魔。当风恶魔坠落地面后，木棒兵立刻离开小小的藏身处，在它们来得及挣脱前，将他们钉在地上，以镣铐锁住四肢，拴在魔印棒上，以免它们遁回地心魔域躲避黎明。

同一时间，诱饵兵继续前进，引诱沙恶魔以及少数火恶魔迎向它们的死亡之路。恶魔奔跑的速度较快，但在大迷宫中不像人们那般熟门熟路。如果有人快被追上，观察兵就抛掷巨网，拖慢恶魔的速度。这种做法有时会成功。

听见诱饵兵的叫声逐渐接近，亚伦与其他推进兵开始紧张。"注意！"一名观察兵在上方叫道，"我看到九头沙恶魔！"

九头沙恶魔比起正常情况的两到三头更多。诱饵兵会分头逃跑，试图减少它们的数量，尽量不让一支埋伏部队面对五头以上的恶魔。亚伦在其他戴尔沙鲁姆兴奋地瞪大双眼时紧握魔印长矛。在阿拉盖沙拉克中战死，等于领到了进入天堂的门票。

"点火！"上面的声音叫道。诱饵兵引诱恶魔进入伏击点的同时，观察兵点燃耀眼的火盆，透过调好角度的镜子，将整个区域照得如同白昼。

这一下出其不意，地心魔物尖叫退缩。火光伤不了它们，但为精疲力竭的诱饵兵提供逃亡的机会。他们对强光早有准备，训练有素地绕过恶魔深坑,撤入浅浅的魔印壕沟。

沙恶魔迅速自惊吓中清醒,继续展开冲刺,没有紧跟刚刚诱饵兵所采取的路径。三头恶魔直接冲上一张掩盖两条恶魔深坑的沙色油布,在惨叫声中坠入二十英尺深的深坑。

推进兵从伏击区一拥而上,朝恶魔大叫推进,将长矛与圆形魔印盾牌平举在前,将地心魔物逼入深坑。

亚伦大吼一声,抛开恐惧,与其他人一同冲刺,感染了克拉西亚人的疯狂气氛。这是他幻想中古代战士该做的事,在冲锋陷阵间尽情地呐喊,奋不顾身地冲杀。一时间,他忘了自己是谁及身在何处。

然而,接着他的长矛击中一头沙恶魔,上面的魔印大放光彩,恶魔身上随即爆出银色闪电。它惨叫连连,但随即被亚伦身旁的长矛甩开。在耀眼的防御魔光中,其他人根本没有注意到这一幕。

亚伦的队伍将剩下的两头恶魔赶入他们这一侧伏击点的深坑。坑口绘有单向魔印,是克拉西亚人的不传之秘。恶魔可以进入魔印圈,但无法逃脱。深坑的地面铺有人工开凿的石块,防止它们逃回地心魔域,借此将它们困于坑内,直到黎明到来。

亚伦抬头看向伏击点另一边,发现战况并不乐观。油布落入深坑时被突起的木桩卡住,导致某些魔印仍被遮蔽。在深坑魔印师有机会扯下油布前,最初坠入深坑的两头地心魔物已经爬出深坑,并将他杀害。

位于伏击点另一边的推进兵已陷入一团混乱,不仅扑捉恶魔的深坑失效,且正力战五头沙恶魔。该推进部队只有十人,恶魔闯入队伍中狂咬猛抓。

"退回伏击区。"亚伦这边的凯沙鲁姆下令道。

"我死也不退!"亚伦大叫一声,冲往另一边,协助那里的人。眼看外来者展现这种勇气，众戴尔沙鲁姆立刻跟进，留下指挥官一个人在后方大叫。

亚伦驻足片刻，踢开卡在恶魔深坑上的油布，启动魔印圈。一瞬间，他已经加入混战，将手中魔印长矛挥舞得虎虎生风。

他刺穿第一头恶魔的身侧，这次所有人都看见武器击中恶魔时发出的魔光。沙恶魔立即摔倒，一命呜呼。亚伦随即感到一股奔流的能量汇入体内。

他以眼角余光察觉动静，顺势转身，以长矛架住另一头沙恶魔的利齿。在地心魔物有机会咬下前，矛身上的防御魔印已启动，将它的血盆大口固定成张开的姿势。亚伦旋转矛身，魔光大作，击碎了恶魔的下颚。

第三头恶魔疾冲过来，但亚伦全身充满力量。他挥出长矛下半部，该处的魔印随即打掉地心魔物的半张脸。在肉块落地的同时，他抛开盾牌，扭转手中的长矛，顺势狠狠插入恶魔的心脏。

亚伦大吼一声，转头寻找其他对手，但剩下的恶魔已被赶入深坑。四周的战士都敬畏地凝望着他。

"我们在等什么？"他吼道，冲入大迷宫中，"猎杀阿拉盖！"

戴尔沙鲁姆口呼："帕尔青恩！帕尔青恩！"跟着他冲入沙坑。

他们首先遇上一头从天而降的风恶魔，将一名亚伦追随者的喉咙一爪撕烂。在恶魔有机会返回天际前，亚伦抛出长矛，在一片火星中射穿地心魔物的脑袋，将它击落。

亚伦取回武器，继续前进，长矛上的狂野魔法让他化身神话中的狂暴战士。随着他的队伍席卷大迷宫，跟在他身后的人越来越多，而随着亚伦一双接着一双砍杀恶魔，口呼"帕尔青恩！帕尔青恩！"的人也越来越多。

魔印伏击区与逃生沟被彻底遗忘，对于黑夜的恐惧与敬畏烟消云散。手持金属长矛的亚伦所向无敌，而他散发出来的自信似瘟疫般在克拉西亚人之间蔓延。

※

亚伦的脸庞因胜利的兴奋而红润，感觉如同破茧而出的上古英雄。尽管已奔跑战斗了数小时，他丝毫不觉得疲惫。尽管身上满是碎布条与伤口，他仍不觉疼痛。他的思绪完全集中在下一名对手，下一头即将死亡的恶魔。每当他感受到魔法的力量刺穿地心魔物外壳时，脑中就会浮现一股想法。

所有人都该拥有一根。

贾迪尔出现在他面前时，亚伦全身沾满恶魔脓汁，高举长矛向第一武士行礼。"沙鲁姆卡！"他叫道。

"今晚没有恶魔可以活着离开大迷宫！"

贾迪尔大笑，高举自己的长矛回礼。他走过来，如同兄弟般拥抱亚伦。

"我低估你了，帕尔青恩。"他说，"我不会再犯同样的错误。"

亚伦微笑。"你每次都这么说。"

贾迪尔指向亚伦刚刚砍杀的两头沙恶魔。"这一次，肯定不会。"他保证道，回应亚伦的笑容。接着转向跟随亚伦的战士。

"戴尔沙鲁姆！"他叫道，指向地心魔物的尸体。"累集这些恶心的东西，拖到外面城墙上。我们的投石部队需要练习！让城外的地心魔物看看攻击克拉西亚城堡的蠢蛋会有什么下场！"

战士们欢声雷动，迅速领命而去。他们离开的同时，贾迪尔转向亚伦。"观察兵回报某个东伏击点附近战斗还没有结束，"他说，"你还有力气作战吗，帕尔青恩？"

亚伦面露野兽般凶狠的微笑。"带路吧。"他回应，两人随即出发，将其他人留在后方。

他们狂奔一阵子，抵达大迷宫最偏远的角落。"就在前面。"贾迪尔在他们转过转角，进入某个伏击点时叫道。亚伦没有注意到四周的寂静，耳中只听到自己的脚步及血液奔腾的声响。

当他转过转角时，侧面突然冒出一条腿，在他脚下一绊，将他撂倒。他在地上翻滚，手中紧握宝贵的武器，但当他再度起身时，伏击点的唯一出口已被人封锁。

亚伦迷惘地环顾四周，没有看见任何与恶魔战斗的迹象。确实有人埋伏，但目标不是地心魔物——

第二十一章　只是一名青恩

328 AR

沙鲁姆将亚伦团团围住,那是贾迪尔的精英部队。亚伦全认得,都是当晚与他共进晚餐、共同欢笑,并且曾多次作战的男人。

"这是干吗?"亚伦问,其实他心里十分明白。

"卡吉之矛属于沙达玛卡,"贾迪尔一边走来一边说道,"你不是他。"

亚伦紧握长矛,仿佛担心长矛会自动脱手。现在围上来的人,都是几小时前与他一同用餐的人,但此刻他们眼中没有半点情谊。贾迪尔成功分化了他与他的支持者。

"没有必要走到这个地步。"亚伦边说边退,直到脚跟抵到伏击点中央的恶魔深坑。他隐约听见坑中传来沙恶魔的嘶吼声。

"我可以制造很多这种长矛。"他继续道,"每个戴尔沙鲁姆都将拥有一根,这是我此行的目的。"

"这种事我们也有能力办到。"贾迪尔微笑,两边长满胡须的脸透露出冰冷的气息,牙齿在月光下闪闪发光,"你不能成为我们的救世主,你不过是一名青恩。"

"我不想和你动手。"亚伦道。

"那就不要,我的朋友。"贾迪尔盛情说道,"交出武器,去牵你的马,天一亮立刻离开,永远不要回来。"

亚伦迟疑片刻。他绝不怀疑克拉西亚的魔印师有能力复制这根长矛。用不了多久，克拉西亚人就可以逆转圣战的战局。数千条性命将会获救，数千头恶魔将会死亡。功劳是谁的真的如此重要吗？

但谁的功劳并非此时唯一的重点。这根长矛不该只是克拉西亚人独享的恩赐，他应该属于全人类。克拉西亚人愿意与其他人分享知识吗？依照眼前的状况来看，亚伦不这么认为。

"不，"他说，"我想我要多保留它一会儿。让我为你制作一把，然后我就离开。你永远不会再见到我，而且你也会得到你想要的东西。"

贾迪尔轻弹手指，众人朝亚伦逼近。

"拜托，"亚伦恳求，"我不想伤害你们。"

贾迪尔的精英部队哈哈大笑，他们对那根长矛势在必得。

亚伦也跟着无奈地苦笑。

"地心魔物才是敌人！"他在他们进攻时叫道，"我不是！"即使在抗辩的同时，他已迅速转身，转动武器挡下两根长矛，狠狠踢中一名战士的肋骨，将对方踢到另一人身上。他说打就打，冲入敌阵，如同挥动木杖般旋转长矛，拒绝以矛头伤人。

他以矛柄重击一名战士脸颊，对方下颚碎裂，然后顺势倒了下去，以挥舞木棒的手法打中另一个人的膝盖。战士尖叫倒地的同时，一根长矛自他头上呼啸而过。

而与对抗地心魔物不同的是，这根长矛现在在亚伦手中沉重万分，支持他纵横大迷宫的活力荡然无存。对抗人类，它只是一根普通长矛。亚伦以长矛撑地，跃入空中，一脚踢中一名男子的喉咙。长矛矛柄击中另一人的腹部，撂倒对方。矛头划破第三名男子的大腿，逼使他放下武器，护住伤口。亚伦自众人的反击中撤退，位置维持在恶魔深坑之前，以免遭对手包围。

"我再次低估你了,虽然我向自己承诺不会再犯这个错。"贾迪尔说道。他挥挥手,更多战士加入混战。

亚伦竭力挣扎,但此战的战果早已注定。一根矛柄扫中他的脑侧,将他击倒,所有战士疯狂拥上,拳打脚踢,直到他放开长矛,伸出手臂护住头部。

长矛一脱手,众人立刻停止殴打。两个身材魁梧的战士拉起亚伦,将他的双手反钳在身后,他则眼睁睁看着贾迪尔弯腰捡起长矛。第一武士紧握到手的宝物,直视亚伦的双眼。

"真的很抱歉,我的朋友。"他说,"我希望事情不是如此收场。"

亚伦一口啐在他的脸上。"艾弗伦把你的背叛都看在眼里!"他大叫。

贾迪尔只是微笑,擦拭脸上的口水。"不准你提艾弗伦的圣名,青恩。我是他的沙鲁姆卡,你不是。少了我,克拉西亚会沦陷。谁会想念你,帕尔青恩?你连一个泪瓶都装不满。"

他转向押着亚伦的战士。"丢到坑里去。"

在亚伦自坠地的撞击中恢复过来前,贾迪尔的上等长矛已经笔直地插在他眼前的沙土中,兀自抖动。抬头望向二十英尺高的坑壁,他看见第一武士站在上面俯视他。

"你光荣地度过一生,帕尔青恩。"贾迪尔说,"所以你可以带着你的荣誉死去。奋战至死,你将在天堂获得重生。"

亚伦咬牙切齿,转头看向深坑另一边的沙恶魔躬身而起。它发出低沉的吼叫,露出锋利的牙齿。

亚伦站起身来,忽视身上的瘀伤及疼痛。他缓缓伸手拔矛,直视恶魔的双眼。他的一举一动既不具威胁性,也没有丝毫恐惧的情绪，令恶魔困惑。它四脚着地，来回踱步，不确定该采取什么行动。

使用没有绘制魔印的长矛杀死沙恶魔，并不是不可能。它们的眼睛很小，没有眼睑，通常以额头上的骨脊守护，而在展开攻击时会张大。只要精确地刺入这个弱点，力道又猛烈到足以贯穿眼眶后的脑颅，就有可能瞬间击毙它。但恶魔自我疗愈的速度极快，如果没有刺准，或是没有直接贯穿脑袋，就会进一步激怒它们。在没有盾牌，且只有月光及洞口暗淡的油灯照明的情况下，想要完成这个动作简直是不可能的事。

趁着恶魔困惑迷惘的时机，亚伦缓缓于沙土中拔起矛头，在重要位置前绘制魔印，那是地心魔物最有可能攻击的方向。对方很快就会绕道而行，但这样可以为他争取一点时间。一笔一画，他在沙上画下符号。

沙恶魔退回坑壁旁，上方油灯光线投射阴影的最暗处。它深褐色鳞片融入周围的泥土色，几乎看不见踪迹，唯一看得到的，是一双反射周围微弱光线的黑眼。

亚伦在对方动手前已经看出端倪。恶魔的肌肉贲张扭曲，后腿压低。他小心翼翼地移动到画好的魔印后方，随即偏开目光，仿佛认命地投降了。

地心魔物低吼一声，随即放声大叫，朝他直扑上来，尖牙利爪，肌肉坚硬，体重超过一百磅。亚伦以逸待劳，看着对方撞上魔印力场，随即在魔印绽放魔光的瞬间，对准恶魔的眼珠刺出长矛，借由恶魔的冲势加强此击的力道。

在洞口围观的克拉西亚人爆出一阵热烈的欢呼。

亚伦感觉矛头深入对方头颅，但还没贯穿脑袋前，恶魔就已经被魔印和长矛冲击的力道反弹回去，于尖叫声中跌落到深坑的另一边。亚伦打量长矛，发现矛头已经折断。恶魔忍住疼痛，站起身来，亚伦透过月光看见矛头在对方眼中闪闪发光。它利爪一挥，拔出矛头，伤口随即不再流血。

地心魔物低吼一声，腹部在沙土中拖行，从坑底一端爬过来。亚伦不去理它，迅速绘制半圆形的魔印圈。恶魔再度攻击，临时赶工出来的魔印力场再度发光，阻挡它的去路。亚伦再度出矛，这一次试图将断矛自它口中插入，进而接触喉咙中比较柔软的肌肉。地心魔物动作飞快，一口咬住亚伦的长矛，趁着反弹的势道夺走他的武器。

"黑夜呀。"亚伦咒骂。他的魔印圈尚未完工，少了长矛，他根本没有指望完工。趁着沙恶魔尚未从冲击中回过神来，亚伦跳出魔印力场，自它身后出手勾住它的双臂。上方，围观的众人大声叫好！

地心魔物又抓又咬，但亚伦身手矫健，在它身后迅速移动，上臂穿越它的腋下，十指紧扣它的后颈。他直立而起，将恶魔提离地面。

亚伦的体型比沙恶魔高大，体重也较重，但力量一直不敌挣扎中的地心魔物。它的肌肉感觉像是密尔恩采石场的缆绳，而它的利爪随时可能将他的双脚撕成碎片。他甩动恶魔的身躯，撞向深坑的坑壁。在它从冲击中恢复前，再次甩去撞墙。怪物猛烈挣扎，他钳制对方的力量逐渐衰弱。于是他再度甩动恶魔，将他抛向自己的魔印。魔光照亮深坑，冲击恶魔，亚伦抄起地上的断矛，在恶魔起身前冲回魔印后方。

愤怒的恶魔不断攻击魔印，但亚伦迅速完成一道半圆形的魔印力场。魔印网中存在漏洞，但是他希望这些漏洞小到让恶魔找不到也挤不进来。

不久后，希望破灭，地心魔物跳上坑壁，利爪深深陷入黏土中。它沿着坑壁朝亚伦逼近，牙齿外露，口水直流。

亚伦仓促间绘制而成的魔印力场威力不大，守护的范围也有限，只比恶魔跳跃的高度高出一点点。地心魔物不久就会发现可以自上方突破力场。

在斗志激励下，亚伦伸出一脚放在最接近坑壁的魔印上方，隔绝上方的魔力。他将脚掌保持在距离地面一英寸的高度，确保不会刮花魔印。他等待恶魔扑来，然后向后退开，露出其下的魔印。

力场在恶魔通过一半时重新启动，瞬间将地心魔物一分为二。半截身体坠入魔印圈中，另外半截掉在圈外。

尽管少了下半截身躯，地心魔物依然连抓带咬。亚伦翻身闪避，以手中断矛阻止它继续逼近。他穿过魔印圈，将沙恶魔的上半身困在圈内，任其一边抽搐一边分泌黑色脓汁。

亚伦抬起头来，看着克拉西亚人目瞪口呆地瞪视自己。他满脸怒容，将断矛在膝盖上再度折成两段。受到之前恶魔的启发，他将矛柄插入坑壁，鼓起肌肉使劲拉扯，身体上升，接着他举起另一手，将矛头插入更上方的坑壁。

一手接着一手，亚伦爬上二十英尺高的深坑。他不在乎之后必须面对什么情况，有什么在上面等着他。他将全副精力放在眼前的问题，完全忽略肌肉的灼痛以及皮肤的撕裂感。

爬到洞口时，克拉西亚人瞪大双眼，向后退开。其中不少人口念艾弗伦，伸手触摸自己的额头与心口，其他人则在身前平空比画，仿佛将他当作恶魔。

亚伦四肢瘫软，挣扎起身，透过模糊的视线看向第一武士。"如果你想要杀我，"他怒道，"你必须亲自动手，大迷宫中已经没有剩下的地心魔物可以代劳。"

贾迪尔向前跨出一步，但在听见部属中发出不满的声浪时停下脚步。亚伦已经证明自己是战士，现在动手杀他将是可耻的行为。

亚伦就是指望这点,但在其他人有时间决定立场前,贾迪尔已经迎上前,以魔印长矛的矛柄击中他的脑侧。

亚伦摔倒在地,脑中轰隆作响,世界天旋地转,但他吐口口水,双手撑地,挣扎起身。他抬起头来,只见贾迪尔再度出手。他感到长矛击中自己的脸颊,随即不省人事。

第二十二章　浪迹小村庄

329 AR

罗杰手舞足蹈地向前走,四颗亮眼的彩色木球在他头上翻转。他没有能力站在原地耍球,但罗杰·半掌必须维护自己的名声,于是他学会用别的办法弥补自己的不足,脚下如同行云流水般移动,将残缺的手掌保持在适合接球抛球的位置。

尽管已经十四岁,他的个子依然矮小,仅超过五英尺,有着红萝卜色头发,绿色双眼,脸形圆润,面色白皙,布满雀斑。他缩身、挺立、迅速回旋,脚步随彩球的节奏移动。五指分开的软鞋上布满灰尘,扬起的尘土在他身边飘动,每次呼吸都夹混着浓厚的干土气味。

"如果你不能原地耍球,还值得这样练习吗?"艾利克无耐地问道,"你看起来很不专业,而且观众和我一样不喜欢吃灰尘。"

"我又不会在路上表演。"罗杰说道。

"在小村庄表演时或许就会。"艾利克不同意,"那种地方没有木地板。"

罗杰乱了节奏,艾利克立刻沉默下来,看着男孩手忙脚乱地试图挽回局面。他最后终于再度找回节奏,但艾利克还是啧声不断。

"没有木地板,他们要怎么阻止恶魔在城墙内出没?"罗杰问。

"也没有城墙。"艾利克说,"就算只是一座小城堡,还是需要十几名魔印师才能维持城墙运作。如果一座村庄拥有两个魔印师外加一个学徒,已经算是非常幸运了。"

罗杰吞下涌入口中的胆汁,感觉些微头晕。十年前的惨叫声再度浮现脑中,他绊了一跤,背部着地,球纷纷落在他头上。他气呼呼地扬起残缺的手掌拍打地面。

"最好把彩球交给我耍,专心练习其他技巧。"艾利克说,"如果你把练习耍球的时间分一半去练习唱歌,或许可以唱三个音节后才开始出现破音。"

"你总是说'不会耍球的吟游诗人根本不算吟游诗人'。"罗杰说道。

"别管以前说什么!"艾利克大声道,"你以为天杀的杰辛·黄金嗓会耍球吗?你拥有某种天赋。等你建立起自己的名声,你就可以招收学徒帮你耍球。"

"我为什么要别人帮我耍球?"罗杰问,捡起彩球,放回挂在腰间的布袋。做这些事时,他顺便摸了摸裤带旁令他心安的物品,也就是安安稳稳地收在暗袋里的护身符,以获取力量。

"因为真正赚钱的不是杂耍特技,孩子。"艾利克说着,举起永不离手的酒袋喝了一口。"吟游诗人表演就是为了赚钱。建立自己的名声,你会赚到大把密尔恩黄金,就像我从前一样。"他又喝了一口,这一次喝得更多。"但想要建立名声,你就得去小村庄演出。"

"黄金嗓从来没有在小村庄演出。"罗杰说道。

"一点也没错!"艾利克叫着,比了一个大幅度的手势,"他的叔叔或许有办法在安吉尔斯呼风唤雨,但他没有能力影响小村庄。等我们打造出你的名声,我们就可亲手埋葬他!"

"他不是甜蜜歌和半掌的对手。"罗杰立刻回道,很明智地将老师的名号放在前面,尽管最近安吉尔斯街头巷尾都把这两个名字顺序倒过来讲。

"没错!"艾利克高叫,迅速踢踏鞋跟,跳了一段捷格舞。

罗杰及时转移艾利克的怒气。过去几年里,他的老师变得越来越易怒,酒也越喝越多。罗杰的风头越来越盛,他的名号则越来越不响亮。他的歌声不再甜蜜,他很清楚这点。

"离蟋蟀坡还有多远?"罗杰问。

"明天午餐前就会抵达。"艾利克道。

"我以为两座村庄相距不超过一天的路程?"罗杰问。

艾利克咕哝一声。"公爵法令规定,两座村庄之间不能超过男人骑马路程一天的距离。"他说,"徒步行走就会比较远。"

罗杰的希望落空。艾利克真的打算光靠杰若的旧携带式魔印圈露宿野外道路,而这道魔印圈已有十年没有拿出来用过了。

但安吉尔斯对他们来说已经不再安全。随着他们的声望提升,杰辛大师会不时跑来骚扰他们。去年他的学徒打断了艾利克的手臂,并且数次在大型演出后抢夺他们挣得的钱币。在被抢以及艾利克酗酒和嫖妓的挥霍下,他和罗杰还是常常口袋空空。或许小村庄真的可以让他们赚更多钱也未可知。

在小村庄中建立名声是吟游诗人必经的考验,而且与他们安全地待在安吉尔斯时,看来似乎是段伟大的冒险旅程。罗杰望向天空,用力咽了一下喉咙。

※

罗杰坐在一块大石上,在斗篷上贴着一块白色补丁,就和其他衣服一样,最初那块布料早已烂光,必须一次又一次地缝补,直到整件衣服满是补丁。

"弄完就去铺设魔印圈，孩子。"艾利克摇摇晃晃地说道，他的酒袋差不多见底了。罗杰看着西沉的太阳，一脸恐惧，赶紧开始铺设魔印圈。

魔印圈很小，直径约十英尺，只够让两个男人在中间隔着一堆营火的情况下平躺。罗杰在营地中央插了一根木棍，然后取出一条五英尺长的线套在上面，在泥土上画下一个一个平滑的圆圈。他沿着圆圈铺好魔印圈，拿一根直木棍确保魔印牌间等距离相隔，然而他不是魔印师，根本不敢保证自己做得对不对。

铺好后，艾利克晃了过来，检查他的成果。

"看起来很好了。"他的老师含糊不清地道，根本也没有仔细检查。太阳逐渐西沉，罗杰感到背上传来一阵凉意，于是从头到尾再检查一遍，确定自己没有弄错，然后又检查一遍，为求心安。尽管如此，他在生火打理晚餐时心里一直发毛。

罗杰从没见过恶魔，至少在记忆中没有。闯入自家大门的利爪永远烙印在他的心中，但当天其他的景象，包括咬断他手指的那地心魔物，在他脑中只剩下模糊不清的浓烟、利齿和魔角。

当树木开始在道路上洒落长长的阴影时，他感觉全身血液都要凝结了。不久后，一抹鬼魅般的形体自他们营火附近的地面缓缓浮现。木恶魔的体型与正常男人差不多，结实的肌肉外覆盖一层类似树皮的外壳，其上布满树瘤。恶魔看见他们的营火，大声吼叫，抬起脑袋上的长角，露出森白的牙齿。他摩拳擦掌，准备猎食。营火边缘逐渐聚集其他形体，缓缓包围他们。

罗杰的目光飘向艾利克，只见他正就着酒袋大口喝酒。他本来期望老师会表现得比较冷静，毕竟他曾在魔印圈中过夜，但艾利克眼中的恐惧显然不是那么一回事。罗杰伸出颤抖的手，在暗袋中摸索，取出自己的护身符，紧紧握在手中。

木恶魔压低魔角，展开攻击，罗杰的脑海里突然浮现一个画面，一段压抑许久的回忆。转眼间他回到三岁时，死亡从母亲肩膀后逼近。那一刻，一切统统浮出水面——他父亲拿起拨火棒，与杰若一起挺身而出，为带着他逃命的母亲还有艾利克争取时间；艾利克推开他们，冲向暗门；夺走他手指的一咬，他母亲的牺牲。

我爱你！

罗杰紧握护身符，感觉母亲的灵魂一直真实地伴随他的身边。在地心魔物的攻击中，他相信护身符比魔印圈更能守护自己。

恶魔狠狠地攻击魔印力场。魔光闪动时，罗杰和艾利克都被吓得跳了起来。杰若的魔印网绽放银色火光，将地心魔物反弹而出，一时动弹不得。

他们短暂地松了口气。声音和魔光吸引其他木恶魔的注意，它们轮流进攻，从四面八方测试魔印网。

但杰若的亮面魔印牌毫不动摇。恶魔一个接着一个，有时甚至是一群，纷纷被反弹而出，只能愤怒地沿着营地绕圈，徒劳地寻找魔印网的弱点。

然而在恶魔不断朝自己扑来的时候，罗杰的思绪早已飞奔到别处。一次又一次，他看见父母死亡，他的父亲深陷火海，母亲将恶魔压入碗槽，然后把自己塞入暗门。一次又一次，他看见艾利克推开他们。

艾利克害死了他的母亲，和他亲手杀害没有什么两样。罗杰将护身符拿到嘴前，亲吻她的红发。

"你拿的是什么？"在确定恶魔无法闯入魔印圈后，艾利克轻声问道。

如果是其他情况下，罗杰会因为护身符曝光而惊慌失措，但现在他的心根本不在这里，而是重回当年的梦魇中，迫切地试图理清这一切代表什么意义。艾利克十年来和他情同父子，这些记忆是真的吗？

他摊开手掌，让艾利克看见手中的红发木娃娃。

"我妈。"他说道。

艾利克悲伤地凝视娃娃，脸上的表情明白流露罗杰想知道的一切。他的回忆是真的。愤怒的言语堆积在舌尖，他全身紧绷，准备扑向自己的老师，将他推出魔印圈，接受地心魔物的惩罚。

艾利克垂下目光，清清喉咙，放声歌唱。尽管歌声因常年酗酒而大不如前，他吟唱旋律轻柔的摇篮曲时仍有几分昔日的甜美，而这首摇篮曲就和木恶魔的景象一样触动罗杰的回忆。突然间，他想起当年在同一个魔印圈内，艾利克将自己抱在怀中，于河桥镇的火海中吟唱同一首摇篮曲。

一如他的护身符，摇篮曲将罗杰笼罩其中，提醒着他当天晚上这首歌为他带来的安全感。艾利克是个懦夫，这是事实，但他没有辜负卡莉托他照顾罗杰的乞求，他为此丢掉公爵赏赐的差事，并毁了他的后半生。

罗杰将护身符放回暗袋中，凝望眼前的黑暗，心里不断浮现十年前的回忆，绝望地想要理清思绪。

最后，艾利克歌声渐弱，罗杰回过神来，开始准备煮菜用具。他们用小平底锅烤了香肠和马铃薯，搭配硬皮面包吃。晚餐过后，他们练习演出。罗杰拿出小提琴，艾利克则喝酒润喉。他们相对而坐，竭尽所能地忽略魔印圈外的地心魔物。

罗杰开始演奏，当琴弦的震动成为他的世界时，所有的疑虑与恐惧统统无影无踪。他先演奏一段旋律，准备好后点点头。

艾利克随着他的旋律轻哼曲调，等他再度点头后开始引吭高歌。他们演唱了一段时间，沉醉在多年的练习和演出经验营造出来的和谐气氛。

一段时间过后，艾利克突然不再歌唱，环顾四周。

"怎么了？"罗杰问。

"从我们开始练习后，似乎就没有恶魔攻击魔印了。"艾利克惊奇地说道。

罗杰放下小提琴，带着惊疑凝望着四周的黑夜。他发现老师说得没错，自己之前怎么会没有注意到这种现象。木恶魔蹲伏在营地边上，毫无动静，但当罗杰与它的目光接触时，对方立刻疾扑而上。

罗杰惊叫一声，在地心魔物撞上魔印力场并弹开时连忙后退。其他恶魔都自恍惚中清醒。魔印圈四周开始绽放魔光。

"是音乐的关系！"艾利克说，"音乐令它们沉醉。"

眼看男孩一脸困惑，艾利克清清喉咙，开始唱歌。

他的声音响亮，远远传开，盖过恶魔的吼叫，却没有造成迷醉的效果。相反地，地心魔物更加愤怒，不断攻击魔印力场，就像愤怒的观众不断抗议。

艾利克的浓眉皱起，改变曲调，唱起刚才与罗杰搭配的最后一首歌。但地心魔物此起彼伏地攻击魔印。罗杰感到更加恐惧，万一恶魔在魔印力场中找到弱点怎么办，就像当年……

"小提琴，孩子！"艾利克叫道。罗杰目光呆滞地低头看向握在手中的小提琴和琴弓。"演奏它，笨蛋！"艾利克命令道。

罗杰残缺的手掌不住颤抖——琴弓在琴弦上拉出一阵尖锐的声音，如同指甲刻画石板。地心魔物尖叫呐喊，向后逃去。罗杰精神一振，演奏更多刺耳的音调，将恶魔越赶越远。它们大声呐喊，利爪堵住耳朵，仿佛十分痛苦。

但它们没有逃得太远，只是退到足以忍受这种声音的距离。它们在那里静静等待，黑色的眼珠闪烁营火的光芒。

这种景象令罗杰毛骨悚然——它们知道他不可能永远演奏下去。

🦗

艾利克声称他们在小村庄会受到英雄式的款待，并不是夸大其词。蟋蟀坡没有自己的吟游诗人，而且许多居民都还记得十年前艾利克身为公爵使者时的演出。

当地有一间专供过往车夫及往来林尽镇与牧羊谷的农夫借宿的旅店，店老板热情地款待他们，住宿伙食完全免费。全镇居民男女老少都赶来欣赏他们的演出，单是酒钱就足以支付旅馆的一切费用。事实上，一切都十分顺利，直到他们开始传递收钱帽。

🦗

"一堆玉米棒！"艾利克大叫，把东西拿在罗杰面前摇晃，"我们要这玩意做什么？"

"我们可以吃。"罗杰提议道。他的老师瞪了他一眼，然后继续踱步。

罗杰喜欢蟋蟀坡。这里的人都很单纯，也很热心，知道该如何享受生活。在安吉尔斯，观众全挤上来听他演奏，不停点头，打着节拍。但他从没有像蟋蟀坡镇民一样陶醉到跟着音乐翩翩起舞——小提琴还没完全拿出琴盒，人们已开始后退，清出一大块空地。演奏开始不久，他们已经旋转舞动，放声欢笑，完全沉浸在他的音乐中，徜徉在音乐中。他们会在艾利克吟唱悲伤歌曲时纵情哭泣，在他讲述荤段子和表演幽默剧时疯狂大笑。在罗杰眼中，他们是世上最好的观众。

表演结束后，"甜蜜歌与半掌"的呼声震耳欲聋。人们请他们到家里做客，拿出家里的美食和美酒招待他们。罗杰还被两名眼睛又黑又亮的女孩推入稻草堆，亲得头昏眼花。

艾利克就没他这么开心了。"我怎会忘掉在这种地方表演会是这种情况？"他悲叹道。

他是指收钱帽的事。小村落里没有钱币，或只有少许钱币。仅有的钱币要用来购买生活必需品——种子、工具以及魔印桩。帽子最下方有两枚木卡拉，但这点钱连支付艾利克从安吉尔斯前往此地途中的酒钱都不够。大多数的蟋蟀坡镇民都在收钱帽中投入谷物，偶尔会有小袋食盐或香料。

"以物易物！"艾利说这词的语气，仿佛那是诅咒，"安吉尔斯没有酒商会收大麦！"可蟋蟀坡镇民不只用谷物付钱，他们还会赠送腌肉和新鲜面包，一块奶油或一篮水果之类的礼物。温暖的被套，干净的补丁，他们会心怀感激地提供任何多余的物品和服务。自从离开公爵的宫殿后，罗杰就没有吃过这么丰富的大餐了。这种情况下，他实在无法了解老师的沮丧。钱有什么好，不过就是用来购买蟋蟀坡人提供给他们的这些东西吗？

"幸好他们有酒。"艾利克喃喃说道。罗杰紧张兮兮地看了老师的酒袋一眼，心知喝酒只会加深艾利克的沮丧，但他没有多说什么。喝酒会让艾利克显得很愁苦，但被告诫少喝酒会让他更沮丧。

"我喜欢这里。"罗杰大胆说道，"我希望我们可以多待一段时间。"

"你懂什么？"艾利克大声道。"愚蠢的孩子。"他吼道，仿佛十分痛苦。"林尽镇不会比这里好到哪里去，"他继续悲叹，遥望道路，"牧羊谷则是这些村落里面最糟糕的一座！我到底在想什么，重蹈这种愚蠢的覆辙？"

他踢了宝贵的魔印板一脚，魔印圈歪向一旁，但他似乎没有注意到，也毫不在乎，醉醺醺地在营火附近踱步。罗杰倒抽一口凉气。

太阳就要下山了，但他什么也没说，只是冲到被踢歪的魔印板旁，手忙脚乱地将它放回原位，一面恐惧地盯着地平线。他及时修好魔印圈，在第一头地心魔物扑来的同时跌向后方，于耀眼的魔光中惊声尖叫。

"可恶！"艾利克朝扑向自己的恶魔叫道。看着地心魔物撞上魔印网，醉醺醺的吟游诗人轻蔑地昂起头，发出母鸡般的叫声。

"你静一静，拜托。"罗杰抓起艾利克的手臂哀求道，一面将他往营地中央拉。

"喔，难道只有你半掌知道？"他大哼一声，猛甩自己的手臂，差点跌倒，"可怜的醉鬼甜蜜歌不知道要远离地心魔物的爪子吗？"

"不是这样的。"罗杰反驳道。

"不然是怎样？"艾利克大声问道，"你以为因为观众高呼你的名字，你就不需要我了吗？"

"不是。"罗杰说。

"当然不是！"艾利克嘀咕道，又拿起酒袋喝了一大口酒，然后跌跌撞撞地走开。

罗杰喉咙一紧，伸手到暗袋里寻找护身符。他以大拇指抚摸木娃娃光滑的表面及柔软的发丝，试图从中寻求力量。

"没错，去找你妈！"艾利克大叫，转过来指着小娃娃，"你忘掉是谁把你养这么大的，是谁教你这么多本事！我为了你放弃了我自己的生命！"

罗杰紧握护身符，感受到母亲的存在，听见她的临终言语。他再度想起艾利克推倒母亲的情景，一股怒意凝聚在喉咙。"不，"他说，"你是唯一没有为我放弃生命的人。"

艾利克皱起眉，朝男孩逼近。罗杰向后退，但魔印圈很小，根本无路可退。魔印圈外，恶魔如饥似渴地跟着旋转。

"把你那玩意给我！"艾利克怒气冲冲地吼道，抓起罗杰的手腕。

"它是我的！"罗杰大叫。他们争夺片刻，但艾利克身材高大，而且双手完好。最后他终于抢走护身符，顺势抛入火堆。

"不！"罗杰大叫，冲向火堆，但太迟了，红发瞬间着火，在他找到树枝挑出护身符前，木娃娃已经烧着了。罗杰跪着，眼睁睁地看它燃烧，目瞪口呆。他的双手开始颤抖。

艾利克不去理他，跌跌撞撞地来到蹲在外面攻击魔印圈的恶魔面前。"这一切都是你的错！"他吼道，"我会沦落到丢掉饭碗，和一个忘恩负义的孩子在一起挨村乞讨，都是你的错！你的错！"

地心魔物对他吼叫，露出两排白森森的利齿。艾利克冲着它们大吼回去，将酒袋砸在恶魔脸上。酒袋破裂，在他们俩身上洒满血红色酒水及皮革碎片。

"我的酒！"艾利克大叫，突然明白自己做了什么。他跨出了魔印圈，仿佛自己有能力补救这个错误。

"老师，不！"罗杰大叫。他连滚带爬地扑过去，一边踢向老师的膝盖后窝，一边高举完好的手掌，抓住艾利克的马尾辫。艾利克被扯回魔印圈内，重重摔在学徒身上。

"把你肮脏的手拿开！"艾利克疯狂地叫道，没意识到罗杰刚刚救了自己一命。他爬起身来，一把抓住男孩的上衣，将他推到魔印圈外。

那一刻，两人与地心魔物都僵在原地。随着恶魔发出餐前兴奋的欢呼，艾利克终于明白自己做了什么，但众恶魔已朝男孩一拥而上。

罗杰惊叫倒地，完全不指望能及时冲回魔印圈。他扬起双手，绝望地试图抵挡恶魔的攻击，但在恶魔扑倒前，他听见一声呐喊，看到艾利克截下地心魔物，将它撞向一旁。

"快回魔印圈里去！"艾利克叫道。恶魔怒吼一声，重重反击，吟游诗人随即腾空而起。他坠地时想再度弹起，手臂一甩，勾到携带式魔印圈的绳子，扯乱了魔印木牌的位置。

空地上的地心魔物开始朝魔印缺口冲来。罗杰意识到他们俩都死定了。第一头恶魔再度对他扑来，但艾利克再次抓住它，将他甩到旁边。

"你的小提琴！"他叫道，"你可以逼退他们！"然而话刚出口，地心魔物利爪已经深深插入他的胸口，鲜血自他口中喷了出来。

"老师！"罗杰惊叫。他犹疑地望向小提琴。

"救你自己！"艾利克在恶魔撕烂他的喉咙前喊道。

黎明将恶魔赶回地心魔域时，罗杰完好手掌上的指头已鲜血淋漓。他使尽全身力气，才能伸直手指，放开小提琴。

他演奏了整整一个晚上，营火熄后就蜷缩在黑暗中，拉出不协调的音调，赶跑那些潜伏在黑暗中的地心魔物。

演奏小提琴时，他没有感受到任何音律的美妙，只有难听的尖锐噪声；没有任何东西帮助他忘却恐惧。但现在，看着老师穿着破烂衣衫躺在血泊中的尸骨，一股新的恐惧涌上心头，将他压得跪倒在地，不断呕吐。

一段时间过后,他的情绪稍微平复,看着自己血肉模糊的双手,试图停止颤抖。他觉得全身涨红发热,但脸颊在晨风中冰凉而毫无血色。他的胃部持续翻搅,但已吐不出任何东西。他扬起彩色衣袖擦拭嘴角,然后强迫自己站起身来。

他试图收集艾利克的残骸加以埋葬,但根本找不到多少东西可埋,一撮头发、一只破破烂烂的靴子,里面的肉都被吃光;还有鲜血。恶魔不忌讳内脏和骨骼,而且它们抢得很凶。

根据牧师的教诲,地心魔物会吞噬受害者的身体以及灵魂,但艾利克总是说教徒比吟游诗人还会说谎,而他的老师说谎的本事可大了。罗杰想起他的护身符,以及母亲的灵魂守护自己的感觉。如果她的灵魂遭受吞噬,他怎么可能感受得到她呢?

他转向营火的冰冷灰烬。木娃娃还在里面,黑漆漆的满是裂痕,很快就在他手中化为碎片。不远处,艾利克的马尾残骸静静躺在泥土上。罗杰捡起头发,只见其中灰发比金发多得多。他将头发放入自己口袋——他要再做一个护身符。

林尽镇在黄昏前映入眼帘,罗杰终于松了一口大气。他觉得自己没有力气在野外再多撑一晚。

他考虑过折返蟋蟀坡,恳求路过的信使带他回安吉尔斯,但这样就得向他们解释事发经过,而罗杰还没准备好这样做。再说,安吉尔斯有什么值得留恋的?没有表演执照,他根本不能演出,而艾利克又得罪了所有可以帮他完成学徒训练的吟游诗人。最好还是待在世界的这一边比较好,没有人认识他,公会也管不到他。

就像蟋蟀坡一样,林尽镇里满是愿意张开双臂迎接吟游诗人的单纯好人,完全不会想要去质疑为镇上带来娱乐消遣的人。

罗杰心存感激地接受他们的款待。他觉得自己像个骗子,因为他只是一名没有执照的学徒,却宣称自己是吟游诗人,但他认为就算林尽镇的镇民都知真相也不会在乎。难道他们会因此拒绝随着他的音乐狂欢,或是在他耍宝时笑得不够痛快吗?但罗杰不敢去碰惊奇袋中的彩球,也不敢开口唱歌。他用后空翻、翻筋斗、倒立行走等特技取代耍球,尽其所能地掩饰自己的不足之处。

林尽镇民没有逼他表演彩球,暂时而言这样就够了。

第二十三章　重生

328 AR

耀眼的阳光令亚伦恢复意识。他抬起头来，风沙吹打着他的脸颊，他吐出细小的沙粒，挣扎着爬起身，往四周扫视一圈，视线之内一片黄沙。

他们将他丢在沙漠中等死。

"懦夫！"他大叫，"让沙漠夺走我的性命不会免去你的罪孽！"

他跪在地上，膝盖不自觉地颤抖，尽管几次试图站起身，但疲弱的身躯只能让自己躺在地上，慢慢等死——他感到天旋地转。

这次本来是为了帮助克拉西亚人——他们怎么能够这样背叛自己？

"不要骗自己了，脑中的声音说道。你自己也常常背叛他人。你在父亲最需要你时离开他，在受训期满前抛下卡伯，在一个拥抱都没有的情况下丢下瑞根和伊莉莎，还有玛丽……

谁会想念你，帕尔青恩？"贾迪尔如此问道，"你连一个泪瓶都装不满——"

他说的没错。

如果他就此死去，亚伦知道，唯一会关心他死去的人，大概就是担心自身损失大于他的性命的商人。或许这样就是他背叛所有爱过他的人必须付出的代价，或许他该就这么躺下等死。

他双脚发软。沙地似乎在拉拽他，召唤他投入它的怀抱。正当他打算放弃时，有什么吸引了他的目光。

数英尺外的沙地上有只水袋。是贾迪尔良心发现了吗？还是他的一名手下同情被背叛的信使而留下的？

亚伦爬到水袋旁，紧紧抓住它，如同抓住救生索——或许还是有人会为了他的死亡哀悼。

但这并不能改变什么。就算他回到克拉西亚，也没有人会相信青恩的话，而质疑沙鲁姆卡。只要贾迪尔一声令下，戴尔沙鲁姆会毫不犹豫地击毙亚伦。

就这样让他们拿走你冒着生命危险取得的长矛？他自问。让他们拿走黎明跑者、携带式魔印圈，以及所有你的东西？

想到这里，亚伦不禁摸着腰部，接着松了一口气，发现自己并没有失去一切。他的腰上还挂着在大迷宫中作战时随身携带的皮袋，其中放有一套小型魔印工具、他的草药袋以及他的笔记本。

这本笔记本让它找回了仅存的一点信心。亚伦失去了其他书籍，但所有书籍加在一起都不如这本笔记本来得重要。自从离开密尔恩那天开始，亚伦就把自己学到的新魔印统统抄录在这本笔记中，包括长矛上的魔印。

既然他们那么想要，就让他们留着那根天杀的长矛，亚伦想，我可以再造一根。

他挺身站起，捡起水袋，喝了一小口，然后挂在自己肩膀上，爬上最近的一座沙丘。

他手搭凉棚，隐约看见远方如同海市蜃楼般的克拉西亚城堡，以确定通往黎明绿洲的方向。少了他的马，这段旅途将在没有魔印保护的情况下在沙漠里行走一个星期。他的水在他抵达前就会耗尽，但他觉得水不会是最大的问题——沙恶魔或许会在他渴死前夺走他的性命。

※

亚伦边走边嚼猪根草——草药很苦，还会让胃翻腾——他身上满是恶魔的抓伤，猪根可以防止感染。此外，在没有食物的情况下，恶心感总比引发的腹痛要好，每跨出一步都令他痛苦不堪。他将上衣罩在头上遮阳，导致背部严重晒伤。其实他的皮肤因为之前被殴打而青一块紫一块，而瘀青上又有晒红的痕迹。

尽管口干舌燥、喉咙肿胀，但水喝得很少。亚伦继续前进，直到太阳完全沉入西边的沙丘后。他感觉自己完全没有前进，但身后在风沙中逐渐消失的足迹却长得令他吃惊。

黑夜降临后，地心魔物以及酷寒都足以置他于死地。亚伦躲起来，将自己埋入沙地，一方面维持体温，一方面躲避恶魔。他自笔记本中撕下一页白纸，卷成细长的呼吸管，但埋在沙里依然让他觉得窒息，且担心自己会被地心魔物发现。当太阳升起，温暖沙地时，再爬出沙堆，继续跌跌撞撞地前行，感觉好像根本没有休息过。

他不停地赶路，日复一日，夜复一夜。在缺乏食物、休息，以及少量饮水的情况下，他的身体日渐虚弱。他的皮肤龟裂渗血，但他视而不见，咬牙坚持。日光越来越炽，但地平线依然远在天边。

他的鞋不知道掉在什么地方了。他不确定什么时候掉的，怎么掉的。他的脚掌直接踏在滚烫的沙地上，烧痛灼伤，长满血泡硬茧。他撕下衣袖，将脚掌包起来继续赶路。

他不时跌倒，有时候立刻爬起，有时候会昏厥一会儿。有时候，他会在跌倒后一路滚下沙丘。精疲力竭的他将这种情况视为好运，因为这样可以让他减轻下坡的痛苦。

饮水耗尽时，他已经忘记自己走了多少天了。他沿着沙漠大道往前爬，但对于还有多远没有半点印象。他的嘴巴干裂，就连伤口和水泡都不再分泌脓汁，仿佛身体已烤干了。他再度跌倒，接着努力为自己找寻再度爬起来的理由。

亚伦突然惊醒，满脸汗湿。天黑了，这个事实令他有些绝望，但他根本没有力气害怕。他低下头，发现自己的脸浸在绿洲的池畔，他的手泡在水里。

他不知道自己是如何抵达的。他最后记得的是……他根本不知道自己记得的最后一件事是什么。他不知道自己如何穿过沙漠，但他并不在乎。他成功了，这才是重点。深处绿洲尖塔的魔印守护下，他安全了。

亚伦贪婪地饱饮绿洲的池水。片刻后，他开始呕吐，接着强迫自己小口喝水。口渴的问题解决后，他再度闭上双眼，一个多星期以来第一次睡得如此安稳。

起床后，亚伦前往绿洲储藏库大肆搜刮。除了食物，他还拿了许多补给装备：床单、草药、一组备用魔印工具。由于身体虚弱，接下来的几天他都在吃晒干的食物、饮用清水、清理伤口的程序中度过。几天过后，他可以外出采集新鲜水果。一个星期后，他有力气捕鱼。两个星期后，他可以在不感到疼痛的情况下站起身来，伸展四肢。

绿洲中存放着足以帮他离开沙漠的补给品。或许他会半死不活地爬出沙漠边缘的贫瘠荒漠，但换个角度来看，那也算是希望。

绿洲储藏库中还有几根长矛，但与被夺走的伟大的金属长矛相比，这些尖锐的木棍简直令人感到悲摧。在缺乏亮漆补强魔印的情况下，刻在木柄上的符号一旦刺中地心魔物坚硬的外壳，立刻就会损毁。

那该怎么办？他有足以烧结恶魔性命的魔印，但缺乏可刻在上面的武器，这些魔印根本毫无用武之地。

他考虑在石头上绘制攻击魔印。他可以抛掷石头，甚至拿石头砸地心魔物……

亚伦哈哈大笑。如果他要跟恶魔接近到那个地步，不如干脆把魔印画在自己手上算了。他顿住，认真考虑这个想法。可以这样做吗？如果可以，他就等于拥有没有人可以夺走的武器，没有地心魔物可以击落或者趁他空手时偷袭的武器。

亚伦取出笔记本，研究画在矛头以及矛尾上的魔印。这些是攻击性魔印，刻在矛身上的是防御性魔印。他注意到矛尾上的魔印没有与其他魔印连接，矛头上的魔印也是如此。这些魔印各自独立，同样的符号不断重复，刻满一圈，矛尾的底端也有，或许它们各代表劈砍与猛击两种不同方式。

随着太阳西沉，亚伦在沙地上绘制猛击魔印，反复练习，直到有把握。他从魔印工具中取出刷子和漆碗，小心翼翼地将魔印漆在左手掌心。他轻轻对着魔印吹气，直到漆完全干透。

画右手就难多了，但根据经验，亚伦知道只要聚精会神，左手绘制魔印的功力不比右手逊色，只是要花比较长的时间。

随着黑暗降临，亚伦轻轻活动手掌，确保这些动作不会造成魔印漆龟裂或脱落。觉得满意后，他走到守护绿洲的魔印尖塔旁，看着恶魔围在力场外，闻着无法染指的猎物所发出的气味。

发现他的第一头地心魔物并没有什么特殊之处：身长约四

英尺的沙恶魔,前肢修长,后肢肌肉鼓起,长刺的尾巴在与亚伦目光接触时前后摆动。

片刻后,它朝魔印网疾扑而来。在它跳起的同时,亚伦向旁一让,伸手盖住两个魔印。魔印网局部失效,地心魔物跌向他的身边,因为没有遇上反抗的力场而感到困惑。他迅速抽回手掌,重新建立魔印网。无论如何,这头恶魔必死无疑。不是死在亚伦手中,就是在杀了他后因为无法逃离绿洲的魔印而死在阳光下。

恶魔恢复平衡,转过身来,口中嘶嘶作响,露出满嘴利齿,围着亚伦绕圈,肌肉紧绷,尾巴极速甩动。接着,伴随一声如同猫科动物的吼叫声,它再度跃起。

亚伦迎上前去,双掌推出,他的手比恶魔的前肢要长。地心魔物布满鳞片的胸口撞上魔印,绽放出魔光以及发出一声惨叫,身躯随即向后弹开。它重重跌落地面,胸口与掌心接触的地方冒出屡屡白烟。亚伦微微一笑。

恶魔翻身而起,再度开始绕圈,这次比之前更谨慎。它不习惯应付会反击的猎物,但很快就恢复勇气,再度扑上来攻击。

亚伦抓住地心魔物的前爪,身体后倾,踢中对方的腹部,将它甩向身后。一与对方接触,掌心魔印随即发光,他可以感觉到魔法的运作。魔光对他没有影响,却令地心魔物的外壳滋滋作响,不过他的掌心浮现微微刺痛的能量,仿佛它们找不到宣泄管道。这种感觉向上延伸,让他的手臂颤抖不已。

他们同时翻身,亚伦以一声吼叫回应地心魔物的怒吼。恶魔舔舔焦黑的手腕,试图减缓灼痛的感觉,亚伦自它眼中看出一丝敬意,敬佩又恐惧。这次,他才是掠食者。

他的自信差点带来不幸。恶魔大叫一声,猛扑而来,而这次,亚伦反应过慢。黑色爪子在他试图侧身闪避的同时划过他的胸口。他不顾一切地挥拳反击，忘记魔印是画在掌心。地心魔物粗糙的鳞片磨破他的指节，撕裂他的皮肤，但这一拳没有任何效果。恶魔反爪回击，将亚伦撂倒。

亚伦面临生死关头，连滚带爬地闪避恶魔的利爪、尖牙以及带刺的尾巴。他试图起身，但恶魔挺身扑到他的身上，再度将他压回地面。亚伦缩起膝盖，将双脚顶在恶魔与自己之间，阻挡恶魔的压制，但它口中热乎乎的臭气喷在他脸上，牙齿与他的脸颊相距不过一英寸。

亚伦咬紧牙关，抓起恶魔的双耳。魔光大作，地心魔物惨叫连连，但亚伦紧紧抓住对方。魔光越来越耀眼，恶魔双耳开始冒出白烟。它疯狂挣扎，利爪乱挥，不顾一切地试图逃跑。但亚伦已经抓住它了，说什么也不放手。他抓得越久，掌心中的刺痛感就越强烈，仿佛在其手中累积能量。他双掌向内挤压，惊讶地发现掌心挤得越近，恶魔的头骨仿佛变得越软，开始液化。

地心魔物的力道转弱，亚伦向旁一翻，反将恶魔压在地上。恶魔的爪子无力地抓住他的手臂，试图掰开它们，但徒劳无功。

最后亚伦奋力一挤，双掌交击，恶魔脑浆迸裂，整颗脑袋已被压成碎片。

第二十四章　魔印人

328 AR

当天晚上，亚伦辗转难眠，不过不是伤口疼痛的缘故——他一辈子都在幻想成为吟游诗人故事中的英雄，身穿盔甲，手持魔印武器，对抗恶魔。找到那根长矛的时候，他以为梦想即将成真，但正当他迎向梦想时，梦想却从指间滑落，而意外地让他发现另一种全新体验——没有什么可以赤手和恶魔搏斗，并在魔法烧尽对方生命时，皮肤感受到那刺痛的能量，就连在大迷宫中所向无敌的感觉也无法与之相比。他渴望再度体会那种感觉，那渴望为他从前的梦想带来全新的希望。回想造访克拉西亚的情景，亚伦发现自己根本不像最初想的那般崇高。他告诉自己，他绝不会满足于当个武器匠，或是成为众多战士中的一员。他想要追求荣耀和名声，他想要名留青史，成为带领人类再度对抗恶魔的人，他甚至想要成为解放者？

这个想法令他不安。人类的救赎若要有意义且延续下去，需靠全人类通力合作，不只是单靠一人之力。

但人类真的想要获得救赎吗？他们有这个资格吗？亚伦不知道。有些人像他父亲一样失去战斗意志，只想躲在魔印后面。至于他在克拉西亚的所见所闻，以及对比自己的亲身体验，亚伦不禁怀疑那些所谓愿意战斗的人动机也不是那么纯粹。

亚伦与地心魔物之间绝不可能和平共处。亚伦心里明白，现在有了新的选择,他已无法躲在魔印后面,眼睁睁看着恶魔在外耀武扬威。但有什么人会愿意站在他身边,与他并肩作战?杰夫为了这种想法打他,伊莉莎为此训斥他,玛丽为此远离他,克拉西亚人甚至试图除掉他……

自从他亲眼见识杰夫躲在安全的前廊上,眼睁睁看着妻子惨遭恶魔毒手的那晚开始,亚伦就发现地心魔物最大的武器是恐惧。当时他并不了解恐惧有许多形式,尽管他想尽办法证明自己毫不畏惧,其实也还是非常害怕孤独。他希望有人能够相信他的所作所为,任何人都好———一个能够与他并肩作战的人,一个值得自己为之而战的人。但他的生命中没有遇到或发现这样的人,现在他看清这点了。如果想要有人陪伴,他必须回到城市,按照他们的期望生活。如果他想要战斗,他只能孤身前行。力量与兴奋感刚刚还在让自己亢奋得合不上眼,现在已消失得荡然无存。他缓缓坐起身,环抱自己的膝盖,凝望辽阔的沙漠,寻找实际上并不存在的道路。

在太阳从地平线上升起时,亚伦信步走到池塘边,清洗自己的伤口。昨晚睡觉前他已缝好伤口并且敷药,但对待地心魔物造成伤口还是小心为妙。在洗脸时,他突然注意到自己的文身。

所有信使身上都有文身,表示他们来自哪座城市。那是他们旅程距离的标记。亚伦还记得瑞根对他展示自己的文身那天,那是一座位于群山中的城市,其上飘着密尔恩的旗帜。完成第一件差事时,亚伦本来想要刺个一样的文身。他去找刺青师,准备在身上留下信使的标记,但他迟疑了。密尔恩堡在很多方面来讲算是他的家,但实际上并不是如此。

提贝溪镇没有旗帜，于是亚伦偷挑了提贝溪的地理标记作徽章：一条河道贯穿肥沃的田园，流入一座小湖。刺青师拿起刺针，在亚伦的肩膀上留下永恒的家乡标记。

永恒。这个想法在亚伦心中挥之不去。他当时曾仔细观察刺青师工作。对方的技巧与魔印师并没有多大的不同：精准地描绘草稿，绝不容许出错的空间。亚伦的药草包里有针，魔印工具里有墨。

亚伦生了一小堆火，回想在刺青师店里的所有细节。他将针在火上烤炙，然后在小碗中倒了一些黏稠墨水。在针上缠了一圈线，以免自己刺得太深，接着仔细研究自己左掌的轮廓，留意伸展时所有掌纹的位置变化。准备好后，他拿起一根针，沾了点墨水，开始刺针。

这个过程十分缓慢。他常常得暂停片刻，擦干手上的血迹及沾到的墨水。反正他什么都没有，除了时间，所以他刺得十分仔细，而且手很稳。到了中午，他心满意足地欣赏自己刺的魔印。他在掌心涂药，小心包扎，然后开始补充绿洲的存货。当天剩下的时间，他都努力搜集食物，隔天也一样，因为他知道自己离开时必须尽量多带点补给。

亚伦在绿洲中又住了一个星期，早上刺魔印，下午搜集食物。手掌的刺青迅速愈合，但亚伦并未就此打住。想到挥拳攻击沙恶魔时指结会皮开肉绽，他又在左手指节上刺下魔印，然后等待右手指节痂脱落后，也在上面刺了一组。从此，再也没有地心魔物能够不痛不痒地挨他一拳。

他一边工作，一边反复回想自己与沙恶魔的那一战，回想它的动作、力量、速度、攻击方式，以及采取行动前的征兆。

他仔细思索，用心钻研，思考自己应该采取怎样更好的应对策略。他绝不容许自己再度犯错。

克拉西亚人将残暴且精确的沙鲁沙克肉搏术演绎到了艺术的境界。他开始运用肉搏术的技巧去配合自己手中魔印的位置，进一步提升两者结合的威力。

亚伦离开黎明绿洲后，不走沙漠大道，直接穿越沙漠，前往失落古城安纳克桑。他尽其所能地携带干燥食物。安纳克桑有水井，但没有食物，而他打算在那里逗留一段更长的时间。即使在离开时，亚伦也很清楚自己的饮水并不足以撑到安纳克桑。绿洲中没有多余的水袋，徒步旅行可能须走上两个星期才能抵达，而他的水仅可勉力维持一个星期。

但他没有回头。我曾经也一无所有，他心想。我只能向着未来勇往直前。

当黄昏为沙漠带来黑暗时，亚伦深深吸了一口气，然后继续前进，连扎营都免了。沙漠的夜空晴朗无云，所有星星清晰可见，要维持方向感并不困难；事实上，比白天还要容易。

鲜少有地心魔物会在如此深入沙漠的地方出没。它们习惯聚集在有猎物的地方，贫瘠的荒漠没有多少猎物。亚伦在月光下行走了好几个小时，才被一头恶魔盯上。他大老远就听见对方的吼叫，但他没有逃跑，因为他知道恶魔有能力追踪自己；他也没有试图躲藏，因为当晚他还要赶很多路。他站在原地不动，等待恶魔穿越沙丘而来。

在看见亚伦沉静的目光时，地心魔物迟疑了片刻，茫然困惑。它对他高声嚎叫、张牙舞爪，但亚伦只是微笑。它发出挑衅的叫声，但是亚伦没有任何反应。他将注意力集中在周围环境——视线所及的任何动静；风吹过沙地时的细微声响；冰冷空气中的气味。

沙恶魔习惯成群猎食。亚伦从未见过落单的沙恶魔，他怀疑眼前这头恶魔并没有落单。一点也没错，正当他的注意力被大吼大叫的恶魔吸引时，另两头恶魔已分别自左右两侧迂回来，在黑暗中近乎隐形，如死神般寂静。亚伦假装没有发现它们，盯着前方逐步逼近的地心魔物。

一如预期，攻击并非来自面前张牙舞爪的恶魔，而是来自从侧面偷袭的两头恶魔。亚伦对于地心魔物狡诈的程度感到惊讶。亚伦心想，在沙漠中这种一望无际、任何细微声都会随风传出数里之遥的环境，想要捕食猎物，必然发展出这类欺敌的本能。

尽管亚伦尚未成为称职的猎人，他也不是容易得手的猎物。两头沙恶魔分别自两旁展开攻击，各自挥出前爪，亚伦突然向前疾冲，迎向着负责欺敌的恶魔。

两头突袭的恶魔及时改变方向，差点撞成一团，面前的恶魔则在惊讶中连忙后退。它动作迅速，但快不过亚伦的左勾拳。指节上的魔印大放光彩，一拳将恶魔击倒，但亚伦并未就此罢手。他对准地心魔物的脸挥出右掌，将掌心的魔印贴上恶魔双眼。魔印启动、焚烧，恶魔大声惨叫，盲目挥爪。

亚伦预料到了对方的反应，一击得手，立刻后退。他倒地翻身，随即在距离瞎眼恶魔数英尺之外再度起身，面对另两头朝自己扑来的地心魔物。亚伦再次留下深刻的印象——为了避免重蹈覆辙，两头地心魔物没有同时进攻，错开攻击的时机，不让他再耍一次互撞的把戏。

然而这个策略反而为亚伦制造了各个击破的机会。第一头恶魔来袭时，他欺身而上，避开它的利爪，双掌压住它的双耳。魔法的威力将恶魔震倒，它痛苦扭曲、抱头尖叫。

第二头恶魔紧随而来，亚伦没时间闪躲或攻击。他想起上次面对恶魔时用过一招，扣住恶魔的前肢，背部着地将恶魔提到身上，两脚随即狠狠踢出。沙恶魔腹部的尖锐鳞片刺穿包在他脚上的布料，插入他的脚掌，但亚伦还是利用它本身的扑势将它远远踢开。失明的沙恶魔继续胡乱挥爪，但已无法构成威胁。

趁被踢出去的恶魔赶上来之前，亚伦跳到在地上挣扎的恶魔身上，膝盖抵住它的背脊，全然不顾鳞片刺体的疼痛。他一手紧握对方喉咙，另一手使劲压入对方后脑。他感到魔法开始凝聚，但被踢走的地心魔物再度来袭而被迫放手，滚向一旁。

亚伦翻身而起，谨慎地与沙恶魔绕圈而行。对方疾扑过来，亚伦膝盖微屈，准备侧身闪避魔爪，但恶魔突然停步，勇猛强健的身躯如同皮鞭般侧身甩来，粗厚的尾巴击中亚伦身侧，将他撂倒。

他倒地后立刻翻身，恶魔沉重的尾脊随即抽中刚刚他脑袋所在之处。他又滚回原位，勉强避开紧接而来的一击。趁沙恶魔收回尾巴，准备继续攻击时，亚伦一把抓住它，使劲一握，掌心因魔印的魔力作用感到刺痛，并在魔力凝聚时感到逐渐发热。恶魔挣扎怒吼，但亚伦动作迅速，另一手随即握上。他快步移动，闪避恶魔的利爪，双掌中的魔法越聚越强，终于烧断恶魔的尾巴，炸断末端的尾脊，爆出一地脓汁。

亚伦向后跌开，地心魔物重获自由，立刻转身展开攻击。亚伦以左手抓住对方前爪，右肘顶入恶魔的喉咙，但没刺魔印的手肘无法发挥多大的效果。恶魔强壮的手臂一甩，亚伦向后飞出。眼看恶魔疾扑而来，亚伦逼出体内最后一丝力气与它正面冲突，双掌紧扣对方喉咙，将它向后推开。地心魔物的爪子撕裂他的手臂，但亚伦的手比它的前肢长。它够不到他。他们重重摔落，亚伦提起膝盖，顶住地心魔物的前肢关节，利用体重将它压在地上，继续掐它的喉咙，感觉手中魔力随着时间增强。

地心魔物拼命挣扎，但亚伦越掐越紧，烧化它的鳞片，接触鳞甲下软弱的皮肤。一阵骨骼碎裂声过后，他的双掌完全握到了一起。

他自无头恶魔身前站起，转向另两头恶魔。

被击中双耳的恶魔虚弱无力地爬行逃走。瞎眼恶魔不知所终，但亚伦并不在乎。他觉得这头残废恶魔回到地心魔域后不会有好下场，它的同伴通常会把它撕成碎片。

他解决了在沙漠中爬行的恶魔，包扎伤口，休息片刻后，拿起装备，继续朝安纳克桑奔去。

亚伦夜以继日地赶路，趁中午躲在沙里睡觉。整段旅程中只有另两个夜晚必须动手战斗；一次对抗另一组沙恶魔、一次对抗一只独自猎食的风恶魔。其他夜晚都忙于赶路。

没有太阳暴晒，他晚上行走得比白天还快。离开绿洲后第七天，饮水已喝得一滴不剩，人也精疲力竭，但当安纳克桑映入眼帘时，他立即充满活力。

亚伦从少数还能使用的水井里重新装满水袋，喝了一大口水，然后开始在通往地下墓穴的建筑外围绘制魔印。

附近塌倒的废墟有许多木桩暴露在外，由于沙漠干燥而未腐烂。亚伦拆下那些木头，外加一些零散的木屑充当生火用的木柴。单靠从绿洲带来的三支火把和魔印工具里的几根蜡烛撑不了多久，墓穴中没有任何天然光线。他谨慎地分配仅存的食物。沙漠边缘以及最近可以补充食物的地方，距离安纳克桑至少须徒步走上五天，即使日夜赶路也须三天才能抵达。

他的时间不多，而这里有很多事要做。接下来一个星期，亚伦要探索地下墓穴，把找到的新魔印一一记载下来。他找到更多石棺，但都没有第一座石棺中的武器。尽管如此，石棺和石柱上还是刻有大量魔印，壁画中也有不少。亚伦看不懂壁画中的象形文字，但他看得懂画中人物的肢体语言和表情。图案细致得战士武器上的魔印都清晰可见。

这些壁画里还有不曾见过的地心魔物品种，有一系列图像是描绘人类遭受除了利爪和尖牙，外形与人类几乎无异的恶魔屠杀，其中一幅画有四肢细长、胸口骨瘦如柴、脑袋大到不成比例的地心魔物，站在一整群恶魔前。那个地心魔物与身穿长袍的人类相对而立，男子身后也跟了一群数量与恶魔相当的人类战士。恶魔与男人五官都扭曲，仿佛以意志力对抗彼此，但相隔甚远。他们身边笼罩着光圈，双方人马在冷静地准备着即将爆发的恶战。

或许这幅壁画最令人印象深刻的地方，在于男子手中没有武器。他身边的光芒似乎是发自他额头上的魔印——刺青？亚伦转向下一幅壁画，只见恶魔与手下落荒而逃，人类则胜利地高举长矛。

亚伦仔细将男人额头上的魔印抄录到笔记本上。

日子一天天过去，食物一天天减少。继续待在安纳克桑，他可能会在补充食物前挨饿一段时间。他决定天一亮就赶往来森堡。抵达城市后，他可以兑换一张票券，购买马匹和补给，然后回来。

但他实在不想在才刚刚探索安纳克桑进入最关键时点匆忙离去。许多通道都崩塌了，需要时间挖通它们，而且还有不少建筑物中可能存在通往地下墓穴的入口。这片废墟是摧毁恶魔一族的关键，而这已是第二次他迫于饥饿，不得不离开此地了。

地心魔物在他沉思时现身，它们成群结队地出现在安纳克桑。或许它们认为这些建筑物总有一天会吸引人类前来，也可能它们喜欢占据曾试图反抗它们的城市。

亚伦起身走到魔印圈边缘，看着地心魔物在月光下舞动。他的肚子发出饥饿声，他不禁好奇——这些恶魔的身体到底是什么组成的？这不是他第一次为此感到好奇了。它们是魔法生物，不是人，不会死。它们摧毁一切，但不会创造任何东西。就连它们的尸体都会化为灰烬，不会留下来滋润土壤。但他看过它们进食，看过它们拉屎撒尿。它们的存在是否完全超出自然界定律？

一头沙恶魔冲着他张牙舞爪。"你是什么东西？"亚伦问。恶魔只是攻击魔印，沮丧地低吼一声，在魔印的光芒中缓缓退开。

亚伦看着它，一种很明显的想法闪过。"管它那么多。"他低喃道，跳出魔印圈，地心魔物随即转头，亚伦恰好一拳挥下。指节上的魔印雷电般击中毫无防备的恶魔，恶魔在察觉被什么打中前就已死去。

其他地心魔物闻声而来，但它们十分谨慎，让亚伦有时间跳回魔印守护的建筑，并暂时撤出魔印，把恶魔的尸体拖进去。

"来看看你能不能对自然界有所贡献。"亚伦说道，拿漆有切割魔印的黑曜石划开沙恶魔的甲片，惊讶地发现它皮肤与自己的一样柔软。它的肌肉很厚实，与一般野生动物没有什么不同。

但恶魔身上散发出一股很浓的臭味。代表恶魔血液的黑色脓汁臭得令亚伦窒息，泪流满面。他屏住呼吸，自恶魔身上切下一块肉，用力甩掉沾在上面的脓汁，放到火堆上烧烤。脓汁化作白烟，烤干后，肉味不再那么难闻了。亚伦拿着乌黑的恶魔肉，耳畔突然想起许多年前可琳·特利格和他讲过的一段话——"不要吃任何外表恶心的东西，你吃的东西都会成为你身体的一部分。"

这块肉会变成我身体的一部分吗？他心想。他盯着恶魔肉，强烈的饥饿让他鼓起勇气，塞进嘴里。

第四部分 伐木洼地

SECTION IV Cutter's Hollow

第二十五章　新舞台

331 AR

雨越下越大，罗杰加快脚步，咒骂自己的厄运。他早就想离开牧羊谷了，但没料到会在如此境况下离开。他觉得自己不能责怪牧羊人。没错，那个男人牧羊的时间比陪伴妻子的时间还长，而且也是她主动拥抱自己的。但当男人为了躲雨提前回家时，发现老婆跟一个男孩躺在床上，突然失去理智，也是情理中的事。

从某个角度来看，他很感激这场雨。要不然，那个男人一定会召集半数村民来追捕他。牧羊谷的居民有强烈的占有欲，或许是因为他们出外牧羊时会把妻子独自留在家中。牧羊人都很严肃看待他们的羊群及妻子，侵犯任何一样的话……在屋子里疯狂追打几圈后，牧羊人的妻子终于跳到丈夫背上，让罗杰有时间抓起行李冲出屋外。罗杰的行李早已打包完毕，这点艾利克教过他。

"黑夜呀。"他的靴子踩入一堆泥泞，他不禁喃喃说道。湿冷的泥浆立刻渗入柔软的皮革，但他还是不敢停下来扎营生火。他拉紧自己的彩色斗篷，不明白自己为什么总是在逃跑。过去两年，他几乎每到季节交替时都必须换地方落脚——蟋蟀坡、林尽镇和牧羊谷，他至少已经分别停留过三次，但仍感觉自己是外人。大多数村民一辈子都没有离开过他们的村子，都劝罗杰留下来。

娶我。娶我女儿。住在我的旅店，我们把你的名字漆在门上招徕顾客。趁我丈夫上工时给我温暖。帮我们收割谷物，留下来过冬吧……

他听过上百种不同的挽留语，但是都是相同的意思——"放弃旅行，留下来过安定的生活。"

每当有人这么说时，他就会再度上路。被人需要的感觉很好，但别人需要他做什么？丈夫？父亲？农场工人？罗杰是吟游诗人，没有办法想象自己不是吟游诗人的生活。第一次帮忙收割或帮忙找寻走失的羊羔时，他总是告诉自己尽快上路，尽快摆脱这种生活。

他摸摸放在暗袋里的金发护身符，感受艾利克的灵魂在守护自己。他知道如果自己脱下彩色斗篷，一定会让老师非常失望——艾利克到死都是吟游诗人，而罗杰也打算追随他的脚步。

艾利克说的没错，小村落的历练增进了罗杰的技巧，两年的常态演出让他学会许多小提琴和翻筋斗之外的把戏。少了艾利克的主导，罗杰不得不提升演出内容，想些有创意的方式去娱乐大众。他不断提升自己的魔术和音乐表演水平，除了小提琴和小戏法，他讲故事的能力也让人拍手叫绝。

所有小村落的村民都喜欢听故事，特别是充满异国情调的故事。罗杰顺应观众要求，谈论他去过，以及从未踏足的地方：位于山丘另一端的小镇，以及只存在于他想象中的大城。每讲一次，他就添油加醋一番，观众的心思随着栩栩如生的角色前往世界各地冒险。杰克·鳞片嘴，一个能跟恶魔对话的男人，永远都在用谎言欺骗那些愚蠢的恶魔。马可·流浪者，一个翻越密尔恩山脉，在山的另一边找到一片富饶土地的男人，地心魔物在那里被人当作神祇般崇拜。当然，还有魔印人的传说。

公爵的吟游诗人每年春天都会路过各个小村落宣传政令，而今年的吟游诗人带来一个故事，有关在荒野中徘徊、猎杀恶魔并吞噬恶魔尸体的野人故事。他宣称这个故事是从帮这人刺青的刺青师那里听来的，还有其他人可以证实他所言不虚。当晚观众听得如痴如醉，后来镇民要求罗杰再说一次这个故事，他顺应众人的要求，并且大大地吹嘘一番。

观众喜欢提出问题，并且试图找出他的说法前后矛盾的地方，但罗杰凭借三英寸不烂之舌，用些稀奇古怪的故事将这些乡下人唬得一愣一愣的。

讽刺的是，最难让人信服的故事，反而是他有能力凭小提琴让地心魔物闻之起舞的故事。当然，他随时都可以证明自己的说法，但就像艾利克常说的："只要你向观众证实了一件事，他们就会期待你证实所有的事。"

罗杰抬头望望天色。再过不久，就要演奏提琴赶跑地心魔物了，他心想今天一整天乌云蔽日，这时天色开始越来越暗。在城市里，高耸的城墙使得大多数人从未见过任何地心魔物，人们普遍相信恶魔会从乌云中现身，但在城墙外的小村落生活两年后，罗杰确定没有这回事。大多数恶魔会等到太阳完全下山后才出现，但如果乌云够厚，一些勇敢的恶魔会抢先出来测试黑夜是否真的来临。

罗杰又湿又冷，没有心情冒险，于是开始找寻适合扎营的地点。照这种情况看来，他可能要在野外露宿两晚。如果明天可以抵达林尽镇就算他幸运了，这种想法令他反胃。而且林尽镇也不会比牧羊谷好到哪里去。真要说起来，蟋蟀坡也差不多。他迟早会把某个女人肚子搞大，或更糟糕，陷入爱河，接着在他察觉以前，小提琴只有在节庆的日子里才有机会拿出来拉了。先决条件是他没有为了修犁购买种子而把琴卖掉，到时候他就会变成和大家一样的普通人。

或者他也可以回家。

罗杰常常在考虑回安吉尔斯，但每次都要能想出理由拖延——究竟城市生活有什么好？狭窄的街道，到处挤满人和牲畜，木板地不断散发粪便和垃圾的气味。乞丐、扒手，以及永远无法摆脱的财务问题。人们忽视彼此的能力已到了艺术的境界。

普通人，罗杰心想，轻叹一声。小村民总是想要知道邻近地区的事，他们会毫不犹豫地为陌生人敞开大门。罗杰很钦佩这种处世态度，但内心深处，他一直是个城市男孩。

回安吉尔斯意味着他必须再次面对公会的刁难——没有执照的吟游诗人在城里混不下去，但声誉良好的公会成员却衣食无忧。他在小村落的演出经验应该足以为他赢得获取执照资格，如果能够请个公会成员为他出面担保或推荐会更有把握。艾利克得罪了大多数公会成员；但只要搬出老师凄惨的遭遇，罗杰或许可以找到同情他的人。

他挑选一棵可以勉强遮雨的大树，铺好便携式魔印圈后，他在树枝下方找到一些干柴，生了一小堆营火。他小心翼翼地添柴烧火，但风雨还是把火给浇熄了。

该死的小村落。罗杰在黑暗降临时在心里咒骂，偶尔会有恶魔测试他的魔印，发出几道魔光。

该死的全世界。

✥

安吉尔斯自从他离开后并没有太大变化，整座城市看起来似乎变小了点，那是因为罗杰在辽阔的村镇游历过一段时间。而且他自己也比离开前长高了几英寸。现在他已经十六岁了，从任何角度来看都已算是个男人了。他在城外徘徊了一段时间，凝望高高的城墙，思忖着自己的做法是否明智。

他身上仅有几枚硬币，几年间辛苦地节衣缩食积攒起来，为了将来回城市时会有用得到的一天。另外，他的袋子里还有点食物，并不算多，但至少可以让他在几天内不必去挤收容所。

如果我只想要有地方住、有东西吃，再回小村落去就好了，他心想。他可以转而向南，前往农墩镇或伐木洼地，或往北走，前往公爵在分界河安吉尔斯领地上重建的河桥镇。

如果，他对自己强调，随即鼓起勇气，穿过城门走了进去。

他找到一家便宜的旅店，取出最好的表演服，换好衣服立刻出门。吟游诗人公会位于城镇中央，住在那里距离城内任何地点都很近。所有有执照的吟游诗人都可以住在公会里，只要他们愿意接受公会指派的任何工作，并将一半的收入缴给公会。

"白痴。"艾利克一直如此评论他们，"为了遮风蔽雨和一日三餐而交出一半收入的人，都不配叫做吟游诗人。"

这话说得没错。只有年纪老迈及技艺太差的吟游诗人会赖在公会里，接受各式各样没有人愿意接的差使。尽管如此，还是比穷得没饭吃好，也比公有收容所安全。公会会馆的魔印威力强大，住在里面的人也不会相互劫掠。

罗杰前往会馆住宿区，问了几个人后，他来到某扇门前敲门。

"呃？"一个老人打开房门，眯起眼睛凝望着走廊，"是谁？"

"罗杰·半掌。"罗杰报上自己的名字。在发现对方不认得自己时，又补充道："我是艾利克·甜蜜歌的学徒。"

对方脸色一变，伸手就要关门。

"杰卡伯大师，拜托。"罗杰说着出手挡在门上。

老人叹了口气，不再关门，只是走回小房间内吃力地坐了下来。罗杰跟着进屋，反手关上房门。

"你想干吗？"杰卡伯问，"我老了，没时间和你拐弯抹角。"

"我需要担保人帮我申请公会执照。"罗杰说。

杰卡伯一口啐在地板上。"艾利克变成累赘了？"他问，"那酒鬼拖累你的发展了，所以你就自立门户，任他一人自生自灭？"他咕哝一声。"活该。二十五年前对我做出那种事，注定他今天会有这种报应。"

他抬头看向罗杰。"你大错特错了，如果你认为我会帮你背叛……"

"杰卡伯大师，"罗杰说道，伸出双手阻止对方说教，"艾利克死了。在前往林尽镇的途中死在恶魔手上，他已经去世两年了。"

"背挺直点，孩子。"杰卡伯在走廊上边走边叮嘱道，"记得要直视公会长的双眼，若没有人问你，请不要乱说话。"

这些话他已经说过十几遍了，罗杰只是点头。他因年纪太轻，而没有取得自己的执照；但杰卡伯大师说公会历史上有人取得执照时的年纪比他还小。执照的颁发是可以参考天赋及技艺的，年龄并非重点。

即使有推荐人，想要约见公会长一面并不是那么容易的事。杰卡伯已经很多年没有力气演出了，尽管公会成员都礼貌性地尊重他的经验，但公会会馆公务区人员通常懒得理他。

公会长的秘书让他们在办公室外等了好几个小时。他们无助地看着其他人来来去去。随着窗外洒落的光影在地板上缓缓移动，罗杰挺直背脊坐在椅子上，竭力抗拒改变姿势或垂头丧气的欲望。

"乔尔斯公会长现在可以接见你们了。"秘书终于说道。罗杰迅速站起身，伸手去扶杰卡伯。

自从离开公爵宫殿后，罗杰就没有见过像公会长办公室如此富丽堂皇的地方——地上铺有一层厚而柔软的地毯，图案精美，色泽明亮，橡木墙板上挂着做工精细的油灯，灯外盖着一个彩色玻璃罩，旁边还有描绘战争、美女以及静态物品的画像。漆黑亮眼的胡桃木办公桌上面摆着小巧精细的雕像，屋里的台座上放着许多与这些小雕像一模一样的大型雕像。办公桌后的墙上挂着吟游诗人公会的标志：三颗彩球。

"我没有多少时间，杰卡伯大师。"乔尔斯公会长说道，目光甚至没有离开桌上的文件。他是个年过五十的胖子，身穿商人或贵族的刺绣华服，而不是吟游诗人的演出彩服。

"为这个孩子不得不占用你一点时间。"杰卡伯道，"艾利克·甜蜜歌的学徒。"

乔尔斯终于抬起头，斜眼瞪了杰卡伯一眼。"我不知道你和甜蜜歌还有联络。"他说道，完全没有理会罗杰，"听说你们当年不欢而散——"

"时间可以冲淡一切。"杰卡伯语气僵硬，说出算是谎言的说辞，"我已经和艾利克言归于好。"

"你大概是唯一愿意和他和好的人。"乔尔斯皮笑肉不笑地说道，"这栋屋子里大多数的人都是一看到他就想把他掐死。"

"有点太迟了。"杰卡伯说，"艾利克死了。"

乔尔斯顿时肃然。"听到这个消息真是让人遗憾。"他说，"每个会员都是公会宝贵的资产——酗酒害死了他？"

杰卡伯摇头。"地心魔物。"

公会长皱起眉，对着办公桌旁的铜盆吐了一口口水。这个铜盆除了让他吐口水似乎没有其他用途。"什么时候？死在哪里？"他问。

"两年前，在前往林尽镇的途中。"

乔尔斯悲伤地摇头。"我记得他的学徒是拉小提琴的。"说着他转头望向罗杰。

"没错。"杰卡伯说，"他的本事不仅如此，这位就是罗杰·半掌。"罗杰鞠躬。

"半掌？"公会长问，终于有点乐趣了，"我听说西方村落出了一个名叫'半掌'的吟游诗人，就是你吗，孩子？"

罗杰难以置信地瞪大双眼，但只是点点头。艾利克说过在小村落建立起的名声会迅速传开，但是听到公会长提及自己的艺名，还是令他十分惊讶。他很想知道自己的名声究竟是好是坏。

"别得意得太早。"乔尔斯仿佛看穿他的心思般说道，"乡下人很喜欢夸大其词。"

罗杰点头，与公会长保持目光接触。"是的，先生。我很清楚。"

"那好，这就来吧。"乔尔斯说，"露点本事给我瞧瞧。"

"这里？"罗杰迟疑问道。会长办公室又大又安静，在这些厚地毯和昂贵家具前似乎不太适合翻筋斗和耍飞刀。

乔尔斯不耐地挥挥手。"你跟随艾利克学艺多年，我想你应该会杂耍和唱歌。"他说。罗杰咽下一大口水。"想要赢得执照必须让我看看你的那首绝活。"

"演奏小提琴吧，孩子，就像你说服我的时候。"杰卡伯自信十足地说道。罗杰点头，双手微微颤抖地自琴盒中取出小提琴，但当他的手指握住光滑的木头表面时，所有恐惧消失得无影无踪了。他开始演奏，沉浸在音乐中，将公会长完全抛到脑后。

他才演奏不久,就被一声吼叫打断了。琴弓滑开琴弦,现场死寂片刻,接着门外传来洪亮的声音。"我不会等什么一无是处的学徒完成测验!给我滚开!"门外传来一阵吵闹声,接着大门被人撞开,杰辛大师闯了进来。

"很抱歉,公会长,"秘书道歉,"他不肯等。"

乔尔斯挥手遣走秘书,杰辛大肆地走到他的面前。"你把公爵的舞会交给伊顿演出?"他大声问道,"十年来公爵的舞会都是由我负责,我叔叔绝对不会善罢甘休的!"

乔尔斯毫不退让,双手环抱胸前。"公爵亲自要求换人。"他说,"如果你叔叔对此不满,建议他去找公爵阁下抗议。"

杰辛皱眉,总管大臣詹森不大可能为了一场舞会而去找公爵求情。

"如果你来只是为了这件事,杰辛,那就请先出去吧。"乔尔斯继续道,"年轻的罗杰正在接受执照测验。"

杰辛的目光突然移到罗杰身上,显然还认得他。"看来你终于甩掉那个酒鬼了。"他语气不屑。"希望你不是为了这个老古董而背叛他。"他扬起下巴比向杰卡伯,"我的提议依然有效,过来做我的学徒。现在变成艾利克求你赏赐一点剩饭,是不是?"

"艾利克大师两年前已死在恶魔手中了。"乔尔斯说道。

杰辛将目光转回公会长脸上,接着哈哈大笑。"太棒了!"他叫道,"这个消息让失去公爵舞会的演出变得无关紧要,真是太好啦!"

罗杰扑上去就是一拳。

直到一只脚踏在杰辛大师身上,拳头传来湿润和刺痛感时,他才发现自己做了什么。击中杰辛鼻梁时,他听见一阵骨头碎裂声，这意味着取得执照的机会就此消失，但当时他一点也不在乎。

杰卡伯一把抓住他向后拉开，杰辛一跃而起，疯狂挥拳。

"我要杀了你，你这个小……"

乔尔斯立刻挡在两人之间。杰辛试图挣扎，但公会长单靠体型就足以阻止他。"够了，杰辛！"他吼道，"你不能杀任何人！"

"你看到他做了什么！"杰辛大吼，捂住流血的鼻子。

"我也听到你说了什么！"乔尔斯吼回去，"我都想要动手揍你了！"

"我这样今晚怎么唱歌？"杰辛大声问道。他的鼻子已开始肿胀，让人听不太懂他在讲什么。

乔尔斯脸色一沉。"我会找人代你演出。"他说，"公会会负责你的损失。大卫！"秘书自门口探头进来。"送杰辛大师去看看草药师，把账单拿回公会报账。"

大卫点头，走过去扶杰辛大师。大师一把将他推开。"这件事情不会这么算了的！"他离开前指着罗杰鼻子说道。

门关上后，乔尔斯长叹一声。"好了，孩子，这下你麻烦大了。我实在不愿意见到任何人树立这种敌人。"

"他早就是我的敌人了。"罗杰说，"你也听到他说了什么。"

乔尔斯点头。"我有听到。"他说，"但你应该克制自己。下次要是你的观众侮辱你怎么办？或是公爵本人？公会成员不能随便殴打任何触怒我们的人。"

罗杰低下头去。"我了解。"他说。

"不过，你让我破费了一大笔钱，"乔尔斯说道，"接下来几个星期，我都得不断丢钱给杰辛，并且为他安排最好的表演时段才能哄他开心。既然你的小提琴演奏得这么好，我如果不给你机会把钱赚回来就太愚蠢了。"

罗杰满怀惊喜地抬起头来。

"试用执照。"乔尔斯说着，取出白纸和鹅毛笔，"你只能在公会大师到场监督的情况下演出，而且必须自掏腰包支付大师佣金，所赚的钱一半要缴到公会库房，直到我认为你还清了欠债。听懂了吗？"

"没有问题，先生！"罗杰兴奋地答道。

"还有必须克制脾气。"乔尔斯说，"不然我就撕烂这份执照，你这辈子就别想在安吉尔斯演出了。"

罗杰手里演奏小提琴，眼角却不断飘向杰辛的壮硕学徒艾伯伦。杰辛通常会派一名学徒监视罗杰的演出。这种情况令他不安，心知他们是在帮老师杰辛监视自己，而他们的老师对他不安好心，不过发生在公会长办公室的事已经过去几个月了，对方似乎没有采取任何报复行为。杰辛大师的伤势迅速痊愈，不久就再度登台演出，在安吉尔斯各大高级社交场合赢得热烈的掌声。

如果不是这些学徒每天都出现，罗杰会以为事情已经落幕。有时"木恶魔"艾伯伦混在人群里监视，有时是"石恶魔"莎莉靠在酒馆后方喝饮料，但不管表面上看来有多么的正常，他们会出现在那里绝不是来为他喝彩的。

罗杰以夸张的动作结束表演，将琴弓甩入空中，很优雅地鞠了个躬，起身时恰好接住琴弓。观众报以热烈的掌声，杰卡伯拿着收钱帽在人群中走动，罗杰敏锐的双耳听见钱币落袋声，他满心欢喜，老吟游诗人也乐得合不拢嘴。

整理道具时，罗杰瞄向散场的群众，艾伯伦已经消失了。尽管如此，他们依然迅速打包，绕道赶回旅店确保不会被跟踪。太阳很快就下山了，街上的行人迅速减少。冬天即将过去，但街道上还残留零星的冰雪，人们没事不会出门。

"就算扣掉乔尔斯的抽成，未来几天的房租也不成问题。"杰卡伯说着，轻摇他们的钱袋，"等欠债还清后，你就发财了！"

"我们就发财了！"罗杰纠正道，杰卡伯大笑，脚下踢踏了一会儿，然后在罗杰的背上拍了一下。

"看看你，"罗杰摇头说道，"几个月前前来应门的老先生跑哪去了？"

"是再度演出的关系。"杰卡伯说，咧开无牙的嘴巴微笑。"虽然没有唱歌或丢飞刀，但只是传递收钱帽就足以点燃我早已熄灭二十年的满腔热血。我觉得我甚至可以……"他说着偏开目光。

"可以干什么？"罗杰问。

"就是……"杰卡伯说，"我不知道，或许讲个故事？或是在你讲笑话时站在旁边搭腔？我不想抢你的风采……"

"当然，"罗杰说，"我本来就想问你，但我觉得把你大老远请来为我的演出助阵，已经深感荣幸。"

"孩子，"杰卡伯说，"我都不记得上次这么开心是什么时候了。"

他们笑着走过转角，差点撞到艾伯伦和莎莉身上。杰辛笑容满面地站在他们身后。

"很高兴见到你，我的朋友。"杰辛说，艾伯伦对准罗杰的肩膀狠狠拍下。罗杰躬身弯腰，整个人摔在结冰的木板道上。莎莉在他爬起前一脚踢中他的下巴。

"不要打他！"杰卡伯大叫，朝莎莉扑去。壮硕的女高音只是大笑，一把抓住他的胸口衣襟，狠狠撞向后方的墙壁。

"有你好受的，死老头！"杰辛在莎莉狠狠殴打罗杰时说道。罗杰听见骨头碎裂的声音，以及大师口中发出的虚弱喘息。如果不是靠墙而立，他早就瘫倒在地了。

眼中的木板地旋转不休，罗杰挣扎起身，双手握紧琴颈用力挥出这最后的武器。"你们逃不过法律制裁的！"他叫道。

杰辛大笑。"你要去找谁提告？"他问，"执法官会相信一个街头艺人的明显诬告，还是相信总管大臣的外甥？去找警卫队，他们会吊死的人是你。"

艾伯伦轻易地接下小提琴，使劲扭转罗杰的手臂，膝盖顶上他的骨间。罗杰在鼠蹊部灼痛不堪的情况下依然感受到手骨断裂的痛楚，接着小提琴狠狠击中他的后脑勺，小提琴被摔成了碎片。尽管双耳嗡嗡作响，罗杰还是听得见杰卡伯的痛苦呻吟。艾伯伦站在他的身上，满脸狞笑地举起一根沉重的木棒。

第二十六章　安吉尔斯

332 AR

"吉赛儿！"史考特在老草药师带着碗来到身边时叫道，"何不让你的学徒来帮我擦一下？"他朝正在帮另一名男子更衣的黎莎指了一下。

"哈！"吉赛儿笑道。她是个壮硕的女人，有着短短的灰发和洪亮的声音。"如果我让她帮病人擦澡治疗，一个星期内安吉尔斯起码超过半数人都要生病住院了。"

黎莎在他们哈哈大笑时摇了摇头，不过她也跟着无奈地笑了几声。史考特没有恶意。他是在城外摔下马背的信使，能保住性命是非常幸运的事，因为他在断了两条胳膊的情况下还是有办法找回自己的马、爬回马鞍上。他没有妻子，因此在家里无人照顾，信使公会只好出资让他住在吉赛儿的诊所直到伤势痊愈。

吉赛儿将抹布浸泡在盛有温肥皂水的碗里，掀开对方的床单，动作熟练地开始擦澡。信使在她擦完的同时发出尖叫，吉赛儿忍不住笑道："幸好是我帮你擦澡。"她大声说道，目光瞄向下方。"我们可不想让可怜的黎莎失望。"

其他床上的病人被逗得哈哈大笑。病床全住满了，所有病人都无聊得发慌。

"如果是她来擦澡，大小就不一样了。"史考特咕哝道，脸红耳赤。吉赛儿只是又笑了笑。

"可怜的史考特对你有意思。"吉赛儿稍后在药室中磨药时对黎莎说道。

"有意思?"最年轻的学徒凯蒂笑道,"他不只是有意思,他根本已经迷恋你到了走火入魔的地步!"

"我认为他很可爱。"朗妮参与讨论。

"在你眼中,所有人都很可爱。"黎莎说。朗妮初经刚来,看到男人就会发骚。"但我希望你的品味不会差到去爱上一个苦苦哀求你帮他擦澡的男人。"

"别灌输她一些乱七八糟的想法。"吉赛儿说,"朗妮已经如鱼得水,诊所里所有男病人都让她擦过了。"所有女孩咯咯娇笑,就连朗妮也没有反驳。

"至少要知道脸红呀。"黎莎告诉她道,女孩们再度娇笑起来。

"够了!你们这些傻笑的女孩统统出去!"吉赛儿笑道,"我要和黎莎单独谈谈。"

"几乎所有来这里的男人都对你有意思,"吉赛儿等其他人出去后说道,"和他们聊聊身体状况之外的话题又不会死。"

"听起来你越来越像我妈了。"黎莎说道。

吉赛儿猛然将碾杵放在台面上。"我一点也不像你妈,"她说,因为这些年来她听过所有伊罗娜的事,"我只是不希望你为了报复她而以老处女的身份死去,喜欢男人不是罪。"

"我喜欢男人。"黎莎抗议。

"看不出来。"吉赛儿说。

"所以我应该主动去帮史考特擦澡?"黎莎问。

"当然不是。"吉赛儿说。"至少不要在大庭广众下这么做。"她眨眼补充道。

"这下你听起来像布鲁娜了。"黎莎呻吟道,"单靠那些淫言秽语还不足以赢得我的芳心。"史考特这种要求黎莎听多了。她拥有她母亲的身材,这点对男性而言有无比的吸引力,不管她喜不喜欢。

"那到底要怎样?"吉赛儿说,"什么样的人可以穿越你的芳心魔印?"

"值得我信任的男人。"黎莎说,"一个我可以放心亲吻的脸颊,不必担心第二天他会跑去和朋友吹嘘自己如何在畜棚里尽情搞我的男人。"

吉赛儿哼了一声。"遇上友善地心魔物的机会还比较高一点。"她说。

黎莎耸了一下肩。

❃

"我认为你只是害怕。"吉赛儿指责道,"你等待第一次的时间太长了,让你在一些事情上放不开,哪怕是每个正常女孩喜欢开的玩笑……"

"太荒谬了。"黎莎说道。

"是吗?"吉赛儿问,"我看过你在女人前来询问床事问题时的反应,紧张兮兮、胡乱猜测、脸红得跟猪肝似的。你对自己的身体一无所知,有什么资格去指导他人?"

"我很肯定要把什么东西放入什么地方。"黎莎冷冷说道。

"你知道我的意思。"吉赛儿说。

"那你有什么建议?"黎莎问道,"随便找个男人,咬咬牙就过去了?"

"也不能算是糟糕的主意。"吉赛儿说。

黎莎瞪视着她,但吉赛儿坚定地回应她的目光。"你守护你的花朵太久了，眼中已经看不到任何值得信赖的男人。"她说，"一朵花再怎么美，藏起来不给人看又有什么意义？等到花朵凋零后，谁还会记得它的美丽？"

黎莎突然呜咽一声，吉赛儿立刻迎上前，在她哭泣时紧紧拥抱着她。"好了，好了，小宝贝，"她抚摸黎莎的秀发柔声安慰，"其实也没有那么糟啦。"

用过晚餐，检查完魔印，将学徒都送回书房后，黎莎和吉赛儿终于有时间煮一壶药茶，打开早上信使送来的包裹。桌上摆着一盏油灯，灌满可用很久的灯油。

"白天看病、晚上看信，"吉赛儿叹气，"似乎我们草药师都不必睡觉。"她倒过信袋，将信件摊在桌上。

她们很快就分好来信。接着吉赛儿随手拿起一叠信，看了看收信人。"这些是你的。"她说着将信递给黎莎，然后拿起另一叠打开来阅读。

"这封信是晶柏写来的。"看了一会儿，她接着说道。晶柏是她送走的另一名学徒，在距离城南一天路程的农墩镇。"制桶匠的疹子越来越严重，而且又开始扩散了。"

"她煮药的方法不对，我敢说又是这个问题。"黎莎咕哝道，"她总是不肯把草药泡久一点，然后还怀疑药效为什么不足。如果要我去农墩镇帮她煮药，我一定会狠狠捶她的脑袋！"

"她知道这点。"吉赛儿笑道，"所以这次她才写信给我！"

这种笑声具有感染力，黎莎忍不住跟着一起大笑。黎莎喜欢吉赛儿。必要时她和布鲁娜一样固执，不过她总是很爱笑。

黎莎非常想念布鲁娜，而这份思念将她的注意力转回到手中的信上。当天是第四日，信使自农墩镇、伐木洼地以及其他

429

南方地点而来。整叠信中摆在最上面的信是父亲写来的。

其中也有薇卡的来信,黎莎先打开来看,双手一如往常地紧握,直到肯定老得不能再老的布鲁娜依然安好才终于放心。

"薇卡生了。"她说道,"男孩,名字叫杰姆,六磅十一盎司。"

"这是第三胎?"吉赛儿问。

"第四胎。"黎莎说。薇卡抵达伐木洼地不久就嫁给了约拿辅祭,而且立刻开始帮他生孩子。

"那她大概不太可能再回安吉尔斯了。"吉赛儿叹息道。

黎莎大笑。"我在她生第一胎后就觉得她不会再回来了。"

真难想象,她与薇卡交换学习至今已七年。最初临时的轮岗已变成永久的定局,而黎莎对此没有太大的不满。

不管黎莎怎么做,薇卡都会留在伐木洼地,而且她的人缘比布鲁娜、黎莎和妲西三个人加起来还好。这为黎莎带来一种从未梦想过的自由。她曾承诺有一天会回去伐木洼地,确保镇上有个称职的草药师,然而造物主已经帮她安排好了;她的未来完全属于自己。

她父亲的信中提到自己受了点风寒,但薇卡正在照顾他,应该短期内就会康复。下一封信是麦莉写来的,她的大女儿已经月经来潮,而且订婚了,麦莉很快就要当祖母了。黎莎叹了口气。

那叠信中还有两封信。黎莎几乎每个星期都写信给麦莉、薇卡及父亲,她母亲很少来信,而且语气通常都很糟糕。

"没事吧?"吉赛儿问,目光离开自己的信件,看着皱眉的她。

"是我妈。"黎莎读信说道,"语气好多了,但内容还是一样:'趁造物主还没有夺走你的生育能力前回来生孩子。'"吉赛儿咕哝一声，摇了摇头。

伊罗娜的信里还附带另一张字条，理论上是加尔德写的，不过是她妈的字迹，因为加尔德不识字。不管她花了多少心思让信的内容看起来像是加尔德的口述，黎莎很肯定至少有一半是她母亲自己编的，搞不好都是。这张字条的内容与她母亲写来的信一样从没变过。加尔德很好、加尔德想她、加尔德在等她、加尔德爱她。

"我妈一定以为我非常愚蠢。"黎莎一边看信，一边冷冷说道，"才会相信加尔德会试图写诗，而且还是一首完全没有押韵的诗。"

吉赛儿大笑，但在发现黎莎没有跟着笑时立刻收敛笑声。

"万一她说得没错呢？"黎莎突然问道，"虽然伊罗娜没什么值得可取的想法，但我将来确实想要有个孩子，任何人都知道，我能生孩子的时间越来越少了，你自己也说过我在浪费最佳的生育时间。"

"我根本不是这么说的。"吉赛儿答道。

"但这仍是事实。"黎莎黯然说道，"我从来没有费心寻找男人；他们总是有办法找到我，不管我愿不愿意。我只是一直以为有一天会有个能适应我的男人找上门来，而不是一个期待我去适应他的男人。"

"我们都曾有过这样的美梦，亲爱的。"吉赛儿说，"当你独自凝望墙面时，那是不错的幻想，但是人不能把希望寄托在幻想上。"

黎莎轻捏掌心，手上的信纸微皱。

"所以你在考虑回故乡，嫁给那个加尔德？"

"喔，造物主呀，不！"黎莎叫道，"当然不是！"

吉赛儿咕哝一声。"很好，这样我就不用费神捶你脑袋了。"

"不管我多么渴望小孩,"黎莎说,"我就算到死都是处女也不要怀加尔德的种,问题在于他会教训伐木洼地里任何走近我的男人。"

"这好解决。"吉赛儿说,"在这里生就好了。"

"什么?"黎莎问。

"伐木洼地有薇卡在。"吉赛儿说,"她是我亲手训练的,而且她的心完全属于那里。"她凑上前,伸出肥厚的手掌放在黎莎手上。"留下来,"她说,"把安吉尔斯当作自己家乡,等我退休后接手诊所。"

黎莎瞪大双眼,张开嘴却说不出话来。

"这些年来,你教我的东西和我教你的一样多。"吉赛儿继续说道,"我不放心把诊所交给别人,就算薇卡明天回来也一样。"

"我不知道能说什么。"黎莎勉强回应道。

"不用急着做决定。"吉赛儿说,轻拍黎莎的手掌,"我短时间内还不打算退休,你考虑考虑吧。"

黎莎点头。吉赛儿张开双手。黎莎投入她的怀抱,紧紧拥抱年长的草药师。分开后,屋外传来的叫声将她们两人吓了一跳。

"救命!救命!"有人叫道。她们同时转向窗外,天色已经黑了。

在安吉尔斯,入夜后开启窗叶是可以处以鞭刑的罪行,但黎莎和吉赛儿想也没想就拉开窗闩,看着三名守卫自木板道上奔来,其中两人身上各扛着一名男子。

"诊所里的人!"领头守卫叫道,看见窗叶后照射出来的灯光,"开门!帮忙!我们需要避难和医治!"

黎莎和吉赛儿同时冲向楼梯,差点撞成一团滚下楼去。时值冬季,尽管城内的魔印师努力清理魔印网上的积雪、冰块及枯叶,每晚还是会有几头风恶魔潜入城内猎食无家可归的乞丐,并且等待大胆触犯法令、违抗宵禁的蠢蛋深夜出门。风恶魔可以无声无息地从天而降,然后突然张开翼爪撕裂猎物的内脏,再以后爪抓起尸体,飞到天上,逃出城外。

她们冲到楼下,打开屋门,看着外面的男人逐渐接近。门框绘有魔印,就算开门也不会危及她们和病患的安全。

"出了什么事?"凯蒂大叫,自二楼阳台探出头来。其他学徒跟在她身后涌出房间。

"穿好围裙,立刻下楼!"黎莎命令道,年轻的女孩们连忙行动。

外面的人距离还很远,但跑得很快。听见天上传来尖锐的叫声,黎莎感到腹部一阵紧缩。附近的风恶魔已被光线和人声吸引过来。

守卫接近的速度很快,黎莎本来以为他们可以毫发无伤抵达诊所,直到其中一名守卫在冰上滑了一跤,重重跌倒。他背上的男子随即摔到木地板上。

肩上扛着一人的守卫叫了一声,然后低下头飞速跑来。没扛人的守卫回头冲向倒地的同伴。

在一阵突如其来的翅翼拍击声中,不幸的守卫脑袋掉落,在木板地上急速滚动。凯蒂尖声大叫。伤口开始喷血前,风恶魔已抓着尸体狂啸一声冲天飞起。

扛人的守卫穿越魔印,放下身上的人。黎莎回头看向还在外面挣扎起身的男人,露出坚定的神情。

"黎莎,不要!"吉赛儿大叫,出手抓她。但是黎莎侧身避开,踏上木板道。

她迂回前进，冰冷的夜空中传来风恶魔的叫声。一头地心魔物急冲而至，但完全没有碰到她，其间相差不过数寸之间。恶魔重重摔在木板道上，但很快就爬起身来，冲击力道完全被厚重的外壳吸收。黎莎连忙转身，在它脸上洒了一把布鲁娜的盲目药粉。恶魔发出痛苦的吼叫，黎莎继续前进。

"救他，不要救我！"守卫在他接近时叫道，指向躺在地上一动也不动的男人。守卫的脚踝呈现不自然的角度，显然已折断。黎莎看向另一名俯卧的男子。她没有办法同时背负两人。

"不要救我！"守卫在她走近时喊道。

黎莎摇头。"我扶你回诊所的机会比较大。"她以不容争辩的语调说道。她搀起他的手臂，用力扶起对方。

"身体放低。"守卫喘气说道，"风恶魔比较不会攻击太接近地面的猎物。"

黎莎尽可能弯腰行走，因为男人的体重而跌跌撞撞，她知道不管身体有没有压低，以这种速度前进，他们绝不可能抵达诊所。

"现在！"吉赛儿大叫，黎莎抬头看见其他学徒冲出门外，手持白色床单的边角遮在头上。到处都是翻飞的床单，风恶魔没有办法确定目标的位置。

在床单的掩护下，吉赛儿和第一名守卫迅速来到他们身边。吉赛儿帮助黎莎，守卫扛起昏迷不醒的男人。恐惧给了他们力量，他们迅速冲进诊所中，紧闭房门。

"这个人死了。"吉赛儿说，语气冰冷，"我估计他已死亡超过一个小时了。"

"我为了一个死人差点送命？"脚踝扭断的守卫喊道。黎莎不去理他，走到另一个受伤的男子身前。

从对方布满雀斑的圆脸纤瘦的身材来看，他比较像是男孩而不是男人。他遭受严重的殴打，但还有呼吸，而且心跳强劲。黎莎迅速检查他的伤势，剪开鲜艳的补丁彩服摸索断骨，寻找表演服染有大量血迹的原因。

"出什么事了？"吉赛儿一边检查受伤守卫的脚踝，一边问道。

"我们在巡逻完毕返回哨所途中发现这两个人。"守卫咬紧牙关说道，"看打扮是吟游诗人，躺在木板道上，一定是表演完遭人打劫。他们都还活着，但伤势很重。当时天色已晚，但两个人看起来都必须立刻救治，不然绝对熬不过今晚。我想起这间诊所，于是尽快赶了过来，沿着屋檐行走，尽量躲避风恶魔的追踪。"

吉赛儿点头道："你们做得很对。"

"去对可怜的强辛说。"守卫道，"造物主呀，我要怎么对他的妻子交代？"

"那个明天早上再来担心。"吉赛儿说，拿起烧瓶放到男人嘴边，"喝下去。"

守卫怀疑地看着她。"这是什么？"他问。

"帮助睡眠的东西。"吉赛儿说，"我必须帮你接骨，而我向你保证你绝不希望在清醒的情况下让我接骨。"

守卫立刻吞下药水。

黎莎帮年轻伤患清理伤口时，对方突然喘气惊醒，坐起身来。他一只眼睛肿得无法睁开，但另一只眼透着亮眼的绿色，睁开后立刻东张西望。他大声呼叫："杰卡伯大师！"

他用力挣扎，黎莎、凯蒂及最后一名守卫合力才将他压回床上。他转动完好的眼珠凝望黎莎。"杰卡伯大师在哪里？"他问，"他还好吗？"

"和你在一起的老人？"黎莎问。他点头。

黎莎迟疑片刻，考虑该怎么说。但这种反应已回答了对方。他放声尖叫，再度挣扎。守卫用力压着他，直视他的双眼。

"你有看到动手的人吗？"他问。

"他的状况不适合……"黎莎才刚开口，守卫即怒目相向。

"今晚我损失一名弟兄。"他说，"我没有耐心等待。"他转头面对男孩。"有看到吗？"他问。

男孩看着他，眼中充满泪水。最后他摇摇头，但守卫仍压制着他。"你一定有看到什么。"他逼问。

"够了。"黎莎说着抓起守卫的手腕，用力拉扯。他抗拒片刻，最后放开男孩。"去隔壁房等。"黎莎命令道。他皱起眉，但遵命行事。

黎莎回到男孩身边，只见对方放声大哭。"把我丢回街上，"他说着，举起一只残缺的手掌，"我很久以前就该死了，所有试图救我的人最后统统死了。"

黎莎握起残缺的手掌，凝视他的双眼。"我愿意冒这个险。"她说着，轻捏他的手掌，"我们这些死里逃生的人一定要互相照顾。"她将安眠药水放到他嘴边，然后握着他的手给予他力量，直到他闭上双眼。

※

小提琴的音乐洋溢在诊所中。病患们打着节拍，学徒们则一边忙着做事一边跳舞。就连黎莎和吉赛儿都觉得步伐轻快不少。

"年轻的罗杰竟然还会担心自己没有办法付账。"吉赛儿一边准备午餐一边说道，"我还想等他伤好后付钱请他来娱乐病患呢。"

"病患和女孩们都很喜欢他。"黎莎同意道。

"我发现你在没人看时也会跳舞。"吉赛儿说。

黎莎微笑。不拉小提琴时,罗杰会让所有学徒围在他的床边听他讲故事,或是教他们一些自称从公爵的妓女那边学来的化妆技巧。吉赛儿常常对他流露母亲般的关怀,学徒们则个个都很宠爱他。

"那就给他一块特别厚的牛肉吧。"黎莎说着切下一块牛肉,放在摆满马铃薯和水果的餐盘上。

吉赛儿摇头。"真不知道那个男孩的食物都吃到哪里去了。"她说,"你和其他女孩已经喂他吃了一个多月的大餐,但他还是瘦得像根竹子。"

"午餐!"她喝道。女孩们纷纷走进来端餐盘。朗妮直接走向叠得最满的那个餐盘,但黎莎端起来不给她拿。"这一盘我自己端。"她说,笑嘻嘻地望向厨房里所有失望的脸孔。

"罗杰需要休息片刻,吃点东西,而不是你们帮他切牛肉,他就要讲故事给你们听。"吉赛儿说,"你们可以晚点再去讨好他。"

"中场休息!"黎莎走入病房时叫道,其实不必叫,她一出现,琴弓就已经自琴弦上滑开,发出一道尖锐的音符。罗杰微笑挥手,在放下小提琴的同时撞倒了一个杯子。他折断的手指和手臂都已痊愈,但脚上的石膏依然挂在床上,因此无法很平稳地将小提琴放到床头柜。

"你今天一定饿坏了。"她笑道,将餐盘放在他的腿上,接过他的小提琴。罗杰一脸怀疑地看着餐盘,然后抬头对她微笑。

"你应该会帮我切牛肉吧?"他说着,举起残缺的手掌。

黎莎扬起眉。"你的手指拉小提琴时似乎十分灵活。"她说,"怎么吃饭就不行了?"

"因为我讨厌一个人吃饭。"罗杰笑道。

黎莎微笑,在床侧坐下,拿出刀叉。她切下一块厚厚的牛肉,蘸蘸肉汁和马铃薯,然后送入罗杰口中。他微微一笑,肉汁自嘴角流下。看得黎莎不住轻笑。罗杰感到不好意思,原本苍白的脸颊红到跟发色差不多。

"我可以自己拿叉子。"他说。

"要我帮你切好肉就离开吗?"黎莎问,罗杰用力摇头。"那就闭嘴。"她说,又叉了一块肉喂到他嘴里。

"这不是我的小提琴,"一阵沉默过后,罗杰看着乐器说,"这是杰卡伯大师的。我的在那天被砸坏了……"

黎莎在他声音逐渐变小后皱起眉头。事情已经发生一个月了,他依然不肯谈论当时的情况,就算在守卫的逼迫下也不肯透露。他请人去拿他的财物,但据她所知,他甚至没有与吟游诗人公会联络,告知他们发生了什么事。

"那不是你的错。"黎莎看着他的目光飘向远方,于是说道,"打他的人不是你。"

"和我亲自动手没什么两样。"罗杰说。

"什么意思?"黎莎问。

罗杰偏开目光。"我是说……不是我逼他复出。他根本不会死得之么惨,如果没有……"

"你说他告诉过你,自退休生涯中复出是二十年来他做过最开心的事。"黎莎辩道,"从来没有人能够无怨无悔地去见造物主。我们活在世上的时间有长有短,但无论长短,我们必须感到满足。"

"但和我扯上关系的人似乎都遭到不幸了。"罗杰长长叹息道。

"我见过很多早死的人从来没有听过罗杰·半掌的名号。"黎莎说,"你打算把他们的死也怪到自己头上吗?"

罗杰凝视着她。她把另一口食物塞入他的嘴。"因为良心不安而封闭自己的生活,并不会让死者好过一点。"

信使抵达时,黎莎双手搂着衣物前去开门。她将薇卡的信塞入围裙,将其他的信放到一旁。她刚收好换洗衣物,一名学徒跑过来告诉她有一名病患刚刚咳血。在那之后,她接好了一条手臂,然后给学徒们上课。

等她忙完一天的工作时,太阳已下山了,学徒们纷纷上床睡觉了。她压低灯芯,将油灯调成微弱的柔光,然后巡视了一趟病床,在上楼休息前确保病人安然入眠。她在路过时与罗杰目光交会,他比手势请她过去,但她微笑摇头。她指着他,双手合十做出祷告状,手掌靠上脸颊,然后闭上双眼。

罗杰皱起眉,但她假装没看见,静静离开,心知他不会跟来。他的石膏已移除,伤势已痊愈,但罗杰仍宣称伤口疼痛、身体虚弱,想多留些时间。

走回房间,她为自己倒了一杯水。这是一个温暖的春夜,水壶上凝结了一层水珠。她心不在焉地在围裙上擦手时,听见揉折纸张的声响。她想起薇卡的来信,便从围裙中取出信件,以大拇指打开封口,一边喝水一边将信纸侧向油灯。

片刻后,水杯自她手中掉落。她没有注意到,也没听见陶杯粉碎声。她紧握信纸冲出房间。

罗杰找到她的时候,黎莎独自躲在黑暗的厨房中哭泣。

"你没事吧?"他轻声问道,重心倚靠在他的拐杖上。

"罗杰?"她哽咽一声,"你下床做什么?"

罗杰没有回答，走过去坐在她身边。"来自家乡的坏消息？"他问。

黎莎凝视他片刻，然后点头。"我父亲受了风寒，"她说道，等待罗杰点头表示知道此事，"本来已经好转了，但后来突然加重了。结果发现那是一种在伐木洼地间传染的流感。大多数人似乎得过就没事了，但比较虚弱的人……"她再度开始啜泣。

"有你认识的人吗？"罗杰问，话一出口立刻暗自咒骂自己。当然有她认识的人。小村落里所有人都彼此认识。

黎莎没有注意到他的失言。"我的老师布鲁娜，"她说，豆大的泪滴掉在围裙上，"其他几个人，还有两个我没有机会认识的孩子。总数超过十人，而镇上还有半数人卧病在床；我父亲是病得最重的。"

"我很抱歉。"罗杰说。

"不要同情我，这是我的错。"黎莎说。

"为什么？"罗杰问。

"我应该待在镇上的。"黎莎说，"我早就不是吉赛儿的学徒了。我承诺过学成后会回伐木洼地。如果我信守承诺，我现在就会在镇上，或许……"

"我在林尽镇见过有人死于流感。"罗杰说，"你要把那些人的死也算在自己头上吗？还有那些死在这座城市里的人，因为你没有能力医治所有人？"

"那不一样，你很清楚。"黎莎说。

"不一样吗？"罗杰问，"你自己说过因为良心不安而封闭自己的生活，并不会让死者好过一点。"

黎莎看着他，双眼湿润。

"你打算怎么做？"罗杰问，"浪费时间哭泣，还是开始打包?"

"打包?"黎莎问。

"我有一道信使的携带式魔印圈。"罗杰说,"我们一早就可以出发前往伐木洼地。"

"罗杰,你连路都走不稳!"黎莎说。

罗杰举起拐杖,放在料理柜上,稳稳地站在原地。他僵硬地走了几步。

"为了一张温暖的床铺和宠爱你的女人而假装脚疼?"黎莎问。

"才不是!"罗杰脸红。"我只是……还没准备好再度上台演出。"

"你有办法一路走到伐木洼地?"黎莎问。"不骑马的话可能要走一个星期。"

"在路上又不用表演后空翻。"罗杰说。"我办得到。"

黎莎双手抱胸,摇了摇头。"不,我禁止你这么做。"

"我不是你的学徒,你不能禁止我去做任何事。"罗杰说。

"你是我的病人。"黎莎反驳。"我可以禁止你做任何会影响病情的事,我会雇佣信使送我回去。"

"祝你好运。"罗杰说。"每周南下的信使今天已出发,而现在这种时节大多数信使都被雇走了。要说服信使放下手边的工作带你前往伐木洼地可得花费一大笔钱,再说,我可以用小提琴驱赶地心魔物,没有信使可以做到这点。"

"我肯定你可以,"黎莎说,不过语气听起来却有些怀疑。"但我需要的是信使的快马,不是魔法小提琴。"她忽视他的抗议,把他赶回床上,然后上楼收拾行李。

"你确定要回去?"第二天早上吉赛儿问道。

"我非回去不可。"黎莎说,"薇卡和妲西应付不来。"

吉赛儿点头。"罗杰似乎坚持要陪你同去。"

"我不要他护送。"黎莎说,"我会雇用信使。"

"他一整个早上都在收拾行李。"吉赛儿说。

"他的伤还没完全康复。"黎莎说。

"哈!"吉赛儿说,"已经快三个月了。今天早上我看他根本没用拐杖,我认为他留在这里只是为了找理由接近你。"

黎莎瞪大双眼。"你认为罗杰……?"

吉赛儿耸肩。"我只是说说而已,不是每个男人都会愿意为你出城面对地心魔物。"

"吉赛儿,我的年纪可以当他妈!"黎莎说。

"哈!"吉赛儿嘲弄道,"你才二十七岁,罗杰说他二十了。"

"罗杰的话有很多都不靠谱。"黎莎说。

吉赛儿再度耸肩。

"你说你和我妈不同。"黎莎说,"但你们都有本事将生活中的每场悲剧与我的爱情生活扯上关系。"

吉赛儿开口欲言,但黎莎伸手打断她。"如果你不介意,"她说,"我还要去雇用信使。"她匆匆地离开厨房,而罗杰躲在门口偷听,差点没能及时溜到一旁躲藏。

凭着她父亲给的钱加上吉赛儿这边的酬劳,黎莎自公爵银行里提出一张一百五十密尔恩金阳币的票券。对一般安吉尔斯居民而言,这是做梦都不敢想象的财富,但信使并不会为钱犯险。她希望这些钱就够了,但罗杰的话就像预言,甚至可说是诅咒。

春天是贸易繁忙的时期,就连最不可靠的信使都有人雇用。史考特已经出城了,信使公会的助理直接拒绝她的要求。他们最多只能为她安排下周例行南下的信使,而那还要再等六天。

"那样的话,我自己走去就好了!"她对公会秘书大叫。

"那我建议你现在就出发。"对方冷冷回道。

黎莎压抑怒火,气冲冲地离开。如果要再等一个星期才能出发,她认为自己一定会疯掉。如果她父亲在这个星期去世……

"黎莎?"身后传来一个声音。她倏然止步,缓缓转身。

"真的是你!"马力克叫道,举起双手大步迎来,"我不知道你还在城里!"黎莎在震惊中任由他拥抱自己。

"你来公会会馆做什么?"马力克问,后退一步,以欣赏的目光打量她。他依然英俊而目光如狼。

"我需要有人护送我回伐木洼地。"她说,"镇上流行传染病,他们需要我的帮助。"

"我想我可以带你去。"马力克说,"我找人代我接下明天前往河桥镇的差使,应该不是问题。"

"我有钱。"黎莎说。

"你知道我当护花使者是不收钱的。"马力克说着凑上前去,色眯眯地盯着她,"我只对一种付账方式感兴趣。"他双手绕到她的身后,在她屁股上捏了一把,黎莎压抑住推开他的冲动。她想到需要自己的那些人,还有吉赛儿所说关于美丽的花朵无人得见的言语。或许今天与马力克重逢就是造物主的安排。

她用力咽下口水，对他点了点头。

马力克将黎莎推到走廊旁的阴暗壁龛，把她压在一座木头雕像后方的墙上深深地吻她。片刻后，她开始回应他的吻，双手环抱他的肩，他的舌在她嘴中带来一阵暖意。

"我这次不会再有之前那种问题。"马力克保证道，拉她的手放上自己坚挺的下体。

黎莎羞怯地微笑。"我傍晚去你的旅社找你。"她说，"我们可以……一起过夜，天亮后出发。"

马力克左顾右盼，接着摇了摇头。他再度将她压向墙壁，一手向下解开她的皮带。"我已经等太久了。"他喃喃说道，"我现在准备好了，绝不会错过这次机会！"

"我不要在走廊上做！"黎莎低声说道，将他推开，"会被人看见。"

"不会有人看到。"马力克说，再度凑上去亲她。他拉出坚硬的家伙，开始撩起她的裙摆。"你的出现仿佛梦境，"他说，"而这次我也在梦里。你还需要什么？"

"隐私。"黎莎问，"一张床，一对蜡烛，随便什么都可以！"

"要不要吟游诗人在外面唱歌？"马力克调侃道，手指在她双腿间探索入口，"你听起来像个处女。"

"本来就是！"黎莎低声叫道。

马力克将她推开，家伙依然握在手中，轻蔑地看着她。"所有伐木洼地的人都知道你和那只猩猩加尔德搞过至少十几次，"他说，"都这么久了你还要说谎？"

黎莎脸色一沉，膝盖对准他的下体狠狠顶了上去，趁马力克还在地上呻吟时冲出了公会会馆。

"没人愿意护送你?"当晚罗杰问道。

"除了必须用我的身体去换的人。"黎莎咕哝一声,没提起自己真的打算这么做。即使到了现在,她还在担心自己是不是犯了大错。她心中有点希望让马力克得逞,但就算吉赛儿说得没错,就算她的第一次不是世上最珍贵的东西,至少也不该在走廊上失去。

她太晚闭上双眼,挤出了本来不希望落下的泪水。罗杰伸手触摸她的脸颊,她看着他。他微微一笑,伸手向前,动作像是从她耳朵后方取出亮眼的手帕。她忍不住笑出声来,接过手帕擦眼泪。

"我还是可以护送你去。"他说,"我曾经从牧羊谷徒步走来这里。既然那不成问题,自然可以送你前往伐木洼地。"

"真的?"黎莎抽噎问道,"不是什么类似杰克·鳞片嘴那种瞎掰出来的故事,或是你可以用小提琴迷惑地心魔物什么的?"

"真的。"罗杰说。

"你为什么愿意为我这么做?"黎莎问。

罗杰微笑,将她的手握入自己残废的手掌。"我们都曾死里逃生,不是吗?"他问,"有人告诉我死里逃生过的人应该要互相照顾。"

我疯了吗?离开安吉尔斯城门后,罗杰问自己道。黎莎为了这趟旅程购买了一匹马,但罗杰没有骑马的经验,而黎莎只会一点，他坐在她身后，她则驾马，以仅比两人步行稍快的速度前进。

尽管僵硬的腿被马震到疼痛难忍，罗杰并没有开口抱怨。如果他在安吉尔斯离开视线范围前抱怨任何事，黎莎一定会决定折返。

你本来就该折返，他心想。你是吟游诗人，不是什么信使。

但黎莎需要他，自从第一眼看见她起，他就知道自己没办法拒绝她的任何要求。他知道在她眼中自己不过是个孩子，但等他平安护送她回家，她就会改变观点。她会知道他并不只是个孩子，他有能力照顾自己，也有能力照顾她。

再说，安吉尔斯有什么值得他留恋的东西？杰卡伯死了，吟游公会应该认为他也死了，而这种情况或许比较好。"去找守卫队，他们会吊死的人是你。"杰辛如此说。而罗杰心里明白，如果让黄金嗓知道自己没死，他绝对没有机会把真相告诉任何人。

然而望向前方的道路时，他感到腹部一阵绞痛。就像蟋蟀坡，骑马只要一天就能抵达农墩镇，但伐木洼地就远多了，就算骑马也要四个晚上。罗杰顶多只有连续两晚露宿野外的经验，而且还只有一次。艾利克死时的情形历历在目。如果连黎莎也死了，他能够承受住打击吗？

"你还好吗？"黎莎问，"你的手在抖。"

他看向放在她腰上的双手，发现她说得没错。"没什么。"他说道，"我只是突然感到一阵寒意。"

"我最讨厌那样了。"黎莎说，但罗杰几乎没有听见。他凝视自己的双手，试图用意志力征服它们。

你是演员！他暗骂自己。表演勇敢！

他想起自己故事中的勇敢探险家马可·流浪者。罗杰讲述这个男人事迹的次数多到数不清，对他的人格特质和言谈举止一清二楚。他挺直背脊，双手停止了颤抖。

"累了和我说。"他道，"把缰绳交给我。"

"我以为你没有骑过马。"黎莎说。

"身体力行是最好的学习方式。"罗杰说，引述每当马可·流浪者遇上新奇事物时会说的台词。

马可·流浪者从来不会惧怕任何自己未做过的事。

缰绳交到罗杰手中后，他们赶路的速度变快了。尽管如此，他们还是差点没能赶在黄昏前抵达农墩镇。他们将马安顿在马厩中，然后朝旅店走去。

"你是吟游诗人？"旅店主人看着罗杰的表演服问道。

"罗杰·半掌，"罗杰说，"来自安吉尔斯，以及西方小镇。"

"没听说过。"旅店主人咕哝道，"但只要你愿意演出，我可以免费提供住宿。"

罗杰转向黎莎，看到她耸肩点头后，他面露微笑，取出惊奇袋。

农墩镇是个小地方，由许多沿着魔印木板道而建的建筑和房舍组成。与罗杰造访过的其他城镇不同，农墩镇民夜晚也会出门，任意行走于各建筑物之间——只是步伐较快。

因此，导致旅店中挤满欣赏演出的人，罗杰感到十分开心。这是数个月来的第一次演出，但一切都很自然，不久所有观众就开始鼓掌大笑，听他讲述杰克·鳞片嘴和魔印人的故事。

回到座位后，黎莎的脸颊因为喝酒而微显红润。"你表演得太棒了。"她说，"我就知道你是个很棒的吟游诗人。"

罗杰眉开眼笑,正打算说点什么,两个男人带着好几杯酒走了过来,他们将一杯酒递给罗杰,另一杯递给黎莎。

"谢谢你们的演出。"带头的男人说道,"我知道一杯酒算不了什么……"

"很好喝,谢谢你。"罗杰说,"请和我们一起坐吧。"他指向桌旁两张空位。两名男子坐下。

"你们路过农墩镇有什么事吗?"第一名男子问道。他身材矮小,胡须浓密。他的伙伴比较高壮,不太说话。

"我们要去伐木洼地。"罗杰说,"黎莎是草药师,要赶去那里帮助他们治疗传染病。"

"伐木洼地路途遥远,"黑胡子男人说道,"你们晚上要怎么办?"

"不用为我们担心。"罗杰说,"我们有信使的魔印圈。"

"携带式魔印圈?"男人讶异地问道,"那一定花了你们不少钱。"

罗杰点头。"比你想象中还多。"他说。

"好吧,我们不耽误你们休息了。"男人道,与他的伙伴一同起身,"你们一早还要赶路。"他们离开,走到另一桌与第三个人会合。罗杰和黎莎把酒喝完,回房休息。

第二十七章　黑夜降临

332 AR

"看看我！我是吟游诗人！"一个男人说道，将系有铃铛的五彩帽戴在头上沿着道路跳来跳去。黑胡子男人哈哈大笑，但第三名男子，身材比其他两人加起来还要高大，什么也没说，只是微笑。

"我真想知道那个巫婆在我身上洒了什么。"黑胡子男人说道，"我把整颗脑袋浸到河里，眼睛还是好像要烧起来。"他举起携带式魔印圈和马鞭，咧嘴而笑。"尽管如此，这么容易得手的猎物一辈子只能遇上一次。"

"这下子可以休息好几个月了。"戴彩帽的男人同意，轻甩手中的钱袋，"而且我们完全没有受伤！"他跳了一下，双脚踢踏。

"你是没有受伤。"黑胡子男人窃笑道，"但我背上倒有不少抓伤！那个屁股简直和魔印圈一样值钱，虽然我满眼药粉什么都没看清楚。"头戴彩帽的男人大笑，沉默的壮汉笑嘻嘻地鼓鼓掌。

"应该带她一起来，"彩帽男子说道，"那个破山洞里可冷了。"

"不要傻了。"黑胡子男人说道，"我们现在拥有一匹马和信使魔印圈，这实在太好了，根本不必继续躲在山洞。农墩镇的人说公爵的守卫已注意到旅人一离镇就遭受劫掠。我们明天一早就出发南下，不要让林白克的守卫盯上了。"

三人忙着讨论，没有注意到朝他们骑马而来的男人，直到对方接近到十几码的距离时才霍然惊觉。在暗淡的光线下，他看起来如同鬼魅，全身包在飘逸的长袍中，跨坐在黑马上，沿着森林大道旁的树荫前进。

注意到对方后，三人脸上的笑意全僵住了，换上挑衅的神色。黑胡子男人将携带式魔印圈抛在地上，自马背上取下沉重的短棍，朝陌生男子迎去。他的身材矮胖结实，杂乱的长胡子上长有稀疏的毛发。在他身后，沉默男子举起小树般的巨棍，彩帽男子则是挥舞着长矛，矛头满是裂痕，暗淡无光。

"这条路是我们的，"黑胡子男人对陌生人解释道，"我们愿意分享，但要抽税。"

陌生人的回应是掉转马头，步出树荫。

他的马鞍一侧挂着一袋沉重的箭袋，长弓就绑在触手可及之处。一根长矛插在另一边的鞍袋上，矛旁放有圆盾。马鞍后方以皮带绑着几根短矛，矛头在夕阳的照射下绽放诡异的光芒。

陌生人并未伸手拿取任何武器，只是任由兜帽向后滑开。三个男人瞪大双眼，领头的人立刻后退，一把抓起地上的魔印圈。

"这次就让你通过。"他立刻改口，目光飘向身后的两个伙伴，就连巨汉也吓得目瞪口呆脸发白。他们没有放下武器，小心翼翼地绕过那匹巨马，沿着道路退开。

"最好不要再让我们在路上看见你！"等神密男子骑马走远后，黑发男回头大叫。

陌生人毫不理会，继续前行。

随着他们的声音逐渐远去，罗杰慢慢战胜自己的恐惧。他们告诉他，如果再爬起来，他们就会杀了他。他伸手到暗袋中寻找他的护身符，结果只摸到一堆破碎的木头及一撮灰黄的头发；一定是被沉默巨汉踢碎的。他任由它从指尖滑落，坠入泥泞。

黎莎的啜泣声如同刀割般划过他的耳朵，他根本不敢抬头去看。他之前已犯过这样的错误，当巨汉自他背上跳下，跑过去强暴黎莎的时候。另一个男人迅速接替巨汉的位置，坐在罗杰的背上欣赏轮暴的乐趣。

巨汉眼中没有多少智慧，就算不像同伴一样喜欢虐待女人，他的淫欲本身就是十分骇人的景象：野兽般的欲望，石恶魔般的躯体。如果挖掉自己的眼睛能把巨汉趴在黎莎身上的情景自脑中移除，罗杰绝不会有丝毫迟疑。

他是蠢蛋，大肆宣扬他们的路径及财物。他在西方村落生活太久，已经忘记城市人那种不轻信陌生人的本能。

马可·流浪者绝对不会相信他们，他心想。

但这种说法不完全正确。马可每次都会上当受骗或是脑袋上被打焖棍，躺在路边等死。他之所以能生存下来都是凭借事后记取的教训。

他之所以能存活下来，是因为那只是编造的故事，结局操在你的手里。罗杰提醒自己道。

但马可·流浪者挣扎起身，拍掉身上尘土的画面在他脑海中挥之不去，于是最后，罗杰鼓起力量和勇气，强迫自己从地上跪起。全身发疼，但他觉得对方没有打断任何骨头。他的左眼肿到只能看见一条缝，发胀的嘴唇中满是血腥味。他身上到处都是瘀青，但他曾被艾伯伦打得更惨。然而，这次没有路过的守卫可以将他扛到安全的地方，没有母亲或老师出面挡在他和恶魔之间。

黎莎再度啜泣，罪恶感袭来。

他试图捍卫她的贞操，但对方有三个人，都拿着武器，也都比他强壮。他还能怎么办呢？

我真希望死在他们手上，他垂头丧气地想道。我宁愿死也不想看到……

懦夫，脑后一个声音吼道。起来，她需要你。

罗杰摇摇晃晃地爬起身来，环顾四周。黎莎蜷缩在森林大道的尘土中不住地啜泣，就连拿衣服遮蔽自己身体的力气也没有；强盗已经逃走了。

当然，强盗在哪根本不重要。他们抢走了携带式魔印圈。少了它，他和黎莎就和死了没什么分别。农墩镇距离这里近一天的路程，而未来几天的路程还长得很。而且一个小时后天就会黑了。

罗杰奔向黎莎，跪倒在她身边。"黎莎，你还好吗？"他问，接着暗地咒骂自己战栗的语调。他必须为她坚强。

"黎莎，请回答我。"他哀求，轻压她的肩膀。

黎莎不理会他，紧缩在地，边哭边抖。罗杰轻拍她的背低声安慰，轻轻地将她的衣服拉回原位。不管她的内心在煎熬中逃离到什么地方，她显然还不打算离开。他试图将她拥入怀中，但她激动地将他推开，再度蜷缩起来，泪流满面。

罗杰离开他身边，在尘土中摸索，收拾仅存的一点行李。强盗搜刮他们的行李，抢走想要的财物，将剩下的丢在地上，一边嘲弄他们，一边砸烂他们的东西。黎莎的衣物散落在道上，艾利克鲜艳的惊奇袋摊在泥泞中，袋中的物品不是被抢走就是被砸烂。木制彩球陷在泥巴里，罗杰任它们留在原地。

罗杰在沉默男子在道路上践踏之处找到他的小提琴盒，暗自希望它们安然无恙。他冲了过去，发现木盒被人撬开。琴身看起来只要换弦调音就可以修复，但琴弓已不在里面。

罗杰一直找到不敢再找下去。他惊慌地推开四面八方的落叶，翻开矮木丛，但怎么找也找不到。琴弓不见了。他将小提琴放回琴盒，将黎莎的一件长裙摊开，把剩下的可用物品捆成一包。

一阵强风打破周围的宁静，吹得树叶沙沙作响。罗杰抬头望着逐渐西沉的太阳，突然间以从来不曾体验过的方式领悟到他们将面对死亡。死亡降临时，身旁有没有无弓的琴或一包衣物到底有什么差别呢？

他摇摇头。他们还没死，而且只要保持警觉，避开地心魔物一晚并不是不可能。他抱紧琴盒并鼓励自己。如果能够活过今晚，他就可以剪下一撮黎莎的长发制作新琴弓。只要小提琴在手，地心魔物就没有办法伤害他们。

道路两旁，森林逐渐变暗、危机四伏，罗杰心知在众多动物中，地心魔物最喜爱的猎物还是人类。它们会沿路搜寻人类的气息。想要找藏身地或适合绘制魔印圈的隐秘地点，深入树林是他们的最佳选择。

怎么找？脑袋中恼人的声音再度响起。你从来不肯费心去学。

他回到黎莎身旁轻轻蹲下。她还在颤抖，无声哭泣。"黎莎，"他低声说，"我们得离开大道。"

她不理他。

"黎莎，我们必须找地方藏身。"他摇晃她。

依然没有反应。

"黎莎,太阳要下山了!"

啜泣突然止住,黎莎一脸惊慌,猛然起身。她看向他伤痕累累、忧心忡忡的脸,随即又哭了起来。

罗杰知道自己短暂找回她的理智,于是绝不轻易放手。他可以想到几件比发生在她身上更惨的事,被地心魔物撕成碎片是其中之一。他抓起她的肩膀用力摇晃。

"黎莎,你要振作起来!"他叫道,"不尽快找到地方藏身,等太阳升起我们的尸体就会散落得遍地都是!"

这句话勾勒了鲜明的画面。罗杰故意这么做,并且达到预期的效果。黎莎开始大口吸气,呼吸急促,但至少不再啜泣。罗杰以衣袖擦干她的眼泪。

"我们该怎么办?"黎莎尖声问道,紧握他的双手。

罗杰再次召唤马可·流浪者的形象。这次他已准备好该说什么。"首先,我们离开大道。"他说。尽管茫然无助,仍故作自信,虽毫无对策,却仍一副胸有成竹的模样。黎莎点头,任由他扶起自己。她痛苦呻吟,而他心如刀割。

在罗杰的扶持下,他们跌跌撞撞地离开道路进入树林。在林荫中,仅存的日光异常昏暗,地上的枯枝和落叶发出嘈杂的声响,空气中弥漫着腐败植物的恶心甜味;罗杰讨厌树林。

他回想所有旅人在毫无防护的情况下度过黑夜的故事,试图分辨其中细节的真伪,寻找能够帮助他们的知识,任何知识都好。

洞穴是最好的选择,这是所有故事的共识。地心魔物喜欢在宽阔的地方狩猎,只要在洞穴入口画下简单的魔印,就能达到很好的效果。罗杰至少记得三个魔印圈上的连续魔印,或许足以用来防御洞口。

但罗杰根本不知道附近哪里有洞穴,也不清楚该从何找起。他漫无头绪地四下搜寻,忽然听见一阵流水声。他立刻拉着黎莎朝水源前进。地心魔物会利用视觉、听觉及嗅觉追踪猎物。在缺乏实质庇护所的情况下,躲避恶魔最好的方法就是遮蔽这些东西。或许他们可以在河岸上挖坑藏身。

当他找到水声来源时,却发现那只是一条小山涧,根本没有河岸可挖。罗杰自水中拾起一颗圆石用力抛掷,沮丧地大声吼叫。

他转身发现黎莎蹲在深及脚踝的溪水中,一边哭泣一边舀水清洗自己,洗脸、洗胸、洗下体。

"黎莎,我们必须走了……"他说着,伸手去拉她的手臂,但她尖叫闪避,继续弯腰舀水。

"黎莎,我们没时间搞这个!"他吼道,使劲拉起她。他将她拖回树林,却完全不知道自己在找什么。

最后他放弃搜寻,看着眼前的一小片空地。这里没有地方躲藏,所以他们唯一的希望就是在地上绘制魔印圈。他放开黎莎,跑到空地上扫开一堆枯叶,清出一片潮湿的土壤。

※

黎莎看着罗杰清理地上的落叶,模糊的目光逐渐找到焦点。她沉重地依树而立,双腿依然疲软无力。

不过几分钟前,她还认定自己永远无法走出被强暴的阴影,但即将现身的地心魔物是极度迫切的危机,她几近感激地发现这个危机让自己不必一直在脑中重播当时的画面,而自从那些男人快活完离开后,她就一直处于这种状况。

她苍白的脸颊沾满泥土及泪水。她试图抚平破烂的衣衫找回一点尊严,但两腿间的疼痛不断提醒她,自己的尊严已经留下了永远的疤痕。

"天就要黑了!"她呻吟道,"我们该怎么办?"

"我会在地上画魔印圈。"罗杰说。"不会有事,我会想办法渡过难关。"他承诺道。

"你知道该怎么画吗?"她问。

"当然……我想。"罗杰的语气毫无说服力,"我带着那个携带式魔印圈好多年了,我记得上面的符号。"他捡起树枝开始在地上画线,不时抬头看向越来越暗的天色。

他在为她展现勇气。黎莎看向罗杰,因为拖他下水而感到内疚。他宣称自己二十岁,但她很肯定他离二十岁还差好几年。她根本不该带他踏上如此危险的旅程。

他看起来和她第一次见到他时很像,脸颊肿大,满是瘀青,口鼻中渗出鲜血。他以衣袖擦血,假装自己的伤势不算什么。黎莎轻易看穿他的伪装,心知他和自己一样紧张,但无论如何,他的努力都为她带来安抚的作用。

"我认为你不该这样画。"她来到他的身后说道。

"没问题的。"罗杰大声说道。

"我相信地心魔物会喜欢你的魔印,"她向后退开,不喜欢他那轻蔑的语调,"因为它根本不会构成任何干扰。"她环顾四周。"我们可以爬到树上。"她建议道。

"地心魔物比我们还会爬树。"罗杰说。

"找地方躲呢?"她问。

"我们已经找很久了。"罗杰说,"下面画这道魔印圈都快来不及了,但它应该足以守护我们的安全。"

"我怀疑。"黎莎看着地上歪七扭八的线条说道。

"如果我有小提琴在手……"罗杰开口。

"不要再提那种鬼话了,"黎莎大叫,突如其来的不耐驱走了所有羞辱和恐惧感,"光天化日下向学徒们吹嘘你能用小提琴迷惑恶魔是一回事,但带着谎言进入坟墓对你有什么好处?"

"我没有说谎!"罗杰坚持道。

"随便你。"黎莎叹气,双手环抱胸前。

"不会有事的。"罗杰再度说道。

"造物主呀,你可不可以别再说谎,就算停一会儿也好?"黎莎叫道,"怎么不会有事!你很清楚这一点!地心魔物不是强盗,罗杰。它们不会满足于……"她低头看向自己破烂的裙摆,声音细不可闻。

罗杰五官纠结,一脸痛楚,黎莎知道自己话说得太重了。她需要宣泄情绪,于是将事情全怪到罗杰和他名不符实的承诺上。但内心深处她知道这一切都是自己的错。他是为了她而离开安吉尔斯的。

她望向阴暗的天际,不知道自己有没有机会在惨遭碎尸万段前向他道歉。

身后树林传来一阵骚动,两人同时惊恐转身。一名身穿灰色长袍的男子步入空地。他的五官隐藏在兜帽的阴影下,尽管没有携带武器,黎莎还是可以从他的动作里看出他是个危险人物。如果马力克是狼,眼前的男人就是一头狮子。

她提高警觉,再度想起被侵犯时的景象,不禁怀疑究竟哪样比较凄惨:二度被强暴,还是遇上恶魔。

罗杰立刻起身,抓起她的手臂挡在她身前。他将树枝如同长矛般举在身前,表情狰狞。

男人毫不理会两人,走过去检视罗杰的魔印。"你这里、这里和这里都有漏洞。"他边指边说。"至于这个,"他在一个粗制滥造的符号旁踢了一脚,"这个根本不是魔印。"

"你可以修补吗?"黎莎满怀希望地问道,甩开罗杰的手朝对方走去。

"黎莎，不要。"罗杰急切地低声说道。但她不理他。

男人甚至没有看她一眼。"没时间了。"他说着，指向开始在空地边缘凝聚形体的地心魔物。

"喔，不。"黎莎脸色发白，哽咽说道。

第一个现形的是风恶魔。它一看到他们立刻放声嘶吼，压低身形作势欲扑，但男人根本没有给它任何时间。在黎莎难以置信的目光下，他跳到地心魔物面前。抓紧它的双爪阻止它展开双翼。恶魔的皮肤在他手中嘶嘶作响，冒出白烟。

风恶魔尖声惨叫，张开大口露出满嘴针头般尖锐的利齿。男人向后仰头，甩开兜帽，然后一头顶下，光头的前额撞上恶魔口鼻。一道强光闪耀，恶魔向后飞出。它坠落地面动弹不得。男人张开五指，插入地心魔物的喉咙。另一道魔光闪动，一股黑色脓汁直喷入空中。

男人突然转头，甩甩手指上的脓汁，大步走过罗杰和黎莎身旁。现在她可以看清他的容貌，看起来不太像人。他的头发全剃光了，眉毛也没了，而原本生长毛发的地方文满刺青。眼眶四周、头顶上、耳朵旁、脸颊上到处都是，就连下颚和嘴唇也不放过。

"我的营地就在附近，"他说，避开他们的目光，"想要看见明天的太阳的话，就随我来吧。"

"遇到恶魔怎么办？"黎莎在他们跟上去的同时问道。仿佛回应这个问题般，两头身上满是树瘤和树皮的木恶魔出现在他们前方。

男人拉下长袍，全身只剩下遮蔽下体的缠腰布，黎莎这次发现刺青并不限于他的头部。他的手臂和双脚上刺满复杂的魔印，手肘和膝盖上的特别大。他的背上刺有一道魔印圈，强健的胸口中央还有一个大型魔印。他身上的每寸皮肤都覆盖在魔印下。

"他是魔印人。"罗杰喘气说道。黎莎依稀记得听过这个名号。

"恶魔交给我。"男人道。"帮我拿。"他命令道，将长袍交给黎莎。他冲向地心魔物，凌空翻滚，双脚踢出，脚跟同时击中两头恶魔的胸口。魔光激荡，两头木恶魔顿时飞出。

他们迅速穿越树林，沿途景象模糊不清。魔印人奔走得很快，完全不受从四面八方扑向他们的地心魔物影响。一头木恶魔自树林中冲向黎莎，但男人挡在中间，魔印手肘狠狠撞入对方脑袋。一头风恶魔俯冲而来，朝罗杰挥出利爪，但被魔印人一把抱住，挥拳打穿它的翅膀令它无法展翅飞翔。

在罗杰有机会道谢前，魔印人再度开始狂奔，领着他们穿越树林。罗杰扶着黎莎前进，帮忙扯开卡住她裙摆的树丛。

他们冲出树林，黎莎看见道路对面生了一堆营火——魔印人的营地。然而他们和营地之间还有一群地心魔物挡路，包括一头八英尺高的巨型石恶魔。

石恶魔大吼一声，举起巨大的拳头击打自己的胸口，长角的尾巴前后甩动。它甩开其他地心魔物，意欲独吞所有猎物。

魔印人毫不畏惧地迎向怪物。他吹了一声口哨，双脚站定，蓄势待发，等待恶魔的攻击。

但在石恶魔发动攻击前，两根巨大的尖角自它胸口穿出，绽放魔法的光芒。魔印人迅速出击，魔印脚跟狠狠踢中地心魔物的膝盖，将他踢倒。

恶魔倒地的同时，黎莎看见一头巨大的黑色猛兽耸立在它后方。只见猛兽向后退开，拔出头上的尖角，随即一声嘶鸣，马蹄踹入地心魔物的背部，发出震耳欲聋的魔法巨响。

魔印人冲向剩下的恶魔，但众地心魔物吓得四下逃散。一头火恶魔朝他狂吐唾液，男人摊开手掌，火焰透过他的魔印指尖随即化为一阵轻风徐徐消散。罗杰和黎莎在恐惧颤抖中随他来到营地，走进魔印圈的守护，终于松了一口大气。

"黎明舞者！"魔印人叫道，再度吹了声口哨。巨马不再攻击地上的恶魔，朝他们疾驰而来，跃入魔印圈中。

如同它的主人般，黎明舞者的外形活像来自噩梦中的怪物。这头种马体型巨大，比黎莎这辈子见过的马都要高大。它的毛皮乌黑亮丽，身上披有一套魔印金属护具。头上的护甲顶着两根金属利角，其上刻有魔印，就连黑色马蹄上都刻着魔法符号，并以银漆描绘。这匹巨兽看起来不太像马，比较像恶魔。

黑色皮革马鞍上挂有各式各样的武器，包括一把巨大的紫杉弓和一袋箭矢、几把长刃匕首、流星锤以及各种尺寸的矛。一面闪亮的金属盾牌，外形浑圆，中央微凸，挂在鞍角上随时可以取用。盾牌边缘刻有复杂的魔印。

黎明舞者站在原地，安静地等待魔印人帮他检查伤势，似乎完全不把潜伏在数英尺外的恶魔放在眼里。确定坐骑毫发无伤后，魔印人转向黎莎和罗杰，只见两人紧张兮兮地站在营地中央，还没有从震惊中恢复过来。

"加点柴火，"男人对罗杰道，"我有些肉可以烤，还有条面包。"他轻揉肩膀，朝自己的装备走去。

"你受伤了。"黎莎说，自震惊中恢复过来，赶过去检查他的伤势。他的肩膀上有一道伤口，大腿上还有一道更深的。他的皮肤坚硬，满是伤疤，触感粗糙，但摸起来还不至于很不舒服。与他的身体接触时，她的指尖传来一阵轻微的刺痛，如同地毯上的静电。

"不碍事。"魔印人说，"有时候会有幸运的地心魔物在魔印驱走它前抓破我的皮肉。"他试图甩开她,伸手去拿长袍,但她不肯放手。

"恶魔造成的伤势不会'不碍事'。"黎莎说。"坐下,我帮你包扎伤口。"她命令道,指示他前往一块大石旁坐下。说实话,她对此人的恐惧和地心魔物不相上下,但她将一生奉献在帮助伤患上,而且做擅长的事可以驱走心中挥之不去的梦魇。

"我的鞍袋里有草药包。"男人说着指向鞍袋。黎莎打开鞍袋,找到草药包,俯身就着火光检视其中的草药。"你应该没有庞姆叶吧?"她问。

男人看她一眼。"没有。"他说,"要那干吗?药包里有很多猪根。"

"没什么。"黎莎嘟哝道,"我敢发誓,你们信使把猪根当作万灵丹。"她拿起草药包、研钵、碾杵以及一袋清水,在男人身边蹲下,将猪根混合其他草药磨成一团草药糊。

"你为什么以为我是信使?"魔印人问。

"有什么人会独自一人出外旅行?"黎莎问。

"我不干信使已经很多年了。"男人说道,毫不退缩地任由她清理伤口,涂抹刺痛的草药糊。罗杰眯起双眼看着她在他粗壮的肌肉上涂抹草药糊。

"你是草药师?"魔印人问,看着她在火堆上烤针,将缝线穿入针眼。

黎莎点头,但目光集中在手边的工作,将一绺发丝拨到耳后,开始缝合他大腿上的伤口,在发现魔印人没有继续提问后,她抬起目光望向对方的双眼。他的眼眸漆黑,眼眶旁的魔印营造出憔悴深邃的感觉。黎莎没有办法直视他的双眼太久,很快就将目光偏开。

"我是黎莎。"她说,"正在做晚餐的是罗杰,他是吟游诗人。"男人朝罗杰点头,就和黎莎一样,罗杰没有办法直视他的目光。

"谢谢你救了我们。"黎莎说。男人只是轻哼一声算作回应。她安静片刻,等待对方自我介绍,但男人并没有这么做。

"你没有名字吗?"黎莎终于问道。

"我好一阵子没用名字了。"男人回答。

"但你有名字。"黎莎逼问。男人只是耸肩。

"那我们该怎么称呼你?"她问。

"我认为你们没有必要称呼我。"男人回应。他注意到她已经缝好,于是离开她身边再度以灰色长袍将自己包得密不透风。"你们没有亏欠我什么,我会出手帮助任何陷入你们那种处境的人。明天我会护送你们前往农墩镇。"

黎莎看了火堆旁的罗杰一眼,然后转回魔印人。"我们刚刚离开农墩镇,"她说,"我们必须赶去伐木洼地,你可以带我们去吗?"灰色兜帽摇了摇头。

"回农墩镇至少会浪费我们一个星期的时间!"黎莎叫道。

魔印人耸肩。"那不是我的问题。"

"我们可以付钱。"黎莎脱口而出。男人看她一眼,她惭愧地偏过头。"当然不是现在。"她改口道。"我们在道上遇上强盗。他们抢走我们的马匹、魔印圈、财物,甚至连食物也不放过。"她越说越小声。"他们夺走了……一切。但是抵达伐木洼地后,我就可以付钱给你。"

"我不需要钱。"魔印人说。

"拜托!"黎莎恳求,"我有急事!"

"抱歉。"魔印人说。

罗杰走到他们旁边,一脸不悦。"没关系,黎莎。"他说,"如果这个冷血的家伙不愿意帮忙,我们还是可以自己想办法。"

"什么办法?"黎莎大声问道,"在你试图用愚蠢的小提琴抵挡恶魔时被杀的办法吗?"

罗杰转过头去,一脸受伤。但黎莎不理他,回头面对男人。

"拜托。"她哀求,在他转头不想理她的时候抓住他的手臂,"三天前有信使路过安吉尔斯,带来伐木洼地传染病肆虐的消息。已有十几个人因此死亡,包括了世上最伟大的草药师。镇上仅存的草药师没有能力照顾所有人,他们需要我的协助。"

"所以你不只是要我放下手边的事,还要陪你前往传染病肆虐的村镇?"魔印人问道,听起来一点意愿都没有。

黎莎开始哭泣,抓着他的长袍跪倒在地。"我父亲病得很重。"她轻声道,"如果我不尽快赶到,他会死的。"

魔印人伸出手臂,动作迟疑,手掌搭在她的肩上。黎莎不确定自己是怎么打动他的,但她感觉得出来对方已经动摇了。

"拜托。"她再度说道。

魔印人凝望她良久。"好吧。"他终于说道。

伐木洼地位于安吉尔斯森林外围边缘,距离安吉尔斯堡骑程约六天。魔印人宣称还要四个晚上才能抵达镇上。如果他们努力赶路缩短时间也要三天。他骑马跟在他们身旁,降低马速配合他们行走的速度。

"我先到前面探路。"他走了一会儿后说道,"大概一个小时左右回来。"

黎莎感到一股恐惧的寒意,看着他脚踢马腹疾行而去。魔印人带给她的恐惧与强盗和地心魔物没什么两样,但至少有他在场时,其他两种威胁都不能伤害她。

她昨晚一夜没睡，嘴唇阵阵抽痛，因为她得咬紧双唇阻止自己尖叫。她在其他人睡着后仔细擦拭身体每个部位，但依然擦不掉心里深处的那种肮脏感。

"我听说过关于此人的传言。"罗杰说，"我自己也曾讲述他的故事。我以为他只是传说人物，但世上不可能有其他人把身体文成那样，并且赤手空拳击毙地心魔物。"

"你叫他魔印人。"黎莎回想道。

罗杰点头。"那是他在传说中的封号，没有人知道他的本名。"他说，"我是一年前在西方村落自公爵吟游诗人口中听说他的故事。我本来以为他只是酒后闲谈的乡野传奇，看来公爵的吟游诗人并非胡诌。"

"他怎么说？"黎莎问。

"他说魔印人徘徊于黑夜中，到处猎杀恶魔。"罗杰说，"他拒绝与人接触，只有在需要补给时才进入村镇，以远古的金币付账。人们不时总听说他在路上拯救路人的事迹。"

"好吧，这点我们可以证实。"黎莎说，"但如果他能杀死恶魔，为什么没有人试图学习他的秘密？"

罗杰耸肩。"根据传说，没有人敢。就连各城的公爵都怕他，特别是在雷克顿事件过后。"

"怎么回事？"黎莎问。

"相传雷克顿的船务官员派遣间谍窃取他的战斗魔印，"罗杰说，"十几个人，个个全副武装。没有当场身亡的全被打到终身残废。"

"造物主呀！"黎莎倒抽一口凉气，捂住自己的嘴，"我们究竟是和什么样的怪物同行？"

"有人说他拥有恶魔的血统，"罗杰同意道，"地心魔物在道上强暴人类女子生下来的杂种。"

他突然心里一惊，在发现自己说了什么后脸色涨红，但这种不经大脑的言语意外造成反效果，反而消弭了她内心的恐惧。"这太荒谬了。"她摇头说道。

"有人说他绝不是恶魔，"罗杰继续说道，"而是解放者本人，为了结束大瘟疫而降临人间。牧师会向他祈祷，求他赐福。"

"我认为他是混血恶魔的可能性比较大。"黎莎说，虽然语气不太肯定。

他们在尴尬的沉默中继续前进。一天前，黎莎说什么也没有办法让罗杰安静片刻，吟游诗人不断试图以故事和音乐来取悦她，但现在他垂头丧气，沉默不语。黎莎知道他心灵受创，很想要安慰他，但她自己比他更需要安慰。她没有办法安慰别人。

不久，魔印人骑马回来。"你们两个走太慢了。"他说着翻身下马，"如果不想在野外连待四个晚上，今天必须赶三十里路。你们两个骑马，我跑步追赶。"

"你不应该跑步。"黎莎说，"大腿伤口的缝线会裂开。"

"伤口已经痊愈了。"魔印人说，"我只需要休息一晚。"

"胡说八道。"黎莎说，"那伤口足足有一英寸深。"为了证明自己所言不虚，她走到他身旁，蹲下身去撩起宽松的长袍，露出文满刺青的粗壮大腿。但在移除绷带，检视伤口后，她惊讶地瞪大双眼。伤口上已长出粉红色新肉，缝线突出在看起来十分健康的皮肤上。

"不可能。"她说。

"只是擦伤。"魔印人说着取出利刃，将缝线逐一挑出。黎莎开口欲言，但魔印人已起身走回黎明舞者身旁，拿起缰绳，牵到她面前。

"谢谢。"她愣愣地说，接过缰绳。那一刻她开始质疑自己一辈子所学的医疗知识。这个男人是谁？他是什么东西？

黎明舞者慢跑前进，魔印人毫不费力地跟在旁边，以一双魔印腿轻松地奔跑无数里路。他们休息是因为罗杰和黎莎需要休息，与他无关。黎莎仔细观察他，寻找疲惫的迹象，但什么也看不出来。当他们终于扎营时，他依然脸不红气不喘地喂马，而她和罗杰则是一边呻吟，一边搓揉酸痛的手脚。

营地陷入一阵尴尬的沉默。天已经黑了，魔印人肆意地在营地附近走动，捡拾木柴，卸下黎明舞者的护具，梳理种马的马毛，从马匹所在的魔印圈走到他们的魔印圈内，全然不顾四周的木恶魔。一头恶魔自树丛中疾扑而来，但魔印人毫不理会，任由恶魔撞上距离他身后不及一英寸的魔印力场。

黎莎准备晚餐，罗杰则弓着双腿，一拐拐地沿着魔印圈内行走，试图舒缓一整天骑马下来造成的僵硬。

"我觉得我的睾丸都快被马震碎了。"他呻吟道。

"需要的话我可以帮你看看。"黎莎说。魔印人轻哼一声。

罗杰沮丧地看着她。"我没事。"他说，接着继续绕圈。片刻后他突然止步，看着道路的另一头。

他们全抬头，在火恶魔尚未进入视线范围前已看见对方眼睛和嘴中绽放出来的诡异橘光。对方尖声吼叫，四肢着地奔跑。

"火恶魔为什么不会把森林全烧光？"罗杰看着恶魔身后拖曳的火光问道。

"你很快就会知道答案。"魔印人说。罗杰认为这种微带消遣的语调比他一贯的冷淡更令人不安。

话刚说完，他们就听见远方传来一群木恶魔的叫声，只见三头高大壮硕的木恶魔在火恶魔身后追赶而来，其中一头的嘴里还咬着另一头火恶魔瘫软的尸体，黑色脓汁不断滴落。

火恶魔忙着逃命，没注意到其他聚集在路旁树丛中的木恶魔，直到其中一头突然扑出，将这头可怜的怪物压倒，顺势一爪开膛破肚。火恶魔尖声惨叫，黎莎忍不住捂住耳朵。

"木恶魔痛恨火恶魔。"魔印人在一切结束后说道，眼中洋溢着杀戮的快感。

"为什么？"罗杰问。

"因为木恶魔无法抵抗恶魔之火。"黎莎说。魔印人一脸惊讶地抬头看她，接着点了点头。

"那火恶魔为什么不放火烧了它们？"罗杰问。

魔印人大笑。"有时候他们会这么做。"他说，"不管烧不烧得起来，世上没有一头火恶魔打得过木恶魔。木恶魔的力量仅次于石恶魔，而且在树林中近乎于隐形。"

"造物主的精心安排。"黎莎说，"相互牵制，保持平衡。"

"鬼扯。"魔印人说，"如果火恶魔烧光一切，世上就没有东西可供它们猎食。是自然界自行找出方法解决这个问题。"

"你不相信造物主？"罗杰问。

"刚才的问题已经够多了。"魔印人回答，表情明白地显示他不打算继续这个话题。

"有些人认为你是解放者。"罗杰大胆说道。

魔印人嗤之以鼻。"不会有什么解放者降世拯救我们，吟游诗人。"他说，"想要除掉世界上的恶魔，你必须亲自动手。"

仿佛呼应这句话般，一头风恶魔撞上黎明舞者的魔印网，四周突然大放光彩。巨马狂踢脚下的沙土，似乎渴望跳出魔印圈大打一场，但它待在原地，耐心等待主人的命令。

"为什么你的马不会害怕？"黎莎问，"就连信使也会在夜间捆绑马匹,以防它们受惊乱跑,但你的马似乎渴望战斗。"

"黎明舞者自小开始接受我的训练。"魔印人说,"它出生后就处于我的魔印守护中,从来不曾惧怕任何地心魔物。它的父母都是我见过最高大勇猛的猛兽。"

"但我们骑它时却又十分温驯。"黎莎说。

"我教它控制凶悍的脾气,"魔印人说,冰冷的语气难掩骄傲,"你对它好,它就会对你好,但如果它面临威胁,或是我面临威胁,它会毫不迟疑地攻击。它曾将一头差点吃掉我的野猪踩得脑浆流了一地。"

解决掉火恶魔后,木恶魔将营地团团围起来,缓缓逼近。魔印人取出紫杉弓,拿起箭头沉重的箭袋,不理会不断遭到魔印弹回的恶魔。吃完晚餐后,他挑出一支干净的箭矢,自魔印工具组中取出一把刻蚀工具,缓缓在箭身上刻画魔印。

"如果我们没有和你在一起……"黎莎问。

"我就会跳出去。"魔印人回答,没有抬头看她,"狩猎。"

黎莎点头,沉默片刻凝望着他。罗杰扭动身体,对于她深受魔印人吸引感到不满。

"你有去过我的家乡吗?"她轻声问道。

魔印人好奇地看着她,但没有回应。

"如果你自南方来,一定路过伐木洼地。"黎莎说。

魔印人摇头。"我尽量避开小村庄。"他说,"村民看到我会立刻拔腿就跑,不久再带一群手持干草叉的愤怒村民回来追我。"

黎莎想反驳,但她很清楚伐木洼地居民的反应多半和他描述的一样。"他们只是害怕。"她心虚地说。

"我知道。"魔印人说,"所以我不去招惹他们。除了小村落和大城市,世上还有很多地方可去,如果想要保有其一就得放弃另一方……"他耸肩。"让人们躲在自己家里,像孩童般关在笼中。懦夫并不值得同情。"

"那你为什么自恶魔手中解救我们?"罗杰问。

魔印人耸肩。"因为你们是人,它们是恶魔。"他说,"也因为你们直到最后一刻都在努力求生。"

"我们还能怎么做?"罗杰问。

"你绝对无法想象有多少人会放弃求生,躺在地上等死。"魔印人说。

离开安吉尔斯的第四天,它们赶了不少路。魔印人和他的马似乎不知疲惫为何物,黎明舞者轻松跟随主任的步伐前进。

当晚扎营后,黎莎利用魔印人剩下的食物煮了锅稀汤,但大家都没吃饱。"食物的问题如何解决?"她在罗杰喝下最后一口汤时问道。

魔印人耸肩。"我只准备一人份的食物。"他说着靠向后方,仔细在指甲上绘制魔印。

"要在没东西吃的情况下赶两天路可不容易。"罗杰叹息道。

"想要缩短时程也行,"魔印人说着,开始吹干指甲上的魔印漆,"我们可以连夜赶路。黎明舞者跑得比大多数地心魔物都快,剩下的交给我处理就行了。"

"太危险了。"黎莎说,"我们如果死了,就帮不了伐木洼地的村民。我们必须空着肚子上路。"

"我不打算在晚上离开魔印圈。"罗杰同意道,遗憾地搓揉肚子。

魔印人指着逼近营地的一头地心魔物。"我们可以吃它们。"

"你不是认真的吧!"罗杰一脸厌恶地道。

"只是想到就令人作呕。"黎莎附和。

"没那么难吃,真的。"男人说。

"你真的吃过恶魔?"罗杰问。

"为了生存,不得已而为之。"男人回应道。

"好吧,总之我绝不会吃恶魔。"黎莎说。

"我也不会。"罗杰附和。

"那好吧。"魔印人叹了口气,站起身来,拿起长弓、一筒箭矢以及长矛。他脱掉长袍,露出魔印身躯,然后朝魔印边缘走去。"我去打猎。"

"你没必要……"黎莎叫道,但男人毫不理会。片刻后,他消失在黑暗中。

一个小时后,他揪着两只胖兔子的耳朵回来。他将兔子交给黎莎,然后回到原来的位子,拿出一支较小的魔印画笔。

"你懂音乐?"他问罗杰。他才刚拉好琴弦,正在调整张力。

罗杰吓了一跳。"是……是的。"他挤出几个零散的字。

"可以弹奏一曲吗?"魔印人问,"我都不记得上一次听音乐是什么时候了。"

"我很乐意。"罗杰哀伤说道,"但强盗把我的琴弓踢碎了。"

男人点了点头,沉思片刻。接着他突然起身,拿出一把大匕首。罗杰畏惧退缩,只见魔印人再度步出魔印圈。一头木恶魔对他嘶吼,魔印人对它吼回去,恶魔便逃之夭夭。

不久,他带着一根树枝回来,以那把骇人的匕首削开树皮。"多长?"他问。

"十……十八英寸。"罗杰颤抖道。

魔印人点点头,将树枝切成大概的长度,然后朝黎明舞者走去。巨马默默站在原地,任由他自马尾割下一段尾毛。他在树枝两端刻下缺口,先将一端绑紧。他蹲在罗杰身边,微微弯曲树枝。"张力对了就告诉我。"他说,罗杰随即伸出残缺的手指搭上马毛。当罗杰觉得没问题后,魔印人绑紧另一端,将琴弓交给他。

罗杰眉开眼笑地看着礼物,先在上面漆一层树脂,然后取出小提琴。他将乐器放在下巴下,以新琴弓轻拉几下。音色并不完美,但他越来越有自信。他停下来调一调音,然后正式开始演奏。

他那灵活的手指在夜色中奏出如梦似幻的音乐,黎莎的思绪逐渐飘往伐木洼地,暗自担心家乡目前的情况。薇卡的信是一个礼拜前寄到的,当她抵达镇上时会是什么情形?或许流感已过去,没有夺走更多人的性命,而这趟艰巨的旅途就会变得毫无意义。

又或许镇民比之前更需要她。

她注意到,音乐同时也对魔印人造成了影响,因为他放下了手边的工作转而凝望黑夜。阴影遮蔽他的五官,隐去其上的刺青,透过他悲伤的神情,她看出他曾有一张英俊的面孔。到底是什么样的苦难把他逼到这个地步,作践自己的身体,拒绝和人接触,整天与地心魔物战斗?虽然他身上没有任何创伤,但她发现自己迫切地想要治疗他。

男人突然摇头,仿佛想要甩开脑中的回忆,吓得黎莎自幻想中回神。他指向黑暗中。"看。"他低声道,"它们在跳舞。"

黎莎满脸惊愕地望去,的确,地心魔物已不再测试魔印,甚至不再嘶吼与尖叫。它们围在营地外,随着音乐的节奏扭动身体。火恶魔跳跃旋转,四肢拖曳出旋转不止的火焰残影,风恶魔在天上盘旋俯冲。木恶魔离开森林的掩护,没有理会火恶魔,完全沉浸在音乐的旋律中。

魔印人看向罗杰。"你是怎么做到的?"他赞叹地问道。

罗杰微笑道。"地心魔物的耳朵对音乐十分敏感。"接着站起身来,走到魔印边缘。恶魔聚集在该处专注地看着他。他开始沿着魔印圈内缘走动,恶魔如痴如醉地随着他移动。他停下脚步,一边演奏一边摇晃身体,地心魔物如痴如醉地模仿他的动作。

"我以前都不相信你。"黎莎轻声道歉,"你真的可以迷惑他们。"

"不止如此。"罗杰吹嘘。琴弓一个转折,发出一串尖锐的音阶,旋律走调:原本悦耳的音乐变得难听又不协调。突然间,地心魔物再度开始尖叫,以利爪捂住耳朵,跌跌撞撞地退得更远了。音乐持续攻击,它们越退越远,消失在营火外的阴影。

"它们没有走远。"罗杰说,"我一停止演奏,它们就会回来。"

"你还能做什么?"魔印人问道。

罗杰微笑,为两名观众演出和为一大群观众演出同样能满足他。曲调再度转为轻柔,狂乱的旋律行云流水般地变回如梦似幻的音乐。地心魔物再度围了过来,手舞足蹈地跟着旋转。

"看好了。"罗杰提示,接着再度变换曲调,声音尖锐刺耳,就连黎莎和魔印人都忍不住咬紧牙关向旁退开。

地心魔物的反应更激烈,它们愤怒无比,高声尖叫,发狂似的冲撞魔印力场。一次又一次,魔光闪动,震退恶魔,但恶魔不肯罢休,继续撞击魔印网,疯狂地攻击罗杰所在之处,试图要他永远无法拉出任何音乐。

两个石恶魔加入自杀式冲锋,推开其他恶魔,猛力捶打魔印力场,还有更多恶魔不断涌来。魔印人自罗杰身后默默起身,伸手拨开他的琴弓。

弦音犹然绕耳,一根重头箭矢如同闪电般插入最接近的石恶魔胸口,周遭随即大放光彩。魔印人朝恶魔一下又一下地射箭,动作快得难以看清。魔印箭矢驱散地心魔物,几头中箭后再度爬起的恶魔很快地被同伴撕成碎片。

罗杰和黎莎惊恐地看着这场屠杀。吟游诗人眼睁睁地看着魔印人攻击恶魔,琴弓不知不觉地滑落琴弦,垂在他残缺的掌中。

恶魔吼叫不歇,但叫声中充满痛苦与恐惧,攻击魔印的欲望随着音乐一同消失。但魔印人并不罢手,持续射箭,直到所有箭矢都射光。他抄起长矛,猛力掷出,笔直插入一头木恶魔的背。

现场一片混乱,仅存的地心魔物绝望地试图逃生。魔印人脱下长袍打算跳出魔印圈,徒手杀光恶魔。

"不,拜托!"黎莎大叫,扑到他的身上,"它们已经在逃跑了。"

"你要饶了它们?"魔印人吼着,转头瞪着她,五官因愤怒而扭曲。她吓得向后退开,但仍直视他的双眼。

"求求你,"她哀求道,"不要出去。"

黎莎担心惹怒他,但他只是凝视着她大口喘息。在一阵近乎永恒的沉默后,他终于冷静下来,捡起长袍,再度遮蔽身上的魔印。

"有必要那样做吗?"她打破沉默问道。

"魔印圈不能同时承受那么多的地心魔物攻击。"魔印人说,恢复之前冷淡的语调,"我不确定它撑不撑得住。"

"你可以叫我别拉了。"罗杰说。

"没错。"魔印人同意道,"我可以。"

"那为什么不那么做?"黎莎问。

魔印人没有回答。他走出魔印圈,开始拔出恶魔尸体上的箭矢。

当晚黎莎睡着后,魔印人走到罗杰身边。吟游诗人凝视着满地的恶魔尸体,在男人来到身边时吓得跳了起来。

"你有能力支配地心魔物。"他说。

罗杰耸肩。"你也有。"他说,"比我强大许多。"

"你能教我吗?"魔印人问。

罗杰转头,面对男人谨慎的目光。"为什么?"他问,"你可以直接杀死恶魔,我的能力怎能和你比?"

"我以为我了解敌人。"魔印人说,"你却让我看见它们的另一面。"

"你的意思是它们会欣赏音乐,或许并非都那么坏?"罗杰问。

魔印人摇头。"它们不是艺术爱好者,吟游诗人。"他说,"一旦你停止演奏,它们会毫不迟疑地将你杀死。"

罗杰点头,承认这种说法。"那为什么要学?"他问,"学习演奏小提琴去迷惑那些你可以轻易杀死的恶魔是件很费时的工程。"

魔印人脸色一沉。"你到底愿不愿意教我?"他问。

"愿意……"罗杰盘算片刻,说道,"但我要有所回报。"

"我有很多钱。"魔印人保证道。

罗杰轻蔑摇手。"赚钱对我而言不是问题。"他说,"我要更有价值的东西。"

魔印人沉默不语。

"我要和你一同旅行。"罗杰说。

魔印人摇头。"绝不可能。"他说。

"小提琴不是一夜之间就可以学会的。"罗杰争辩道,"只是入门的基础就要花上好几个星期,而想要迷惑地心魔物,光是会点皮毛绝对不够。"

"这样对你有什么好处?"魔印人问。

"我可以获得很多足以让公爵的露天剧场场场爆满的真实故事。"罗杰说。

"她怎么办?"魔印人问,转身指向黎莎。罗杰看向草药师,只见她的胸口于睡梦中缓缓起伏,而魔印人看出隐藏在这目光后的意义。

"她请我护送他回家,如此而已。"罗杰终于说道。

"如果她请你留下来呢?"

"她不会的。"罗杰低声说道。

"我的道路和马可·流浪者的故事大不相同,小鬼。"魔印人说,"我可不想被会在夜晚藏首缩尾的人拖累。"

"我修好小提琴了。"罗杰鼓起勇气说道,"我不怕。"

"光靠勇气是不够的。"魔印人说,"在野外,不是杀戮就是被杀,我指的不只是恶魔。"

罗杰挺直背脊,吞了一口口水。"所有试图保护我的人最后都难逃一死,"他说,"该是我学习保护自己的时候了。"

魔印人向后一倾,打量年轻的吟游诗人。

"跟我来。"他终于起身说道。

"到魔印圈外?"罗杰问。

"如果连这点都做不到,你对我就没有用处。"魔印人说,眼看罗杰神色迟疑地左顾右盼，他补充道，"方圆数里内的地心魔物都听说过我对它们同伴做的事，今晚我们应该不会遇上任何恶魔。"

"黎莎怎么办？"罗杰问道，缓缓起身。

"必要时，黎明舞者会保护她。"男人说，"来吧。"他走出魔印圈，消失在夜色中。

罗杰暗骂一声，抓起小提琴紧随他快步离去。

罗杰抱紧琴盒，穿越树林。他本来想要直接把琴拿在手上，但魔印人挥手要他放回盒中。

"你会吸引不必要的注意。"他低声道。

"我以为你说今晚应该不会遇上地心魔物。"罗杰低声回应，但魔印人不理他，继续行走于黑暗中，简直就和白昼赶路没什么两样。

"我们要去哪里？"罗杰仿佛已经问了不下百次。

他们爬上一块小高地，魔印人趴在地面，指着下方。

"看那边。"他对罗杰道。高地下罗杰看见三个异常熟悉的男子身影和一匹马睡在看起来更熟悉的携带式魔印圈内。

"那些强盗。"罗杰低声说道。一阵强烈的仇恨涌上心头——恐惧、愤怒以及无助——他的脑海中再度浮现对方强加在他以及黎莎身上的暴行。沉默巨汉在睡梦中翻身，罗杰大惊失色。

"遇上你们后，我就一直在追踪他们。"魔印人说，"今晚狩猎时，我发现了他们的营火。"

"为什么带我来这里？"罗杰问。

"我想你或许想要取回你的魔印圈。"魔印人说。

罗杰回望他。"如果我们趁他们熟睡时偷走魔印圈，地心魔物会在他们弄清楚状况前杀死他们。"

"附近没几头恶魔。"魔印人说，"他们活命的机会比你大。"

"即便如此，你为什么会认为我想冒这个险？"罗杰问。

"我察言观色。"男人说，"用心聆听。我知道他们对你……还有黎莎做了什么。"

罗杰沉默一段时间。"对方有三个人。"他终于说道。

"这里是野外。"魔印人说，"如果你想过安全的日子，回城里去。"他一字字缓缓吐出，仿佛那是什么咒语。

但罗杰知道城里也不是什么安全的地方。他眼前不觉间再度浮现杰卡伯躺在地上的景象，并且听见杰辛的笑声。他本来可以在遭受攻击后尝试讨回公道，但结果他选择逃亡，任由其他人代他死去。他凝望营火，探手摸向自己的护身符。

"我的想法错了吗？"魔印人问，"我们应该回营地吗？"

罗杰吞咽了一下喉咙。"等我取回属于我的东西。"他缓缓决定道。

第二十八章　秘密

332 AR

黎莎在一声轻柔的马嘶声中醒来。她张开双眼，看见罗杰正帮自己在安吉尔斯购买的褐马刷毛，一时间，她以为过去两天的遭遇都只是一场梦。

但接着黎明舞者进入她的眼帘，巨大种马耸立在母马身前，吓得她连忙后退。

"罗杰，"她轻声问道，"我的马是从哪儿找回来的？"

罗杰开口欲言，但魔印人刚好带着两只小兔子及一袋野果子回到营地。"我昨晚发现你朋友的营火，"他解释道，"我想大家都骑马的话，赶起路来比较快。"

黎莎沉默一段时间，思考这话中隐含的意义。十几种不同的情绪涌上心来，大多令她感到羞耻与肮脏。罗杰和魔印人给她时间冷静，她对此心怀感激。"你杀了他们？"她终于问道。她心中有一部分期望听见他说"是"，尽管这种想法有违她所有的信念——布鲁娜曾教导她的一切。

魔印人直视她的眼。"没有。"黎莎松了一大口气，"我引开他们，牵走马匹，如此而已。"黎莎点头。"我们日后再请路过伐木洼地的信使将他们的事转告公爵执法官。"

她的草药毯被捆成一团绑在马鞍上。她将它摊开来检视，在看到大多数药瓶和药袋都还在后松了一大口气。他们抽光了她的潭普草，但这种草并不难找。

用过早餐后，罗杰骑母马，黎莎坐在魔印人身后共骑黎明舞者。他们加速赶路，因为乌云越来越浓，眼看暴雨将至。

黎莎觉得自己应该害怕。强盗都还活着，而且位于他们前方。她还记得黑胡子男人横眉竖目的模样，以及他同伴沙哑的笑声。最可怕的是，她记得沉默巨汉沉重的身躯，以及愚蠢暴力的兽行。

她应该要感到害怕，但她不怕；魔印人给她的安全感多过布鲁娜。他不会疲累，不会恐惧。她毫不怀疑只要身处他的守护下，自己绝不会受到任何伤害。

守护。这种感觉很奇怪，需要被守护，仿佛是来自上辈子的概念。她守护自己太久，已经忘记需要他人守护是什么感觉。她的技能和机智足以帮助她在文明世界渡过任何难关，但那些东西在野外根本毫无用处。

魔印人移动坐姿，她这才发现自己抱他的腰抱得太紧，身体紧贴着他的背，头靠在他厚实的肩膀上。她立刻尴尬地起身，差点错过掉在路边树丛间的一只鲜血淋淋的断掌。

当她发现时，她放声尖叫。

魔印人停下巨马，黎莎跳下马背，冲向断掌。她推开旁边的杂草，倒抽一口凉气，只见那只手掌后没有任何东西；它是被一口咬断的。

"黎莎，怎么回事？"罗杰在和魔印人一同赶来时叫道。

"他们是在这附近扎营吗？"黎莎举起断掌问道。魔印人点头。"带我去。"黎莎命令。

"黎莎，这样做有……"罗杰开口。但黎莎不理会他，目光停留在魔印人身上。

"带——我——去——"她说。魔印人点头。钉下一根木桩,将母马的马缰绑在桩上。

"守护它。"他对黎明舞者说道,巨马嘶鸣回应。

他们不久就找到营地,鲜血淋漓,尸块满地。黎莎撩起围裙,捂住口鼻借以抵挡难掩的气息。罗杰干呕几声,跑出空地。

但鲜血对黎莎而言如同家常便饭。"只有两个人。"她一边检视残骸一边说道,心中五味杂陈,难以分辨情绪。

魔印人点头。"安静的那个不在这里。"他补充道,"那个巨汉。"

"没错。"黎莎说,"魔印圈也不在。"

"魔印圈也不在。"不久后,魔印人同意道。

乌云在他们回去找马的途中越聚越厚。"十里外有座信使山洞。"魔印人说,"如果加紧赶路,跳过午餐,我们应该在下雨前赶到。我们得找地方躲过这场暴雨。"

"赤手空拳屠杀地心魔物的男人竟然会怕一点小雨?"黎莎问。

"只要云层够厚,地心魔物有可能提早现身。"魔印人说。

"我们从什么时候开始害怕地心魔物了?"黎莎继续问道。

"在雨中对抗恶魔既愚蠢又危险。"魔印人说,"雨会把泥土变成泥巴,泥巴会遮蔽魔印,同时导致魔印圈根基不稳。"

他们刚抵达洞窟,倾盆大雨将道路化作一片泥浆,天色迅速转暗,只能偶尔看见闪电的光芒。狂风怒吼,不时夹杂几道震耳的雷鸣。

洞口大部分的地方已布上魔印,有些魔印符号深深刻画在岩石上,魔印迅速以洞内存放的魔印石补好魔印圈的缺口。

正如魔印人所料,几头恶魔在夜色的假象中提早现身。他冷眼看着它们自树林最阴暗的角落爬出，享受着提早离开地心魔域的快意。它们在雨中嬉戏，一闪而没的闪电照亮它们畸形的轮廓。

它们试图闯入洞窟，但魔印力场牢不可破。跑得太近的恶魔尝到苦头，因为有个一脸不悦的魔印人出矛招呼。

"你干吗这么生气？"黎莎边问，边自袋子中取出碗瓢。罗杰则在一旁忙着生火。

"它们晚上出没已经够糟的了。"魔印人啐道，"它们没有资格在白天现身。"

黎莎摇头劝道。"偶尔接受些现实，会让你过得开心一点。"

"我不想开心。"他回答道。

"所有人都喜欢开开心心地过日子。"黎莎嘲讽道，"锅子哪里去了？"

"在我的袋子里。"罗杰大叫一声。甚至翻身而起，但还是太迟了。黎莎满脸惊讶地拿出他的携带式魔印圈。

"但……"她结结巴巴地道，"魔印圈被他们抢走了！"他转向罗杰，发现他的目光飘向魔印人。她转向他，但在阴暗的兜帽底下什么也看不出来。

"有人打算解释吗？"她大声喊道。

"我们……把它拿回来了。"罗杰胆怯地说。

"我知道你们拿回来了！"黎莎大叫，一把将交缠绳索和木牌甩向洞窟的地面，"怎么拿回来的？"

"我牵马时一并拿回来的。"魔印人突然说道，"我不希望你为此良心不安，所以没有告诉你。"

"你用偷的？"

"是他们先抢走你的东西。"魔印人更正道，"我只是帮你拿回来。"

黎莎凝视他一段时间。"你是在晚上拿走的。"她轻声说道。

魔印人沉默以对。

"当时他们正在使用它吗?"黎莎咬牙问道。

"野外道路没有这些人就已经够危险了。"魔印人感叹道。

"你谋杀了他们!"黎莎说,惊讶地发现自己眼中充满泪水。不管遇上多坏的人,她的父亲说过,每天晚上你还是能在窗外看见更糟糕的东西。再坏的人都不该丧身在地心魔物口中,就连这些人也一样。

"你怎么可以这么说?"魔印人说道。

"没有差别!"

男人耸肩。"他们也对你们做过同样的事。"

"这样就可以问心无愧吗?"黎莎吼道,"看看你!你根本不在乎!至少两人因此丧生,而你晚上还能安心入眠!你是怪物!"她冲到他的身前,试图出拳打他,但他抓住她的手腕,面无表情地看着她挣扎。

"你为什么在乎这种事?"他问。

"我是草药师!"她尖叫,"我曾经宣誓!我宣誓要治疗一切,而你……"她冷冷地看着他。"你的所作所为只有不停地杀戮。"

不久后,她精疲力竭,向后退开。"你藐视我代表的一切。"她说着坐倒,凝视洞窟地面好几分钟。接着她抬头看向罗杰。

"你说的是'我们'?"她谴责道。

"什么?"吟游诗人问,试图蒙混过关。

"刚才,"她把话讲清楚,"你说'我们把它拿回来',而且魔印圈放在你的袋子里。你和他一起去的?"

"我……"罗杰支支吾吾,不顾右盼。

"不准说谎,罗杰!"黎莎怒道。

罗杰低头看向地面,片刻后,他点点头。

"他刚刚说的是真话。"罗杰承认,"他只有牵马,我趁强盗去追他时拿走你的魔印圈和你的药袋。"

"为什么?"黎莎问,声音微微颤抖。语调中的失望令年轻的吟游诗人心如刀割。

"你知道为什么。"罗杰低声回应。

"为什么?"黎莎再度问道,"为了我?为了我的贞洁?告诉我,罗杰。告诉我你是以我之名动手杀人!"

"他们必须付出代价,"罗杰坚决回道,"他们必须为他的所作所为付出代价,他们罪不可赦。"

黎莎哈哈大笑,声音中毫无笑意。"你以为我不知道吗?"她大叫,"你以为我坚守童贞二十七年只是为了失身于一群强盗吗?"

洞穴中一片死寂,最后一道雷声打破沉默。

"坚守童……"罗杰复诵。

"没错,你这恶魔养的!"黎莎大叫,脸上淌满愤怒的泪水,"我是处女!难道因为这样你们就可以名正言顺地把他们送入恶魔口中吗?"

"送入?"魔印人反复念叨。

黎莎猛然转身。"当然是送入!"她大叫,"我敢肯定你的恶魔朋友会爱死你赠送的丰盛晚餐,他们最爱做的事就是屠杀人类。我们数量不多,我们是稀有的享受!"

魔印人瞪大双眼,瞳孔反射着火光。这是黎莎在他脸上看过的最有人性的表情,而这个景象令她短暂忘却满腔的愤怒。

他看起来恐惧万分,自他们身边退开,一路退到洞口。

就在这时,一头地心魔物扑向魔印网,洞内笼罩在一道闪亮的银光中。魔印人转身朝恶魔吼叫,黎莎从来不曾听过这种声音,但她认得这个声音代表的意义,是那晚她被压在路旁时内心真实的感受。

魔印人拔起长矛,一把掷入雨中,长矛击中恶魔发出魔法爆破声,将对方炸入泥潭。

"去死!"魔印狂吼,撕下长袍冲入暴雨中,"我发誓绝不自愿交给你们任何东西!什么都不行!"他自后方扑到一头木恶魔的背上,紧紧抱住对方。他胸口的大魔印光芒大作,即使雨势猛烈,地心魔物仍随即起火燃烧。他在恶魔剧烈挣扎时一脚踢开它。

"过来!"魔印人朝其他恶魔吼道。双脚陷入泥泞中。地心魔物应声而上,连抓带咬,但他就像恶魔,众恶魔则像秋天的落叶在狂风中四处飞散。

洞穴深处,黎明舞者嘶声鸣叫,试图挣脱脚下的绳子,想要出去与主人并肩作战。罗杰走过去安抚巨马,一脸困惑地看向黎莎。

"他没办法对付所有的恶魔。"黎莎说,"在泥泞中不行。"此时,男人身上已有多处魔印遭泥巴遮蔽。

"他想死。"她说。

"我们该怎么办?"罗杰问。

"你的小提琴!"黎莎叫道,"赶跑它们。"

罗杰摇头。"风声和雷声会盖过我的琴声。"

"我们不能眼睁睁地看着他自杀。"黎莎对他吼道。

"你说得对。"罗杰同意。他冲向魔印的武器,取出轻矛及魔印人盾牌。在明白他打算做什么后,黎莎连忙上前阻止,但他赶在她之前步出洞窟，奔往魔印人身旁。

一头火恶魔朝罗杰吐出火唾液，但火焰被雨势阻挡，转眼坠落。地心魔物疾扑上来，他举起魔印盾牌，震退恶魔。他将所有注意力集中在前方，没有注意到身后另一头火恶魔。地心魔物一跃而起，但魔印人凭空抓起这头三英尺长的恶魔，掌心滋滋作响，顺手将它抛入远方。

"回洞里去！"魔印人命令道。

"你不回去我就不回去！"罗杰回吼。他的红发湿淋淋地贴在脸上，在狂风暴雨中就连眼睛都睁不开，但他毫不畏惧地面对魔印人，一点也不打算退让。

两头木恶魔冲向他们，魔印人就地一扑，顺势扫倒罗杰的双脚。利爪没够着扑倒在地面的吟游诗人，魔印人的拳头随即逼退它们。然而其他地心魔物又聚集过来，受到战斗的闪光和声音吸引，数量多得完全无法与之对抗。

魔印人看到躺在泥泞中的罗杰，狂态顿时收敛。他伸出一只手，吟游诗人立刻握住。两人一起冲回洞中。

"你们到底在想什么？"黎莎在包扎完最后一条绷带时大声问道，"两头牛！"

罗杰和魔印人坐在火堆旁，披着毛毯，沉默地听着她的责骂。一段时间过后，她骂累了，于是热了一锅草药蔬菜肉汤，一言不发地端给他们两人。

"谢谢。"罗杰说道，这是他回到洞里后说的第一句话。

"我还在生你的气。"黎莎看都不看他一眼，说道，"你竟敢欺骗我。"

"我没有。"罗杰辩驳。

"你有事瞒着我不说。"黎莎说,"那和骗我有什么区别呢?"

罗杰看着她一段时间。"你为什么离开伐木洼地?"

"什么?"黎莎说,"不要转移话题。"

"既然这些人对你而言意义重大,让你愿意不顾一切,无所畏惧地赶回去帮忙,"罗杰继续问道,"当初为什么要离开?"

"为了学习……"黎莎开口。

罗杰摇头。"逃避问题是我的专长,黎莎,"他说,"我看得出来理由不止如此。"

"我认为这和你无关。"黎莎吼道。

"你觉得我现在为什么要待在荒野中,外头有地心魔物环视的洞穴里等待暴雨过去?"罗杰问。

黎莎看着他一段时间,接着叹了一口气,抗拒的意志软化。"我想你很快就会听说这些传言。"黎莎说,"伐木洼地的镇民从来不会保守秘密。"

她把一切都告诉他们。她本来并不打算这么做,把湿冷的洞窟化身为牧师的告解室;而她开始后再也停不下来;她的母亲、加尔德、各式传言、布鲁娜的庇佑,以及放逐者般的生活。当她提及布鲁娜的液态恶魔火时;魔印人凑上前来想说什么,但最后还是闭上嘴巴,坐回原位,决定不要打断她。

"就这样了。"黎莎说,"我本来希望留在安吉尔斯,但看来造物主另有安排。"

"你应该拥有更好的生活。"魔印人说。

黎莎点头,看向他。"你为什么要跑出去?"她转身问道,扬起下巴指向洞口。

魔印人垂头丧气,凝视自己的膝盖。"我违背了承诺。"他说。

"就这样？"

他抬头看她，这是她第一次没有看见他脸上那些刺青，只看见他的双眼，而那双眼睛深深打动她的心。"我发誓永远不会自愿交给他们任何东西。"他说，"就算是为了拯救我自己的性命也不行，但结果我把所有的人性统统给了它们。"

"你没有给它们任何东西。"罗杰说，"魔印圈是我拿的。"黎莎双手紧握汤碗，但没有出声。

魔印人摇头。"因为有我你才拿得到。"他说，"我了解你的感受，把他们交给你，等同于把他们交给地心魔物。"

"他们从此不能袭击旅人。"罗杰说，"少了他们，世界会更美好。"

魔印人点头。"但这不是把他们送给恶魔的借口。"他说，"我可以与他们正面冲突，轻易夺回魔印圈，甚至在光天化日下杀死他们。"

"所以今晚你是因为罪恶感而跑出去？"黎莎说，"那以前呢？为什么要和地心魔物开战？"

"你不会还没有注意到，"魔印人回应，"地心魔物和我们已经开战好几个世纪了。主动出击有什么不对？"

"你把自己当作解放者？"黎莎问。

魔印人皱眉。"等待解放者降世已经让人类软弱了三百年。"他说，"解放者只是传说，他不会降临世间。该是人们认清这点、开始为自己挺身而出的时候了。"

"传说有力量。"罗杰说，"不要急着否定它们。"

"你从什么时候开始变成有信仰的战士了？"黎莎问。

"我相信希望。"罗杰说，"我这辈子都是吟游诗人，如果我在这二十三年的岁月里有学会任何事，那就是人们大声要求我讲的故事，在他们心头萦绕不去的故事往往是能够提供希望的故事。"

"什么?"

"你对我说你二十岁。"

"我是这么说的吗?"

"你根本还不到二十岁,对不对?"她问。

"我有!"罗杰坚持。

"我不愚蠢,罗杰。"黎莎说,"我认识你不过三个月,你已经长高两公分了。二十岁的人不可能长那么快。你到底几岁?十六?"

"十七。"罗杰叫道。他抛下汤碗,剩下的肉统统洒了出来。"这下你高兴了吗?你和吉赛儿说你的年纪足以当我的妈一点也没错。"

黎莎凝视着他。她张嘴想要回嘴,但最后还是闭了起来。"我很抱歉。"结果她说道。

"你呢,魔印人?"罗杰转身问道,"你会在我不该和你同行的理由清单加上'太年轻'这项吗?"

"我是在十七岁那年成为信使的。"男人问道,"而在更小的时候就已经跟着其他人四处旅行了。"

"那魔印人又多大了?"罗杰问。

"魔印人是在四年前出生于克拉西亚沙漠。"他回答道。

"身处魔印后方的男人呢?"黎莎问,"他死的时候几岁?"

"他活了多久无关紧要。"魔印人说,"他是个愚蠢、天真的小鬼,怀抱着一个根本无法实现的梦想。"

"这就是他非死不可的原因吗?"黎莎问。

"他是被陷害致死的,而且是的,那是他的死因。"

"他叫什么名字?"黎莎轻声问道。

魔印人沉默良久。"亚伦。"他终于说道,"他名叫亚伦。"

第二十九章　黎明前的曙光

332 AR

亚伦醒来时,暴雨正好短暂停歇,但天上还是乌云密布,显然雨还是没有下完。他看向洞窟,魔印眼轻易穿透黑暗,看到两匹马和熟睡中的吟游诗人,然而黎莎不在其中。

天色较暗,黎明还没真的到来。尽管大多数地心魔物都已逃回地心魔域,但浓密的乌云下,谁也不能肯定是否还有一些恶魔在洞外某处转悠。他站起来撕掉黎莎前晚缠上的绷带,因为伤口已痊愈。

草药师的足迹在浓稠的泥巴地里清晰可见,不久他发现黎莎跪在地上采集药草。她高高撩起裙摆,避免被泥巴弄脏,光滑白皙的大腿看得他脸红心跳。她在黎明前的光线中显得格外美丽。

"你不该出来。"他说,"太阳还没有升起,外面不安全。"

黎莎转头看他,微微一笑。"你有资格教训我不顾自己的生命安全吗?"她扬起一边眉毛问道。"再说,"她在看到他沉默的囧态后继续说道,"你在这里,有什么恶魔伤得了我?"

魔印人耸肩,在她身旁蹲下。"潭普草?"他问。

黎莎点头,拿起一株药片粗糙、花苞衍生的植物。"用于管抽,可以松弛肌肉,使心情愉快。搭配天英草,我可以制造出足以让愤怒的狮子昏迷不醒的强力安眠药水。"

"对恶魔有效吗?"魔印人问。

黎莎皱眉。"你的脑子里就只有这事儿吗?"她问。

魔印人一脸受伤。"不要自以为了解我。"他说,"我是爱杀地心魔物,因此,我去过早就被世人遗忘的地方。要我背诵翻译自古洛斯克遗迹中的诗篇吗?把安纳克桑的壁画画给你看?跟你描述一下战斗力超越二十人的远古神器的样子吗?"

黎莎一手搭上他的手臂。他随即住嘴。"很抱歉,"她说,"我不该评判你。我了解守护古老世界知识的压力。"

"你的话并没有伤着我。"魔印人说。

"但那并不代表我说得对。"黎莎说,"现在回到你之前的问题,我真的不知道。地心魔物会吃会拉,理应可以对其下药。我的老师说草药师在恶魔战争里扮演了重要的角色,我这里有些天英草。如果你想要,我可以在抵达伐木洼地后帮你熬些安眠药水。"

魔印人热切地点头。"也可以帮我熬点别的吗?"他问。

黎莎叹气。"我还在想你什么时候才要开口,"她说,"我不会帮你制作液态恶魔火。"

"为什么不能?"魔印人问。

"因为男人会滥用火焰的秘密。"黎莎说着,转头面对他,"如果我教你,你就会使用,就算会因此烧掉半个世界也毫不在乎。"

魔印人凝视着她,一言不发。

"再说,你有什么需要它的理由?"她问,"你的力量已经超越草药和化学能提供的一切。"

"我只是个男人……"他开口说道。

但黎莎打断他。"不会吧?你的伤口愈合得出奇的快,奔跑的速度比马快,而且跑一整天都不会累。你可以把恶魔当成小孩一样抓起来摔，在黑暗中视物宛如白昼。你不'只是'个男人。"

魔印人微笑着说道。"什么都瞒不过你的眼睛。"

他说这话的语气令黎莎感到不寒而栗。"你天生就是这样吗？"她接着问道。

他摇头。"是神奇的魔印。"他说，"魔印的运作基础在于索取。你听过这个秘密吗？"

黎莎点头道："古世界的科学书籍里面常用这个字。"

魔印人咕隆一声。"地心魔物是魔法的产物，"他说，"防御性魔印会吸收它们的魔法，利用它们来形成魔法屏障。恶魔越强壮，反击的力量就越强。攻击性魔印也是同样的运作方式，一方面削弱地心魔物的防御力，一方面强化使用者的攻击力。无生命的东西无法储存魔力。但不知为什么，每当我击中一头恶魔，或是遭受恶魔攻击，我就能吸收对方一点力量。"

"第一天晚上接触你的皮肤时，我就感受到一股刺痛。"黎莎说。

魔印人点头。"当我在皮肤上刺下魔印时，变得……不像人的并非只有我的外表。"

黎莎摇头，双手捧起他的脸颊。"界定人性的并非我们的肉体。"她低声道，"只要你愿意，你可以重新取回人性。"她凑上前去，轻轻吻他。

他一开始全身僵硬，但震惊迅速消散，他开始回应她的吻。她闭起双眼，为他张开嘴唇，双手抚摸他光滑平坦的脑袋。她感觉不到刺于其上的魔印，手中只有他的温暖以及伤疤。

我们都有各自的伤疤，她心想。只是他把伤疤展露在阳光下。

她向后仰，将他拉向自己。"我们会沾到泥巴。"他警告道。

"我们已经沾到泥巴了。"她说完躺在地上，让他趴在自己的身上。

❧

在魔印人的热吻下，黎莎耳中传来阵阵血液鼓动声。她的双手在他坚硬的肌肉上滑动，双腿张开，臀部挺向他的下体。

这才是我的第一次，她心想。那些人已经死了、消失了，他可以抹除他们在我身上留下的疤痕。我此刻是出于自愿和他在一起的。

但她很害怕。吉赛儿说得没错，她心想。我根本不该等待这么久，我不知道该怎么做，所有人都以为我知道该怎么做，偏偏我不知道，而他也会期待我懂，因为我是草药师……

喔，造物主呀，万一我无法取悦他怎么办？她担心。万一他跑去对别人说呢？

她强迫自己抛开这种想法。他不会告诉任何人的，这就是我选择他的原因，注定就是他。他和我一样，一名外来者，他和我走在相同的道路上。

她在他的长袍中摸索，解开他的缠腰带，释放他的下体。他在她抓住下体轻扯时出声呻吟。

他知道我是处女。她提醒自己，撩起裙摆。他需要了，我也需要了，还在等什么？

"万一我让你怀孕呢？"他低声问道。

"我希望你让我怀孕。"她回应道，让他进入自己的体内。

还在等什么？她再度心想，弓起背脊，尽情欢愉。

在黎莎的亲吻下，魔印人如遭电击。不久前，他才在欣赏她的大腿，但他从来没有想过她会对自己保持好感。他没有想过任何女人会对自己有一丝好感。

他僵硬片刻，全身麻痹。但一如既往陷入危机时，他的身体会自动反应，因此他一把将她紧紧抱起，饥渴地回应她的亲吻。

距离上次接吻有多久了？陪玛丽散步回家，或知她永远不愿成为信使妻子那晚，至今已经多久了？

黎莎在他的长袍中摸索，他知道他打算做到从来不会接触的地步。恐惧袭来，体会一种久违的情绪。他不知道该怎么做，不知道如何取悦女人。她是否期待他拥有她欠缺的经验？她是否认定自己的床上功夫与战斗技能一样强悍？

事实或许真的如此，因为尽管思绪紊乱，他的身体还是依照着自从天地初开就深植在所有生命体内的本能继续动作。呼唤他挺身作战的那股本能。

但眼前并非常规作战，或许眼前面对的是一种截然不同的战争。

她就是我命中注定的女人吗？这个想法在他脑海中回荡。

为什么是她，而不是瑞娜？如果他是其他人，此刻他已结婚十五年，养育一大堆小孩了。他不是第一次在心里幻想瑞娜现在的容貌，发育完全的肉体，那曾是他的，只属于他。

为什么是她，而不是玛丽？玛丽，自己本来打算要娶的女人，只要她愿意成为信使的妻子。他会为了爱情而在密尔恩扎根，就像瑞根一样。如果他和玛丽结婚，现在肯定会过着更好的生活。他现在了解这点了。瑞根做得没错,他拥有伊莉莎……

他拉下黎莎的上衣,露出柔软的胸部时,他想起伊莉莎的身影。想起看见伊莉莎掏出乳房给玛雅喂奶,自己当时竟然有种吮吸的冲动。事后他感到无比羞愧,但那个画面一直在他脑中挥之不去。

黎莎就是他命中注定的女人吗?世上是否真的有命中注定这种事?一个小时前,他会对这种想法嗤之以鼻,但现在他看着黎莎,如此美丽,如此积极,对他的了解如此的透彻。如果他显得笨拙,搞不清楚该碰哪里或如何爱抚,她可以理解。黎明前晨曦中泥泞的地面与结婚的喜庆大不相同,但此时此刻,泥泞地仿佛比瑞根豪宅中的羽绒床垫还要舒服。

然而他一直无法摆脱内心的迟疑。

独行侠似的在黑夜中冒险是一回事,他没有什么好损失,没有人会悼念他。如果他死了,连一个泪瓶都装不满。但如果有黎莎在家里等他,他是否还能外出冒险?他会不会放弃战斗,变成他父亲那种人?从此畏首畏尾,永远无法挺身而出?

小孩需要父亲,他听见伊莉莎说过。

"万一我让你怀孕呢?"他趁接吻的空当低声问道,自己也不清楚希望她如何回应。

"我希望你让我怀孕。"她低声回道。

他拉出下体,仿佛要撕裂他整个世界,但她给予的回报更丰富,于是他毫不迟疑地把握机会。接着他进入她的体内,感觉自己的一身完整无缺。

一时间,世上除了血液震动及皮肤、衣服摩擦声什么也听不见；心灵开启后，他们的身体自然地交合。他的长袍滑向一旁，她的裙子在腹部皱成一团。他们在泥泞中扭动呻吟，眼中除了彼此什么也看不见。直到木恶魔突然来袭。

地心魔物受到他们野兽般的喘息吸引，无声无息地爬了过来。它深知黎明近在眼前，可恨的太阳即将升起，但这么多裸露在外的人肉激起它强烈的食欲，于是它决定赌一把，带着热腾腾的血液和新鲜的人肉回地心魔域，那是一个不错的计划。

恶魔狠狠击中魔印人的裸露背。背上的魔印大放光彩，将地心魔物反弹而出，同时令两人的脑袋撞在一起。

木恶魔灵活而顽强，迅速恢复行动能力，落地时缩成一团，随即翻身而起，再度展开攻击。黎莎尖叫，魔印人身体扭动，双手抓起对方的利爪。他转身回旋，利用恶魔的攻势将其抛入泥泞。

他毫不迟疑，离开黎莎的身体，乘胜追击。他赤身裸体，但这对他来说没什么。自从以魔印强化身体后，他就一直裸体面对恶魔。

他整整回转一圈，脚跟击中地心魔物的下体。没有魔光闪动，泥泞遮蔽了他的魔印，但被他强化的力量一踢，恶魔就像被黎明舞者给踢中一样，向后跌了出去，魔印人吼叫着扑上，心中十分清楚，如果给它机会喘息会有什么后果。

这头地心魔物在同类中体型堪称巨大，身体将近八英尺，如果比拼魔力，魔印人不是它的对手。他拳打脚踢，辅以肘击，但身上到处是泥巴。所有的魔印几乎都有缺口。恶魔树皮般的外壳撕裂他的皮肤，他所有攻击都无法造成持续的效果。

恶魔突然转身，尾巴甩中魔印人的腹部。他身体随即翻倒。黎莎再度惊叫，叫声引来恶魔的注意。恶魔大吼一声，朝她急奔而去。

魔印人跌跌撞撞地紧跟在后，在它扑到黎莎身上前抓住它的脚踝。他用力拉扯，扳倒恶魔，两者在泥泞中疯狂扭打。最后，他终于一脚勾住对方腋下和喉咙，另一脚紧紧锁下，开始使劲挤压。他以双手控制恶魔的一条腿，防止恶魔挣扎起身。

地心魔物剧烈挣扎，不停挥爪，但魔印人占了上风，恶魔怎么也无法逃脱。他们在地上滚来滚去，一直缠在一起，最后太阳终于从地平面上探头而出，晨曦透过乌云缝隙洒落。树皮般的外壳开始冒烟，恶魔挣扎得更剧烈。魔印人加强掌心的力道。

只要再撑一下就可以了……

接着，难以想象的事发生了。周遭的世界化作迷雾，虚幻缥缈。地底传来一股强大的吸力，他和恶魔开始下沉。

一条奇异的通道在他面前开启，地心魔物在呼唤他。

在恐惧与厌恶中，地心魔物将他往地狱拖。手中的恶魔依然存在，尽管整个世界都已变成黑影。他猛地抬头，只见宝贵的太阳逐渐消失。

他如同溺水的人紧握救生索般抓住这影像，解开腿锁使劲拉扯恶魔的脚，将它朝着阳光的方向拖去。地心魔物疯狂挣扎，但恐惧为魔印人带来了全新的力量，他在一阵坚定的无声吼叫中将魔物再度拉回人间。

太阳在天上迎接他们，红润而温暖，随即恶魔化身烈焰。魔印人感觉自己的身体再度凝聚，他抓紧恶魔，不让它逃入地底。

当他放开焦黑的尸体时，他全身上下血肉模糊。黎莎连忙赶来，但被尚未自恐惧中恢复的他一把推开。他竟然可以进入通往地心魔域的通道，他到底是什么东西？难道他变成地心魔物了吗？他污染的种子到底会产下什么样的怪物？

"你受伤了。"她说道，再度伸出双手。

"我会好的。"他说道，再度将她推开。几分钟前那个温柔平和的声音已经消失，再度恢复魔印人惯常的冷淡语调。许多较小的伤口已开始愈合。

"但是……"黎莎争辩，"那我们……"

"我很久前就已作出了选择，我选择了黑夜。"魔印人说，"刚刚我以为我可以收回它，但是……"他摇头。"我没有机会回头了。"

他捡起长袍，走向附近的小山边清洗伤口。

"你这地心魔物养的！"黎莎在他身后大叫，"诅咒你和你那疯狂的执念！"

第三十章　瘟疫

332 AR

　　他们回洞时，罗杰还在睡觉。他们一声不响地换掉脏兮兮的衣服，彼此背对背，接着黎莎摇醒罗杰，魔印人则将马鞍搬上马背，他们一言不发地吃着冰冷的早餐，接着在太阳刚刚升起不久就踏上旅程。罗杰坐在黎莎身后共骑他的母马，魔印人独自骑在巨马背上。天上乌云密布，肯定还会下雨。

　　"我们走这么久，不是该遇上几个北行的信使吗？"罗杰问。

　　"你说得对。"黎莎说。她抬头看向另一边，一脸忧虑。

　　魔印人耸肩。"我们中午前就会抵达伐木洼地。"他说，"把你们送到后，我就离开。"

　　黎莎点头。"我想这样最好。"她同意道。

　　"就这样？"罗杰问。

　　魔印人侧过脑袋。"你还期待什么，吟游诗人？"

　　"在我们共同经历过那么多后？黑夜呀，我当然有所期待！"罗杰大叫。

　　"很抱歉令你失望。"魔印人回道，"但我还有事要忙。"

　　"造物主让你每晚上都去杀恶魔。"黎莎嘀咕道。

　　"那我们之前讲好的呢？"罗杰继续问道，"我与你一同旅行？"

"罗杰!"黎莎大叫。

"我认为那是个坏主意。"魔印人告诉他道。他看了黎莎一眼。"既然你的音乐无法杀死恶魔,对我来说就没有用处。我最好还是独自上路的好。"

"我非常同意。"黎莎说道。罗杰皱眉看她,她满脸通红。他们不该如此对他,她知道,但此刻她必须竭尽所能强忍泪水,根本无法提供任何安慰或解释。

她了解魔印人是个怎样的人。尽管她期待事情的发展不是这样,但她一直很清楚他不会长久敞开心扉,很清楚他们只能拥有短暂的情感;但她渴望拥有那段短暂的情感!她渴望在他怀中感受安全,感受他进入自己的体内。她下意识地轻抚自己肚子。如果他在她体内播种,令她怀孕,她将会珍惜那个孩子,永远不会质疑孩子的父亲是谁。但现在……她的包裹有足够的庞姆叶来解决接下来的问题。

他们默默地赶路,冷漠之情显而易见。不久,他们转过一个弯道,伐木洼地终于映入眼帘。

尽管距离遥远,他们还是看出镇上已沦为一片烟雾弥漫的废墟。

罗杰在颠簸的马背上紧抱黎莎。黎莎一看到浓烟立刻踢马疾行,魔印人赶紧跟上。尽管大雨刚过,伐木洼地的火势依然猛烈,滚滚浓烟冉冉升起,满眼废墟。罗杰心中再度浮现河桥镇大火的景象,他大口喘息,伸手摸索暗袋,接着才想起护身符已被踏碎。马儿突然剧震,他立刻将手放回黎莎腰间以免被甩下马背来。

他们看见不少的幸存者站在远方毫无头绪地团团乱转。

"他们为什么没有救火?"黎莎问。但罗杰只是紧抱着她,没有回答。

进入镇子,他们停在路旁,吃惊地打量着四周的惨状。"有些房屋已经燃烧很多天了。"魔印人说,转头指向曾经温暖舒适过的房舍废墟。的确,不少房舍已沦为焦黑废墟,只剩下几个角落还在冒烟,而其他已烧为冰冷的灰烬。史密特的旅店曾是镇上唯一两层楼的房子,现在完全坍塌,有些横梁还在燃烧。其他建筑有些没有了屋顶,有些缺了整面墙。

黎莎深入镇中心,看着一张张染满烟垢和泪水的面孔,曾经她认得他们每一个人。但他们都忙着抱怨自己的损失,谁也没有注意到一行路过的旅人。她只能紧咬双唇,忍住泪水。

镇民将死者集中在镇中心。黎莎心痛不已地看着眼前的景象:至少一百具尸体,甚至没有用被单遮掩起来。可怜的尼可拉斯、赛拉和她的母亲、米歇尔牧师,以及史蒂夫。他从未见过面的小孩子,认识一辈子的长者。有些被烧死,有些被咬死,但大多数人身上都没有外伤,而是死于病魔之手。

麦莉跪在尸堆旁,对着一个小包裹哭泣。黎莎喉咙一紧,努力地翻身下马,迎向前去,伸手放在麦莉肩膀上。

"黎莎?"麦莉难以置信地问道。片刻后她猛然起身,紧紧拥抱草药师,不住地啜泣。

"是艾尔佳,"麦莉哭道,艾尔佳是她最小的女儿,还不满两岁,"她……她走了!"

黎莎紧抱着她,嘴里发出安慰的声音,让麦莉得到一些安慰。因为她说不出话来,其他人开始只是注视到她,但都保持一段距离。

"是黎莎,"他们低语道,"黎莎回来了,感谢造物主。"

最后,黎莎终于冷静下来,向后退开,撩起沾满烟垢和尘土的围裙擦拭眼泪。

"怎么回事?"黎莎轻声问道。麦莉看着她瞪大双眼,泪水再度决堤,她浑身颤抖,半天说不出话来。

"瘟疫。"一个熟悉的声音说道,黎莎转过身去,看见约拿拄着拐杖走来。牧师长袍的一条裤管被割掉,小腿上有夹板,包着一层染血的绷带。黎莎上前搀扶,若有所思地望着那条小腿。

"胫骨折断。"他说,轻蔑地挥了挥手。"薇卡治疗过了。"他脸色一沉,"这是她倒下前做的最后几件事之一。"

黎莎瞪大双眼。"薇卡死了?"她语气惊讶。

约拿摇头。"暂时还没,但她染上了流感,高烧不退,神志不清,只恐怕时日不多了。"他环顾四周。"或许我们都只是早晚间的事了。"他压低声音,只让黎莎一人听见。"恐怕你选错了回来的时候,黎莎,或许这也是造物主的安排。要是再晚一天,你大概无家可回了。"

黎莎神色一凛。"我不要再听到这种鬼话。"她斥责道,"薇卡在哪?"她转了一圈,看着少数围观人群。"造物主呀,大家都在哪里?"

"在圣堂。"约拿说,"病患都在那里。已经痊愈的人,或是运气好到没有染病的人,就出来搜集尸体,或是安葬死者。"

"那我们现在就去圣堂吧。"黎莎说,伸手搀起约拿的手臂,扶着他前进,"现在告诉我出了什么事,都告诉我吧。"

约拿点头。他脸色苍白、目光空洞,全身被汗水浸湿,显然失血过多,纯粹凭着一股意志力苦苦压抑痛处。罗杰和魔印人一言不发地跟在他们身后,大多数看见黎莎回来的镇民只是远远地跟着。

"瘟疫是几个月前开始传入的。"约拿说道,"但薇卡和姐西以为只是普通风寒,没有放在心上。当时在感染的人中,年轻力壮的很快痊愈,但不少人卧病了好几个星期,而有些人一病不起。尽管如此,我们仍认为它只是普通流感,直到病情突然加重。健康的镇民染病后迅速恶化,一夜之间变得虚弱无力,语无伦次。"

"火灾就是从这时开始的。"他说,"人们在手持蜡烛以及油灯时突然昏倒,或病得太重无法检查魔印。由于你父亲和大多数魔印师都卧病在床,全镇的魔印网开始漏洞百出,尤其是在空气中烟雾弥漫、不能遮蔽魔印的情况下。我们拼命救火,但生病的人实在太多,人力严重不足。"

"史密特尽可能将幸存者集结在距离火场较远、魔印完好的几栋建筑里,希望能够先保障众人的安全,但这样做导致瘟疫迅速蔓延。赛拉在昨晚暴雨来袭时突然昏迷,打翻油灯,火势转眼间吞噬整座旅店。人们必须逃入黑夜中……"他说到这里呜咽一声,黎莎轻拍他的背,没必要继续听下去。她可以想象接下来的后果。

圣堂是伐木洼地唯一完全石造的建筑,不受空气中的高热和灰烟影响,昂然独立于废墟之间。黎莎穿过圣堂大门,讶异倒抽一口凉气。长木椅都被清空,几乎每寸地板都铺上了稻草垫,草垫间相隔极近。约两百来人躺在地上无助地呻吟,许多人汗如雨下,扭动挣扎,而其他本身也因为生病而十分虚弱的人则试图将他们压在原地。她看见史密特在草垫上昏迷不醒,薇卡则躺在距离他不远处。此外还有麦莉的两名孩子,以及很多其他人,但她没有看见父亲。

一名女子在他们进入时抬起头来。此人一副未老先衰的模样,形容憔悴、愁眉苦脸,但黎莎立刻认出他壮硕的身影。

"感谢造物主!"姐西一看到她立刻说道。黎莎放开约拿,连忙走过去与姐西交谈。数分钟后,她回到约拿身边。

"布鲁娜的小屋还完好吗?"她问。

约拿耸肩。"据我所知,依然完好。"他说,"自从她去世后,就没有人去过那里。至今近两个星期了。"

黎莎点头。布鲁娜小屋距离镇上甚远,而且位于树林中。烟灰多半没有遮蔽她的魔印。"我必须过去一趟,拿些补给。"她说着再度走出圣堂。雨又开始下了,天色阴暗,完全看不见希望。

罗杰和魔印人站在门外,旁边还围了一圈镇民。

"真的是你。"布莉安娜冲上前去拥抱黎莎。艾文站在不远的后方,手里牵着一个小女孩,未满10岁但身材高大的加伦则站在他身边。

黎莎热情地回应对方的拥抱。"有人看见我父亲吗?"她问。

"他在家,那也是你该在的地方。"一个声音说道。黎莎转身看见母亲迎上前来,身后跟着加尔德。黎莎不知道该对这个画面感到欣慰还是担忧。

"你宁愿先来探望镇民也不愿意回家看看家人?"伊罗娜大声问道。

"妈,我只是……"黎莎开口,不过随即被她母亲打断。

"只是这个,只是那个!"伊罗娜叫道,"每次都有理由背弃你的家人!你父亲一脚已经踏入棺材了!而你竟然还在这里……!"

"谁在陪他?"黎莎插嘴问道。

"他的学徒。"伊罗娜道。

黎莎点头。"教他们把他抬到这儿来。"她说。

"我绝不会这么做!"伊罗娜吼道,"把他从舒适的羽毛垫上拖到瘟疫肆虐的大房间里,躺在稻草垫上?"她抓起黎莎的手臂。"你现在就给我去看看他!你是他女儿!"

"你以为我不知道吗?"黎莎大声说道,一把甩开她的手。泪水沿着脸颊流了下来,她没有顾得上擦拭。"你以为我抛下安吉尔斯的一切赶回来时,心里除了父亲还有别人吗?但他不是镇上唯一的人,母亲!我不能为了一个人而背弃所有人,就算是我父亲也不行!"

"如果你认为这些人还没死,那你就是傻瓜。"伊罗娜说,群众中随即传来一阵低沉的抱怨。她指向圣堂的石墙。"今晚那些魔印能够抵挡住地心魔物吗?"她问。所有人的目光随着她的手而转向石墙,只见墙面因为浓烟和灰烬而漆黑一片。没错,魔印几乎已经看不见了。

她凑到黎莎身边,刻意压低音量。"我们家与镇上相隔甚远。"她低吼道,"或许算是伐木洼地最后一栋拥有完好魔印的房舍。它容不下所有人,但可以守护我们,只要你回家就好!"

黎莎一掌甩出,不偏不倚地打在她妈脸上。伊罗娜摔倒在泥泞中,目瞪口呆地坐在地上,手掌捂着红彤彤的脸颊。加尔德一副想要扑到黎莎的身上,将她架走的模样,但在被她冷冷一瞪后僵在原地。

"我不会畏首畏尾,把朋友交给地心魔物!"她叫道,"我们会想办法补好圣堂的魔印,然后在这里坚守到底。我们要团结一致!如果恶魔胆敢前来抢夺我的孩子,我会用火焰的秘密将它们烧出这个世界!"

我的孩子,黎莎在接下来一阵突如其来的死寂中想道。将镇民视为我的孩子,这下我变成布鲁娜了吗?她环顾四周,凝望每张恐惧、肮脏的面孔,没有人出声说话。这时她才了解,所有人的心里已经把自己当成布鲁娜了。现在她成为伐木洼地的草药师了。有时这表示她要医病疗伤，而有时……有时候这表示要在他人眼中撒点辣粉，或是在自家后院焚烧木恶魔。

魔印人踏步向前。人们开始窃窃私语，因为稍早前完全没人注意到这个身穿长袍，头脸罩在兜帽里，尤如鬼魅般的身影。

"你们必须面对的不只是木恶魔。"他说，"火恶魔会放火烧村，风恶魔则会飞在天上攻击我们。从你们镇上残破的情况来看，或许还会引来山坡上的石恶魔。太阳下山后，它们就会倾巢而出。"

"我们死定了！"安迪大叫。黎莎感到恐慌在人群里迅速蔓延。

"关你什么事？"黎莎大声质问魔印人，"你信守承诺，已将我们安然送到目的地！现在就给我爬上那吓人的巨马离开这里！让我们面对我们自己的命运！"

但魔印人摇头。"我曾发誓绝不自愿交给地心魔物任何东西，而我绝不会再违背誓言。要我交出伐木洼地，我宁愿葬身地心魔域。"

他转向群众，拉下兜帽。人群里传来惊讶和恐惧的声音，然而逐渐扩大的恐慌暂时停止蔓延。魔印人把握稍纵即逝的机会。"今晚地心魔物进攻圣堂时，我会挺身战斗！"他宣称。人们同时惊呼，接着许多镇民眼中浮现认出此人的目光。即使在伐木洼地，人们也听过满身刺青的男人屠杀恶魔的故事。

"有人愿意与我并肩作战吗？"他问。

男人们用怀疑的目光相互观望。女人们则抓紧他们的手臂，以目光暗示男人不要发表任何愚蠢的意见。

"除了送死，我们能做什么？"安迪叫道，"没有什么可以杀死恶魔！"

"你错了。"魔印人说着，走到黎明舞者身边，拉开一捆魔印布袋。"其实，即使石恶魔都杀得死。"他说完打开一块缠起的布，将一根长长弯弯的东西丢到镇民面前的泥泞中。那东西从宽大的断口到尖锐的顶端约三英尺长，表面光滑，呈丑陋的黄棕色，如同蛀烂的牙齿。在众目睽睽下，一道微弱的阳光破云而出洒落其上。尽管躺在泥巴里，该物的表面已开始冒烟，烤干洒落在上面的绵绵细雨。片刻后，石恶魔的魔角起火燃烧。

"所有恶魔都杀得死！"魔印人叫道，从黎明舞者身上拉出一根魔印长矛，抛掷而出，插在燃烧的魔角上。只见魔光闪动，魔角如同庆典的烟花般炸成碎片。

"仁慈的造物主啊。"约拿说着，伸手凭空比画魔印。许多镇民纷纷照做。

魔印人双手抱胸。"我可以制作足以屠杀地心魔物的武器，"他说，"但没有人使用的武器毫无价值，所以我再问一次，有谁愿意与我并肩作战？"

一阵漫长的沉默过后，一个声音说道："我愿意。"魔印人转头，惊讶地看着罗杰走过来，站在自己身边。

"还有我。"杨·葛雷说着大步向前。他全身的重量都压在拐杖上，但目光坚定。"70多年来，我一直看着它们带走我们，一个接着一个。如果今晚是我的最后一夜，我一定要在死前对着地心魔物的眼睛吐口水。"

其他伐木洼地镇民愣在原地，接着加尔德站了出来。

"加尔德，大白痴，你想干吗？"伊罗娜大声问道，抓住他的手臂。但巨汉将她的手甩开。他迟疑地伸手拔出插在地上的魔印长矛。他凝神观看，仔细打量矛身上的魔印。

"昨晚恶魔杀了我爸。"加尔德以低沉愤怒的声音说道。他紧握魔印武器，抬头看向魔印人，咬牙切齿。"我一定要报仇。"

他的话刺激了其他人。一个接一个，一群接一群，有些人出于恐惧，有些人出于愤怒，更多人出于绝望，伐木洼地的镇民挺身面对即将到来的夜晚。

"蠢蛋！"伊罗娜啐道，转身离开。

※

"你没必要这么做。"黎莎说道，双手环抱在他腰间，与他一同骑着黎明舞者前往布鲁娜的小屋。

"如果帮不了其他人，空有疯狂的执念有什么用？"他回道。

"早上我是在气头上。"黎莎说，"我不是那个意思。"

"你就是那个意思。"魔印人向她说明，"而且你说得没错。我一直执著于我战斗的对象，却忘了自己一开始是为了什么而战。我这辈子唯一的梦想就是屠杀恶魔，但光杀那些待在野外的恶魔，却放过这些每晚在镇上猎杀人类的地心魔物，又有什么用？"

他们停在小屋前，魔印人翻身下马，对她伸出手。黎莎微笑，任他拉着自己的手下马。"屋子安然无恙，"她说，"我们需要的东西应该都在里面。"

他们进入小屋，黎莎本想直接前往布鲁娜的储藏室，但屋内熟悉的景象令她心悸。她突然了解自己从此再也见不到布鲁娜了，再也听不见她的斥责了，不能责备她在地上吐痰了，再也无法听到她的教诲或她的猥亵笑话。她生命中的那一部分已结束了。

但现在不是哀悼的时刻，于是黎莎将伤感抛到脑后，大步走向配药室挑选瓶瓶罐罐，将其中一些塞入自己的围裙，其他的则交给魔印人装在黎明舞者身上的口袋。

"看不出这里有什么需要我的地方。"他说,"我该现在就开始制作魔印武器,我们只剩下几个小时了。"

她将最后一批草药交给他,东西全装载在马上后,她领着他来到房间中央,拉开地毯,露出一个暗门。魔印人帮她开门,底下是通往黑暗的木板阶梯。

"要我去帮你拿根蜡烛吗?"他问。

"千万不要!"黎莎叫道。

魔印人耸肩。"反正我看得见。"他说。

"抱歉,我不是故意大声的。"她说。伸手到围裙口袋取出两罐封口塞住的小药瓶。他将其中一瓶的药水倒入另一瓶,用力摇一摇,瓶子随即发出微光。她举起药瓶,走下发霉的木梯,进入这个古老地窖。墙上积满厚厚一层灰土,梁柱上还绘有魔印。这个小地窖中摆满储物箱、陈放瓶罐的橱柜,以及大木桶。

黎莎走到柜子前,取出一盒火焰棒。"火焰可以烧伤木恶魔,"她说道,"强力溶剂呢?"

"我不知道。"魔印人说。黎莎将盒子丢给他,然后弯腰蹲下,在下方的柜子里翻来翻去。

"我们会知道答案。"她说着,又将一大罐装有透明液体的玻璃瓶交给他。瓶塞也是玻璃制,以一圈铁丝紧紧固定瓶口。

"油脂和燃油会令它们站立不稳。"黎莎喃喃说道,继续翻找,"而且就算在雨中,还是会引发猛烈的火势……"她又交给他两个以蜜蜡封口的陶罐。

接着她又翻出更多东西。雷霆棒,通常用来炸开盘根错节的树干,还有一箱布鲁娜的庆典烟火——节庆爆竹、火焰飞哨以及手甩炮。

最后,她领着他来到地窖后方一个大木桶前。

"打开它。"黎莎对魔印人说道,"轻一点。"

他照做，发现水里漂着四个陶罐。他转向黎莎，好奇地凝望着她。

"那个，"她说，"就是液态恶魔火。"

黎明舞者轻快的魔印蹄转眼间就把他们带到黎莎父亲的家门口。过去的回忆再次冲击黎莎的内心，而她再次将那些感伤抛到脑后。日落前还有多少时间？不多了。这点可以肯定。

小孩和老人开始抵达，聚集在院子里。布莉安娜和麦莉已开始安排他们搜集工具。麦莉双眼无神，望着院子里的小孩。说服她把两个孩子留在圣堂并不容易，但最后理性还是取得胜利。他们的父亲留在他们身边，如果出了什么差错，其他孩子也会需要母亲。

伊罗娜在他们抵达时冲出屋子。"这是你的主意吗？"她大声问道，"把我们家变成畜棚？"

黎莎一把推开她，魔印人紧跟在旁。伊罗娜别无他法，只能跟在他们身后进入屋内。"是的，母亲，"她说，"这是我的主意。我们或许容纳不下所有人，但不管发生什么事，至今尚未染病的小孩和老人待在这里应该会安全些。"

"我不同意！"伊罗娜大叫。

黎莎转身面对她。"你没得选择！"她大叫，"你说得没错，我们家就是镇上仅存有魔印保护的房子，所以你要么就是和大家一起挤在这里，要么就和其他人一起挺身作战。但看在造物主的分上，小孩和老人今晚会受到父亲的魔印庇护。"

伊罗娜瞪着她。"要不是你父亲病了，你绝对不敢这样对我说话。"

"要是他没病，他会亲自邀请他们前来避难。"黎莎毫不退让地吼道。

她转向魔印人。"穿过这个门就是造纸店。"她指着门说道,"那里有足够的空间供你工作,你可以使用我父亲的魔印工具。孩子们在搜集镇上的所有武器,待会就会搬来给你。"

魔印人点头,接着一言不发地消失在门后。

"你上哪去找来这个家伙?"伊罗娜问。

"一个路人,他在路上从恶魔口中救了我们的命。"黎莎说着,走向父亲的房间。

"我不知道这样做对不对,"伊罗娜警告道,伸手抵住房门,"接生婆妲西说一切要看造物主的意思。"

"胡说八道。"黎莎说,步入屋内直接来到父亲身旁。他的脸色发白,全身冒汗,但她还不畏惧。她伸手放在他的额头上,接着轻轻触摸他的喉咙、手腕以及胸口。她一边诊断,一边向母亲询问他有哪些症状、出现多久,还有她和妲西做过哪些治疗。

"很多病人都比父亲严重。"黎莎说,"爸比你想象中要坚强得多。"

"我会为他煮锅药茶。"黎莎说,"他需要持续服用,至少三小时一次。"她取出一张羊皮纸,迅速地书写药方。

"你不留下来陪他?"伊罗娜问。

黎莎摇头。"圣堂还有近两百人需要我,妈。"她说,"很多人的病情都比爸严重。"

"他们有妲西就够了。"伊罗娜争辩道。

"妲西看起来就像自从流感开始就不曾合上过眼。"黎莎说,"她已经精疲力竭了,就算她状况再好,我也不认为她有能力应付这种疾病。只要你陪在爸身边,按照指示用药,他比大多数镇民更有机会看见明天的太阳。"

"黎莎?"她父亲呻吟道,"是你吗?"

黎莎冲到他身旁,坐在床沿握起他的手。"是的,爸。"她说着泪如泉涌,"是我。"

"你回来了。"厄尼低声说道,嘴角缓缓地弯成微笑的弧度。他手掌无力地握了握黎莎。"我就知道你会回来的。"

"我当然会。"黎莎说。

"但你又要离开。"厄尼叹息道。黎莎无言以对,他轻拍她的手心。"我听见你刚才说的话了,去做你该做的事。只是见到你就为我带来了无限希望。"

黎莎忍不住哽咽,但尽量掩藏在笑声中。她亲吻他的额头。

"情况很糟糕吗?"厄尼轻问。

"今晚或许会死很多人。"黎莎说。

厄尼掌心一紧,挺身坐起。"那你要尽力救救他们,"他说,"我为你骄傲,我爱你。"

"我也爱你,爸。"黎莎说着,紧紧拥抱他。接着她擦干眼泪,离开房间。

罗杰在临时诊所的狭窄走道上来回走动,指手画脚地讲述前几天夜里魔印人现身搭救的故事。

但接下来,他继续说道:"我们和营地间出现了一头我这辈子见过最高大的石恶魔。"他赶紧跳上一张桌子,双手高举过头,来回摆动,表示单是这样还是没有对方高。"它足足有十五英尺高。"罗杰说,"牙齿利如长矛,尾巴沉重到足以砸碎马匹。黎莎和我吓得挪不动脚,但魔印人有半点迟疑吗?没有!他继续前进,仿佛第七日早晨般冷静,怒瞪着恶魔的双眼。"

罗杰享受着观众的仰慕,暂停的沉默,营造出更紧张的气氛,接着叫了声"碰",同时用力击掌。所有人都吓了一跳。"就这样,"罗杰说,"魔印人的马,如同黑夜天神挺起两根长角狠狠刺穿了恶魔的背脊。"

"那匹马有长角?"一个老人问道,扬起松鼠尾巴般浓密的灰色眉毛。他自草垫上撑起身体,右腿上的绷带完全被断口处的鲜血渗湿。

"是的。"罗杰肯定地说道,伸出手指向双耳后方,看得观众又咳又笑。"闪闪发光的金属巨角,紧紧捆绑在马勒两旁,尖锐无比,上面刻有强力魔印!绝对是你见过最壮观的猛兽,我敢保证!它的马蹄如同闪电般给恶魔重重一击,就在它撞倒恶魔的同时,我们冲入魔印圈,总算安全了。"

"魔印人吹了声口哨……"罗杰伸出手指摆在嘴前,发出尖锐的声响……"他的马立刻放下地心魔物,跃入魔印圈内。"他双掌拍击大腿,模拟巨马冲刺的蹄声,身体一跃而起,给观众展示一幅更生动的画面。

病人听得瞠目结舌,一时间把身上的疾病和即将面临的黑夜全抛到了脑后。更棒的是,罗杰知道自己为他们带来了希望:黎莎可以医治他们的希望,魔印人可以保护他们的希望。

他希望他可以为自己带来希望。

黎莎让小孩们清洗父亲用来制作纸浆的大水缸,然后用它们来熬煮药水,只是如此大量的药水自己也是第一次煮。就连布鲁娜的囤货都用光了,于是她传话给布莉安娜,要求小孩四下采集猪根及其他药草。

她会不时扫一眼窗外洒落的阳光,看着光线逐渐越过纸店地板。太阳也开始偏西了。

不远处，魔印人以最快的速度赶制武器，双手精确熟练地在斧头、尖嘴镐、长矛、箭矢和投石弹上绘制魔印。孩子们把所有可以当作武器的东西都搬来了，一等魔印漆干透就取走武器，堆在屋外的马车上。

每隔一段时间，就会有人跑进来传信给黎莎或魔印人。他们迅速地指示信差，派遣他们回复讯息，然后继续工作。

距离日落只剩两三个小时了，他们在午后的绵绵细雨中驾驶马车赶回圣堂。村民看到马车，纷纷放下身边的工作迅速跑来帮助黎莎搬运药罐。有些人走向魔印人，想要帮忙搬运武器，但被他瞪了一眼后全吓跑了。

黎莎带着一个沉重的石罐走到他身前。"潭普草和天英草，"她说着，将石罐交给他，"混在三头母牛的饲料中，确定它们把它全吃掉。"魔印人接过石罐，点了点头。

当她转头进入圣堂时，他抓住她的手背。"带着这个。"他说着，递出一根自己的长矛。这根矛有五英尺长，以轻盈的灰木所制。金属矛头上刻有攻击魔印，矛刃磨得十分锋利。矛柄同样刻有防御魔印，表面光亮坚硬。矛底镶有魔印金属。

黎莎怀疑地看着这把武器，并没有伸手去接。"你给我这种东西做什么？"她问，"我是草药……"

"现在不是背诵草药师誓词的时候。"魔印人说，将武器塞在她手中，"你的临时诊所魔印脆弱。如果战线崩溃，这根矛或许是唯一挡在地心魔物和病患之间的东西。到时候你的誓词又能做什么？"

黎莎一脸不悦，不过还是接下武器。她试图在他眼中寻找更多的内容。但他已躲在魔印力场后，她已无法触及他的内心。她想要丢下长矛，将他拥入怀中，但她无法忍受再次遭到拒绝。

"那么……祝好运。"她努力挤出这句不算完整的祝福。

魔印人点头。"你也是。"他转身迈过马车,黎莎凝视着他的背影,真想放声大叫。

魔印人走开后,紧绷的肌肉终于松懈下来,她强忍住永别似的不舍迫使自己转过身去,今晚他们绝对不能混淆彼此的关系。

他将黎莎的身影逐出脑海,把思绪集中到即将爆发的战斗上。克拉西亚圣典《伊弗佳》中记载了敌人解放者卡吉的征战事迹。在学习克拉西亚语时他仔细研究过这段记载——卡吉的战争哲学被克拉西亚人视为神圣法则,带领他们的战士与地心魔物夜夜征战,长达数百年,战场有四大法则:统一的信念及领导,在我方选择的时间与地点作战,适应无法控制的状况并作好万全准备,以及攻其不备、找出并利用敌人的弱点。

一名克拉西亚战士自出生开始,就被灌输屠杀阿拉盖是通往救赎之路的观念。当贾迪尔命令他们跳出魔印圈的守护时,他们会抱住必死的决心,没有丝毫迟疑,因为他们是为艾弗伦而战,将在死后世界获得奖励。

魔印人担心伐木洼地的镇民缺乏强大的信念,没有办法激发出最强大的战力。但看着他们忙进忙出,尽力备战,他心想或许自己低估了他们。即使在提贝溪镇,遇到困难时人们也会出面帮助邻居。这就是小村落可以在缺乏魔印高墙守护的情况下持续存在的原因。只要村民都有事做,在恶魔出现时没有时间感受绝望,或许他们就可以携手对抗恶魔。否则今晚圣堂里不会留下任何活口。

克拉西亚抵抗恶魔的实力大部分奠基在卡吉的第二法则——慎选战场。因为战场本身也是战士在克拉西亚大迷宫专门设计用来提供戴尔沙鲁姆的层层守护,同时将恶魔引往埋伏地。

圣堂有一边面向树林，属于木恶魔的势力范围，此外还有两边面向残破的街道和房舍的废墟。大多地方可以提供地心魔物掩护和藏身。而穿越圣堂大门的石板地后方是广场，如果可以把恶魔集中在这里，他们希望会大一些。

他们来不及清洗石墙上油腻的灰烬，也没有在雨中绘制魔印，所以他们将窗户和大门以木板钉钉死，然后在木板上绘制临时魔印。出入改为一扇小侧门，并在门框附近放置魔印石；这样恶魔比较容易自正面来袭。

只要人类在黑夜中出现就会引来恶魔聚集，尽管如此，魔印人仍耗费许多心力确保地心魔物不会自圣堂侧面来袭，只留下一条抵抗力最薄弱的道路，诱导它们从广场的方向进攻。根据他的指示，镇民在四周摆放各种障碍物，架设临时魔印桩，在上面绘制迷惑魔印，做一个类似克拉西亚的迷宫缓冲带。任何试图路过这些魔印攻击圣堂的恶魔都会迷路，最后被广场的骚动吸引。

广场的一边是牧师养殖牲畜的畜栏。畜栏很小，但新添置的魔印桩威力异常强大。几头牲畜围在其中架设避难棚的人们身旁。

广场另一侧挖了几条迅速被泥泞雨水淹没的壕沟，水面上浮了厚厚一层黎莎提供的燃油，借此牵制火恶魔。

镇民忠实奉行卡吉的第三法则——做好完全的准备。持续降雨导致广场湿滑，坚硬的地上逐渐形成一层泥浆。镇民依照魔印人的指示在广场上架设信使魔印圈，作为伏击及撤退地点。此外，他们还挖了一道深坑，并在坑口铺设泥泞的油布，以迷惑恶魔。地上的石头上用扫把涂了一层又厚又黏的油脂。

至于第四法则——攻其不备。因为地心魔物根本不会料到他们会挺身反抗，他们就不必多费心了。

"你是?"魔印人问道。

"我是班恩,先生,"男人怯怯地回道,"麦莉的丈夫。"

他继续解释:"玻璃匠。"魔印人终于认出他来。

"拿出来看看。"他说。

班恩递给他一个小玻璃瓶。"很薄,就像你要求的一样,"他说,"很容易碎裂。"

魔印人点头问道:"你和你的学徒赶制了多少个?"

"三打。"班恩说,"请问拿来做什么?"

魔印人摇头。"你很快就会知道了。"他说,"我来取我的。"

接着走来的是罗杰。"我看到黎莎的长矛。"他说,"我来拿我的。"

魔印人摇头。"你不必出来冲杀。"他说,"你要和伤患待在一起。"

罗杰瞪视着他。"但你告诉黎莎……"

"给你长矛等于限制了你的力量。"魔印人打断道,"你的音乐会被室外的喧嚣淹没,但在室内它将比一打魔印长矛更具威力。如果地心魔物突破阵地,就得靠你的音乐拖住它们,直到我赶来救援。"

罗杰一脸不爽,不过还是点点头,转身走向圣堂。

还有多人在等着见他。魔印人聆听他们的工作完成进度报告,指示他们执行更迫切的任务。镇民动作迅速,如同一群随时准备逃命的野兔。

——分派完毕后不久,史黛芙妮带着一群愤怒的女人匆匆赶来,大声问道,"你为什么让我们前往布鲁娜的小屋?"

"那里的魔印足够强大。"魔印人说,"圣堂和黎莎家容不下那么多人,而你们还有能力走过去。"

"我们不管那个，"史黛芙妮说，"我们也要战斗。"

魔印人凝视着她。史黛芙妮个头娇小，身高五英尺多一点，瘦得像根芦苇。她已经五十几岁了，皮肤干瘪粗糙如同陈旧皮革，就连最矮的木恶魔也比她高大。

但她坚毅的眼神表示，这一切不代表什么，她就是要上场作战。克拉西亚人或许不让女人参战，那或许是他们的损失。魔印人绝不会拒绝愿意挺身对抗黑夜的人，他自马车上拿起一根长矛给她。"我会帮你安排伏击点。"

史黛芙妮本来以为要大吵一场，看他这么合作反而有点退缩，但她还是接下武器点头离开。其他女人轮流上前，他发给她们一人一根长矛。

看到魔印人开始发放武器，男人们连忙挤了过来排队。伐木工取回他们自己的魔印斧头，怀疑地看着刚刚漆上的魔印——从来没人曾用斧头砍穿木恶魔的外壳。

"不需要长矛，"加尔德说着交还魔印人，"我不擅长挥舞长矛，但是斧头我就驾轻就熟。"

其中一名伐木工牵着一个年约十三岁的女孩来到他面前。"我叫弗林，先生。"伐木工说，"我的女儿汪妲偶尔会和我一起打猎。我不希望她与恶魔近距离作战，但如果你给她发一把弓箭待在魔印后方，我保证她会箭无虚发。"

魔印人看着女孩，她的身材高大，相貌平平，继承了他父亲的身材和力量。他走到黎明舞者身边，取下自己的紫杉弓和重箭。"今晚我用不到这些。"他对她说，伸手指向圣堂顶楼的窗口，"你可以试试撬开那扇木窗，从那里放箭。"

汪妲接过弓箭快步跑开。他父亲鞠了个躬向后退开。

约拿牧师一瘸一拐地走进圣堂。

"你应该待在里面，你的腿需要休息。"魔印人说，他在圣徒面前觉得浑身不自在,"如果你不能搬重物或挖掘壕沟,那你在这里就只会碍事。"

约拿牧师点头道:"我只是想要看看防御攻势。"

"应该守得住。"魔印人以自信的语气说道。

"守得住的。"约拿说,"造物主不会遗弃在圣堂中避难的人们,这就是他派你来的原因。"

"我不是解放者,牧师。"魔印人说着皱起眉,"没有人派我来,今晚的事绝对不是注定的。"

约拿微笑不语,仿佛面对不懂事的孩子。"那么你刚好在我们最需要帮助时出现完全只是巧合?"他问,"我没有资格断定你是不是解放者,但你出现在这里就和我们其他人一样,是因为造物主要你出现在这里,而他做任何事都有他的理由。"

"难道他让半数村民死于瘟疫也有理由?"魔印人问道。

"我不会假装了解造物主的安排。"约拿平静地说,"我知道造物主确实有他的安排。有一天当我们回首今天,会想透今天我们无法猜透他的一切。"

黎莎进入圣堂时,妲西正困倦地蹲在薇卡身旁,试图用湿毛巾降低她额头的高温。

黎莎直接朝她们走过去,自妲西手中接过毛巾。"去睡一会儿吧。"她说,看着妲西的眼中疲惫不堪的情绪,"太阳即将下山,到时候有我们忙的。去吧,趁有机会多休息休息。"

妲西摇头。"等我死了就会休息。"她说,"在那之前我会继续工作。"

黎莎打量她一会儿,然后点点头。她伸手从围裙里取出一包蜡纸包裹的胶状物体。"嚼这个吧。"她说,"明天你会很不舒服，但它可以帮你撑过今晚。"

妲西点点头，将胶状物体放入口中。黎莎则弯下腰检查薇卡，她自肩膀上取下水袋，拔下瓶塞。"扶她坐起来一点。"她说道，妲西帮着扶起薇卡，黎莎给她喂药。薇卡咳出来一点药水，但妲西按摩她的喉咙让她吞咽时不再那么痛苦了。

喂完药，黎莎站起身来，看着满屋数不尽的伤患——尽管在前往布鲁娜小屋前，她已按照病情分类治疗伤势最严重的病人；但还有很多人需要照顾，有很多人需要接骨，有很多人的伤口需要缝合，甚至还有数十名昏迷不醒的病人需要换药。

只要有时间，她很肯定自己可以驱赶瘟疫。或许有些人已经病入膏肓，可能造成终身残疾或死亡。但大多数的孩子只要他们撑过今晚，都有痊愈的希望。

她召集自愿者，分配药物，吩咐他们在外面的伤者开始拥入时该做什么处理。

罗杰看着黎莎和其他人忙进忙出，一边调整琴音，内心深处总感觉自己像个懦夫——魔印人也许说得很对——他应该发挥自己的长处，就像艾利克以前常说的那样。但这个想法并不能美化躲在石墙后看着其他人奋勇战斗的畏缩。

不久前，他还无法接受放下小提琴，拿起武器的想法，但现在的他实在更想拿起武器一同拼杀。

如果能够活下来讲述这个故事，"伐木洼地之战"的故事会成为神话。但自己在故事中扮演什么角色呢？躲在安全的地方演奏小提琴，根本不值得用一句话去描述，更别提长篇大论。

第三十一章　伐木洼地之战

332 AR

站在广场最外围的是主力——伐木工。长期的砍树和搬运木材让他们都变得健壮，但有些年老的伐木工早已过了最佳状态，比如杨·葛雷；而其他人还没有完全长大成人，比如伦的儿子林德。他们挤在一个便携式魔印圈内，紧握斧头柄的手心已沁出汗来，静静等待着决战的时刻。

伐木工身后，三头最肥的母牛被拴在广场中央的木桩上。他们吃了黎莎配制的迷药晚餐，正躺在地上呼呼大睡。

母牛之后是最大的魔印圈。这些战士不如伐木工强壮，但人数上绝对是主力，其中近一半是女人，最年轻的仅十五岁。她们神情冷峻地站在自己的丈夫、父亲、兄弟与儿子旁。但屠夫道格的妻子梅伦，她身材魁梧，手持魔印屠刀，丝毫不逊于伐木工人。

他们身后是铺着油布的陷坑，圣堂大门正前方是第三道魔印圈，史黛芙妮及其他年纪不大或身体太虚弱，不适合在泥泞广场中奔袭的镇民手持长矛立于其中，以静制动。

几乎所有镇民都手持魔印武器。其中有些拿短武器的人还以水桶盖当木盾，上面绘有禁忌魔印。魔印人只做了一面这种木盾，但其他人仿制的分毫不差。

一群十来岁的小孩站在畜栏的栅栏边缘、魔印桩后方，手持弓箭和投石器，充当重炮手。几个成人拿着雷霆棒和班恩的薄玻璃瓶，瓶口塞有湿布。更小的孩子手持油灯，头戴兜帽遮雨，负责点燃武器。不愿参与作战的人躲在他们后方的遮棚，和牲畜挤在一起，而遮棚里还准备了不少布鲁娜的庆典烟火。

有不少人很犹豫，一会儿想凑热闹来参与作战，一会儿却又后悔，宁愿被镇民笑话也要躲在魔印后，比如安迪。当魔印人骑着黎明舞者巡视广场时，他看见不少人热切地望着畜栏，脸上满是恐惧。

地心魔物出现时，叫声此起彼落，村民们被吓得纷纷后退，信念濒临崩溃。战斗还没开始，恐惧几乎击垮伐木洼地镇民。魔印人所说的恶魔弱点在强大的恐惧前根本产生不了什么鼓舞的作用。

魔印人注意到班恩在发抖，他的一条裤管已被尿湿了；他翻身下马，站到玻璃匠身旁，给他壮胆。

"你为什么站在外面，班恩？"他提高音量，让所有人都听见自己的问话。

"我的……我的女儿们。"班恩说着指向圣堂。他手中的长矛几乎快要脱出手掌。

魔印人点了点头。大多数伐木洼地的镇民都是为了守护躺在圣堂中的亲人而战。否则，他们宁愿躲在畜栏里。他指向在广场上的地心魔物。"你怕他们？"他问，声音依然洪亮。

"是……是的。"班恩努力回，泪流满面。其他人纷纷点头。

魔印人脱掉长袍。镇民没有见过他脱掉衣服的模样，所有人都瞪大眼睛看着他浑身上下满是刺青。"看着。"他对班恩说道，但其实是要所有人都听见。

他走出魔印圈，大步迎向一头刚开始凝聚形体的木恶魔。

他回头一望,尽可能与伐木洼地的镇民目光相对。眼看他们的注意力都集中在自己身上,他叫道:"看着,这些就是你们恐惧的东西!"

魔印人突然转身,猛力出击,一掌击中地心魔物的下颚,在一阵魔光中击身高超过七英尺的木恶魔。恶魔痛苦尖叫着跳起来,身体一缩,准备还击。镇民呆立原地,目不转睛,所有人都以为魔印人必死无疑。

木恶魔一扑而上,但魔印人踢掉一只草鞋,转身回旋,近距离踢向地心魔物。他的脚跟击中恶魔胸口的硬壳,发出雷鸣般的声响,恶魔再度向后跌出,胸口一片焦黑。

一头体型较小的木恶魔趁他追击猎物时急冲而来助战,但魔印人一把抓住他的前臂,闪入它的身后,挺起魔印大拇指插入对方的双眼。只听见一阵滋滋作响,地心魔物放声哀嚎,伸爪抓脸,向旁跌开。

眼看盲眼恶魔团团乱转,魔印人再度冲向一头想逃跑的恶魔,转到正面迎接。他回旋侧身,在接近地心魔物时一跃而起,魔印手臂紧扣对方脑袋。他使劲挤压,完全忽略恶魔试图摆脱他的挣扎,他等待魔力迅速聚集,最后在一股爆发的魔力中,将恶魔脑袋捏碎,一同跌入泥巴。

魔印人从尸体旁站起来,其他恶魔纷纷退开与他保持距离,口中嘶嘶作响,搜寻他的弱点。魔印人朝它们大吼一声,站得近的几头恶魔转身就跑。

"该害怕的不是你,班恩!"魔印人叫道,声音如同暴风,"该害怕的是它们!"

他走向班恩身旁,只见对方已不再颤抖。"下次心生恐惧时,"他说着捡起长袍,擦拭身上的泥巴,"记住这点。"

伐木洼地的镇民都不支声,但不少人下跪,伸手在身前比划魔印。

"解放者。"班恩喃喃说道，其他人纷纷跟着低声念诵。

魔印人使劲摇头，雨水四下飞散。"你就是解放者！"他吼道，用力戳着班恩的胸口。"还有你！"他大叫，转身抓起一个跪在自己脚边的男人。"你们都是解放者！"他奋力吼叫，挥手指向所有站在黑夜中的人们。"如果地心魔物惧怕一个解放者，就让它们面对一百个解放者吧！"他挥舞拳头，镇民齐声鼓噪。

这个场面让刚刚成形的恶魔惊疑不定，它们前后徘徊，低声嘶吼。它们很多放慢脚步，一个接着一个压低身形，肌肉贲起。

魔印人转向左翼，魔印眼透视黑暗。火恶魔避开积水的壕沟，但木恶魔丝毫不当回事，继续沿着壕沟而行。

"点火。"他指向壕沟叫道。

班恩以拇指摩擦一根火焰棒，掌心遮蔽风雨，点燃一根火焰飞哨的引信。引信滋滋作响，班恩手臂一扬，将火焰飞哨抛向壕沟。

引信在半空中烧尽，火焰飞哨的一端爆出火光。厚纸管化作火轮迅速旋转，在坠落壕沟中的燃油泥浆时发出尖锐的呼啸声。

木恶魔在脚下及膝的火海里尖声惨叫。它们拔腿就跑，惊慌失措地拍打身上的火焰，燃油四溅、火势不断扩散。

火恶魔欢天喜地地跃入火海，完全忘记隐藏其下的积水。魔印人微笑地看着它们在雨水沸腾时尖叫。

火焰将广场笼罩在摇曳不定的火光中，在看见眼前恶魔涌出的数量后，镇民们纷纷倒抽一口凉气。风恶魔划破天空，在风雨中飞来飞去。灵活的火恶魔四下转动，双眼和口中绽放红光，照亮位于敌阵外围的巨大恶魔轮廓。还有木恶魔，很多很多木恶魔。

"好像森林里的树妖对抗伐木工。"杨·葛雷语气敬畏地说道,许多伐木工都一脸恐惧地点头。

"这辈子还没有碰过一棵我砍不倒的树。"加尔德低声吼道,举起斧头。这话激起伐木工的斗志,使其士气大振。

地心魔物迅速反狼,张牙舞爪地朝伐木工人们冲过来。魔印圈的力场挡下它们的攻势,伐木工高举斧头准备攻击。

"忍住!"魔印人叫道,"牢记战略!"

众人蓄势待发,任由恶魔徒劳无功地冲撞力场。地心魔物沿着魔印圈外围游走,试图寻找弱点,不久伐木工的身影就淹没在恶魔形成的树皮潮浪中。

第一个发现母牛的是体型比猫还小的火恶魔。它尖叫一声,跳到一头母牛的背上,利爪深深抓入。母牛猛然惊醒,在小恶魔咬下一块皮时痛苦哀嚎。

这个声音让其他地心魔物抛下伐木工,扑向母牛,将它们撕成碎片,鲜血混杂着雨水染红了泥泞的地面。甚至还有一头风恶魔俯冲而下,咬走一块牛肉,随即逃回天空。

转眼间,母牛被分食得尸骨无存,但地心魔物在血液刺激下,更加疯狂。它们朝下一道魔印圈前进,攻击魔印力场,溅起阵阵魔法火星。

"忍住!"魔印人对伐木工们叫道。他将长矛移往身后,目不转睛地观察恶魔,静静等待。

接着他看见了。一头恶魔脚步踉跄,失去平衡。

"现在!"他大吼一声,跳出魔印圈,一枪刺穿一头恶魔的脑袋。

伐木洼地的镇民在一阵原始的吼叫声中展开攻击,扑杀一群中毒的地心魔物,肆意狂砍猛刺。恶魔放声尖叫,但在黎莎的迷药作用下步履蹒跚,反应十分迟钝。镇民依照指示成群进攻,趁恶魔转移注意时自后方突刺。魔印武器光芒大作,而这次洒入空中的是恶魔的黑色脓汁。

梅伦用屠刀干净利落地砍下一头木恶魔的手臂,而她丈夫道格则以切肉刀插入恶魔腋下。刚刚吃了药牛的风恶魔坠落在广场上,班恩将长矛使劲扭转,在魔印矛头的魔光中刺穿地心魔物的硬壳。

拿盾的镇民发现恶魔爪无法攻破木盾上的魔印,顿时信心大增,加速攻击头昏脑涨的地心魔物。

但不是所有恶魔都吃过下了病药的牛肉,位于后方的恶魔开始向前进逼。魔印人一直等到奇袭的效果达到最大时,才开口叫道:"炮手准备!"

畜栏中的孩童齐声喊叫,将玻璃瓶装入投石器,瞄准挤在伐木工魔印圈前方的恶魔投射而出。薄玻璃在木恶魔树皮般的外壳前粉碎,洒下连雨水也冲刷不掉的液体。恶魔高声大叫,但无法突破小畜栏的魔印桩。

趁着地心魔物被烧得发狂时,油灯手忙碌奔走,点燃包着沥青碎布的箭头及布鲁娜备制的烟花的引信。他们没有依照指示同时发射,但结果没有多大差别,第一支火箭射出,点燃一头木恶魔背上的液态恶魔火,恶魔凄声惨叫,撞上另一头木恶魔。对方跟着也起火燃烧。庆典爆竹、手甩炮以及火焰飞哨夹杂在暴雨般的火箭中,强光和巨响吓退了某些恶魔,并点燃其他恶魔。夜空因为燃烧的恶魔而大放光明。

其中一支火焰飞哨击中伐木工魔印圈前方的浅沟,而这条浅沟横跨整座广场。火星点燃沟中的液态恶魔火,火势一发不可收拾,数头木恶魔旋即着火,剩下的恶魔则被挡在火线外。

而在魔印圈之间及远离火场的地方,双方已打得难分难解。

吃了药牛的恶魔纷纷倒地，但它们的伙伴让武装镇民胆战心惊。队伍开始走散，有些镇民因恐惧而后退，给地心魔物留下突破战线的机会。

"伐木工！"魔印人在刺死一头火恶魔的同时叫道。

现在没有后顾之忧，加尔德和其他伐木工齐声喊叫，跳出魔印圈，自后方攻击包围魔印人部队的恶魔。就算没有魔法守护，木恶魔的外壳依然如同老树皮般坚硬，但砍树皮对伐木工来说是家常便饭，而他们斧头上的魔印彻底克制住了恶魔外壳的魔力。

加尔德是第一个感受到恶魔体内的魔法震撼的伐木工，并利用地心魔物本身的力量来对抗它们。魔法的冲击沿着斧柄而上，导致他的手臂短暂刺痛，同时也感到难以言喻的喜悦——力量瞬间大增。他一斧砍向恶魔的脑袋，接着大吼一声，迎向第二头恶魔。恶魔腹背受敌，大受打击。数百年的记忆让它们认定人类根本不足畏惧，所以在遭受抵抗时措手不及。圣堂唱诗班楼座窗口后的汪妲箭无虚发，每支魔印箭矢如同闪电般贯穿恶魔的躯体。

空气中弥漫着浓厚的血腥味，痛苦的惨叫声远远传开。远方传来地心魔物回应的战呼。

敌方的援军不断涌来，而伐木洼地的镇民陷入背水死战的境地。

恶魔不久便突破劣势。即使少了刀枪不入的外壳，世上还是没有多少人能够与木恶魔正面冲突。即使是最弱小的恶魔，力量也与加尔德相当，一般人根本无法与恶魔的力量相比。

梅伦冲向体形和大狗差不多的火恶魔，屠刀染满木恶魔的脓汁。她将木盾举在前，屠刀在后，准备出击。

地心魔物大吼一声，对她吐出一团火焰唾液。她举起木盾防御，但盾牌上的魔印不能防火，木盾起火燃烧。梅伦在手臂烧伤时大声尖叫，扑倒在地，在泥泞中翻滚。恶魔猛扑上来，危急时刻被丈夫道格救下，壮硕的屠夫把火恶魔当作肉猪般开膛破肚，但在对方熔岩般的血液点燃他的皮围裙时放声惨叫，挥刀割裙，顾不上恶魔的攻击。

一头木恶魔四脚着地，躬身闪过艾文的利斧，趁他不注意时一跃而起，将他扑倒。眼看恶魔张口就要咬下。他尖声大叫，接着听见一阵狗叫，他的猎犬自侧面扑来，撞开恶魔。艾文立刻起身，对着地上的地心魔物一斧砍下，不过有头猎犬惨遭恶魔毒手。艾文放声怒吼，补上一斧，随即转身面对另一头恶魔，愤怒像火苗般从双眼中喷涌出来。

正在此时，浅沟中的恶魔燃烧殆尽，另一边的木恶魔冲上前来。

"雷霆棒！"魔印人在驾驭黎明舞者踏死一头石恶魔时大声叫道。

收到命令后，炮手中最年长的人们取出最珍贵也最强力的武器。雷霆棒总数不到一打，因为布鲁娜不愿意多做，她担心如此强力的武器会被滥用。

他们点燃引信，将雷霆棒抛向身前的恶魔。其中一名镇民手滑，雷霆棒掉落泥地。他迅速弯腰捡起，但来不及了。雷霆棒在他手中爆炸，将他和油灯座炸成碎片，旁边好几人都被震倒在地，痛苦惨叫。

一根雷霆棒在两头木恶魔间爆炸。恶魔摔在地上，身受重创。其中一头树皮外壳起火燃烧，无力起身；另一头则在泥泞中扑熄火势，抽搐几下后一爪撑地，挣扎起身。他体内的魔法开始自我疗伤。

另一根雷霆棒砸向一头身高九英尺的石恶魔，被恶魔一把接住，扔过头去，好奇地盯着雷霆棒，眼睁睁地看着它在眼前爆炸。

当烟雾消散后，恶魔却神态自若地屹立在原地，继续朝广场中心的镇民冲过来。汪妲朝他射了三支重箭，但它只是吼叫几声，怒不可抑地继续冲刺。

加尔德迎上前去，扯开喉咙与它对吼。高大的伐木工低头避过恶魔的攻击，一斧砍入它的胸口，手臂上随即传来魔法能量涌来的快感。恶魔最后因能量枯竭倒在地上，加尔德站在它身上才能从它那厚重的外壳中拔出斧子。

一头风恶魔俯冲过来，长着倒钩的利爪差点将弗林切成两半。唱诗班楼座上的窗口传来一阵尖叫，汪妲一箭击毙地心魔物，但伤害也造成，她的父亲倒地不起。

一头木恶魔一爪挥落，将伦斩首，脑袋飞出十多米远。在他的斧头掉在泥地上的同时，他儿子林德已扑过来将这头恶魔的手臂一斧砍断。

右翼畜栏附近，杨·葛雷与恶魔的利爪擦身而过，但这一击已将老人撂倒。地心魔物紧紧追击在地上挣扎爬行的老人，但安迪突然呜咽一声，跳出魔印圈来，捡起伦的斧头狠狠劈开恶魔的背脊。

其他人纷纷从畜栏里涌了出来，完全将恐惧抛到脑后，捡起阵亡者的武器，或将伤者拖往安全的地方。基特在最后一瓶恶魔火上塞入碎布，点燃后抛向一头木恶魔，以掩护他的姊妹们将一位受伤的男人拖入畜栏。木恶魔着火燃烧，基特振臂欢呼，直到一头火恶魔跳到燃烧着的地心魔物身上，在烈焰中欢声尖叫。基特拔腿就跑，但火恶魔一把窜到了他的背上，将他压倒。

魔印人在战场上游走，有时以长矛刺杀恶魔，有时赤手空拳屠杀对手。黎明舞者跟在他身边，以巨蹄和尖角参与混战。他们观察哪里战况激烈就往哪里冲，驱散地心魔物，然后把它们留给镇民尽情宰杀。他已数次阻挡恶魔的致命一击，解救危难的镇民，鼓励他们继续作战。

兵荒马乱之际，一群地心魔物闯过广场中线，穿过第二道魔印圈，踏上油布，坠入布满魔印长钉的陷阱。大多数恶魔猛烈抽搐，在劫难逃，但其中一头恶魔避开底部长钉，爬上洞口。一把魔印利斧在他有机会回到战场或试图逃亡时砍下了它的脑袋。

然而，地心魔物不断涌现，在深坑曝光后，它们开始绕道前行。一声尖叫过后，魔印人随即转身，只见圣堂门口已陷入苦战。地心魔物可以闻到圣堂病人和伤患的味道，疯狂地飞溅着热血与脓汁要突破防线，展开屠杀。现在就连画在木板上的魔印都被不停落下的雨水或冲刷或遮盖得变形了。

圣堂门外石板地上涂抹的油脂降低了地心魔物进攻的速度。好几头恶魔摔倒在地，或是撞上第三道魔印圈的力场。但它们张开利爪插入地面，继续前进。

门口的女人躲在魔印圈内以长矛攻击恶魔，暂时阻挡住了恶魔的攻势，但史黛芙妮的矛头卡在一头恶魔的外壳中，整个人被拉出了魔印圈，她的一条腿则在挣扎时缠上了便携式魔印圈的绳索。魔印牌被拉得移了位，魔印网立即崩溃。

魔印人以最快的速度赶过去，越过十二英尺宽的深坑，但晚了一步。当他冲入战局时，圣堂门口已倒下不少人，血流了一地。

混战结束后，他和仅存的几名女子气喘吁吁地站在原地，令人惊讶的是，史黛芙妮竟然还没倒下。她全身溅满脓汁，但似乎没有什么大碍，她的眼中流露着坚定的信念。

一头高大的木恶魔疾冲而来，他们同时转身，准备战斗，但地心魔物在进入攻击范围前突然蹲下，一跃而起，跳过她们的头顶，窜上圣堂的石墙。它的利爪轻易地在墙面找到空隙，在魔印人有机会抓住它的尾巴前沿着墙爬了上去。

"小心！"魔印人对汪妲叫道，但对方专心瞄准，根本没有听见他的警告。恶魔将她一把抓起，随即抛到脑后，仿佛只是扔什么挡路的东西。魔印人疾冲而出，划过地上的油脂和泥巴，在他落地前接住血肉模糊的身躯，但就在一瞬间，恶魔已跳入窗口，进入圣堂。

魔印人冲向侧门，但一过转角立刻停步，看着面前十几头身中迷惑魔印而茫然呆立原地的恶魔。他大吼一声，冲向恶魔，心里明白自己绝不可能及时进入圣堂。

圣堂的石墙内回荡着痛苦的呻吟，刺激了门外恶魔不断吼叫，更是让所有人精神紧绷。圣堂中，有些人放声哭泣；有些人缓缓摇晃，恐惧颤抖；有些人翻来覆去，胡言乱语。

黎莎努力让大家保持冷静，安慰神志清醒、用药轻微的人，不让他们撕扯自己伤口的缝线，或是防止神志不清的人在极度恐惧下自寻短见。

"我可以战斗！"史密特坚持，强壮的旅店主人不顾罗杰的劝阻，拖着可怜的吟游诗人行走。

"你身体不适！"黎莎冲上前去大叫，"你出去会送命的！"她一边走，一边将小瓶子的药粉倒入一块碎布。只要将碎布压在他脸上，药粉立刻就能让他昏迷。

"我的史黛芙妮在外面!"史密特叫道,"我的儿子和女儿!"他趁黎莎扬起碎布时,一把抓住他的手腕,用力将她推向一旁。她倒在罗杰身上,两人摔成一团。史密特伸手去抬大门门闩。

"史密特,不要!"黎莎尖叫,"你会把恶魔放进来的,把我们全害死!"

但神志不清的旅店主人毫不理会她的警告,两手抓起门闩,使劲往上抬。

妲西抓住他的肩,将他转过身来,随即一拳击中他的下颚。这拳打得史密特再转一圈后瘫倒在地。

"有时候最直截了当的方法比药草和针线更有效。"妲西一边说着,一边甩手以减轻刺痛感。

"我终于知道布鲁娜为什么老拿根拐杖了。"黎莎同意道。两人拖起史密特的手臂将他拉回草垫。大门后,突然响起雷鸣般的捶打声。

"听起来好像地心魔域的所有恶魔都在试图破门而入。"妲西喃喃说道。

"楼上传来撞击声,紧接着是汪妲的尖叫。唱诗班楼座的栏杆粉碎,木梁倒塌,压死位于正下方的男人,同时还压伤了另一人。一个庞大的身躯跳入人群,落在一个病人身上,号叫一声,在病人还没有搞清楚状况前扯断了她的脖子。"

木恶魔立起身来,高大骇人,那一瞬间,黎莎感觉心脏已停止了跳动。她和妲西僵在原地,史密特变成两人致命的负担。魔印人给她的魔印短矛靠在墙上,距离很远,就算带在身边,他也怀疑自己有没有办法阻挡这头巨大的地心魔物。恶魔朝他们吼叫,他觉得自己的膝盖软得跟面团似的。

接着罗杰出现了,挡在他们和恶魔之间。地心魔物对他嘶吼，他则大力咽下一口口水。所有本能都教他拔腿就跑，但他将小提琴抵在下巴上，将琴弓搭上琴弦，忧伤哀怨的旋律随即回荡在圣堂中。

地心魔物对着吟游诗人张牙舞爪，牙齿又尖又利，如同尖刀，但罗杰继续演奏，木恶魔犹豫不前，侧着脑袋好奇地凝望着他，好似在思考着什么。

不久后，罗杰开始左右摇晃。恶魔的目光集中在小提琴上，和他做出同样的动作。

罗杰信心大增，朝左方踏出一步。

恶魔照做。

他又踏回右方，地心魔物还是照做。

罗杰继续演奏，缓缓沿着木恶魔外围绕圈。着魔的恶魔亦步亦趋地跟随他的脚步，直到它远离惊慌恐惧的病人。这时黎莎已放下史密特，取回他的魔印矛。使用小如荆棘的魔印矛攻击恶魔可能轻易遭高大的恶魔反击，但她还是义无反顾地迎上前去，心知这样的机会稍纵即逝。她咬紧牙关，加速冲刺，使尽全力将魔印矛扎入地心魔物的背心。

她看到一道强光，感受魔法能量直窜上自己的手臂，接着整个人向后弹开。她看着恶魔尖叫挣扎，试图拔出仍在他背上闪闪发光的魔印矛。罗杰闪向一旁，躲开恶魔死前的最后一击。恶魔撞开圣堂大门，随即倒地身亡。

众恶魔高声欢呼，涌进大门，接着被罗杰的音乐所感染。他不再演奏之前宁静的曲调，改拉尖锐刺耳的单音，迫使地心魔物捂住双耳，跌跌撞撞地倒退出去。

"黎莎！"侧门突然被撞开，黎莎转身看见全身满是恶魔脓汁和自身鲜血的魔印人冲了进来，急切地四下张望。他看见木恶魔的尸体躺在地上，接着转头面对她的目光，关怀之情显而易见。

她很想要冲入他的怀中，但他已经转身冲向破碎的大门。罗杰一夫当关，他的音乐如同魔印网般阻挡恶魔的去路。魔印人踢开木恶魔的尸体，拔出魔印矛掷回黎莎手中，接着又冲入黑夜。

黎莎借着大门望向广场中的杀戮现场，心头突然一紧。数十名孩子或死或伤地躺在泥泞中，而战事有愈演愈烈的趋势。

"妲西！"她大叫，妲西冲到她身旁，两人随即奔入黑夜，奋力将伤者拖进圣堂。

黎莎赶到时，汪妲正躺在地上大口喘息，恶魔抓伤的地方衣衫破碎，染满鲜血。一头木恶魔在她和妲西弯腰抬她时急扑而来，但黎莎自围裙中取出药瓶顺势抛出，在恶魔的脸上化为碎片。溶剂吞噬恶魔的双眼，痛得恶魔仰头哀嚎，两名草药师连忙抬着伤员跑进圣堂。

黎莎对助手大声吩咐几句，接着再度冲入广场。罗杰站在门口，不断拉出刺耳的音阶，形成一道音乐墙，维持通路净空，守护着黎莎及其他帮忙运送伤患的人们。

一整个晚上战事起起伏伏，让疲惫的镇民有机会跑回魔印圈或进入圣堂喘口气，甚至喝口水。其中有一小时内完全没有看见半头恶魔，而在那之后的一小时他们得对抗一群显然从数里外赶来支援的恶魔。

雨停了，但没有人确切记得是什么时候停的，他们的心思全都放在攻击恶魔或是救助伤员上。伐木工在圣堂门口形成了人墙，罗杰则在广场上巡演，以小提琴驱赶恶魔好让镇民救助伤患。

第一道晨曦划破地平线时，广场上的泥巴已和人血和恶魔脓汁混合成恶心的烂泥，到处是尸体和残肢。在阳光照射下，恶魔尸体突然着火燃烧时吓得镇民四散奔跑。一如散布广场四周的液态恶魔火，太阳终结了这场战役，将仅存几头还在挣扎的恶魔活活烧成灰烬。

至少还有半数参战的战士幸存下来。魔印人望着他们，惊讶地在他们脸上找到了力量及决心，与一天前判若两类不同的人。他们或许在昨晚失去了许多，但伐木洼地的镇民从来不曾像此刻坚强。

"感谢造物主。"约拿牧师说，拄着拐杖走进广场，看着恶魔在晨曦中化为灰烬，在身前凭空比画魔印。他走向魔印人，在他面前站定。

"这一切都是你的功劳。"他说。

魔印人摇头。"不，是你们的功劳，"他说，"所有人的功劳。"

约拿点头。"没错。"他同意道，"但这是因为你出现在镇上指导我们作战。难道你至今依然怀疑这点吗？"

魔印人皱起眉。"把这场胜利归功于我个人，等于是贬低昨晚战死者的价值。"他说，"不要再提那些预言了，牧师，这些人不需要它们。"

约拿深深鞠躬。"如你所愿。"他说道。但魔印人知道不可能阻止他们流传他们心中的预言……

第三十二章　解放者洼地与解放者

332 AR

　　黎莎挥手招呼从道上骑马奔来的罗杰和魔印人，在他们翻身下马时将魔印刷放回门廊旁的碗中。

　　魔印人上前检查她绘在栏杆上的魔印。"你学得很快。"说道，"这些魔印能抵挡一大群地心魔物。"

　　"很快？"罗杰问，"黑夜呀，这种说法太含蓄了。不到一个月前，她还分不清楚风魔印和火魔印的差别。"

　　"你说得没错。"魔印人说，"我见过出师五年的魔印师都画不出你这种线条。"

　　黎莎微笑。"我的学习能力向来很强，而你和我父亲都是好老师，真希望我以前有花时间学。"

　　魔印人耸肩。"最好我们都能穿越回去，根据即将发生的事改变我们做过的决定。"

　　"那我想我会过着截然不同的一生。"罗杰同意道。

　　黎莎大笑，带领他们进入小屋。"晚餐就快好了。"她说着朝灶台走去。"镇议会开得怎么样？"她一边搅拌热腾腾的锅子一边问道。

　　"一群白痴。"魔印人咕哝道。

　　她再度大笑。"那么顺利？"

　　"镇议会投票决定将镇名改为解放者洼地。"罗杰说。

"不过是个名字罢了。"黎莎说着,来到餐桌旁帮他们倒茶。

"名字不是问题,问题在于名字代表的意义。"魔印人说,"我说服镇民不要当面称呼我为解放者,但他们背着我还是这样叫。"

"只要你接受这个称号就不会这样困扰了。"罗杰说,"你没办法阻止人们流传这样的传奇故事,此刻前往克拉西亚沙漠的所有吟游诗人都在传诵这个故事了。"

他摇头。"我不会为了减轻困扰而说谎假扮其他人,如果我想过无忧无虑的日子……"他没说下去。

"重建工作如何?"黎莎问,在他陷入回忆前将他拉回现实。

罗杰微笑。"镇民服用你的药水后身体已无大碍,现在镇上几乎是以一天一栋新房的速度重建。"他说,"再过不久你就可以搬回镇上去住了。"

黎莎摇头。"这栋小屋是布鲁娜的遗产,今后这里就是我家。"

"这里距离镇上太远,你会远离禁忌魔印圈的守护范围。"魔印人警告道。

她耸肩。"我了解你将新街道规划为魔印状的用心。"她说,"但身处禁忌魔印圈外也有好处。"

"喔?"魔印人问,扬起一边魔印眉毛。

"住在恶魔可以轻易踏足的土地上能有什么好处?"罗杰问。

黎莎啜饮热茶。"我妈也拒绝搬家,"她道,"她说有了你的新魔印,加上那些伐木工看到恶魔就砍,根本没有搬家的必要了。"

魔印人皱眉。"我知道表面上看来我们赶跑了恶魔,但根据恶魔战争的历史来看,它们肯定不会就此作罢。它们会卷土重来,而我希望伐木洼地作好准备。"

"解放者洼地。"罗杰更正道,笑嘻嘻地看着魔印人。

"只要你留在这里,他们就会做好准备。"黎莎说,刻意忽略罗杰,继续喝茶。他透过杯缘仔细观察魔印人。

看到他欲言又止后,她放下茶杯后。"你要离开。"她说,"什么时候?"

"等镇民准备好后。"魔印人回答,没有否认她的结论。"我已经浪费了很多年,私藏这些能让自由城邦名副其实的魔印。我亏欠所有提沙境内的城市和村庄,没有让他们取得足以对抗黑夜的力量。"

黎莎点头道。"我们想要帮你。"

"你们已经在帮了。"魔印人说,"伐木洼地有你照顾,我就可以放心离开。"

"你需要更多帮助。"她说,"要有人教其他草药师制作火药和毒药、治疗地心魔物造成的伤害。"

"你可以写下来。"魔印人说。

黎莎轻哼一声。"把火焰的秘密交给男人?太不靠谱了。"

魔印迟疑片刻,摇摇头。"不,你们两个只会拖慢我的脚步。我在野外一待就是一个月,你们无法承受那种旅程。"

"无法承受?"黎莎问。"罗杰,把窗叶关起来。"她命令道。

两个男人好奇地看着她。

"关起来。"她下令,罗杰起身照做,遮蔽阳光,屋内立即陷入昏暗。黎莎已开始摇晃一个药水瓶,全身笼罩在一道磷光中。

"暗门。"她说。魔印人拉起通往存放恶魔火的地窖暗门，空气中随即弥漫化学药剂味。

黎莎高举玻璃瓶，领头步入黑暗。她来到墙上的烛台前，将磷光药水倒入玻璃罐，而魔印人能于黑暗中视物如同白昼的魔印眼早在磷光照亮地窖前瞪得老大。

地窖中多了好几张沉重的大桌，而那些桌上摆了五六具处于不同解剖阶段的地心魔物尸体。

"造物主呀！"罗杰惊叫，窒息，恶心欲吐。他冲上楼梯，张大口急促地喘息。

"好吧，或许罗杰暂时还无法承受。"黎莎笑着承认道。它转向魔印人。"你知道木恶魔有两个胃吗？一个叠在另一个上面，形状类似沙漏。"她拿起工具，剥开恶魔尸体的层层皮肤开始解说。

"它们的心脏不在中央，而是位于胸腔右下方。"她继续道，"但在第三根和第四根肋骨间有一条缝隙。我认为这是试图给予恶魔致命一击的人应该具备的知识。"

魔印人讶异地看着她指的地方。再度望向黎莎时，表情仿佛初次见她。"你是打哪弄来的……"

"我吩咐你派来巡逻附近的伐木工们帮我弄来的。"黎莎说，"他们很乐意为我提供试验品。我还有其他发现，这些恶魔没有性器官，它们全是中性。"

魔印人满脸惊讶地看着她。"这怎么可能？"

"这在昆虫界算是十分常见的现象。"黎莎说，"有从事劳动和防御的劳工阶级，也有负责控制巢房的有性阶级。"

"巢房？"魔印人问，"你是指地心魔域？"

黎莎耸肩。

魔印人皱眉。"安纳克桑的墓室中有些壁画，描绘第一次恶魔战争的壁画，画里有些我从来不曾见过的地心魔物品种。"

"不意外。"黎莎说，"我们对恶魔所知甚少。"

她伸手握住他的双手。"我这辈子一直有种感觉，觉得自己在等待某件比煎煮药水、接生小孩和接骨缝伤口更有意义的事。"她说，"这是帮助更多人的机会。你认为大战即将来临？罗杰和我可以帮你赢得这场战争。"

魔印人点头，轻捏她的掌心。"你说得对。"他说，"镇民能够撑过第一天晚上不只是我的功劳，同时也是你和罗杰的功劳。我如果不接受你们的帮助，那就太愚蠢了。"

黎莎迎上前去，将手探入兜帽中。她的掌心冰凉，他轻轻在她的手上挨了一会儿。"这间小屋睡得下两个人。"她低声道。

他瞪大双眼，她感觉到他全身紧绷。

"这比面对恶魔更令你害怕吗？"她问，"你这么讨厌我吗？"

魔印人摇头。"当然不是。"他说。

"那是为什么？"她问，"我不会阻止你作战。"

魔印人沉默片刻。"两个人在一起，很快就会冒出第三个人。"他终于说道，同时放开她的手。

"那有什么不好吗？"黎莎问。

魔印人深深吸一口气，移动到另一张桌旁，回避她的目光说道。"那天早上和恶魔搏斗时……"

"我记得。"黎莎见他欲言又止，鼓励他道。

"那头恶魔试图逃回地心魔域。"他说。

"并且试图拖你一起回去。"黎莎说，"我看到你们两个化为烟雾，沉入地底。把我吓坏了。"

魔印人点头。"我比你更害怕。"他说，"通往地心魔域的通道为我而开,呼唤着我,拉拽着我。"

"那和我们有什么关系?"黎莎问。

"因为那不是恶魔干的,是我干的。"他说,"是我在控制当时的转变,是我把恶魔拖回太阳下。即使现在,我还能感受到地心魔域的召唤。只要愿意,我随时能和其他地心魔物一起进入万劫不复的深渊。"

"你的魔印……"黎莎开口。

"和魔印无关。"他摇头说道,"我告诉你,是我的关系。这些年来我吸收太多它们的魔力,我根本已经不是人了,谁知道我会生下什么样的怪物?"

黎莎凑上前去,双手捧起他的脸颊,就和他们做爱那天早上一样。"你是个好人。"她说,眼中闪烁着泪光,"不管魔法对你造成多少影响,这点一直没有改变,其他的一切都不重要。"

她上前吻他,但他心意已决,将她推开。

"对我很重要。"他说,"除非我知道自己是什么,不然不能和你在一起,不能和任何人在一起。"

"那我一定会查出你是什么。"黎莎说,"我保证。"

"黎莎,"他说,"你不能……"

"不要告诉我不能做什么事!"她叫道,"我这辈子已经听够这种话了。"

他举起双手作投降状。"我很抱歉。"

黎莎抽噎着,双手放在他的手上。"不要抱歉。"她说,"这是需要诊断及治疗的疾病,就像其他任何疾病。"

"我没有生病。"魔印人道。

她哀伤地看着他。"我知道。"她说,"但你不知道你没病。"

克拉西亚沙漠地平面上一阵骚动。数千人一排排涌出，身裹宽松的黑袍，遮蔽脸庞以抵挡刺人的风沙。前锋部队由两组骑兵组成，人数较少的装扮轻盈，骑乘快马，人数较多的一队骑着适合横越沙漠的驼背猛兽。他们身后跟着一列列步兵，而步兵身后跟着一望无际的补给车队。每名战士都扛着刻有复杂魔印的长矛。

位于部队最前方的是身穿白袍的男人，骑着一匹毛皮光滑的纯白战马。他举起一手，身后的大军立刻停止，无声静立，凝视着眼前的安纳克桑废墟。

与手下战士携带的木矛或铁矛不同，这个男人手里握着闪亮的远古魔印长矛。他是阿曼恩·阿苏·霍许卡敏·安·贾迪尔，但他的子民已经好几年不曾以这个名字称呼他了。

他们称他为沙达玛卡，解放者。

第五部分 沙漠之矛(试读)

SECTION V *Sample Chapters of the Desert Spear*

样章一　来森堡

333 AR　冬

　　来森堡的城墙根本就是个笑话——高达十英尺，厚度只有一英尺，整座城市的防御能力比最脆弱的达玛基宫殿还差劲。侦察兵甚至无须用他们的钢顶梯，大多数人稍稍助跑就能攀上墙缘，翻墙而过。

　　"如此懦弱、愚蠢的民族活该被征服。"哈席克说。贾迪尔咕哝一声，没作回应。

　　贾迪尔精锐部队的前锋支队借助夜色掩护长途奔袭，数千只穿着草鞋的脚掌在城市外围休耕的农田雪地上践踏而过。当绿地人战战兢兢地躲在他们的魔印后方时，克拉西亚人已经英勇地穿越满是恶魔的黑夜兵临城下。就连恶魔都不敢招惹这么多勇往直前的圣战士兵。

　　他们在城市之前集结，但以面巾遮脸的战士却没有立刻进攻。人类绝不在夜晚攻击其他人类。当黎明的晨曦开始照耀天际时，他们放下面巾，让敌人看清他们的面孔。

　　城门守卫在被侦查兵制伏时闷哼了几声，接着城门在一阵嘎吱声中被开启，迎接贾迪尔的部队入城——六千名戴尔沙鲁姆齐声发喊，拥入城内。

　　在来森人搞清楚发生什么事情之前，克拉西亚人已经一拥而上，踹开房门，将男人拖下床，赤身裸体地摔在雪地上。

来森堡拥有一望无际的肥沃农地，人口远远超过克拉西亚，但来森人并非战士，在贾迪尔勇猛善战的部队面前就像遇上镰刀的杂草一样不堪一击。试图挣扎的人立刻被打得皮开肉绽，敢出手反抗者当场被杀。

贾迪尔哀伤地看着眼前发生的这一切。被打伤或打死的人都无法在大圣战"沙拉克卡"中争取荣誉，然而这是必要之恶。他得先像铁匠的铁锤打扁矛头一样击垮北方人的意志，然后才能将他们锻造成对抗恶魔的武器。

女人们在贾迪尔的士兵面前以另一种方式被摧残得嘶声尖叫——另一种必要之恶——沙拉克卡即将到来，下一代战士必须由真正的男人来播种，而非那些卡菲特似的懦夫。

折腾了整整一个上午，贾迪尔的儿子贾阳来到他面前半跪在雪地上行礼，手中的矛头滴着鲜血。"我们已经攻下内城，父亲。"贾阳报告。

贾迪尔得意地点头。"拿下内城，就等于拥有了城外上万亩肥沃的绿地。"

贾阳第一次出征战绩不俗。当然，如果是对抗恶魔，贾迪尔就会亲自领兵，他不愿让卡吉之矛吮吸人类的热血。贾阳还很年轻，没有资格蒙上象征指挥官的白色面巾，但他是贾迪尔的长子，体内流淌着解放者的血液。他体型彪悍，言出必行，战士或是祭司对他都是毕恭毕敬。

"还是有不少人逃脱了。"阿桑出现在哥哥的身后，补充道。"他们会给北边沿路的小镇通风报信，而那些镇民也会蜂拥逃窜，试图躲过《伊弗佳》的洗礼。"

贾迪尔看向他。阿桑比兄长小一岁，个子较矮，也很瘦。他身穿达玛白袍，没穿戴护甲，也没带武器；但贾迪尔不会小看他。他的次子比长子更富野心，城府很深，也更加危险，而这两人又比其他数十个弟弟更强势。

"你们做得很好,儿子们。他们只逃得了一时,逃不了一世。"贾迪尔说。"因为他们丢下粮食和衣物,逃入白雪茫茫的严冬。弱者会很快死去,省得我们亲自动手。而在我的统治下,会及时抓捕壮丁。贾阳,派人去找几间屋子囚禁俘虏,别让他们冻死。让男孩开始'汉奴帕许'。如果我们能剔除掉他们体内的弱点,或许有些人能够超越他们的父亲。壮丁可以在战场上充当诱饵,弱者会成为奴隶。任何处于生育年龄的女人都可以让战士们播种。"

贾阳一拳拍在胸口,点头领命。

"阿桑,传令其他达玛开始执行。"贾迪尔说,阿桑鞠躬。

贾迪尔看着白衣儿子大步离去。祭司们将会向青恩传达艾弗伦的旨意,任何不愿意敞开心胸接受训示的人都会被迫接受——必要之恶。

当天下午,贾迪尔在他的来森堡临时行宫里的厚地毯上走来走去——这地方和他的克拉西亚宫殿相比简陋得可怜,但在经历离开沙漠之矛以来的数月风餐露宿生活后,他十分享受这种文明的富足生活。

贾迪尔的右手紧握卡吉之矛,像持手杖一样——他当然无须手杖,但这把古老的武器为他带来权力,所以他与它形影不离。他每踏出一步,矛柄都会在地毯上重重地撞一下。

"阿邦迟到了。"贾迪尔说。"即使他在黎明之后与妇女、小孩及后勤保障队伍同行,这会儿也该抵达了。"

"我真没法理解你为什么要容忍那个残废的卡菲特,父亲。"阿桑说。"那个穿花衣服的家伙,仅是胆敢看你一眼就应该当场处死,但你却把他当作军师般供奉起来。"

"就连卡吉本人也会命令卡菲特去执行适合他们的任务。"贾迪尔说。"阿邦比任何人都了解这些北方的绿地人,而聪明的领导人必须懂得用好这些人。"

"有什么需要了解的?"贾阳问。"绿地人都是些懦夫和弱者,比起卡菲特好不到哪里去。他们甚至做我们的奴隶或诱饵都不配。"

"不要自以为什么都知道。"贾迪尔说。"除非你是艾弗伦。《伊弗佳》告诉我们要了解我们的敌人,而以前,我们对于北方人几乎一无所知。如果我要带领他们参与圣战就不能只是屠杀他们、统治他们,我们必须了解他们。如果所有绿地的男人都像卡菲特,那还有谁比卡菲特更适合帮我解读他们的想法呢?"

就在此时,门上传来敲门声,阿邦一拐一拐地走进大厅。一如往常,肥胖的商人身穿色彩鲜艳,如同女人衣服般的丝绸和皮草——似乎是刻意穿成这样来激怒朴实无华的达玛和戴尔沙鲁姆。

守卫在他路过时鄙视他、推搡他,但没有人胆敢阻挡阿邦的路。不管他们私底下怎么想,阻挡阿邦可能会激怒贾迪尔,很明显没有人胆敢激怒贾迪尔。

瘸腿的卡菲特将重心放在拐杖上,来到贾迪尔的王座前。尽管天气寒冷,他红通通的肥脸上依然挂着不少汗珠。贾迪尔厌恶地看着他,显然他带来了重要的消息,但没有立刻汇报,只是站在原地喘息,试图让呼吸恢复正常。

"什么事?"贾迪尔按捺不住,开口问道。

"你得出面阻止!"阿邦气喘吁吁地道。"他们在焚烧粮仓!"

"什么?"贾迪尔大惊,一跃而起,握紧阿邦的手臂,抓得卡菲特失声惨叫。"在哪里?"

"城北。"阿邦说。"你站在门口就能看到浓烟了。"

贾迪尔冲到门前台阶,立刻看见远方发黑的浓烟。他转向贾阳。"去,"他说,"扑灭火势,把下令烧仓的人给我全带过来。"

贾阳点头,跑上街道,训练有素的战士如同列队整齐的飞鸟般尾随而去。贾迪尔转身面对阿邦。

"大家想在这过冬的话,你需要那些粮食。"阿邦说道。"每颗种子、每粒碎屑。我警告过你。"

阿桑冲上前去,抓起阿邦的手腕,将他的整条手臂扭到身后。阿邦惨叫。"不准用这种语气对沙达玛卡说话!"阿桑吼道。

"够了。"贾迪尔说。

阿桑一放手,阿邦立刻跪倒,双手趴在台阶上,脑袋磕在两手之间,说道。"由衷的道歉,解放者。"

"我听了你那不要在北方寒冬之际大举进攻的愚蠢建议,"贾迪尔在阿邦的呜咽声中说道,"但我不会为了……"他一脚踢起台阶上的积雪。"这种冰雪风暴而延误艾弗伦的旨意。如果我们需要食物,我们可以从附近的青恩手中抢来,他们囤积了很多食物。"

"当然,沙达玛卡。"阿邦对着地面说道。

"你拖太久了,卡菲特,"贾迪尔说,"我要你在俘虏中找出你的联络人。"

"如果他们还没死的话没问题,"阿邦说,"但是街道上躺了好几百具死尸。"

贾迪尔耸耸肩。"都怪你来得太晚。去,审问你的商人同行，找出这座城市的地方官。"

"只要我敢发号施令，达玛们立刻就会将我处决，就算有你为我担保也一样，伟大的沙达玛卡。"阿邦说。

这话说得没错。根据《伊弗佳》规定，任何胆敢指使位阶较高者的卡菲特都会被当场格杀，而贾迪尔的议会中有很多人都很嫉妒阿邦的地位，都诅咒他早点去死。

"我派阿桑与你同去。"贾迪尔说。"这样不管多疯狂的祭司都不敢违抗你的命令。"

阿邦在阿桑上前时吓得脸色发白，但他还是点了点头。"谨遵沙达玛卡号令。"

样章二 阿邦

305—308 AR

那年，贾迪尔才九岁，戴尔沙鲁姆就带他离开了家。即使在克拉西亚，九岁都还只是小孩子，但那一年卡吉部族折损了很多战士，若不尽快补充兵员，要不了多久其他部族就会开始抢夺他们的地盘。

贾迪尔、他三个妹妹，以及他们的母亲卡吉娃，住在卡吉部落泥砖贫民窟那口枯井旁的单间小屋中，他的父亲霍许卡敏在两年前的战役中惨遭马甲部落杀害。依照传统习俗，同族战士会出面接收阵亡战士的寡妇，纳为妻妾，并且养育他的孩子；但卡吉娃一连产下三个女儿，没有哪个男人愿意将运气如此之差的女人领进家门。他们靠着地方达玛配给的口粮过活，一家人相依为命。

"阿曼恩·阿苏·霍许卡敏·安贾迪尔·安卡吉。"克伦训练官说道。"你要随我们前往卡吉沙拉吉找寻你的汉奴帕许——艾弗伦为你铺设的道路。"他和卡维尔训练官一起站在门廊前，两名高大冷峻的战士身穿黑袍，戴着训练官的红色面巾，面无表情地看着贾迪尔的母亲泪流满面地将他拥入怀中。

"从现在开始，你得成为家里的男人，阿曼恩。"卡吉娃对他说。"为了我，也为了你的几个妹妹，我们没有人可以依靠。"

"我会的，母亲。"贾迪尔承诺道。"我会成为伟大的战士，为你建造一座很大的宫殿。"

"这点我毫不怀疑。"卡吉娃说。"他们说我遭受诅咒，产下你后生了三个女儿，但我认为艾弗伦眷顾我们家族，赐给我们一个伟大得不需任何兄弟的儿子。"她紧紧拥抱他，泪水浸湿了他的脸颊。

"哭够了。"卡维尔训练官喊道，抓起贾迪尔的手臂，将他扯离母亲的怀抱。贾迪尔的妹妹们目瞪口呆地看着他们带他离开了小屋。

"每次都这样。"克伦说。"做母亲的总是不肯放手。"

"家里没有男人照顾她。"贾迪尔回道。

"没人叫你说话，小鬼。"卡维尔吼道，对准他的后脑狠狠捶下。贾迪尔双膝撞上砂岩街道上的砂岩，他忍住没有叫出声来。他在心里大声吼叫，想要出手还击，但他忍住了。不管卡吉部族有多需要新血，戴尔沙鲁姆都会为了这种冒犯之举而将他当场击毙，就和踩死一只蝎子一样。

"克拉西亚所有的男人都会照顾她。"克伦说，回过头去看向屋门。"在黑夜中抛头颅、洒热血，好让她可以安然无恙地为了儿子离开身边而潸然泪下。"

他们在街角转弯，朝大市集的方向前进。贾迪尔熟门熟路，因为他常跑市集，虽然身无分文。香料和香水的味道令他心旷神怡，而且他也很喜欢欣赏武器店里摆设的长矛和弯刀。有时他会和其他男孩打架，为有朝一日成为战士做准备。

戴尔沙鲁姆很少前往市集，到这种地方有失身份。女人、小孩以及卡菲特在训练官面前绕道而行。贾迪尔仔细观察这两个战士，尽可能模仿他们的一举一动。

有朝一日，他心想，人们会在我面前点头哈腰的。

卡维尔看着一块写有粉笔字的石板，然后抬头望向一间大帐篷，其上挂满五颜六色的布条。"是这里了。"他说，克伦不屑地哼了一声。他们二话不说掀开门帘，大步走了进去，贾迪尔随即跟了进去。帐篷内部弥漫一股焚香的气味，地上铺着厚重的地毯，到处都是丝绸枕头、一排排的挂毯、绘有图案的陶器，以及其他各式各样的宝物。贾迪尔伸手触摸一匹丝布，因那柔顺的触感而激动得颤抖。

我母亲和妹妹应该穿这种布料的衣服。他心想，看着自己身上肮脏而破烂的褐色窄裤和背心，满心期待自己能早日换上黑战衣。

位于柜台后方的女子一看到训练官立刻失声尖叫，贾迪尔抬起头来，刚好看到她抓起面纱遮蔽自己的容貌。

"欧玛拉·娃哈曼·娃卡吉？"克伦问。女人点头，目光中充满恐惧。

"我们来找你儿子，阿邦。"克伦说。

"他不在家。"欧玛拉说，但厚重的黑衣下唯一裸露在外的眼睛和手掌都在发抖。"我今天早上派他出门送货。"

"去后面搜。"克伦对卡维尔命令道。训练官点头，径直朝柜台后方的门帘走去。

"不，求求你！"欧玛拉哭喊，跨步阻挡他的去路。卡维尔不加理会，将她一把推开，消失在门帘之后。屋内传来更多尖叫声，过了一会儿，训练官抓着一名男孩手臂走出，身穿褐色背心、小帽以及窄裤——不过他身上的布料可比贾迪尔要高档多了。他看起来约莫比贾迪尔大一两岁，身材矮胖，营养充足。一群年纪较大的女孩跟着出来，两名身穿褐衣，三名身穿黑衣，头戴未婚女子的头巾，没有遮住容貌。

"阿邦·安哈曼·安卡吉，"克伦说，"你要跟我们前往卡吉沙拉吉寻找你的汉奴帕许，艾弗伦为你铺设的道路。"男孩听到这些话，吓得浑身发抖。

欧玛拉痛哭失声，呼天抢地扑向自己的儿子，试图将他抓回来。"拜托，他还太小了！再等一年吧，拜托！"

"闭嘴，女人，"卡维尔说着，将她推倒。"这孩子年纪够大，吃得也够肥。如果把他多留给你一天，他就会像他父亲一样变成卡菲特。"

"应该感到骄傲才对，女人。"克伦对她说。"你儿子将超越他父亲，进而服侍艾弗伦和卡吉。"

欧玛拉双手握拳趴在地上，默默啜泣。没有女人胆敢反抗戴尔沙鲁姆。阿邦的姐姐挤在她身边，痛苦失声。阿邦朝她们伸出双手，但卡维尔将他一把拖开。男孩哭哭啼啼地被他们架出帐篷。即使沉重的门帘垂下后，市集的喧嚣扰耳，贾迪尔仍然听得到女人们的哭声。

两名战士领头前往训练场，完全不理两名男孩，任由他们跟随在后。一路上阿邦不断哭泣，不停颤抖。

"你哭什么？"贾迪尔问他。"前方的路充满光辉与荣耀。"

"我不想当战士。"阿邦说。"我不想死。"

贾迪尔耸肩。"或许你会成为达玛。"

阿邦浑身发抖。"那更糟糕，我父亲就是死在达玛手中。"

"为什么？"贾迪尔问。

"我父亲不小心洒了一滴墨水在达玛衣服上。"阿邦说。

"达玛就为了这个杀他？"贾迪尔问。

阿邦点头，大把的泪水顺着眼角流了下来。"他当场就扭断我父亲的脖子。一切发生得太快……他伸手，喀啦一声，我父亲应声倒地。"他咽下一大口口水。"现在我是家里唯一可以照顾我母亲和姐姐的男人了。"

贾迪尔握住他的手。"我父亲也死了,他们说我母亲被诅咒,所以才一连生了三个女儿。但我们都是卡吉部族的男人。我们可以超越父亲的成就,为我们的女人带回荣耀。"

"但我很害怕。"阿邦呜咽道。

"我也怕,一点点。"贾迪尔低头承认。片刻过后,他又恢复神采。"我们订个约定吧。"

阿邦从小就在尔虞我诈的市集中长大,一脸怀疑地抬头看他。"什么样的约定?"

"我们帮助彼此通过汉奴帕许。"贾迪尔说。"如果你跌倒,我会接住你。如果我失足,你……"他笑嘻嘻地拍打阿邦浑圆的肚子。"就当我的垫背。"

阿邦叫出声,揉揉肚子,但没有抱怨,讶异地看着贾迪尔。"你是说真的吗?"他一边问,一边伸出手背擦拭一把双眼。

贾迪尔点头。他们本来走在市集遮棚的阴影底下,但他抓起阿邦的手臂,将他拉到阳光下。"我对艾弗伦赐给的光明发誓。"

阿邦展颜欢笑。"那我就以卡吉的珍宝王冠起誓。"

"走快点!"卡维尔吼道,他们连忙跟上,只是如今阿邦心中多了一点自信。

通过沙利克霍拉大神庙时,训练官们凭空比画魔印,念念有词地向造物主艾弗伦祷告。训练场位于沙利克霍拉之后,贾迪尔和阿邦东张西望,四下打量战士操演的景象。有些在练习护盾、长矛或是罗网,其他人则以整齐的步伐前进或是奔跑。侦察兵站在凭空耸立于地面上的钢顶梯顶端,锻炼他们的平衡感。更多戴尔沙鲁姆挥舞矛头以及魔印护盾,或是练习沙鲁沙克——徒手格斗术。

训练场四周一共有二十座沙拉吉,或称学校,每个部族一座。贾迪尔和阿邦属于卡吉部落,所以被带往卡吉沙拉吉。他们将在这里展开汉奴帕许,成为达玛、戴尔沙鲁姆,或是卡菲特。

"卡吉沙拉吉比其他沙拉吉大多了。"阿邦说,看着训练场中巨大的中军大帐。"只有马甲沙拉吉勉强可以媲美。"

"当然,"卡维尔说。"你们以为我们部族只是凑巧取名为卡吉,解放者沙达玛卡命名的吗?我们都是他一千名妻子的后裔,他的嫡传血脉。至于马甲部落——他吐口水。"只是沙达玛卡辞世后,接手统治的懦夫之子。其他部落各个方面都比我们低等,永远记住这点。"

他们被带往中军大帐,分发拜多布———一条白色腰带——他们的褐色服装被人取走烧毁。现在他们已成为奈沙鲁姆,不是战士,但也不再是男孩。

"一个月的稀粥和训练就能把你身上的肥膘刮尽,小鬼。"卡维尔在阿邦脱衣服时说道。训练官厌恶地捶打阿邦圆滚滚的肚皮。阿邦被这一拳打得向前扑倒,但贾迪尔在他落地前抓住他,一直抱着他,直到他的呼吸恢复正常。换好衣服后,训练官带他们前往军营。

"新血!"克伦在把他们推入一间挤满其他奈沙鲁姆的朴实大房间时叫道。"阿曼恩·阿苏·霍许卡敏·安贾迪尔·安卡吉,还有阿邦·安哈曼·安卡吉!他们现在成为你们的兄弟了。"

阿邦当场脸红,和在场所有人一样——贾迪尔立刻知道原因。克伦没提阿邦父亲的名字,这和直接宣布阿邦的父亲是名卡菲特一样——那是克拉西亚社会中最低贱、最受人鄙视的阶级。卡菲特是懦夫、是弱者,没有资格踏上战士之道。

"哈!你带了穿花衣服的人的胖儿子和一只瘦老鼠!"体型

最高大的奈沙鲁姆叫道。"把他们赶回去！"其他男孩哄堂大笑。

克伦训练官怒吼一声，对准男孩的脸上就是一拳。男孩重重摔倒，随即吐出一口鲜血。笑声戛然而止。

"等你脱下拜多布时再来嘲笑别人，哈席克，"克伦说，"在那之前，你们全都是穿花衣服的卡菲特瘦老鼠。"说完之后，他和卡维尔转身离开军营。

"你们会为此付出代价，老鼠。"哈席克说，最后这个字像是某种奇怪的哨声。他自口中拔下松动的牙齿，一把扔向阿邦，阿邦只是闭上双眼，任由牙齿砸在身上。贾迪尔抢到他身前，怒声吼叫，但哈席克一伙人早就走远了。

他们抵达不久，就有人交给他们一个饭碗，粥锅也跟着摆了出来。贾迪尔饥肠辘辘，立刻朝粥锅前进，阿邦的动作比他还快，但一名年纪较长的男孩挡在他们面前。"你们以为可以比我先吃吗？"他问道。他将贾迪尔推到阿邦身上，两人同时摔成一堆。

"如果你们想吃饭的话，爬起来。"带粥锅过来的训练官说道。"排在队伍最后面的人没有饭吃。"

阿邦尖叫，两人连忙爬起来。但大多数男孩已经站好队伍，基本上是按照块头和力量来排的，但站在最前面的就是哈席克。队伍后方，身材最瘦小的男孩争先恐后，担心被挤到最后的位置。

"我们该怎么办？"阿邦问。

"我们去插队。"贾迪尔说，抓起阿邦的手臂，将他朝队伍中间拖去，那里的男孩还是没有脑满肠肥的阿邦重。"我父亲说表露在外的弱点比真正的弱点还要糟糕。"

"但我不会打架!"阿邦抗议,浑身颤抖。

"你很快就能学会。"贾迪尔说。"等我把人打倒之后,你就扑上去把他压在地上。"

"这个我会。"阿邦同意。贾迪尔领头走到一个对他们出声挑衅的男孩面前。对方抬头挺胸,面对阿邦,因为他的身材比较高大。

"滚到队伍后面去,小老鼠!"他吼道。

贾迪尔二话不说,一拳捶向男孩腹部,随即踢中他的膝盖。他跌倒后,阿邦立刻像沙袋一般把那男孩压在身下。阿邦起身时,贾迪尔已经插入刚刚男孩的站位。他瞪向排在后面的人,他们立刻帮阿邦挪出一个位置来。

他们的奖励就是一瓢倒在碗里的稀粥。"就这样?"阿邦震惊地问道。打饭的恨恨瞪了他一眼,贾迪尔立刻将他推开。房间角落早已经被年长的男孩占领,于是他们退到一面墙边坐下吃。

"每顿吃这点东西我会饿死的。"阿邦咕哝道,搅拌着碗里淡而无味的稀粥。

"总比某些人好过。"贾迪尔说着指向两个灰头土脸、没有东西可吃的男孩。"你可以吃点我的。"看到阿邦依然闷闷不乐,他补充道。"我在家吃的也不比这里多。"

※

他们睡在军营中的砂石地板上,只有一条单薄的毯子帮助御寒。贾迪尔习惯与母亲和妹妹们挤在一起,于是蜷缩在阿邦温暖的身躯旁。他隐约听见远方传来沙拉克的号角声,心知圣战已经展开。他撑了好久才终于睡着梦见自己杀了无数恶魔……

他在另一块薄毯罩在自己脸上时惊醒。他使劲挣扎,但毯子被人从后方紧紧扭住。他听见身边传来阿邦被蒙头狂揍时发出的沉闷尖叫声。

暴雨般的拳头从四面八方打来,打得他头昏脑涨。贾迪尔疯狂挥拳踹脚,尽管感觉有人被打中,仍完全没改变被群殴的局面。一会儿,他已经四肢软瘫,全靠有人拉着罩在头上的薄毯才不至于倒地不起。

当他以为自己再也承受不了,肯定会死在这里,永远别想赢得进入天堂的权力与荣耀时,薄毯被拉开了,他们两人随即摔倒。一个熟悉的声音大哭道:"老鼠,欢迎来到卡吉沙拉吉。"这个鼠字透过哈席克断掉的牙缝中挤出。

其他男孩哈哈大笑,钻回自己的薄毯,贾迪尔和阿邦则缩成一团,在黑暗中低声啜泣。

"抬头挺胸。"贾迪尔在等待晨练点名时轻声提醒阿邦。

"我没办法。"阿邦哀嚎道。"我一夜没睡,还被揍得全身发痛。"

"不要表现出来。"贾迪尔说。"我父亲说最软弱的骆驼会遭致野狼的攻击。"

"我父亲叫我躲起来直到野狼离开。"阿邦回答。

"不准说话!"卡维尔吼道,"达玛要来检查你们这群可悲的小鬼。"

他和克伦路过时完全不理会他们身上的伤痕。贾迪尔的左眼肿得完全睁不开,但训练官唯一注意到的只有阿邦垂头丧气的模样。"抬头挺胸!"克伦喊道,卡维尔为了加强这个命令而一鞭甩在阿邦脚上。阿邦痛得大叫，差点摔倒，但贾迪尔及时扶住了他。

远处传来一阵窃笑，贾迪尔龇牙咧嘴转向哈席克，哈席克只是冷笑扮鬼脸。

实际上，贾迪尔自己也没有站得比阿邦稳，但他丝毫没有显露出来。尽管他头昏眼花、四肢疼痛，贾迪尔依然在凯维特达玛走近时挺直腰身，瞪大完好的眼睛直视前方。训练官退向一旁，毕恭毕敬地让祭司通过。

"看到卡吉部族的战士，沙达玛卡，解放者本人的血脉，退化到如此凄惨的模样真是令人感叹。"达玛冷笑一声，朝地面吐出一口口水。"你们母亲必定把骆驼尿和男人的种子搞混了。"

"你胡说！"贾迪尔无法克制地大声吼道。阿邦难以置信地看着他，但这种侮辱已超越他能承受的极限。眼看克伦迅速地向他冲来，贾迪尔心知自己要遭惩罚了。训练官的皮带在他的皮肤上留下一道滚烫的线条，将他击倒在地。

戴尔沙鲁姆并没有就此罢手。"如果达玛说你是骆驼尿的儿子，你就是骆驼尿的儿子！"他吼道，反复鞭打贾迪尔。贾迪尔身上只裹着一条拜多布，根本挡不住鞭子抽打。不管他如何闪避或护住某个受伤的部位，克伦总是可以找到另一块没打过的地方继续抽。他放声惨叫，但训练官却越打越重。

"够了。"凯维特说。训练官立刻停手。

"你是不是骆驼尿之子？"克伦问。

贾迪尔挣扎站起，四肢软绵绵地如同湿面包。他一直盯着训练官手中那条随时准备再度挥下的皮带。他知道自己若再维持傲慢的态度，训练官会把他杀了。他会很悲催地死去，灵魂会在天堂之门外与卡菲特共处千年，眼睁睁看着那些投入艾弗伦怀抱、等着投胎转世的人们。这个想法令他害怕，但他父亲的名声是他在世间唯一拥有的东西,他绝对不能背弃它。

"我是阿曼恩·霍许卡敏之子,辈属贾迪尔。"他尽可能保持语调冷静。他听见其他男孩讶异的抽气声,准备好承受接下来的攻击。

克伦的表情愤怒扭曲,扬起皮带,但在达玛轻描淡写的手势下停下动作。

"我认得你父亲,孩子,"凯维特说,"他是个男人,但在短暂的生命中并未赢得什么荣耀。"

"我将会为我们两人赢取荣耀。"贾迪尔承诺道。

达玛咕哝一声。"或许你真的做得到,但不可能是今天,今天你甚至比卡菲特还不如,"他转向克伦,"把他丢到粪坑里,让真正的男人拉屎拉尿在他身上。"

训练官面露微笑,在贾迪尔的肚子上猛揍一拳。在他弯下腰时,克伦一把抓住他的头发,将他朝粪坑拖去。贾迪尔一边移动,一边转头看向哈席克,期待看见另一抹冷笑;然而一如所有在场的奈沙鲁姆,那个年长男孩脸上是一副难以置信而异常恐惧的苍白神情。

艾弗伦觉得奈冰冷而又黑暗,心中顿时寂寞。他创造了太阳,生产光明与温暖,驱散黑暗。它创造了阿拉,这个地球,让它围绕太阳转动。他创造了人类,以及陪伴人类的野兽,然后得意地看着自己的太阳为他们带来生命与爱。

但有一半的时间,阿拉得面对奈的黑暗,而艾弗伦创造的万物对此深感恐惧。于是他创造月亮与星辰,在黑暗中反射太阳的光辉,在黑夜里提醒万物他们并没有被遗忘。

艾弗伦如此做后,心满意足。

但奈也一样拥有意志,她看向万物,正驱散自己的世界,心中大为震怒。她伸手想要摧毁阿拉,但艾弗伦出手阻止,她的手掌随即凝止不前。

但艾弗伦还没有快到完全驱走奈。她黑暗的手指轻轻拂过,已在他完美的世界里如同瘟疫般滋长茁壮。她墨水般的邪恶渗入岩石和沙粒,随风而走,如同油垢般漂浮在阿拉洁净的水面上,横扫森林,融入冒出地底的熔岩火焰。

阿拉盖在阿拉上扎根成长。它们是黑暗的生物,奈支配下的躯壳,存在的唯一目的就是毁灭;在杀害艾弗伦的创造物中获取乐趣。

但是看呀,世界转动,太阳将光明与温暖洒落在奈冰冷黑暗的产物上,将它们烧为灰烬。

阿拉盖绝望地逃生,窜入阴影,渗入地底深处,污染地底世界。

在创造之心的黑暗深渊里,恶魔之母阿拉盖丁卡诞生了。身为奈的仆人,它等待世界再度转动,派遣自己的兵勇爬回地面,对神的创造物展开报复。

艾弗伦无所不知,于是伸手将邪恶逐出自己的世界,但奈起身反抗,他的手掌随即僵住不前。

但它,就和奈一样,最后一次接触世界,赐给人们方法,利用阿拉盖的魔法反制魔法本身,即赐给他们魔印。

接着,艾弗伦为了自己所有的创造物陷入挣扎,它别无选择,不得不全力扑到奈身上,与她殊死搏斗。

上界如此,下界也是如此。

贾迪尔待在沙拉吉的头一个月里,每天都一样——日出时,训练官带领奈沙鲁姆在烈日下站立好几小时，聆听达玛宣讲艾弗伦的恩惠。男孩们因为残酷的出操训练累得饥渴难耐，和因睡眠严重不足导致的膝盖酸软，但他们不敢有任何怨言——只要一看到贾迪尔，鲜血淋漓、臭气冲天地自惩罚中回来，他们就知道绝对不要质疑任何命令。

训练官克伦狠狠地抽打贾迪尔。"你为什么受罚？"他问道。

"阿拉盖！"贾迪尔叫道。

克伦转身鞭打阿邦。"为什么要通过汉奴帕许？"

"阿拉盖！"阿邦叫道。

"没有阿拉盖，全世界都会变成天堂乐土，沉浸在艾弗伦的怀抱里。"凯维特达玛说。

训练官的皮带再度甩到贾迪尔背上。自从第一天的傲慢无礼之后，他每天都要被抽两鞭子。

"你们这辈子生存的目的是什么？"克伦问。

"杀阿拉盖！"贾迪尔大叫。

他伸出手掌，紧握贾迪尔的喉咙，将他拉到面前。"你会如何死去？"他低声问道。

"死在阿拉盖的爪下。"贾迪尔用窒息的语气挤出几个字。训练官放开他，他深吸一口气，随即立正站好，不让克伦另外找借口打他。

"死在阿拉盖的爪下！"凯维特叫道。"戴尔沙鲁姆不会老死在床上！他们不会死于疾病或饥饿！戴尔沙鲁姆死在战场上，赢得进入天堂的权力，徜徉在艾弗伦的荣耀中，在冰凉甜美的牛奶河里沐浴畅饮，还有数不清的处女可供享用。"

"阿拉盖去死吧！"男孩们大声喊叫，摇晃拳头。"艾弗伦万岁！"

563

上完这些课后，会有人发给他们饭碗，抬出粥锅。粥永远不够所有人吃，每天挨饿的都不止一人。年长的壮硕男孩以哈席克为首，早已建立起他们的层级系统——尽管每人都只有一瓢粥可吃，但他们拥有优先权，而且想得到更多食物，或在争夺的过程中洒出稀粥，就会引来愤怒的训练官无所不在的饭勺。

年长男孩吃饭时，最年轻和最弱小的奈沙鲁姆就会想尽办法挤进队伍。在第一天晚上遭人围殴以及第二天被抛入粪坑后，贾迪尔一连数日都无法动手抢饭；但阿邦已学会把体重当武器，即使是接近队伍后段，他也能帮着抢位置。

吃完粥后，训练立即开始了。

有专为培养耐力而设的障碍课程，以及长时间练习的沙鲁金课程——一套套连贯沙鲁沙克招式的搏击术。他们学着在谨慎行军甚至是快速移动中作战。由于肚子里除了稀粥什么也没有，男孩们的身材越来越像矛头，与他们演练用的武器一样瘦长而坚韧。

有时候训练官会派遣数组男孩去偷袭临近沙拉吉的奈沙鲁姆，将他们打得鼻青脸肿。没有地方是安全的，就连蹲茅坑也一样。有时候哈席克和他那种年长的男孩会从后面骑上其他部族的男孩，把他们当做女人一样强暴。这是极度龌龊的事，为了免遭这种罪，贾迪尔已经被迫踢开好几个想要攻击他双脚之间的敌人。曾有个马甲部族的男孩扯下阿邦的拜多布，但贾迪尔一脚将对方踢得鼻血直流。

"马甲部族随时都有可能发起突袭，抢占水井。"卡维尔在该次攻击后对贾迪尔说道。"或者南吉部族跑来强抢我们的女人。我们须时刻保持警觉，不杀人，就被杀。"

"我讨厌这个地方。"阿邦在训练官离开后哀嚎道，几乎落泪。"我期待月亏到来，回家探望我的母亲和姐姐，就算只能过个新月也好。"

贾迪尔摇头。"他说得没错。粗心大意，哪怕只是一会儿，你都可能招致横祸。"他握紧拳头。"我父亲或许犯过这种错误，但这种事绝对不会发生在我身上。"

当训练官结束一天的课程后，年长的男孩就会督导新人练习，而他们严厉的程度并不逊于戴尔沙鲁姆。

"转身的时候膝盖要弯，老鼠。"哈席克在贾迪尔施展一招复杂的沙鲁金时叫道。为了强调他的建议，他一脚踢中贾迪尔的膝盖后方，将他踢倒在地。

"骆驼尿的儿子连一个简单的转身都做不好！"哈席克哈哈大笑，对其他男孩叫道。他的发音依然因为缺牙而有破声。

贾迪尔怒吼一声，扑向年长的男孩。他或许得遵从达玛以及戴尔沙鲁姆的命令，当哈席克只是奈沙鲁姆，他绝对不容许这种角色侮辱他的父亲。

但哈席克比他年长五岁，再过不久就可以换下拜多布。他比贾迪尔强壮许多，且有多年徒手搏斗的经验。他抓住贾迪尔的手腕狠狠一扭，随即拉直，接着迅速转身，手肘使劲压向被他紧扣的手臂。

贾迪尔只听见咔嚓一声，看见骨头插出自己的皮肤。痛楚来袭前，他已经陷入一段很长的恐惧中。接着他放声尖叫。

哈席克的手掌盖住贾迪尔的嘴巴，捂住他的尖叫声，把他拉到面前。

"敢再对我出手，骆驼尿的儿子，我就杀了你。"他断喊道。

阿邦扶住贾迪尔完好的那只手臂，半拖半抱地带往位于训练场另一端的达玛丁营帐。帐门在他们接近时开启，仿佛里面的人在等待他们。一名从头到脚包覆在白布中的高个子女人掀起门帘，只有双眼和手掌裸露在外。她比向帐内的一张桌子，阿邦连忙将贾迪尔放在桌上。桌旁站着一名如同达玛丁般全身白袍的女子，但她并未遮蔽年轻美貌的脸蛋。

达玛丁不会和奈沙鲁姆交谈。

阿邦放好贾迪尔后，随即深鞠躬。达玛丁朝门帘点头，他几乎是跌跌撞撞地逃出大帐。传说达玛丁有能力占卜未来，单用肉眼就能看出一个男人将来的死法。

女人轻轻走到贾迪尔身前，在他眼前如同一道白色残影。他无法分辨她的年龄，是美丽还是丑陋，脾气是好还是坏。她似乎完全不为这些世俗琐事烦扰，她对艾弗伦的虔诚远远超越所有凡尘的规范。

旁边的女孩拿起一根包覆层层白布的小木棍放入贾迪尔口中，轻轻合上他的下巴。贾迪尔懂她的意思，于是紧紧咬住。

"戴尔沙鲁姆拥抱痛苦。"女孩在达玛丁走到桌前准备工具时，轻声说道。

贾迪尔在达玛丁清理伤口时感到一阵刺痛，接着又在她猛拧手臂接骨时感到剧痛异常。贾迪尔紧紧咬住木棍，试图依照女孩的指示让自己拥抱痛苦，虽然它并不十分了解这是什么意思。一瞬间，疼痛仿佛超越他能承受的极限，但接下来，仿佛成了遥远的感觉，一种他意识得到、却没有真正感同身受的东西。他张开下巴，木棍随即掉落。

痛楚稍缓之后，贾迪尔转头看向达玛丁。她的动作很熟练，一边缝合肌肉和皮肤，一边低声吟诵祷告。她将草药磨成膏状，在伤口上涂抹厚厚一层，然后拿一条浸泡过浓稠白色液体的干净白布包扎伤口。

她的力量出奇的大，将贾迪尔自桌上抱起，挪到一张硬木板床上放下。她拿一个随身酒瓶放在他的嘴边，贾迪尔喝了几口，立刻感觉全身温暖，头晕目眩。

达玛丁转身离开，但女孩又在床边待了一会儿。"断过的骨头会更加坚硬。"她喃喃说道，安慰陷入梦乡的贾迪尔。

他醒来时，发现女孩还坐在自己床边，她将一块湿布压在他的额头上，就是这个冰凉的感觉令他醒来。她双眼在她没有遮蔽的脸蛋上游移。他曾认为自己的母亲十分美丽，但和这个女孩相比差得太远。

"年轻的战士苏醒了。"她说着，对他露出彩霞般的微笑。

"你说话了。"贾迪尔透过干裂的嘴唇说道。他的手臂似乎被包覆在白色的石头中，达玛丁包扎他的白布在他睡觉时变硬了。

"难道我是野兽，不该会说话吗？"女孩问。

"我是说对我说话。"贾迪尔说。"我只是奈沙鲁姆，地位还不如你的一半。"他默默道。

女孩点头。"我只是奈达玛丁。我很快就会赢得我的面纱，但暂时还没有资格，所以我可以和任何人说话。"

她放下湿布，拿起一碗热腾腾的粥喂到他嘴边。"我想你在卡吉沙拉吉里一定吃不饱，吃吧，这可让达玛丁的医疗法术更有效。"

贾迪尔狼吞虎咽地解决了热粥。"你叫什么名字？"他吃完之后问道。

女孩面露微笑，拿块柔软的布擦拭他嘴角。"以刚有资格取得拜多布的男孩来说，你的胆子不小。"

"我很抱歉。"贾迪尔说。

她笑。"大胆不会带来悲伤,艾弗伦并不疼爱胆小的人。我叫英内薇拉。"

"艾弗伦的旨意。"贾迪尔翻译道,这是克拉西亚的惯用语。英内薇拉点头。

"阿曼恩。"贾迪尔自我介绍。"霍许卡敏之子。"

女孩慎重其事地点了点头,不过目光中透露着笑意。

※

"他很坚强,可以回去继续训练。"第二天达玛丁告诉克伦。"但他的伙食必须特殊保障,另外如果他的手臂在我拆开绷带前再度受创,我一定会要你负责。"

训练官鞠躬。"谨遵达玛丁吩咐。"

贾迪尔领到饭碗,并且获准排到队伍前面。哈席克在内的其他男孩都不敢质疑这个命令,但贾迪尔可以感受到身后传来他们怨恨的目光,他宁愿在手臂包覆绷带的情况下和人争夺食物,也不想要承受那种怜悯的目光,但达玛丁下令了。如果他不自愿吃饭,训练官绝对会毫不迟疑地将粥灌入他的喉咙。

"你不会有事吧?"阿邦在他们平常吃饭的墙脚问道。

贾迪尔点头。"断过的骨头会更加坚硬。"

"我宁愿不要验证这种说法。"阿邦说。贾迪尔耸耸肩。"至少明天就是月亏了。"阿邦补充道。"你可以在家休息几天。"

贾迪尔看着绷带,感到无比羞愧。他没法在母亲和妹妹眼前掩饰一切。才进沙拉吉不到一个月,就已经让她们蒙羞了。

※

月亏是新月期间的三天周期,传说奈的力量在这三天会达到最高峰。这几天,参加汉奴帕许之道的男孩会待在家里陪伴亲人,好让父亲们看看自己的儿子,提醒自己每天夜晚是为了什么而努力奋战。但贾迪尔的父亲去世了,而且他也怀疑自己是否能让父亲感到骄傲。

贾迪尔与其他奈沙鲁姆相处时,已习惯只穿拜多布和草鞋。但在全身除了脸和手统统包在褐袍中的妹妹面前,他觉得自己好像在裸奔,而且他那上了绷带的手放哪儿都藏不住。

他的母亲卡吉娃在他回家后完全没提受伤的事,但贾迪尔的妹妹们可没想那么多。

"你的手怎么了?"最小的妹妹汉雅在他一进门时就问道。

"训练时弄断了。"贾迪尔说。

"怎么断的?"年纪最大,同时也和贾迪尔最亲近的妹妹英蜜珊卓问道。她伸出手抚摸他另一条手臂。

她的同情曾为贾迪尔带来安慰,现在却令他感到十倍的羞愧。他抽开手臂。"在练习沙鲁沙克时弄断的,不算什么。"

"几个男孩弄的?"汉雅问,贾迪尔想起某次在市集上自己为了汉雅而出手打倒两名年长男孩的事。"至少十个,我敢打赌。"

贾迪尔皱眉。"一个。"他大声说道。

他的二妹霍许娃摇了摇头。"对方一定有十英尺高。"贾迪尔真想大叫,以发泄心中的怨愤与苦闷。

"别烦你们哥哥!"卡吉娃说。"帮他摆好餐盘,让他一个人静一静。"

汉雅帮贾迪尔收好草鞋,英蜜珊卓拉开餐桌主位的板凳。凳子上没有坐垫,不过她铺了一块干净的布在上面给他坐。在沙拉吉的地板上坐了一整个月后,这块布简直就是奢华的享受。霍许娃连忙端来卡吉娃从热腾腾的汤锅舀到破陶碗里的粥。

贾迪尔一家人平常晚上只吃白煮粗麦，但卡吉娃省吃俭用，每到月亏时总是可以吃到时鲜蔬菜。而今天是贾迪尔前往汉奴帕许后的第一次月亏，他碗里甚至还有几块看不出是什么肉的坚硬肉块。贾迪尔已经好一阵子没有看过这么多食物了，而且其中充满母亲的爱，但他发现自己没有什么胃口，特别是他注意到母亲和妹妹的碗里没有肉的时候。他强迫自己吞下食物，以免侮辱母亲，但只能用左手吃饭令他感到羞愧难当。

吃完饭后，他们一家人聚在一起祷告，直到沙利克霍拉的尖塔上传来喊声——宣告黄昏的到来。《伊弗佳》规定，听到沙利克霍拉的喊声时，所有妇孺都要躲到地下去。

就连卡吉娃小小的土屋都有一间有魔印守护的地下室，并且连接到地下城，那是为了预防城破而建，与整座沙漠之矛的巨大洞穴网络贯通。

"躲下去。"卡吉娃对女孩们说。"我要和你们哥哥私下谈谈。"女孩们遵照指示进走地下室。接着卡吉娃叫贾迪尔来到挂有他父亲的长矛和盾牌的角落。

一如往常，武器和护具仿佛批判似地瞪视着他。贾迪尔强烈地感受到绷带的分量，但心里还有某种更加沉重的负担。他转向母亲。

"凯维特达玛说父亲死时没有带走任何荣耀。"贾迪尔说。

"那么凯维特达玛对你父亲的认识没有我深。"卡吉娃说。"他从不撒谎，虽然我一连生下三个女儿，他从来不曾责骂我。他不断让我怀孕，供我们三餐温饱。"她凝视贾迪尔的双眼。"这些事情中都存在荣耀，与屠杀阿拉盖没有两样。在太阳下重复我的话，并且牢牢记在心里。"

贾迪尔点头。"我会的。"

"你现在已经穿上拜多布了。"卡吉娃说。"《伊弗佳》告诉我们,在月亏时,恶魔之父阿拉盖卡会行走于阿拉上。"

"就连它也不可能突破沙漠之矛战士的防线。"贾迪尔说。

卡吉娃起身,自墙上取下长矛。"或许不能。"她说,将武器塞到他完好的左手中。"但如果它突破了,守护家门就是你的责任。"

贾迪尔在震惊中接过武器。卡吉娃轻轻点头,接着走进他妹妹们躲入的地下室。贾迪尔立刻走到门口,抬头挺胸,彻夜未眠,接下来的两个晚上也是如此。

"我要有一个目标。"贾迪尔说。"等达玛丁拆掉我的绷带时,我得重回打饭队伍。"

"我们可以一起动手。"阿邦说。"就像从前一样。"

贾迪尔摇头。"如果要你帮忙,他们会以为我不行了。我要让他们知道我比之前更强壮,不然每个人都会跑来找我麻烦。"

阿邦点头,思考着这个难题。"你得挑选比你离开前更前面的目标,但又不能前面到会激怒哈席克那一伙人。"

"你的想法世故得像个商人。"贾迪尔说。

阿邦微笑。"我是在市集里长大的。"

接下来几天他们都在观察打饭队伍的状况,目光落在队伍中央往前一点,也就是贾迪尔受伤前所在的位置。排在那里的男孩年龄都比贾迪尔大一点,也比他高壮。他们挑选了几个可能的目标,然后在训练时仔细观察他们的实战水平。

训练和之前一样艰苦。硬化的绷带在贾迪尔做障碍练习时固定他的手臂,而训练官要求他用左手投掷长矛和大网。他没有受到特殊待遇,也不希望受到特殊待遇。皮带还是照样抽到他背上,而贾迪尔欣然承受,拥抱痛楚,心知每一下都是在向其他男孩证明——尽管身上负伤,但我并不虚弱。

几个礼拜过去了,贾迪尔努力不懈,一有机会就练习沙鲁金,每晚睡觉前都要在脑中反复演练。意外的是,他发现自己左手投掷及攻击的能力一点也不逊于右手。他甚至会用硬绷带去捶打对手,享受着如同沙尘暴袭来般的快感。他知道等到达玛丁拆除绷带时,他的伤将会因此而愈合得更好。

"我想,就挑祖林,"贾迪尔拆除绷带的前一天晚上,阿邦终于说道,"他又高又壮,但打架时很愚蠢,喜欢靠蛮力取胜。"

贾迪尔点头。"或许。他动作慢,如果我打倒他,没有人会来找我麻烦,但我在考虑山杰特。"他朝排在祖林前面的瘦子点头。

阿邦摇头。"不要被他的身材骗了。山杰特排在祖林前面是因为,他的手脚打起人来像鞭子一样。"

"但他的攻击不够精准,"贾迪尔说,"而且只要挥空就会失去平衡。"

"不过他很少挥空,"阿邦警告道,"对付祖林胜算较高,讨价还价太过分是做不成买卖的。"

第二天早上贾迪尔自达玛丁营帐回来时,男孩们已开始排队打饭了。贾迪尔深吸一口气,活动一下右手手臂,迈开大步,直接朝队伍中间冲去。阿邦已经进入队伍了,距离他很远,不会出手相助,就像他们说好的一样。

最虚弱的骆驼会引来狼群。他曾听父亲说过,而这句简单的建议扼杀了他内心的恐惧。

"滚到后面去,废人!"山杰特在看到他走来时吼道。

贾迪尔不理他,强迫自己挤出笑容。"艾弗伦眷顾你,谢谢你帮我占位子。"他说。

山杰特脸上露出难以置信的神情。他比贾迪尔年长三岁，体型也壮硕许多。他一时迟疑，贾迪尔抓紧机会用力一推，将他推离队伍。

山杰特差点跌倒，但迅速反击，在恢复平衡的同时踢起一片尘土。贾迪尔本来可以趁他失去平衡时猛踢他的支撑脚，但想要破除自己因为受伤而变弱的谣言，他就不能乘人之危，捡便宜。

四周传来看热闹的欢呼声，打饭队伍弯成了一个圆，把两个男孩围成一个圈内。山杰特脸上的震惊神情迅速消失，扭曲成愤怒的神色，随即展开反击。

贾迪尔如同跳舞般闪避山杰特一连串攻击，他的动作就像阿邦警告过的那样灵活。最后，一如预期，山杰特挥出一记重击，结果在没有击中目标后失去平衡。贾迪尔让向左边，矮身闪过拳头，右手手肘如同长矛般顶中对方腰部。山杰特痛得大叫，跌向一旁。

贾迪尔紧跟而上，再度以手肘重击山杰特的背部，将他砸趴在地。他的手臂在绷带里包了几个礼拜，看起来又细又白，但骨头倒是真的坚硬如铁，就像达玛丁说的一样。

然而山杰特抓住贾迪尔的脚踝猛力一扯，让他整个人跌在自己身上。他们在尘土中摔打，山杰特的体重和攻击范围都占尽优势。他将贾迪尔的脑袋夹在腋下，左掌拉扯右拳，挤压贾迪尔的气管。

世界逐渐变暗，贾迪尔开始后悔自己挑错了对手，但和痛楚一样，他拥抱这种恐惧，绝不放弃奋斗。他使劲反脚后踢，一脚踢到山杰特胯下，对方在惨叫声中松开贾迪尔的脖子。贾迪尔挣脱束缚，紧靠在山杰特的关节附近，不让他有足够的空间施展拳脚。慢慢地，他移动到山杰特背后，一看到脆弱的部位——眼睛、喉咙、肚子——立刻动手攻击。

终于分出胜负了，贾迪尔钳制山杰特的右臂，扭到他的身后，将全身力道放在双膝上，顶住年长男孩的背部。当他感觉到手肘扭到极限后，他用自己的肩膀将其固定，然后把山杰特的手臂向上顶起。

"啊！"山杰特疼得大叫，贾迪尔心知自己只要一用力就可以扭断男孩的手臂，就和哈席克当初折磨自己一样。

"你在帮我占位置，是不是？"贾迪尔大声问道。

"我要杀了你，老鼠！"山杰特大叫，另一只手不断击打地面，身体剧烈扭动挣扎，但没有办法甩开贾迪尔。

"说！"贾迪尔命令道，将山杰特的手臂顶得更高了。他感觉到这条手臂变得紧绷，心知它已经到了极限。

"我宁愿坠入奈的深渊！"山杰特叫道。

贾迪尔耸肩。"断掉的骨头会变得更加坚硬，好好去达玛丁那里享受享受吧。"他肩膀一顶，随即感受到对方骨头折断、肌肉撕裂。山杰特痛得大声嚎叫。

贾迪尔缓缓起身，环顾四周，在众人脸上寻找进一步挑衅的迹象。尽管有很多人瞪大眼睛看他，没有人打算帮躺在地上惨叫的山杰特报仇。

"让路！"卡维尔训练官吼道，推开围观人群。他看看山杰特，然后转向贾迪尔。"看来你还有点希望，小鬼。"他嘟哝一声。"回去排队，统统回去。"他叫道。"不然我们就把粥倒到粪坑里去！"男孩们立刻冲回自己的位置，但贾迪尔在混乱中朝阿邦招了下手，他的朋友立刻赶了过去。

"嘿！"排在身后的祖林叫道，但贾迪尔瞪了他一眼，他立刻识趣地向后退开，让出位置来。

卡维尔踢了山杰特一脚。"起来，老鼠！"他吼道。"你的脚没断，不要指望我会在你被比你矮小一倍的男孩打倒后把你抬去找达玛丁！"他抓起山杰特完好的手臂，一把拉他起身，拖着他朝医疗大帐走去。打饭队伍里的男孩对他发出阵阵嘘声。

"我不懂。"阿邦说。"他干吗不投降算了？"

"因为他是个战士。"贾迪尔说。"面对阿拉盖的时候，你会投降吗？"

阿邦忍不住发抖。"那不一样。"

贾迪尔摇头。"不，没什么区别。"

贾迪尔拆除绷带后不久，哈席克和其他一些年长的男孩就被转去大迷宫城墙上受训了。一年后，他们在大迷宫中换下了拜多布，存活下来的人，包括哈席克在内，常常会在训练场附近穿着新黑袍闲晃，跑去造访大后宫。就和所有戴尔沙鲁姆一样，在训练结束后尽可能与奈沙鲁姆划清界限。

对贾迪尔来说，时间过得很快，日子一天天无止境地飞逝。每天早上，他聆听达玛歌颂艾弗伦及卡吉部族的荣耀，学习其他克拉西亚部族的历史，得知他们比卡吉部族低等的原因，最主要的，为什么马甲部族会误解艾弗伦的真谛。达玛有时也会提起其他国度，以及北方那些懦弱的青恩，说他们抛弃长矛，过着卡菲特般的生活，在阿拉盖面前摇首乞怜。

贾迪尔永远不满足于他们在打饭队伍里面的位置，总是处心积虑地向前挑战，好让碗里的粥能够多上那么一点点。他瞄准排在前面的男孩，然后一个接一个把他们送去达玛丁的营帐，且总是带着阿邦随他一起前进。等到贾迪尔十一岁时，他们已经排到队伍最前面，后面跟着几个年纪更大的男孩，而且全部都刻意远离他们。

下午的时间就是接受战斗训练，或充当戴尔沙鲁姆撒网兵的目标跑给人抓。夜里，贾迪尔躺在卡吉沙拉吉冰冷的石板地上，拉长耳朵聆听外面阿拉盖沙拉克的声音，幻想有一天自己可以与其他男人并肩作战。

随着汉奴帕许的日程推进，有些男孩被达玛挑选出来接受特别训练，让他们踏上身披白袍的道路。他们会离开卡吉沙拉吉，从此销声匿迹。贾迪尔没有获得这项荣耀，但他毫不介意。他一点也不想把时间浪费在研读卷轴或是赞美艾弗伦上。他注定要踏上与长矛相伴的人生道路。

达玛对阿邦比较感兴趣，因为他识字，也会算数。但他父亲是卡菲特，令他们深感厌恶。尽管理论上而言，儿子不会继承父亲的耻辱。

"你还是当个战士好了。"达玛终于戳着阿邦厚实的胸膛，对他说道。阿邦的体型还是和从前一样巨大，但长期训练把他浑身脂肪练成坚硬的肌肉。的确，他已经成为令人望而生畏的战士，而在确定自己没有机会白袍加身后，他着实松了一大口气。

所有太虚弱或太迟钝的男孩会被赶出卡吉沙拉吉，成为卡菲特——被迫一辈子都穿着和小孩一样的褐色服饰。这是世上最凄惨的命运，不但令家族蒙羞，还失去了进入天堂的机会。其中有些怀抱战士之心的人会自愿担任诱饵兵，挑衅恶魔，把它们带入大迷宫中的陷阱。那会是短暂而惊险的一生，却为失去机会的人们提供赢得荣誉以及进入天堂的希望。

十二岁时，贾迪尔获准进入大迷宫实习。克伦训练官带领最年长、最强壮的奈沙鲁姆爬上伟大的魔印城墙——一堵三十英尺高的砂岩高墙，俯瞰下方曾是克拉西亚一整块城区的恶魔屠宰场，那时人口数远比现在多。场上到处都是古代遗留下来的小屋以及数十堵较为低矮的砂岩砌墙。这些墙有二十英尺高，墙面上刻有密密麻麻的魔印。有些墙很长，延伸向尽头处后转向，有些就只是一块大石板或墙角。这些墙形成了一座隐藏许多深洞的迷宫，专门用来囚禁阿拉盖，等待黎明的到来。

"你们脚下的城墙。"克伦说着大力踏步。"守护我们的女人和小孩，甚至守护卡菲特。"他对着墙边吐了一口口水。"不让阿拉盖染指他们。其他的墙，"他挥手指向大迷宫中横七竖八的墙，"作用在于把阿拉盖和我们困在一起。"他说话时拳头紧握，男孩们都感受到了他身上展现出来的无比骄傲。贾迪尔幻想着自己穿梭迷宫，手持长矛和盾牌，心潮澎拜；荣耀就在血迹斑斑的沙地上等待着他。

他们沿着城墙顶端行走，最后来到一座借助大转盘拉起来的木桥边。这座桥通往一堵迷宫内部的墙面，而所有墙面间都有拱门相连，或距离近得可以跳过。迷宫墙面宽度较窄，有些甚至不足一英尺。

"墙顶对于年长的战士非常危险，"克伦说。"除了侦察兵以外。"侦察兵是克雷瓦克部族以及南吉部族的戴尔沙鲁姆。他们是长梯兵，每个人都会背负一架二十英尺高的铁顶梯。梯子可以拉伸使用或折叠携带，而侦察兵必须像猴子一样肢体灵活，能在没有支撑的情况下站在梯顶查看战况。克雷瓦克侦察兵隶属卡吉部族掌管，南吉侦察兵则听从马甲部族号令。

"明年一整年，你们会协助克雷瓦克侦察兵训练。"克伦说。"追踪阿拉盖的行动，提醒大迷宫里的戴尔沙鲁姆，同时还要帮凯沙鲁姆传递命令。"

当天接下来的时间，他们都在墙上训练奔跑。"你们得熟悉这些高墙，就像熟悉你们的长矛一样！"克伦边跑边说。奈沙鲁姆身手矫健，动作敏捷，一边高声呼喊，一边在高墙之间奔走跳跃，或者矮身穿越小型拱桥。贾迪尔和阿邦觉得这项训练很刺激，相互开怀大笑地追逐较量。

阿邦有魁梧的身材，但平衡感不佳，结果在一座窄桥上失足坠墙。贾迪尔连忙伸手抓他，但来不及了。"奈抓走我了！"他在滑过贾迪尔手指时咒骂道，接着直坠而下。

阿邦落地前哀嚎一声，尽管距离二十英尺远，贾迪尔依然清晰地看到他的脚已摔断。

他身边想起一阵骆驼鸣叫般刺耳的笑声。贾迪尔转身看见祖林拍打着自己的膝盖，欢呼雀跃。

"阿邦不像猫，更像骆驼。"祖林叫道。

贾迪尔怒吼一声，紧握拳头，但在他起身前，克伦训练官赶来了。"你把训练当成笑话？"他问道。祖林还没回话，克伦已经抓起他的拜多布，将他抛下墙。他尖声惨叫，一路跌落二十英尺，最后重重坠地，动也不动地躺趴在地上。

训练官转身面对其他男孩。"阿拉盖沙拉克不是闹着玩的儿戏，"他吼道，"我宁愿你们全死在这里，也不要让你们在夜里去羞辱你们的兄弟。"男孩们当即后退，默默牢记训戒。

克伦转向贾迪尔。"快去通知卡维尔训练官，他会派人带他们去找达玛丁。"

"我们直接去救他们比较快。"贾迪尔大胆说道，心知这短短几分钟就足以决定阿邦的命运。

"只有男人才能进入大迷宫，奈沙鲁姆。"克伦说。"快去，不然戴尔沙鲁姆就得要救三个小鬼上来。"

☙

那天晚上吃完稀粥后，达玛丁前来找克伦训练官交谈，贾迪尔尽可能凑近些，试图偷听只言片语。

"祖林摔断几根骨头，大量内出血，但他会痊愈。"她说，语气听起来像在讨论沙子颜色那样无关痛痒。她的面纱遮掩了所有表情。"另一个，阿邦，脚骨多处断裂。他可以走路，但或许不能跑步了。"

"他还能作战吗？"克伦问。

"暂时不好说。"达玛丁说。

"如果不能作战，你应该现在就杀了他。"克伦说。"死亡总比当卡菲特好。"

达玛丁对他伸出一根手指，训练官当即后退。"达玛丁营帐的事轮不到你来发号施令，戴尔沙鲁姆。"她厉声道。

训练官立刻像是祷告一样十指交扣，深深鞠躬，下巴差点碰到地上。

"我乞求达玛丁的宽恕，"他诺诺到，"我没有不敬的意思。"

达玛丁点头。"你当然没有。你是戴尔沙鲁姆训练官，死后将会坐在艾弗伦最光荣的仆人之间，为自己的一生增添荣誉。"

"达玛丁的话令我深感荣幸。"克伦说。

"尽管如此，"达玛丁说，"我还是得提醒你注意自己的言行。请凯维特达玛惩罚你，以阿拉盖之尾鞭打二十下就够了。"

贾迪尔倒抽一口凉气。阿拉盖之尾是最厉害的鞭子——三条四英尺长的皮鞭绑在一起，整条鞭身上都挂满金属倒钩。

"达玛丁宽宏大量。"克伦说，依然维持鞠躬的姿势。贾迪尔趁被两人发现前溜开了。

❦

"你不该来这里。"阿邦在贾迪尔矮身溜入达玛丁大帐时低声说道。"要是被抓到你就死定了!"

"我只是想要确定你安然无恙。"贾迪尔说。这是实话,不过他的双眼还是仔细扫视营帐,他心知自己不该期望还能再看见英内薇拉。自从手背打断那次后,贾迪尔就再也没有看见她了,但他一直无法忘记她美丽的容颜。

阿邦看着自己紧紧包覆在坚硬绷带中的双脚。"我不知道还有没有机会好起来,我的朋友。"

"胡说,"贾迪尔说,"断掉的骨头会更加坚硬,你不久就会回到城墙上。"

"或许吧。"阿邦叹气道。

贾迪尔轻咬下唇。"我让你失望了。我承诺会在你跌倒时扶住你,我曾对艾弗伦的光明起誓。"

阿邦握起贾迪尔的手掌。"你愿意接住我,我毫不怀疑。我也看见你跳过来抓我,但掉下去不是你的错,我认为你已经兑现了承诺。"

贾迪尔的眼眶中泛起泪光。"我不会再让你失望。"他承诺道。

就在此时,一名达玛丁走进他们的隔间,自大帐深处无声无息地飘来。她看向他们,与贾迪尔的目光迎了个正着。他的心脏停止跳动,脸上血色尽失。他们相互凝视那一会儿——时间仿佛已停止。他完全看不出达玛丁不透明的白色面纱下的表情。

最后,她朝出口的门帘扬起下巴。贾迪尔点头,几乎不敢相信自己的好运。他捏了捏阿邦的手掌,随即矮身离开营帐。

"在城墙上,你们也许会遇到风恶魔,但不准轻举妄动。"

克伦说,在奈沙鲁姆面前来回踱步。"尽管你们为所服侍的戴尔沙鲁姆工作。但了解你们的敌人很重要。"

贾迪尔仔细听着,坐在队伍最前方的老位子上,不过他总会想到阿邦不在自己身边的事实。贾迪尔是和三个妹妹一起长大的,并在进入卡吉沙拉吉的第一天就与阿邦结交。孤独对他而言是种很陌生的感觉。

"达玛告诉我们,风恶魔居住在奈的深渊里的第四层。"克伦对男孩们说道,举起长矛指向画在砂岩墙壁上的风恶魔画像。

"有些人,比如马甲部族中有些蠢材,因为风恶魔缺乏沙恶魔的沉重外壳而低估它们,"他说,"但不要上当了。风恶魔远离艾弗伦的目光,比沙恶魔更邪恶。它的表皮厚得足以撞弯男人的矛头,飞行的速度也快到人类无法击中。它修长的利爪,"他用矛头标示出恶魔终极的武器。"能在人类察觉前拧走对方的脑袋,而其鸟喙般的下颚能够将人脸撕裂。"

他转向男孩们。"那么,它的弱点在哪里呢?"

贾迪尔立刻举手。训练官对他点头。

"翅膀。"贾迪尔说。

"正确。"克伦说。"虽然和皮肤的材质一样,但风恶魔的翅膀在软骨和骨头间延展太稀薄。强壮的男人可以用长矛刺穿它的翅膀,并且趁它坠落地上时用锋利的刀刃将其斩首。还有什么弱点?"

这一次,贾迪尔又抢先举手。训练官的目光扫向其他男孩,但都没有人举手。贾迪尔是这些人里面年纪最轻的——最大的男孩甚至比他大上两岁,但所有人都不敢跟他争,就跟排队打饭一样。

"它们在地上的时候动作笨拙缓慢。"贾迪尔在克伦对他点头时说道。

"正确。"克伦说。"如果被迫落地,风恶魔需要一段距离助跑或攀爬到高处才能再次起飞。大迷宫中狭窄的空间就是特别为了对付它们而设计的。城墙上的戴尔沙鲁姆会找机会网住它们或是投掷流星锤缠住它们。你们的责任就是要对迷宫中的战士回报风恶魔的位置。"

贾迪尔举手……

三个月后,阿邦和祖林再度回到奈沙鲁姆的行列。阿邦一拐一拐地走回训练场,贾迪尔皱紧眉头看着他。

"你的脚还痛吗?"他问。

阿邦点头。"我的骨头或许更坚硬了。"他说。"但没有变得更直。"

"现在还早。"贾迪尔说。"它们迟早会复原的。"

"英内薇拉。"阿邦说。"谁能看出艾弗伦的旨意呢?"

"你准备争夺打饭队伍的位置了吗?"贾迪尔问,朝粥锅后方的训练官点点头。

阿邦脸色发白。"还没有,拜托。"他说。"要是脚滑一下,我就会永远变成其他人的目标了。"

贾迪尔皱眉,但他点头。"不要撑太久。"他说。"不采取行动一样会成为他人的目标。"他们一边说话,一边走向队伍前方,其他男孩就像遇上猫的老鼠一样让路给贾迪尔,任由他们享用第一碗稀粥。有些人一脸怨气地瞪向阿邦,但没有人胆敢说话。

祖林就没那么好运气了,而贾迪尔只是冷冷地看着他,依然记得这个年长的男孩在阿邦坠墙时发出的笑声。祖林走路有点僵硬,但比起阿邦一拐一拐的要好多了。打饭队伍里的男孩瞪视着他，但祖林还是迈开大步，来到山杰特后方的老位置前。

"这个位置有人了，瘸子。"另一个服从贾迪尔命令的奈沙鲁姆伊森说道。"滚到队伍后面去！"伊森是个高个子战士，贾迪尔兴致勃勃地欣赏这场即将上演的大战。

祖林微笑着，伸出双手，好似讨饶，但贾迪尔看着他双脚摆开的站姿，并没有因此上当。祖林一扑而上，抓起伊森，将其压倒。打斗转眼间就已经结束，祖林又回到他原先的位置。贾迪尔点头。祖林是个不折不扣的战士。他看向阿邦，只见他已经吃光碗里的稀粥，一点也不关心眼前的打斗。贾迪尔哀伤地摇了摇头。

"过来集合，老鼠。"卡维尔在餐碗收好后命令道。贾迪尔立刻走向训练官，其他男孩紧跟过来。

"发生了什么事？"阿邦问。

贾迪尔耸肩。"很快就会知道。"

"你们即将面对一场男人的考验。"克伦说。"你们将在夜晚行军，我们会知道哪些人才是真正的战士。"阿邦惊恐地倒抽一口凉气。贾迪尔则感到无比的兴奋——每次考试都让他距离黑袍更近一步。

"数月前，巴哈卡德艾弗伦村已和我们失去联系了，我们担心阿拉盖已突破了他们的魔印力场。"克伦继续道。"巴哈人都是卡菲特，但他们都是卡吉的后裔，而达玛基指派我们去拯救他们。"

"他是舍不得他们卖给我们的贵重陶器。"阿邦喃喃道。"巴哈是陶器大师德拉瓦西的故乡，而他们的陶器成为克拉西亚所有的宫殿必备的装饰。"

"你脑子难道就只有肮脏的钱吗？"贾迪尔大声问道。"就算是阿拉上最低贱的一群狗，依然比阿拉盖高贵。应该接受我们的保护。"

"阿曼恩!"卡维尔吼道。"你有什么想要补充的吗?"

贾迪尔恢复立正姿势。"没有,训练官!"

"那就闭上你的鸟嘴。"卡维尔说。"下次,我会割下你的舌头。"

贾迪尔点头。克伦继续说道。"前往巴哈的旅程为期一周,五十名自愿参与的战士由凯维特达玛率领。你们会跟去协助他们,运送他们的装备、喂食骆驼、帮忙煮饭,并且擦磨他们的长矛。"

他看向贾迪尔。"霍许卡敏之子,你会在这趟旅途中担任奈卡。"

贾迪尔瞪大双眼。奈卡,意指"队长",这表示贾迪尔是第一奈沙鲁姆——不只是排在打饭队伍的第一位,就连在训练官的眼中也是如此——有权任意指挥并惩处其他男孩。自从哈席克赢得黑袍后,卡吉沙拉吉中已多年没有奈卡了。这是非凡的荣耀,绝不轻易授予,也无法轻松接受。因为这个职位不但拥有权力,同时也肩负使命。一旦其他男孩有什么闪失,克伦和卡维尔会唯他是问,并且加以惩罚。

贾迪尔深深鞠躬。"我深感荣幸,训练官。我向艾弗伦祈祷,绝对不会令你们失望。"

"你最好不要让我失望,如果不想让我的皮鞭辛苦的话。"卡维尔在克伦拿一条扎有绳结的皮绳绑在贾迪尔手臂上作为官阶授权象征的同时说道。

贾迪尔的心几乎要蹦出心口来了。那不过是条皮绳,但在此时此刻,它感觉和卡吉之冠没有两样。贾迪尔想象着母亲去领配给粮食时达玛会怎么告诉她这个消息,不自觉间,脸上流下骄傲的汗水。他已经开始为家里的女人增添荣耀了。

而且不仅如此,他还得面对一场真正的男人考验,夜晚在野外行军。他会近距离面对阿拉盖,进而了解他的敌人,不再只是透过石板上的画像,或是正在城墙顶上奔跑时远远瞄见的身影,这是他人生新的开始。奈沙鲁姆解散后,阿邦转向贾迪尔。他面带微笑,捶打贾迪尔的手臂以及绑缚其上的皮绳。

"奈卡,"他说。"你当之无愧,我的朋友。你很快就会当上凯沙鲁姆,在战场上指挥真正的战士。"

贾迪尔耸肩。"英内薇拉。"他说。"明天的事情等到明天再说。今天已足够荣耀了。"

"你从前说的没错,"阿邦说,"当我看见卡菲特遭受的待遇时,我的心中会有点忿忿不平,而我曾经道出我的心声。我们应该保护巴哈人,我们应该为他们做更多。"

贾迪尔点头。"没错,"他说,"我也一样,说了不该说的话,我的朋友。我知道你绝不只是贪婪的商人。"他捏捏阿邦的肩膀,然后一起跑去准备漫长的旅程。

他们在正午时分出发,五十名卡吉战士,包括哈席克在内,加上凯维特达玛、卡维尔训练官、两名克雷瓦克侦察兵,以及贾迪尔手下的奈沙鲁姆精英。几名最年长的战士轮流驾驶骆驼拉的补给车辆,其他人全部徒步行军,穿越大迷宫,走来的城门。贾迪尔和其他男孩坐在补给车辆上穿越迷宫,以免玷污这块神圣的土地。

"只有达玛和戴尔沙鲁姆才能脚踏他们兄弟以及先祖的流血之地。"卡维尔警告道。"胆敢落地的人后果自行负责。"

出城后,训练官举起长矛敲打驭车。"所有人下车!"卡维尔吼道。"我们行军前往巴哈!"

阿邦难以置信地看向贾迪尔。"整整一星期穿越沙漠的旅程，我们就单凭一条拜多布抵御阳光！"

贾迪尔跳下驮车。"照耀训练场的也是同一个太阳。"他指向走在补给车辆前方的戴尔沙鲁姆。"我们只穿拜多布应该心存感激。"他说。"他们穿会吸热的黑袍，另外还要背负长矛和盾牌，黑袍底下还要穿戴护具。如果他们可以行军，我们也可以。"

"来吧，难道包在绷带里面这么多星期之后，你不想要伸展双脚吗？"祖林拍拍阿邦的肩膀笑着说道，然后跳下车。

其他奈沙鲁姆跟着跳下车，听从贾迪尔的号令调整步伐，与车辆以及战士们保持距离。卡维尔跟随在后，持续观察，但任由贾迪尔发号施令。训练官对他的信任令他十分自豪。

沙漠的道路是由一排古老木桩沿着沙地和硬土标示出来的路线。永不停歇的强风刮来阵阵热沙击打在他们脸上，热沙堆积在道路上，让他们难以行走。在阳光的照耀下，沙地热得透过草鞋滚烫如火。尽管如此，奈沙鲁姆们已经历多年的训练，毫无怨言地向前行进。贾迪尔看着他们，深感骄傲。

然而贾迪尔很快就发现阿邦跟不上行进的步调。他汗流浃背，重心倾斜，不时就会跌上一跤。有一次，他跌在伊森身上，伊森很不客气地将他推到山杰特身上。山杰特又把他推回去，阿邦重重摔到沙地上。其他男孩在阿邦吐出口中沙粒时哈哈大笑。

"继续前进，老鼠！"卡维特叫道，拿起长矛敲击盾牌。

贾迪尔很想过去扶他朋友，但他心知这么做只会让情况更糟。"起来！"他吼道。阿邦露出求助的目光，但贾迪尔只能摇头，并且为了他好而踢了阿邦一脚。"拥抱痛苦，爬起身来，蠢材。"他压低音量说道。"不然你会像你父亲一样变成卡菲特！"

阿邦受伤的神情在他眼中如同刀割，但贾迪尔说得没错，阿邦自己也很明白。他大口吸气，挣扎起身，跌跌撞撞地跟在众人身后。他跟着走了一段时间，接着又开始落到队伍后方，不时撞上其他人，然后被推来挤去。卡维特将一切看在眼里，加快脚步来到贾迪尔身旁。

"如果他拖慢我们的速度，孩子，"他说，"我的鞭子将在众目睽睽下打在你身上。"

贾迪尔点头。"那是你该做的，训练官。我是奈卡。"卡维尔嘟哝一声，不再多说。

贾迪尔转向其他人。"祖林、阿邦，上车，"他下令，"你们刚才离开达玛丁的营帐，不适合整日行军。"

"骆驼尿！"祖林大叫，伸出手指指向贾迪尔的脸。"我不会因为穿花衣服的人的儿子跟不上队伍，而像个女人一样坐在车上。"

祖林话才说完。贾迪尔闪电般出手，抓起祖林的手腕，扭往他身后，朝肩膀狠狠推下。男孩如果出力反抗，立刻就会被贾迪尔折断手臂，于是只好被他摔倒在地。贾迪尔继续钳制他的手臂，一脚踏上祖林的喉咙，使劲拉扯。

"你上车是因为你的奈卡命令你上车。"他在祖林面红耳赤时大声说道。"要是再忘记这点，后果自行承担。"

祖林点头的时候，一张脸已经涨成酱紫色。在贾迪尔放开手后，他立刻大口喘气。"达玛丁要求你们每天都要多走一点路，直到体力完全恢复。"贾迪尔谎称。"明天你要多走一小时。"他冷冷转向阿邦。"两个都一样。"

阿邦迫不及待地点头，两个男孩随即朝驮车走去。贾迪尔看着他们的背影，暗自祈祷尽快复原。他不能永远替他留面子。

他转向其他等着他的奈沙鲁姆,大声吼道:"我有叫你们停下吗?"男孩们立刻继续前进。贾迪尔加速调整步伐,直到他们跟上部队。

夜晚即将到来之前,贾迪尔下令奈沙鲁姆准备晚餐并且铺好床,而达玛和深坑魔印师们则开始准备魔印圈。魔印圈准备好后,战士们就站在外缘,面向四周,紧握护盾和长矛,等待太阳西下、恶魔现身。

在如此接近城市的地方,沙恶魔成群结队地出没,朝戴尔沙鲁姆张牙舞爪,并朝战士们直扑上来。这是贾迪尔第一次近距离面对它们,他冷冷观察阿拉盖,在它们展开进攻时记住它们的动作。

深坑魔印师恪尽职守,魔印力场在一阵魔光中阻挡住了恶魔的攻势。趁它们攻击魔印力场时,戴尔沙鲁姆一声发喊,刺出长矛。攻击大多都被恶魔的外壳挡下,但有几次精准的攻击插入眼睛和张开的喉咙,一击毙命。这看起来像是战士们玩的游戏,试图在魔光闪耀的瞬间击中渺小的目标,而且他们会哈哈大笑,恭喜那些一击得手的战士。成功的战士便回来吃饭,而没有成功的就在恶魔越聚越多的同时持续尝试。贾迪尔注意到哈席克是第一批回来吃饭的人之一。

贾迪尔转向杀死恶魔后离开魔印圈外围的卡维尔训练官,这是贾迪尔第一次看他盖起脸上的红色遮布。他与训练官目光相对,并且在对方点头要他过去时深深鞠躬。

"训练官,"他说。"这和我们所学的阿拉盖沙拉克不同。"

卡维尔大笑。"这根本不是阿拉盖沙拉克,孩子,这只是磨炼战技的游戏。《伊弗佳》指示我们只能在严阵以待的土地上展开阿拉盖沙拉克。这里没有恶魔坑,没有迷宫城墙或伏击点。我们如果离开魔印圈就太蠢了,但我们没有理由不送一些阿拉盖去见阳光。"

贾迪尔再度鞠躬。"谢谢你,训练官。现在我了解了。"

游戏持续了好几个小时,直到剩下的恶魔认定魔印圈没有缝隙,开始绕圈而行,或是蹲坐在长矛的攻击范围之外,静静等待。吃饱饭的战士开始守卫,高声嘲笑那些没有成功击杀恶魔的战士。

等所有人都吃饱饭后,半数的战士爬上铺盖睡觉,剩下的一半就如同雕像般站在营区四周警戒。几小时后,已睡过的战士与守卫换班。

第二天,他们路过一座卡菲特村落。贾迪尔从来不曾见过绿洲——沙漠里有很多绿洲,大多数都位于卡拉西亚城的南部和东部,也就是一些水源渗出地面,形成一座小水塘之处。逃离城市的卡菲特通常会聚集在这种地方,不过只要他们自给自足,不跑来城墙外乞讨,或打劫路过商旅,达玛不会理会他们。另外还有一些规模较大的绿洲,有较大的水池,通常会聚集超过一百名卡菲特,通常都携家带眷。达玛不会对这种绿洲视而不见,各部族会像争夺城内水井一样宣示大片绿洲的所有权,以物产或是劳力等形式向卡菲特索取财物,以换取居住权。达玛偶尔会前往城市附近的绿洲,拉走年幼的孩子踏上汉奴帕许之道,以及最美貌的女孩进入大后宫担任吉娃沙鲁姆。

他们路过的村落没有城墙,只有在村落边缘放置一系列刻有古老魔印的巨石。"这是什么地方?"贾迪尔在行军时大声问道。

"他们称呼这些村落为砂岩村。"阿邦说。"这里住了三百多名卡菲特,人称深坑狗。"

"深坑狗?"贾迪尔问。

阿邦指向地上的一个大坑,村里一共有好几个这种大坑,许多男男女女在里面工作,用铲子、铁锹和锯子挖掘砂岩。这些人个个肩膀宽厚、肌肉结实,与贾迪尔在城内见过的那些卡菲特大不相同。小孩子也和大人一起工作,帮忙把砂岩搬上车,用骆驼把砂岩拉出深坑。他们都身穿褐服——男人和男孩都穿着一样的背心和帽子,女人和女孩则穿褐色连衣裙,没留下多少想象空间,脸部、手臂甚至大腿几乎都遮得严严实实。

"他们个个身强体壮。"贾迪尔说。"这些人为什么会变成卡菲特?他们是懦夫吗?这些女孩和男孩呢?他们为什么没有结婚或是踏上汉奴帕许之道?"

"他们的祖先或许是因为种种原因沦落为卡菲特,我的朋友,"阿邦说,"但这些人却生下来就是卡菲特。"

"我不懂,"贾迪尔说,"没有人生下来就是卡菲特。"

阿邦叹气。"你说我满脑子都是生意人的想法,而你却是太少去想做生意的事了。达玛基想要这些人生产砂岩,也需要一些壮健的人来做这个工作。交换条件就是命令达玛不要来抓这些卡菲特的小孩。"

"这等于是宣判这些家族世世代代都得当卡菲特。"贾迪尔说。"他们的父母为什么会接受这种条件?"

"当有人来带走孩子时,父母是没有办法才屈辱就范的。"阿邦说。

贾迪尔想起自己母亲的泪水,以及阿邦母亲的尖叫,他没有反驳。"尽管如此,这些人都有能力成为优秀的战士,这些女人都可以产下壮健的儿子。这样实在太浪费了。"

阿邦耸耸肩。"至少在有人受伤的时候,亲兄弟毕竟是血浓于水,可以手足相依。"

又经过了六天的旅程,他们来到一座悬崖,这座悬崖面向供给巴哈卡德艾弗伦村水源的河流。一路上他们没有经过其他卡菲特村落。阿邦的家人曾与很多这种村落交易,据说这是因为有一条地下河流供应城市附近绿洲的水源,但那条河道没有延伸到东边这么远的地方。大多数村落位于城市南方,介于沙漠之矛和遥远的南部山脉之间,顺着那条河道延伸。贾迪尔从来没有听说过什么地下河的事,但他相信他的朋友。

他们面前的河流并非地下河,不过它在漫长的岁月里冲刷一座很深的河谷,贯穿数不清的砂岩和黏土地层。他们可以看见位于下方深处的河床,不过从这个高度看去,河水不过是一条涓涓细流。

他们沿着悬崖向南而行,直到看见向下通往村落的道路。这条路不到近处根本看不出来。这时戴尔沙鲁姆已吹响问候的号角。但直到经过狭小陡峭的道路前往村落广场时,他们没有收到任何回应;即使抵达村落中心,仍不见任何居民。

巴哈卡德艾弗伦村建于开凿在悬崖表面的层层平台上。一条宽敞蜿蜒的阶梯扶摇直上,连接每层平台上的土坯房子。村里没有一丝生命迹象,布门帘在微风中轻轻飘舞。这景象让贾迪尔想起沙漠之矛的某些区域;由于人口锐减,沙漠之矛中有不少城区沦为废墟。那些古老建筑都是卡拉西亚从前人口众多的见证。

"这里发生了什么事?"贾迪尔问道。

"不是很明显吗?"阿邦说。贾迪尔好奇地看着他。

"别光盯着村子看,放宽你的视野。"阿邦说。贾迪尔转过身去,看见河水之所以看起来稀少并非只是因为高度的关系。河水的深度几乎不及河床的三分之一。

"雨水不足。"阿邦说。"或是上游的河道转向,这些改变都可能剥夺了巴哈人赖以为生的渔业。"

"这无法解释为何整座村落沦为废墟。"贾迪尔说。

阿邦耸肩。"或许水量减少导致水质恶化,卷起河床上的淤泥。总之,不管是疾病还是饥饿,巴哈村的人口必定减少到了没法维修魔印的地步。"他指向某些建筑物土墙上残留的爪痕。

卡维尔转向贾迪尔。"在村里搜搜看有没有幸存者。"他命令道。贾迪尔鞠躬,转向他的奈沙鲁姆,将他们分配成两人一组,每组负责搜巡一层平台。男孩们就像在大迷宫的墙顶上奔跑似的轻松踏上崎岖的台阶。

不久,他们就发现阿邦说的没错。几乎所有房子中都有恶魔出没的迹象,墙壁和家具上留有爪痕,满是打斗的痕迹。

"不过没有尸体。"阿邦发现道。

"吃掉了。"贾迪尔说,指向地板上一块看起来像黑色的石头,不过表面凸起一些白色固体的东西。

"那是什么?"阿邦问。

"恶魔粪。"贾迪尔说。"阿拉盖会吃掉猎物,然后在粪便中排出他们的骨头。"

阿邦一手捂住嘴,冲到房间角落去呕吐。

他们将发现汇报给卡维尔训练官,训练官则毫不意外地点了点头。"跟我来,奈卡。"他说。贾迪尔立刻跟随训练官走到达玛凯维特和凯沙鲁姆面前。

"奈沙鲁姆确认没有幸存者,达玛。"卡维尔说。凯沙鲁姆的官阶比他高，但卡维尔是训练官，远征队伍中成员几乎都是他训练出来的，包括凯沙鲁姆在内。俗话说得好，遮红布人说话比遮白布人更有分量。

达玛凯维特点头。"阿拉盖突破魔印力场的时候就已经对这块土地施加了诅咒，将卡菲特的灵魂囚禁在人世间。我可以感受到他们的惨叫。"他抬头看向卡维尔。"月亏即将到来。我们先花两日两夜的时间备战，并为亡者祷告吧。"

"月亏第三天呢？"卡维尔问。

"第三天晚上，我们展开阿拉盖沙拉克。"凯维特说。"净化地面，释放他们的灵魂，让他们能够投胎转世，晋升到更好的阶级。"

卡维尔鞠躬。"当然，达玛。"他抬头看向开凿于悬崖边的阶梯和房子，以及下方通往河岸的广场。"这里会出现的多半是土恶魔。"他猜测道。"可能还有一些风恶魔和沙恶魔。"他转向凯沙鲁姆。"如果你允许的话，我就要求戴尔沙鲁姆在广场上挖掘魔印恶魔坑，然后在阶梯上设置伏击点，将阿拉盖逐下悬崖，跌入深坑，等待太阳。"

凯沙鲁姆点头。训练官转向贾迪尔。"不要让他们窃取任何物品。"他警告道。"所有东西都要成为阿拉盖沙拉克的祭品。"

"你和我清查第一层。"贾迪尔对阿邦道。

"七这个数字比较幸运。"阿邦说。"让祖林和山杰特清查第一层吧。"

贾迪尔怀疑地看着阿邦的脚。阿邦努力跟上行军的速度，但走路还是一拐一拐地，而且贾迪尔常常看到他在自以为没人看到时按摩自己的腿。

"你的脚还没完全好，我认为第一层比较恰当。"贾迪尔说。

阿邦双手叉腰。"我的朋友，你的话很伤人！"他说。"我就像大市集中最好的骆驼那样强壮。你每天把我逼到极限的做法是对的，而爬上七层平台只会帮助我的伤势恢复得更快。"

贾迪尔耸肩。"你喜欢就好。"他说道，接着他对其他奈沙鲁姆下达指令，然后随阿邦一起爬上凿在悬崖上的阶梯。巴哈村不规则的石阶是直接由山壁上开凿而出的，靠砂岩和黏土的特定部位加以支撑。有时台阶窄得只有成年人的脚掌大，有时又要走好几步才能抵达下一阶。台阶上有不少驮兽载运货车经过时留下的痕迹。每上一层平台，阶梯就会改变方向，并且会分岔出通往该层住宅的小路。

他们没走多远，阿邦已经开始气喘吁吁，圆脸也涨得通红。他的腿瘸得更加严重，到第五层的时候，他每踏出一步都发出痛苦的呻吟声。

"或许我们已经走够了。"贾迪尔小心说道。

"胡说，我的朋友。"阿邦说。"我可是……"他嘟哝一声，吐出一大口气。"……和骆驼一样强壮。"

贾迪尔微笑，轻拍他的肩膀。"我们还是有机会把你打造成真正的战士。"

当他们终于抵达第七层时，贾迪尔转身看向矮墙下的景象——遥远的下方，戴尔沙鲁姆弯下腰去，以短铲挖掘宽敞的恶魔坑。这些坑都位于第一层平台的边缘，好让从像贾迪尔所在崖壁上跌落的恶魔直接摔入其中。尽管贾迪尔和其他奈沙鲁姆都不能参战，他对于即将到来的战斗还是很兴奋。

他转向阿邦，但他的朋友已经沿着平台走去，完全对下方布置战场的景观没有任何兴趣。

"我们应该开始清查这些房子。"贾迪尔说,但阿邦似乎没有听见,心事重重地跛着走开了。贾迪尔在阿邦于一座大拱门前停步时赶上了他,只见阿邦面带喜色地看着雕刻在拱门上方的符号。

"第七层,我就知道!"阿邦说。"就和天堂与阿拉之间耸立的巨柱数目差不多。"

"我从未见过这种魔印。"贾迪尔说,看着那些符号。

"那不是魔印,是文字。"阿邦说。

贾迪尔好奇地看着他。"就像写在《伊弗佳》里的文字?"

阿邦点头。"《伊弗佳》上面说:位于向万物之主表达敬意的阿拉上第七层平台,此地为德拉瓦西大师的制陶工坊。"

"你之前提到的陶艺匠?"贾迪尔吼道。阿邦点头,动手推开挂在门口的亮眼布帘,但贾迪尔抓起他的手臂,将阿邦扯过来面对自己。

"所以只要有利可图,你就能忍受痛楚,却不能为了争取荣誉而忍痛?"他大声问道。

阿邦微笑。"我只是比较现实,我的朋友。荣誉太虚无了。"

"在天堂就可以了。"贾迪尔说。

阿邦嗤之以鼻。"我们不能从天堂照顾我们的母亲和姐姐。"他挣脱贾迪尔的手,走进工坊中。贾迪尔无奈,只得跟着进去,结果撞在阿邦身上,因为他一进门立刻就停下了脚步,目瞪口呆地看着屋内。

"货物毫发无伤。"阿邦低声说道,双眼绽放出贪婪的光芒。贾迪尔顺着他的目光看去,不禁跟着瞪大了双眼。眼前所见,整整齐齐叠在大货板上的,是他这辈子见过最精美的陶器。

整间房里堆满了陶器——陶罐、花瓶、大酒杯、油灯架、餐盘以及碗。每件陶器都涂有亮眼的色釉以及绘有金灿灿的叶子……

阿邦兴奋得摩拳擦掌。"你知道这些东西值多少钱吗,我的朋友?"他问。

"值多少钱都无所谓。"贾迪尔说。"又不是我们的。"

阿邦看向他,仿佛把他当作傻瓜。"物主死了就不能算偷窃,阿曼恩。"

"那比偷窃还要糟糕,掠夺死人的物品,"贾迪尔说,"这是亵渎。"

"把艺术大师的作品堆在这荒沙堆里当垃圾才是亵渎,"阿邦说,"我们可以找到很多垃圾区建立屏障。"

贾迪尔打量着那些陶器。"好吧,"他终于说道,"就把它们留在这里。让它们诉说这位伟大的卡菲特工匠的故事,让艾弗伦见证他的作品,让他来世投胎到更高的阶级。"

"如果艾弗伦无所不知,又何必要留下东西来诉说故事?"阿邦问。

贾迪尔握紧拳头。阿邦吓得立刻后退。"我不准任何人亵渎艾弗伦,"他吼道,"就算是你也不行。"

阿邦高举双手做乞求状。"没有亵渎的意思。我只是说这些陶器不管放在达玛基的宫殿还是这个遭人遗忘的工坊里,艾弗伦都看得见。"

"或许没有,"贾迪尔承认道,"但卡维尔说所有东西都将成为阿拉盖沙拉克的祭品,包括这些陶器。"

阿邦的目光瞟向贾迪尔依然紧握的拳头,点了点头。"当然,我的朋友,"他同意道,"但如果我们真的尊重这名伟大的卡菲特工匠,并且期望他能够进入天堂,就用他的陶罐去帮挖掘恶魔坑的戴尔沙鲁姆运送沙土。这样做可以让这些陶器参与阿拉盖沙拉克，让艾弗伦见证德拉瓦西的价值。"

贾迪尔松了一口气，紧握的拳头松开来。他对阿邦微笑点头。"这是个好主意。"他们挑选最合适搬土的陶器，将它们搬回营地。剩下的就整整齐齐地留在原地，分毫未动。

❦

贾迪尔和其他人一起全心投入他们的工作，两天两夜很快就在阿拉盖沙拉克战场逐渐成形中度过。每天晚上他们都待在魔印圈内研究那些恶魔，制订详细战术。村落的层层平台变成由垃圾堆所组成的迷宫，掩盖戴尔沙鲁姆用来当做伏击点的魔印凹槽。他们会跳出伏击点，将恶魔赶下平台，使其跌入恶魔坑中，或是将他们困在携带式魔印圈内。每层平台上都有魔印守护的补给站，奈沙鲁姆就待在其中静静等待，随时准备提供战士新的长矛和网罩。

"待在魔印后方，直到有人叫你。"卡维尔指示众新手。"必须穿越魔印时，动作一定要快，直接冲向下一个有魔印守护的区域，直到抵达目的地。把身体压低，尽量躲在墙后，充分利用所有掩护。"他强迫男孩们记下临时迷宫的地形，确保他们能在双眼紧闭的情况下找到所有魔印凹槽，以防万一。战士们会点燃篝火，借以看清地形及战况，并驱退沙漠夜晚的严寒，但战场上还是有很多阴暗处，提供能在黑暗中视物的恶魔强大的优势。

没过多久，夕阳西下，贾迪尔和阿邦已经蹲在第三层的某个补给点中等待。悬崖面东，所以他们可以看到悬崖的阴影逐渐笼罩河谷，如同墨渍般慢慢涂黑远方的峭壁。就在河谷的阴影中，阿拉盖开始现身。

魔雾从泥土与砂岩间渗出,凝聚成恶魔的形体。贾迪尔和阿邦入迷地看着恶魔在三十英尺下方的广场上成形,戴尔沙鲁姆燃烧巴哈村里所有可燃物品的火光,照亮了它们的身影。

这是第一次,贾迪尔真正了解到多年来达玛告诫他们的话。阿拉盖是邪恶之物,藏身在艾弗伦之光照耀不到的地方。要不是它们邪恶的玷污,整个阿拉都会成为造物主的天堂。他对于地心魔域产生一股强烈的厌恶,心知自己不惜牺牲性命也要摧毁它们。他抓起藏身处中的一根备用长矛,想象有一天自己可以和其他戴尔沙鲁姆兄弟一起猎杀它们。

阿邦紧握贾迪尔的手臂,贾迪尔转向他的朋友,看见阿邦举起颤抖的手指指向数英尺外的土墙。魔雾沿着土墙浮现,一头风恶魔逐渐在墙边凝聚成形。它现身时蜷伏在地,翅膀收拢。这两个男孩从来没有靠恶魔这么近,这种景象令阿邦恐惧不已,但贾迪尔心中只感到一阵愤怒。他握住长矛的手越来越紧,盘算着自己该如何扑上,在恶魔完全成形前将它推下悬崖,让它跌入下方的恶魔坑。

阿邦紧握贾迪尔的力道大得令他疼痛。贾迪尔转向他的朋友,发现阿邦直视他的双眼。

"别做傻事。"阿邦说。

贾迪尔回头去看恶魔,但转眼间他已错失良机,因为阿拉盖的利爪已放开岩壁,向下跳入黑暗中。他听见突如其来的拉扯声,接着看见风恶魔一飞冲天,巨大的蝠翼遮蔽了天上的星光。

不远处,一头橘色的土恶魔成形,攀在土墙上,几乎难以辨认。土恶魔矮小精壮,体型不比小狗大多少,却是拥有结实肌肉、利爪,以及一层厚重的硬壳。它抬起浑圆的脑袋,用力嗅闻空气。卡维尔说过土恶魔的脑袋几乎能撞穿任何东西,撞碎石头、压弯上好的精钢。当恶魔冲向他们时，他们终于亲眼见证土恶魔的力量，眼睁睁地看着对方一头撞上藏身处外围的魔印圈。银色魔光如同蛛网般自撞击点向外扩张，土恶魔向后弹开。不过它立刻又扑了回来，利爪插入峭壁中，脑袋不断向前冲撞，击中魔印力场，凭空掀起阵阵魔光涟漪。

贾迪尔举起长矛，插入恶魔的喉咙中，就像他在旅途中看见戴尔沙鲁姆的做法。但恶魔动作迅速，立刻咬住矛头。金属矛头在恶魔使劲甩头下如同黏土般弯曲，接着又被扯离贾迪尔手中，差点把他也拉了出去。恶魔甩动脑袋，将长矛抛入黑暗中。

哈席克在平台另一边将这一切看在眼里。他担任诱饵兵，很快就会跳出藏身处，引诱恶魔进入诱捕他们的圈套。

"老鼠，再浪费一根长矛，"他叫道，事隔多年，他说这个"鼠"字时，依然口齿漏风。"我就把你丢下去捡！"贾迪尔羞愧难当，深深鞠躬，深深缩回身去，等待进一步指令。

稳稳站在梯子上的克雷瓦克侦察兵，可以快速地从一层平台移动到另一层平台。他们居高临下观察战场，对凯沙鲁姆比了个讯号，凯沙鲁姆随即吹响沙拉克之号，下令开战。

哈席克立刻冲出藏身所，四下吼叫跳跃，吸引附近恶魔的注意。贾迪尔看得入迷。不管他对哈席克有什么成见，这人确实算得上一个不折不扣的勇士。

数头土恶魔在看见他时嘶声吼叫，一拥而上。它们短小有力的四肢奔跑起来速度惊人，但哈席克毫不畏惧地站在原地，直到它们全部展开追逐后才发足狂奔，朝前方位于第一道屏障后的伏击点冲去。贾迪尔藏身处附近墙上的土恶魔在他跑过时扑了上去，但哈席克随即转身，高举盾牌，不但挡下突袭，甚至还调整角度，将恶魔弹向矮墙，在一阵尖叫声中坠入恶魔坑——当晚第一头死亡的恶魔。

　　哈席克冲入垃圾迷宫，以不合乎其高大身材的速度和矫捷身手在层层屏障间穿梭。他迅速离开贾迪尔和阿邦的视线范围，但他们听见他抵达伏击点时发出的"呼特"讯号。这是诱饵兵的老口号，让伏击点的戴尔沙鲁姆知道阿拉盖逼近了。

　　只听见吼声震天，魔光大作，藏身在伏击点中的战士对毫无所觉的恶魔展开攻击。黑夜中充斥着阿拉盖的惨叫声，而这种声音令贾迪尔不寒而栗。他渴望自己也能让阿拉盖痛苦惨叫，总有一天……

　　正当他陷入沉思时，侦察兵尔戴突然自他们面前的矮墙底下冒出头来。十二英尺高的楼梯刚好能让他们从一层平台爬上另一层平台。

　　尔戴拉开绑在手腕上的坚韧皮带，回头将梯子拉上平台。他转移阵地，将梯子靠墙放好，准备爬往下一层，接着在上方传来的吼叫声中停止移动。他抬头观看，刚好看见一头土恶魔直扑而下。

　　贾迪尔全身紧绷，但他根本不须担心。侦察兵的动作如同大蛇般灵活，迅速将梯子横举身前，近距离阻挡恶魔的攻势。尔戴顺势踢出，将阿拉盖踢开。

　　趁着恶魔起身前，尔戴迅速后退数步，在两者间拉开十二英尺的距离。恶魔再度扑上，但尔戴用梯顶架起恶魔，随即反身举起梯子，轻松将小型恶魔抛出矮墙。转眼间他又回去架设梯子。

　　"送备用长矛去给广场上的推进兵。"他在跳往下一层时对他们叫道，双手几乎没碰到梯子的横杆。

　　贾迪尔抓起两根长矛，阿邦也一样，但贾迪尔看出他眼中的恐惧。"跟紧我，我怎么做就跟着做。"他对朋友说道。"这和我们每天练习的没什么不同。"

"除了现在是晚上以外。"阿邦说。但他还是在贾迪尔四下打量并冲向哈席克藏身处时跟了上去,一路压低身形,隐身在矮墙后方,避免引来盘旋在村庄上空的风恶魔的攻击。

他们抵达下一个藏身处,然后沿着阶梯往下抵达广场。土恶魔在戴尔沙鲁姆的驱赶下如同雨滴般从天而降。伏击点的位置挑选得十分精确,大多数阿拉盖都直接坠入临时恶魔坑中。剩下的土恶魔,以及直接在广场上现身的沙恶魔,则被推进兵利用长矛和盾牌赶入恶魔坑中。每个恶魔坑的洞口及洞底都绘制了单向魔印,阿拉盖可以进去,但出不来。战士的长矛无法刺穿恶魔的外壳,但他们可以刺痛、推挤或反复撞击恶魔,迫使它们跌入坑内。

"小鬼!长矛!"卡维尔大叫,贾迪尔发现训练官手中的长矛断成两截,身前还站了一头沙恶魔。卡维尔看起来丝毫不以为意,以极快的速度甩出矛柄,深深插入恶魔的肩膀,从髋关节串出,让它无法稳定身形或找到立足点。卡维尔持续推进,流畅地转动施力点,增加突刺的力道,并且善用盾牌,迫使恶魔朝坑洞边缘退去。

尽管训练官应付前方的恶魔似乎绰绰有余,身后还是不断有其他恶魔坠落地面,在这里得尽快解决恶魔的时刻里,不称手的武器只会拖累他的反击速度。

"阿哈!"贾迪尔大叫,抛出一根新的长矛。卡维尔一听见这声发喊,立刻将断掉的矛柄插入恶魔的喉咙中,顺势转身接下新矛,随即以新武器展开攻击。片刻后,沙恶魔惨叫一声,坠入深坑。

"别他妈傻站在那里!"卡维尔大叫。"干完活,赶紧回去!"贾迪尔连忙点头,急奔离开,和阿邦一起将武器交给其他战士。

发完长矛后,他们转身冲向台阶。还没跑多远,身后已传来巨响。贾迪尔回过头,看见一头愤怒的土恶魔翻身而起,摇晃脑袋。它距离推进兵很远,而且已经发现阿邦和贾迪尔这两个比较容易得手的猎物。

"伏击点!"贾迪尔叫道,指向推进兵在恶魔开始落地前藏身的魔印凹槽。在土恶魔疾冲而来的同时,两名男孩拔腿就跑,恐惧至极的阿邦甚至超过贾迪尔,跑到了他的前面。

但就在抵达藏身处前,阿邦双脚一绊,叫出声来。他重重跌倒,显然没法及时爬起来。

贾迪尔加速前进,在阿邦挣扎起身时扑上去一把抱住他。他承受冲击的力道,带动阿邦一同翻身,随即将冲势化作一个完美的沙鲁沙克抛掷势,将阿邦巨大的身躯抛入藏身处中。

贾迪尔完成这个动作后随即落地俯卧。一如他的预期,恶魔跟随动作幅度大的猎物,朝阿邦扑去,最后撞上藏身处的魔印力场。

贾迪尔在恶魔甩开魔印带来麻痹感的同时迅速起身,但恶魔转身时发现了他,更糟糕的是,恶魔站在他与安全魔印凹槽之间。

贾迪尔没有武器和巨网,心里很清楚,在空旷的地方,恶魔肯定跑得比自己快。他心中升起一股恐慌,随即想起克伦训练官的话——"阿拉盖不懂得运用谋略,"他的老师教过他。"它们或许比你强壮,比你敏捷,但它们的脑袋笨得跟猪一样。它们的一举一动都会透露出自己的意图,最简单的假动作都足以愚弄它们。不要忘记你的机智,你就可以看到明天的黎明。"

贾迪尔假装奔向最近的恶魔坑,接着突然转向冲往台阶。他凭借记忆在垃圾和屏障之间左闪右躲,无暇辨别方向,只能跑到哪算哪。恶魔吼叫一声，展开追逐，但贾迪尔已经将它抛到脑后，全神贯注在前方的道路上。

"呼特！"他在哈席克的藏身处映入眼帘时叫道，宣告身后恶魔的到来。他可以躲在那里，让哈席克把恶魔引往伏击点。

但哈席克的藏身处空无一人。战士必定又出去扮演诱饵了，此刻正在伏击点作战。

贾迪尔知道自己可以躲在这个藏身处，但这头恶魔该怎么办？最理想的情况是，他可能会逃离战场，最糟糕的情况，它可能会在某个戴尔沙鲁姆或是奈沙鲁姆察觉前突袭对方。

他低下头去，拼命逃跑。

他在临时迷宫中想办法和土恶魔拉开一点距离，但在看见伏击点时，恶魔依然紧跟在后。

'呼特！'贾迪尔叫道。"呼特！呼特！"他展开最后冲刺，希望伏击点中的战士听见他的呼叫，准备出来迎击。

他矮身闪入最后的屏障，一双手掌立刻将他一把抓住，甩向一旁。"你以为这是游戏吗，老鼠？"哈席克大声喊道。

贾迪尔没有回话，而当恶魔闯入伏击点后，他也不用再回话。一名戴尔沙鲁姆撒出网罩，将它绊倒。

恶魔猛烈挣扎，将紧紧交织的马毛网绳如同细线般轻易咬断。就在它即将逃脱时，数名战士一拥而上，将它压倒在地。一名戴尔沙鲁姆脸上中了一爪，惨叫着退开，但另一名立刻补位，抓起恶魔身上层层交叠的硬壳，徒手向外扳开，露出其下柔软的皮肤。

哈席克抛开贾迪尔，冲入战团，对准开口处一矛插下。恶魔尖声惨叫，痛苦扭动，但哈席克毫不留情地扭转矛身。恶魔最后一次抽动后，躺在地上不动了。贾迪尔欢呼一声，高举拳头。

不过兴奋的情绪很快就被打断了，只见哈席克放开长矛，任由它插在死去的阿拉盖身上，怒气冲冲地冲到他身前。

"你把自己当成诱饵兵，奈沙鲁姆？"他问道。"你可能会害死其他人，私自引诱阿拉盖进入还没重置好的陷阱。"

"我没有——"贾迪尔开口，但哈席克一拳揍在他的肚子上，接下来的回话变成一脸痛楚。

"我没有准许你这样对我说话，老鼠！"哈席克大叫。贾迪尔见他怒气腾腾，明智地保持缄默。"你得到的命令就是待在藏身处，不是把阿拉盖引到没有准备好的战士背后！"

"他在出声警告的情况下把阿拉盖带来这里，总比把它留在外面闲晃要好，哈席克。"杰森说。哈席克瞪他一眼，但没有顶嘴。杰森是经验老到的战士，或许已经年过四十，卡维尔或是凯沙鲁姆不在的时候，其他战士就以他马首是瞻。他脸上被恶魔抓伤的地方还在淌血，但他没有显露任何痛楚的神情。

"你或许根本不会受伤，如果——"哈席克张嘴欲言，但杰森打断他。

"这不是我身上的第一道恶魔伤疤，缺牙。"他说。"每道疤痕都是值得珍惜的荣耀。现在回你的岗位上去，今晚还有恶魔要杀。"

哈席克皱起眉头，不过还是鞠了个躬。"如你所说，夜晚还很漫长。"离开伏击点时，他的目光如同长矛般射向贾迪尔。

"你也回去自己的岗位，孩子。"杰森说着，在贾迪尔的肩上拍了一拍。

黎明终于到来，所有人通通聚集在恶魔坑旁欣赏阿拉盖燃烧。巴哈卡德艾弗伦面临东方，东升的旭日很快就洒满整座河谷。恶魔在阳光充斥天际的同时凄声惨叫，皮肤开始冒出黑烟。

戴尔沙鲁姆的盾牌内侧都擦得好像镜子般光亮，当凯维特达玛为巴哈人的灵魂祷告时，战士们一个接着一个反转盾牌，调整角度将阳光折射到恶魔坑中，直接照射其中的恶魔。

恶魔一旦见到阳光，便立刻化为烈焰。所有阿拉盖通通起火燃烧。奈沙鲁姆齐声欢呼。当艾弗伦的阳光点燃恶魔时，他们有些人甚至扯下拜多布，朝恶魔身上撒尿。贾迪尔这辈子从来没有如此兴奋过，他转身找阿邦分享内心的喜悦。但他连阿邦的身影都没看到。想到他的朋友可能还躲在昨晚藏身所，贾迪尔赶紧跑去找他。阿邦只是有伤在身，这和懦弱是两码事。他们可以不去理会其他奈沙鲁姆的冷嘲热讽，直到阿邦伤势复原，到时候他们会去找说闲话的人算账，终结所有嘲弄。

他把整个营地搜了个底朝天，竟然找不到阿邦的身影——最后还是在一辆拉补给品的驮车底下找到了他。

"你在干什么？"贾迪尔惊奇地问道。

"喔！"阿邦说，惊讶地转过身来。"我只是……"

贾迪尔不理会他，推开阿邦，看向车底。阿邦在那里缠了一张大网，里面摆满他们当作工具使用的德拉瓦西陶器，外层包覆布块，以免陶器在回程的旅途中发出撞击声或被撞烂。

阿邦在贾迪尔转回身来时摊开双手，面带微笑。"我的好兄弟……"

贾迪尔打断他。"你给我放回去。"

"阿曼恩。"

"放回去，不然我就打断你的另一条腿。"贾迪尔说道。

阿邦叹气，不过更像是恼羞成怒，而不是打算屈服。"我的好兄弟,我再一次求你实际一点。我们都知道,我的腿在这种情况下,想要帮助我的家人,就得依靠获利,而非荣誉。就算我有办法成为戴尔沙鲁姆,我能支持多久呢?更何况前来马哈萨克的战士中最强悍的老鸟都不可能全部活着回家。对于我而言,能够活过第一夜已经算是非常幸运的事了。万一我在毫无光荣的情况下离开人世,我的家人该怎么办?我不希望母亲到头来除了我的鲜血没有任何财物可以让我的姐姐们陪嫁,而得把她们当成吉娃沙鲁姆变卖。"

"吉娃沙鲁姆是变卖而来的?"贾迪尔惊疑地问道。想起自己的妹妹们,远比阿邦的姐姐还要穷困。吉娃沙鲁姆是团体妻子,待在大后宫里供所有戴尔沙鲁姆享用。

"你以为会有女人那样自贱吗?"阿邦问,"身为吉娃沙鲁姆对年轻貌美的女人来说或许是光荣的事,但她们都不知道自己肚子里怀的是谁的孩子。而一旦容颜老去,她们的光荣也将随之而逝。最好还是找个好老公,就算是卡菲特也比那种命运好多了。"

贾迪尔没有说话,思索着他的话。阿邦移动脚步,凑上前去,一副想要透露什么秘密似的,虽然附近根本没有其他人。

"我们可以平分利益,我的兄弟。"他说。"一半给我母亲,一半给你母亲。她和你妹妹们上次吃肉是什么时候?上次有比破布温暖的东西盖是什么时候?荣誉或许在多年后可以帮助她们,但垂手可得的利益立刻就能解决她们的温饱。"

贾迪尔怀疑地看着他。"这几只陶罐能多少钱?"

"这些可不是随处可见的破罐,阿曼恩。"阿邦说。"想一想!德拉瓦西大师最后的作品,曾被戴尔鲁姆用来帮他复仇,并且解放马哈萨克村民的灵魂。它们是无价之宝!就连达玛基也会想要买回去展示。我们甚至不用清理它们!马哈萨克的尘土比任何釉彩还要鲜亮。"

"卡维尔说所有战利品都要献祭,以净化马哈的土地。"贾迪尔说。

"所有战利品都要献祭,"阿邦说,"这些只是工具,阿曼恩,和戴尔沙鲁姆用来挖坑的铲子没什么两样。保留我们的工具与夺取死人的财产是两码事。"

"那为什么要我们像贼一样藏在车底下?"

阿邦微笑。"你以为要是哈席克那帮家伙知道了,他们会让我们得手吗?"

"我想不会。"贾迪尔承认道。

"那就这样说定了。"阿邦说,拍拍贾迪尔的肩膀。他们迅速将剩下的陶器装上秘网。

快要装完的时候,阿邦拿起一个精致的陶杯,故意放在沙土里摩擦。

"你在干吗?"贾迪尔问。

阿邦耸耸肩。"这个杯子太小,不可能用来挖土。"他说着举起陶杯,欣赏其上的尘土。"但巴哈的尘土可以让它的价格翻上十倍。"

"但那是骗人的行为。"贾迪尔说。

阿邦眨眼。"买主永远不会知道真相,我的哥们。"

"我会知道!"贾迪尔大叫,抢过陶杯,掷向远处。陶杯落地时,化为碎片。

阿邦尖叫。"你这白痴,你知道那玩意儿值多少钱吗?"但在看到贾迪尔愤怒的目光后,他立刻明智地举起双手,后退一步。

"当然,我的兄弟,你做得对。"他同意道。为了强调自己的说法,他举起另一个类似的陶杯,在地上摔成碎片。

贾迪尔看着陶杯碎片,轻叹一声。"不要送钱到我家,"他说,"我不要贾迪尔的血脉接受来自这种……低贱行为的利益,我宁愿妹妹咀嚼硬壳粮也不要她们吃被玷污的肉食。"

阿邦难以置信地看着他,最后只是耸了耸肩。"那就这样吧,我的朋友。但如果你改变心意……"

"如果真有那么一天,而你真是我兄弟,你就会拒绝我。"贾迪尔说。"如果再让我发现你做这种事情,我会亲手把你交给达玛。"

阿邦看着他一脸坚毅的表情,点了点头。

夜晚,站在克拉西亚城墙上,贾迪尔可以感受到来自四面八方的战斗冲击。想到自己有朝一日将会以卡吉的身份死去,他就感到无尚荣耀。

"阿拉盖落地!"侦察兵尔戴叫道,"东北区!第二层!"

贾迪尔点头,转身面对其他男孩。"祖林,通知第三层的马甲部族荣耀将近。山杰特,让安吉哈部族知道马甲部族将出击。"

"我可以去。"阿邦自愿道。贾迪尔怀疑地看着他。他知道若是不让他去,会让朋友颜面无光,但从巴哈村回来后已过了好几个星期,阿邦瘸腿还是没有减轻的迹象——阿拉盖沙拉克可不是游戏。

"暂时待在我身边。"他说。

其他男孩笑嘻嘻地得令而去。

克伦训练官注意这种情况,嘴角一撇,不屑地看向阿邦。"让自己有点用处,小鬼,去解开那些绳网。"

在阿邦奉令而去后,贾迪尔走到克伦身边,假装没有注意到阿邦瘸腿的背影。

"你不能永远护着他。"训练官小声说道,举起他的望远镜搜寻远方的夜空。"让他死在迷宫里总比带着羞愧离开城墙要好。"

贾迪尔思索着。到底该怎么做?如果派阿邦传令,他很可能无法完成使命,导致迷宫中的战士面临危机。但如果不派他出去,克伦迟早都会将那个男孩贬为卡菲特——远比死亡还要凄惨。阿邦的灵魂会被拒于天堂大门之外,永远无法体会艾弗伦的慈爱,或许要等上千年才有投胎转世的机会。

自从克伦任命他为奈卡后,贾迪尔就开始肩负重担,曾和自己肩负同样荣誉的男人哈席克是否也曾感受同样的压力。大概不可能,如果是哈席克,阿邦早被除掉了,要么死了,要么出局了。

他叹了口气,决定派遣阿邦传讯下一道命令。"死总比当卡菲特好。"他喃喃说道,这句话觉得十分苦涩。

"当心!"克伦在一头风恶魔俯冲过来时大叫道。他和贾迪尔及时俯身,但尔戴迟了一步。他的脑袋沿着城墙滚向贾迪尔,身体则坠入大迷宫中。阿邦愤怒地尖叫。

"它掉头过来了!"克伦警告道。

"阿邦!绳网!"贾迪尔大声喊道。

阿邦立刻动手,将重心放在没有受伤的脚上,拖着沉重的绳网交给克伦。贾迪尔注意到,他将绳网折成适合投掷的形状,至少这也算是像那么回事。

克伦一把抓起绳网,目光始终钉在折返的恶魔身上。贾迪尔盯着他的目光,知道训练官正在计算恶魔的速度以及行进方向。他整个人紧绷得如同张满的弓弦,贾迪尔知道他绝对不会失手。

阿拉盖进入射程时，克伦如同眼镜蛇般突然蹿起，迅速地抛出绳网。但绳网展开得太快了，贾迪尔立刻看出原因：阿邦的脚不小心缠在绳网中。他被克伦投网的力量扯得腾空飞起。

风恶魔突然上升，避开展开的绳网，翅膀迅速拍打绳网以及克伦。阿拉盖转眼消失了踪迹，训练官摔倒在地，被缠在绳网中无法起身。

"让奈抓走你，小鬼！"克伦气得大声咒骂，从绳网中出脚踢中阿邦的小腿。阿邦惨叫一声，再度坠落城墙，这一次则是坠向挤满阿拉盖的大迷宫中。

在贾迪尔有时间反应前，远方传来一阵吼叫，他知道阿拉盖已经调转方向，再度来袭。克伦被困在地上，城墙上已经没有戴尔沙鲁姆可以阻止它了。

"趁有机会的时候快逃！"克伦叫道。

贾迪尔不去理他，冲向阿邦折好的绳网。他举起一张网子，发出吃力的声响。他和其他男孩练习用的网子比这轻得多。

风恶魔拍击翅膀，掠过他们上空，接着掉转头，俯冲过来。一时间，恶魔遮蔽了月光，消失在夜空中，但贾迪尔并未因此上当，而是冷静地计算它的位置。如果非死不可，也要光荣战死，与这头阿拉盖同归于尽，为自己取得进入天堂的权力。

当恶魔接近到贾迪尔可以看清它的牙齿时，他抛出绳网。马毛绳网在被重重扯开的同时急速旋转，风恶魔迎头撞入网中。贾迪尔拉扯绳索、收紧绳网、顺势转身避开风恶魔，紧盯着对方坠入迷宫。

"阿拉盖落地！"他叫道。"东北区！第七层！"片刻过后，下方传来回应的呼喊。

正当他要回头解开克伦身上的绳网时，黑暗中一阵骚动引起了他的目光。阿邦挂在城墙顶端，指甲鲜血直流，使劲抓住大石。

"不要让我掉下去!"阿邦叫道。

"如果掉下去,你就会像个男人一样死去,死后会进入天堂!"贾迪尔说。他就差没说这是阿邦唯一可以看见天堂的机会。克伦一定会让他以卡菲特的身份离开汉奴帕许,从此被拒于天堂的门外。贾迪尔心如刀割,但他还是转身离开。

"不!拜托!"阿邦哀求,泪水如同小河般淌过肮脏的脸颊。"你发过誓!你以艾弗伦的光明发誓一定会接住我。我不想死!"

"死总比当卡菲特好!"贾迪尔吼道。

"我不在乎当卡菲特!"阿邦说。"别让我摔下去!拜托!"

贾迪尔怒吼一声,面露厌恶,但依然不情愿地弯下腰去趴在城墙边,抓住阿邦的手臂使劲拉扯。阿邦拼命挣扎,终于爬到贾迪尔的背部,回到城墙上。他一把抓住贾迪尔,不住啜泣。

"艾弗伦祝福你,"阿邦哭道。"我欠你一命。"

贾迪尔将他推开。"你真让我瞧不起,怕死鬼,懦夫。"他说。"从我眼前消失,以免我改变主意,把你再推下去。"阿邦惊讶地瞪大双眼,鞠了个躬,以瘸腿所能达到最快的速度大步离去。

正当贾迪尔看着他离开时,一只拳头狠狠击中他的腹部,将他击倒。他全身剧痛无比,但他拥抱这阵疼痛,在疼痛逐渐消失的时候,他转头面对攻击自己的人。

"你应该让他摔死。"克伦说。"今天晚上你根本不是在帮他。戴尔沙鲁姆的职责不单是帮助弟兄生,同时还要帮助弟兄死。"他对贾迪尔的肩膀吐口水。"罚你三天没粥吃。"他说。"现在把望远镜给我,阿拉盖沙拉克永远不会等待懦夫和蠢材。"

样章三　青恩

333 AR

一段时间过后，阿邦、贾阳，以及阿桑一同回来。他们拖着数名北方青恩以及一名达玛走进临时行宫。

"这是拉金达玛，穆罕丁部族。"贾阳说着将祭司推上前来。"就是他下令焚烧粮仓。"他用力把达玛按得跪倒在地。

"烧了几座？"贾迪尔问。

"在他被阻止前，三座。"贾阳说。"他还打算继续烧。"

"损失呢？"贾迪尔转向阿邦。

"我要一段时间才能估算出来，沙达玛卡。"阿邦说。"但应该将近两百吨谷粮，足以供养数千人度过寒冬。"

贾迪尔看向达玛。"你有什么话说？"

"《伊弗佳》的战争论述指示我们要烧光敌人的存粮，不让他们有机会东山再起。"拉金达玛说。"剩下的粮食喂饱我们的人马绰绰有余。"

"蠢材！"贾迪尔吼道，反手就是一耳光。房间中响起一阵惊讶的吸气声。"我要征召北方人，不是饿死他们或杀光他们！真正的敌人是阿拉盖——你已经遗忘这点了！"

贾迪尔一把扯下达玛的白袍。"你不再是达玛了。你已经烧掉你的白袍，一辈子都带着羞辱穿着褐服。"

男人在尖叫声中被拖出屋外，丢在雪地中。如果其他达玛没有抢先动手杀他，他极可能也会自寻短见。

贾迪尔再度转向阿邦。"给我损失和剩余粮食的确切数据。"

"剩下的食物或许不够喂饱所有人。"阿邦警告道。

贾迪尔点头。"如果没有足够的粮食，就杀掉太老而无法工作或战斗的青恩，直到粮食足够。"

阿邦面无血色。"我会……想办法弄出粮食。"

贾迪尔微笑，不过毫无笑意。"我想你会有办法的。你带这些青恩来做什么？我要领导人，但这些人看起来都像卡菲特商人。"

"北方是由商人统治的，解放者。"阿邦说。

"太恶心了。"阿桑说。

"不管恶不恶心，事实就是如此。"阿邦说。"这些就是可以帮助你接管此地的人。"

"我父亲不需要……"贾阳张嘴说道。但贾迪尔挥手打断他，他指示守卫带上青恩。

"你们中谁的地位最高？"贾迪尔以北方人的野蛮语言问道。囚犯们瞪大双眼，接着开始互相对看。最后，其中一人走向前来，抬头挺胸面对贾迪尔的目光。他秃头，蓄有灰色胡子，身穿肮脏破烂的丝袍。他的脸被打得血迹斑斑，左手吊在临时拼凑的吊腕带上。他的身高几乎比贾迪尔矮足足一英尺，但看起来依然像是习惯发号施令的男人。

"我是来森堡公爵，人民的统治者伊东七世。"男人说道。

"来森堡已经不存在了。"贾迪尔说。"这块土地现在叫艾弗伦恩惠，而它归我所有。"

"没有这回事！"公爵吼道。

"你知道我是谁吗，伊东公爵？"贾迪尔轻声问道。

"克拉西亚公爵,"伊东公爵说,"阿邦声称你是解放者。"

"但你不相信?"贾迪尔问。

"解放者不会带来谋杀、强暴和掠夺。"伊东啐道。

屋内的战士神情紧张,以为贾迪尔即将发飙,但他只是点头。"懦弱的北方人会期待一个懦弱的解放者并不令人惊讶。"他说。"但这不是重点。我并不要你相信我,只要你服从我。"

公爵难以置信地看着他。

"只要你在我面前跪下,将一切交给艾弗伦,那么我就饶了你的性命,以及你那些子民的性命。"贾迪尔说。"你们的儿子会接受训练成为戴尔沙鲁姆,他们将拥有超越所有北方青恩的荣誉。我会归还你的金钱及资产,不过要扣掉一点效忠我的税金。我提供这一切是为了要你帮助我统治绿地。"

"如果我拒绝呢?"公爵问。

"那么你的所有财产都将归我所有。"贾迪尔说。"你会眼睁睁地看着我的手下处死你的儿子,强暴你的妻女,然后你会一辈子衣衫褴褛、吃屎喝尿,直到有人可怜你,出手取走你的狗命。"

来森堡公爵,人民的统治者伊东七世,成为第一个在阿曼恩·贾迪尔面前跪下磕头的北方公爵。

样章四 女巫

333 AR 冬

黎莎父母的家已经映入眼帘——就她父亲的财力而言,这几间小屋已经算相当简朴了,它挨着造纸店的后墙而建,魔印守护着通往前门的道路。

罗杰特意落在后面,倒不是观察这些房屋的细节,而是偷偷欣赏她的一举一动——她曼妙的身体曲线,她白皙的肌肤和漆黑的秀发形成强烈对比,她的双眼似纯净的天空蓝。

黎莎突然转向他。罗杰大吃一惊,慌乱中抬起头来。

"再次谢谢你陪我一起来,一路护送,罗杰。"黎莎说。

说得好像罗杰会拒绝她的要求似的。"陪你家人吃顿饭算不上什么苦差事,就算你母亲煮的菜连恶魔都不敢吃。"他调侃道。

"对你而言或许不是。"黎莎说。"如果我一个人去,她会一直唠叨,直到我想吐。有你在场,或许她会少唠叨两句,或许甚至会把你当成我的男人,然后不提这个话题。"

罗杰凝视着他,开心得心跳都停了。他戴着吟游诗人的面具,表情和语气完全没有显露自己内心的悸动,问道:"你不介意让你母亲以为我们是一对?"

黎莎大笑。"我很希望她会这么想,镇上大多数人也会接受。只有你、恶魔和我觉得这有多荒谬。"

罗杰觉得被她甩了一巴掌，但他的心脏再度开始跳动。幸好有面具，所以黎莎完全没有看到这些变化。

"我希望你不要那样叫他。"罗杰转移话题。

"亚伦？"黎莎问，罗杰皱起眉。

"亚伦！亚伦！亚伦！"她笑着说道。"那只是他的名字，罗杰。我不会假装他没有名字，不管他多想要保持神秘。"

"就让他保持神秘吧。"罗杰说。"艾利克常说，如果你常常排练一种不希望让人欣赏的演出，迟早还是会被观众发现的。只要说漏嘴一次，外面所有人就会开始谈论他的名字。"

"那又怎样呢？"黎莎问。"魔印人之所以在镇上感到不自在，就是因为镇民对待他的方式不同，承认他也有名有姓或许会大大改变这种情况。"

"你不知道他摆脱了多么痛苦的过去。"罗杰说。"如果说漏他的名字，说不定会有人因而受累，也可能会有人世间的仇敌来追杀他。我知道这种感觉，黎莎。魔印人救过我的命，如果他不希望暴露自己的名字，我绝对愿意忘掉所知的一切，即使这表示我得放弃世纪之歌也无所谓。"

"你无法就这么忘掉自己知道的事。"黎莎说。

"并不是所有人的脑袋都像你那么大。"罗杰说着轻轻指指自己的额头。"有些人的脑袋一下就装满了，随时可以忘掉没用的东西。"

"胡说八道。"黎莎说。罗杰只是耸耸肩。

"总之，再次谢谢你。"黎莎说。"自愿站在我和恶魔之间的男人多得是，但愿意站在我和母亲面前的男人一个也没有。"

"我想加尔德会很乐意的。"罗杰说。

黎莎轻哼一声。"他就是我母亲宠爱的一条狗。加尔德毁了我的一生，而我母亲还是希望我能原谅他，帮他生孩子——

好像他会杀恶魔就突然成了值得托付终身的人了。她是个擅于操纵人心的女巫，能够腐化周围所有人的心灵。"

"呸！"罗杰说。"她才没那么糟糕呢。多了解她一点，你就可以像驾驭小药罐一样驾驭她。"

"你太小看她了。"黎莎说。"男人只会看见她的美貌，看不穿她的阴暗的内心。你会以为是你魅力无限，实际上却是她在勾引你，就像她引诱所有男人一样，让他们与我为敌。"

"我看你是草药吃多了。"罗杰说。"伊罗娜并非致力毁掉你人生的地心魔物。"

"你对她的了解不够深。"黎莎说。

罗杰摇头。"艾利克曾教我关于女人的一切，也提过像你母亲那种女人，曾经美艳无比，但现在开始显露岁月的痕迹，他说那种女人都是一样的，更年期综合反应。伊罗娜年轻时一直是人们眼中的焦点，她只知道用不同种方式与世界互动。你和你父亲老是谈论魔印之类的她一无所知的话题，这让她迫切地想要引人注目，不管通过什么方式。让她自认是目光焦点，就算她不是也无所谓，到时候她就不会来烦你了。

黎莎凝视他片刻，然后哈哈大笑。"你老师根本一点也不了解女人。"

"他看起来像是很了解的样子。"罗杰回道。"看他和多少女人上床就知道了。"

黎莎朝他扬起一边眉毛。"那他的学徒利用这些高超的技巧和多少女人上过床？"

罗杰微笑。"我不喜欢这种罗曼史，不过我敢赌一枚密尔恩金阳币，赌你母亲会拜倒在我的技巧下。"

"赌了。"黎莎说。

"曾经一位商人跟艾利克说:'我是付钱请你教我老婆跳舞的!'"罗杰说。"而艾利克一脸平静地看着他说道:'是呀,但你老婆喜欢躺着跳又不是我的错。'"

伊罗娜哈哈大笑,拿杯子敲击桌面,溅出许多红酒。罗杰和她一起敲,接着他们干杯喝酒。

坐在餐桌另一边与父亲交谈的黎莎看着他们直皱眉——她真的不知道哪种情况比较令她害怕——赢得与罗杰的赌注,还是输掉母亲。也许带他同来并非什么好主意——只是那些荤段子就已经够恶心了,更恶心的是罗杰的目光不断飘向母亲的乳沟,虽然从伊罗娜刻意裸露的习惯来说,她并不能责怪罗杰。

餐盘早就被清空了。厄尼在翻阅着黎莎带给他的书籍,双眼在从来不曾离开鼻梁的厚框眼镜后显得格外渺小。最后,他咕哝一声放下书本,并指向黎莎面前那叠皮革封面的空白书本。

"时间只够做几本。"他说。"你自己画的速度比我印书还快。"

"这只能看我那些学徒的了。"黎莎说,从火炉上取下茶壶。"我每写好一本,她们就可以抄完三本。"

"第十七本。"黎莎说。"不过其中恶魔学和魔印各占一半,而且大多数来自魔印人。单是重绘他身上所纹的魔印刺青就填满了好几本书。"

"喔?"伊罗娜抬头问道。"那你看过他身体哪些部位了?"

"妈——"黎莎满脸娇羞,红着脸叫道。

"我并不是在批评你。"伊罗娜说。"尽管魔印人奇丑无比,你还是有可能遇上更差劲的男人。但如果你打算这么做,最好快点动手,过不了多久,就会有更多比你年轻又能生的女孩开始和你竞争了。"

"他并不是解放者,妈。"黎莎说。

"其他人可不是这么说的。"伊罗娜说。"就连加尔德都对他崇拜得五体投地。"

"喔,既然连加尔德都这么想,那就'一定'是对的。"黎莎说着,两眼一翻。

罗杰在伊罗娜耳边喃喃低语,她再度大笑,注意力回到他身上。黎莎顿感松了一口气。

"说起魔印人,"厄尼说。"他上哪去了?史密特说又有一名信使代表公爵前来传唤他,但信使来那天他又消失得连影儿都没了。"

黎莎耸耸肩。"我想,他并不想去见什么公爵,他不认为自己是林白克的子民。"

"你最好劝他权衡清楚,"厄尼说。"我们村子没有像往年一样大量产木材。林白克对此十分不满。如果没有信使拖延一点时间,加之道路上积雪很厚,致使他无法派遣军队;但等到春雪融化后,林白克会要求答案,并且确认解放者毫无条件地效忠于他。"

"是这样吗?"罗杰抬头问。"如果魔印人打算对抗林白克,很多村镇的居民多半会立刻加入他的阵营。"

"没错。"厄尼说。"其他小村落也一样,甚至有不少安吉尔斯堡的人民也是如此。魔印人只要大臂一挥就能掀起内战,这就是为什么他最好在林白克采取任何莽撞举动前表明自己的立场。"

黎莎点头。"我会和他谈谈,我在安吉尔斯也有事情还没处理完。"

"你唯一没处理完的事就在你的裙摆底下。"伊罗娜喃喃说道。罗杰突然呛得鼻孔中喷出酒来。伊罗娜得意洋洋地笑着,啜着自己的酒杯。

"至少我可以让裙摆保持在脚踝附近!"黎莎突然说道。

"不准你用那种语气对我说话,"伊罗娜说。"我或许不懂管理或恶魔学,但我知道你再过不久就会变成没人要的老女人。不管这辈子杀掉多少恶魔,躺进坟墓后你还是会后悔自己没有为世界带来任何生命。"

"我是镇上的草药师。"黎莎说。"难道不算是为世界带来生命?"

"薇卡也在拯救生命。"伊罗娜拿黎莎的草药师同行来作比较。"但她还是帮约拿牧师生了一大堆孩子。如果接生婆姐西有机会也会生一堆孩子,如果她能找到愿意闭上眼睛,并且保持坚挺直到在她温暖子宫中种下后代的男人。"

"姐西对我们镇上的贡献比你多,母亲。"黎莎说。她和姐西之前都是老巫婆布鲁娜的学徒,曾经水火不容,现在已尽弃前嫌。现在姐西或许算不上她最好的学生,但肯定是最尽心尽力的。

"胡说。"伊罗娜说。"我尽忠职守,为镇上贡献了你。你或许不知感恩,但我认为解放者会让我的错误变成巨大贡献。"

黎莎无奈地皱起了眉。

"随便哪个白痴都看得出来你和魔印人有一腿。"伊罗娜继续说道。"而且你们两都还很不协调吧——他在床上不行吗?"她问。"姐西在你爸不行时给他开过药方——"

"这太荒谬了!"罗杰在厄尼满脸通红时叫道。"黎莎才不会——"

伊罗娜不屑地打断他。"反正她又不会和你好。谁看不出来你对她有好感，但你不配，小提琴男孩，你自己也很清楚。"

罗杰的脸红得像胡萝卜。他张开嘴，但不知道该说什么。

"你不能那样和他讲话，母亲，"黎莎说，"你什么都不知道——"

"每次都是我不知道！"伊罗娜尖叫道。"好像你可怜的母亲就是蠢得看不见照在脸上的阳光！"她豪饮一大口酒，蒙上一层黎莎早已熟知的恐惧阴霾。

"我可是知道那首关于魔印人在你被强盗丢在路边后找到你的歌谣内情。"伊罗娜说。"我知道男人在没有人阻止他们时会如何对待我们这样的女人。"

"母亲！"黎莎警告，一脸严肃。

"那并非我希望你失去童贞的方式，"伊罗娜说。"你开始懂了该是怎么回事了，而我还期待你从此有个更好的归宿呢。"

黎莎一掌拍在桌上，瞪着自己母亲。"拿你的斗篷，罗杰。"她说。"天要黑了，我们和恶魔在一起会更安全。"她将空白书本放入背袋，背上肩，然后从门旁的短桩上取下绘满魔印的斗篷，披在自己肩上，以魔印银针固定在脖子前方。

厄尼走过来，摊开双手致歉。黎莎在罗杰披斗篷时拥抱父亲。伊罗娜则待在餐桌旁喝酒。

"不管有没有魔法斗篷，我都希望你不要在天黑后出门。"厄尼说。"你的地位无人能取代。"

"罗杰带着小提琴。"黎莎说。"如果被恶魔发现，我除了隐形魔印，还携带了火焰棒。我们很安全。"

"你可以利用巫术控制整支地心魔域的大军，却赢不了一个男人的心。"伊罗娜对着杯子嘲讽道。

黎莎不理会她，戴上兜帽，步入黄昏中。

"这下你相信我了吗？"她在走上大道时问罗杰。

"看来我欠你一枚金阳币。"罗杰认输道。

黎莎和罗杰朝镇中心的方向赶去。他们呼出来的热气在寒冬中结成白霜,但他们身上穿着皮草,足以御寒。一路沉默,只有积雪在鞋底下嘎吱作响。

自从被伊罗娜戏谑后,罗杰一句话也没说。他垂着脑袋,将脸深埋在长长的红色卷发中。他的小提琴放在琴盒内,挂在七彩斗篷下,但她从他不停伸屈手指的动作中看出他很郁闷,想发泄。每当他心烦意乱时就会浸泡在小提琴音乐里。

黎莎知道罗杰喜欢自己——几乎所有人都知道。镇上有半数女人认为她一定是疯了才不好好珍惜他。为什么不?罗杰有俊俏而带着稚气的面孔,还有过人的机智。他的音乐美得难以形容,而且可以在黎莎情绪最低落时哄她。他曾不只一次明确表示他愿意为她而死。

尽管努力尝试,黎莎还是没有办法以爱人的眼光看待他。罗杰至今未满十八,比她整整年轻十岁,只能做她的朋友。从许多方面来说,罗杰是她唯一的朋友——她唯一信任的人。他是她不曾拥有的弟弟,她不希望伤害他。

"你的学徒坎黛儿昨天来找我。"黎莎说。"其实她是个美丽的女孩。"

罗杰点头。"算是我最好的学徒。"

"她问我会不会煮催情药水。"黎莎说。

"啊!"罗杰大叫。接着他突然停步,转头看她。"等一等,你会吗?"

黎莎大笑。"当然会,但我不会告诉她。我给了她一剂甜茶,教她与心仪的人分享。当心她端给你喝的茶,不然你可能一整个晚上都在和她接吻。"

罗杰摇头。"永远不要和学徒乱来。"

"另一句艾利克大师的名言?"黎莎讽刺道。

罗杰点头。"而且我可以很高兴地说他恪守这句名言,我听说公会里不少学徒没有像我这么幸运。"

"这是两码子事。"黎莎说。"坎黛儿年纪与你相当,而且买催情药水的人可是她。"

罗杰耸耸肩,戴上兜帽,拉紧七彩斗篷,强化魔印网。这时最后一丝阳光已经消失在天边。恶魔雾气般的形体自雪地四面八方浮现,凝聚成许多张牙舞爪的地心魔兽。它们在空气中闻到了他们的气味,却怎么也找不到他们。

厄尼为了避免造纸化学药品的气味遭致乡邻投诉,而将房子盖在距离镇上很远的山腰,远得已经离开守护全镇的禁忌魔印圈守护范围。

一头木恶魔晃到罗杰面前,嗅闻着空气。罗杰全身僵硬,不敢在它搜寻时移动分毫。从斗篷下传过来的动静,黎莎知道罗杰正把魔印匕首握在手中。

"绕过去,罗杰。"黎莎说,继续前进。"它看不见也听不见你。"

罗杰蹑手蹑脚地绕过恶魔,战战兢兢地以指尖转动手中的匕首。他花了很多时间练习投掷飞刀,现在已能在二十步外射中恶魔的眼睛。

"实在太诡异了。"罗杰说。"如同在白天大摇大摆地穿越大批地心魔物王国。"

"你这话要说多少次才会腻?"黎莎叹气。"这件斗篷就和房子一样安全。"隐形斗篷是她本人的发明,以魔印人教她的困惑魔印为基础。黎莎修改了那道魔印,以金线绘在上好的斗篷上。只要她一直用斗篷裹住全身,并以缓慢稳定的步伐行走,恶魔就看不见她的存在,就算她直接走到它们面前也一样。

接着她又帮罗杰做了一件,配合吟游诗人的五彩服装以亮眼的色彩绘上魔印。她很高兴与罗杰舍不得脱下斗篷,就算白天也穿在身上;魔印人似乎从来不会穿自己帮他缝制的斗篷。

"不是说你的魔印不好,但我永远也不会说腻。"罗杰说。

"我相信小提琴音乐能够保护我。"黎莎说。"你为什么不能相信我?"

"我现在不就穿着斗篷吗?"罗杰问,伸手拉扯自己的斗篷。"我只是觉得有点诡异。我不想这样说,但你母亲说你是女巫似乎也不是没有道理的。"

黎莎瞪着他。

"至少是魔印女巫。"罗杰解释道。

"从前他们也说草药学是巫术。"黎莎说。"我只是在绘制魔印,就和其他人一样。"

"你和其他人不一样,黎莎。"罗杰说。"一年前,你连守护窗台的魔印都不会画,现在连魔印人都要向你求教。"

黎莎轻哼一声。"才没有。"

"快要了。"罗杰说。"你常常和他辩论魔印的功效。"

"亚伦是比我至少高强三倍的魔印师。"黎莎说。"只是……这种情形其实很难解释,不过在看过一定数量的魔印后,那些圆形就开始……直接和我沟通。我看到某个新魔印,多半就可以通过研究其中的能量线条而解出魔印的用途。我试着教导其他人这种技巧,但大家还是只能强行记忆。"

"我的小提琴也是如此。"罗杰说。"音乐可以和我沟通。我可以教人弹奏动人的旋律,但演奏'伐木洼地之后'并不足以安抚恶魔。你必须……抚平它们的情绪。"

"我希望有人可以抚平你瞧我妈的情绪。"黎莎喃喃说道。

"也该是时候了。"罗杰说。

"呃?"黎莎问。

"我们快到镇上了。"罗杰说。"越早聊到你妈,你也就放心了,然后开始去办正事。"

黎莎停下脚步,转头看他。"少了你我该怎么办,罗杰?你是我在世上最好的朋友。"她特意强调"朋友"这个字。

罗杰尴尬地变换姿势,继续前进。"我只是知道什么会令你心烦。"

黎莎快步跟上。"我不想承认魔印人对某些事情的看法有可能是对的……"

"他常常是对的,"罗杰说,"因为他冷眼看待整个世界。"

"冷酷无情地看待才对。"黎莎说。

罗杰耸肩。"意思差不多。"

黎莎若无其事地伸手抓起一根树枝上的积雪,罗杰察觉她的动作,轻易避开她丢过来的雪球。雪球击中一头木恶魔,对方几近疯狂地搜寻攻击者。

"你想要孩子。"罗杰直言说道。

"我当然想。"黎莎说。"我一直都想,只是从来不曾找到对的时机。"

"对的时机,还是对的父亲?"罗杰问。

黎莎长出了一口气。"都对。我才二十八岁,在红草的帮助下,我还有二十年可以生孩子,但会比十年前,甚至五年前要难。如果当年嫁给加尔德,我们的第一个孩子今年应该十四岁了,之后至少还会生七个小孩。"

"艾利克常说:'为没发生过的事感到遗憾不会带来任何好处,'"罗杰说,"当然,他的一生都是在这句话上过活的。"

黎莎叹息，抚摸着自己的肚子，想着里面的下身，她为这些不属于加尔德略有一些遗憾。罗杰也很清楚，她母亲的猜测并没有错。但她没有告诉过他，也不会告诉任何人当时是她的排卵期，她深怕自己会怀孕。

黎莎本来希望事发数日后，当她引诱亚伦时，亚伦可以在她肚子里播种。如果他这么做，而她真的怀孕，她就会养育那个孩子，期望它是温柔的产物，而非暴力。但魔印人拒绝了她，发誓他绝对不要孩子，因为他怕赋予自己力量的恶魔魔法会玷污他的子女。于是黎莎煮了她曾发誓绝对不煮的药茶，确保强盗的种子不会扎根。一切结束后，她对着空杯伤心哭泣。

那段回忆令她伤心落泪，冰冷的泪水在冬夜里从她的脸上流下。罗杰伸出手，她以为他想要为她拭泪，结果他却将手伸入她的兜帽中，然后突然一抖，抓出一条五彩手帕，好像从她耳朵中取出似地。

黎莎忍不住笑出声来，接过手帕，擦干眼泪。

抵达镇上时，五六头地心魔物跟在他们身后，顺着斗篷魔力的半径范围嗅闻雪地里的脚印。一名位于禁忌魔印图块边缘的女子扬起长弓和魔印箭矢，如同闪电般疾射而出，杀掉所有没能及时逃走的恶魔。

解放者洼地几乎所有年轻女子现在使用弓箭，只要有力气端起弓箭。许多没有力气拉开长弓的年长女性就佩带着搭好的曲柄弓。这些女人轮流巡逻村镇边境，杀掉任何在附近游荡的恶魔。

步入火光范围后，黎莎看见汪妲等着他们。这个女孩身材高大，亲切热情，很容易让人忘记她才十五岁。她父亲弗林死于伐木洼地之战后，而汪妲也在该役中受了伤。现在她已经痊愈，不过留下大片伤疤，并在诊所疗伤期间喜欢上了黎莎。汪妲如同猎犬般跟随黎莎，随时准备除掉任何胆敢靠近的魔物。她携带魔印人给的紫杉长弓，并且很擅长使用这把致命武器。

"我希望你允许我护送你，草药师。"汪妲说。"你很重要，不该独自在禁忌魔印圈外奔波。"

"我父亲也是这么说。"黎莎说。

"你父亲说得对，女士。"汪妲说。

黎莎微笑。"或许等你的隐形斗篷做好再说吧。"

"真的吗？"汪妲欣喜地问道，两只眼睛睁得大大的。每件斗篷都需要很长的制作时间，算是件盔甲似的宝贝。

"如果我走到哪，你一定要跟到哪的话，"黎莎说。"我就没有多少选择了。我上星期已经将图案交给我的学徒缝制了。"

"喔，感谢你，女士！"汪妲说，伸出长长的手臂，就像一个大男人一样一把抱起黎莎。

"我喘不过气了。"黎莎终于喘气道。

汪妲立刻松手后退，一脸难为情。

"她的年纪似乎不该离开禁忌魔印圈？"罗杰在他们朝镇上走去时低声问道。解放者洼地的石板蜿蜒曲折，不过魔印人利用这个特点设计了一道十分巨大复杂的守护魔印。无论大小恶魔，都不可能在镇内的土地上凝聚形体，或者越过魔印圈，或者飞越上空。街道微微发光，充满魔法的温暖。

"她已经这么做了。"黎莎说。"上星期亚伦就两次抓到她独自外出狩猎恶魔。那个女孩一心一意想要报仇，我得把她留在看得见的地方。"

曾经每当日落，镇上就变得黑暗死寂；但现在发光的石板让人们可以自由来去。一年前那场战役里，洼地失去了许多人手，但由于附近村落的居民受到魔印人传说的吸引尽皆搬迁过来，导致镇上的人口持续增加。这些新来者，在魔印人的好友罗杰和黎莎走过时指指点点，交头接耳。

他们进入恶魔坟场，从前的镇中广场，因许多恶魔和镇民战死其中而得名。尽管换了这个名字，坟场本身依然是镇民的活动中心：这里是镇民的训练场，同时也是每天晚上伐木工外出猎杀恶魔前聚在一起接受约拿牧师祝福的地方。此刻他们就站在那里，脑袋和宽厚的肩膀低垂，在约拿为他们祈祷一夜平安的同时凭空比画着魔印。

其他镇民站在一旁，低着头接受祝福。没有魔印人的身影，他不会把时间浪费在祈福上，此刻通常已经出门狩猎。有时他会数日不归，在雪地里留下一大堆等待阳光焚烧的恶魔尸体。

"你的前未婚夫在那里。"罗杰说着朝加尔德点头。加尔德站在伐木工最前面，弯下腰去让小时候经常受他欺凌的约拿牧师拿根炭棒在他额头上绘制魔印。

黎莎的前未婚夫是个巨人，身材比其他伐木工都要高大，而伐木工中很少有人身高六英尺的人。他留着一头金色长发，古铜色手臂全是坚实的肌肉。肩膀后方露出两把魔印巨斧的斧柄，腰带上挂着一副硬皮外镶有魔印的铁甲护手。用不了多久，护手表面就会染满嘶嘶作响的黑色恶魔体液。

加尔德并非最年长的伐木工，肯定也不是最聪明的，但伐木洼地之役过后，他便成了伐木工的领袖。白天是他在大声督促镇民锻炼，晚上他会冲在人们前面，成了除魔印人外全镇杀死恶魔最多的人。

"不管他对你做过什么，"罗杰说。"你得承认他是那种会让人为他塑造雕像并唱歌传颂的人物。"

"喔，我不否认他很出众，"黎莎看着加尔德说道。"他向来如此，如同磁场般吸引人们崇拜他。我也曾是其中之一。"

她伤感地摇头。"他父亲也是一个样子。我母亲为了他不惜违背婚约誓言——以野兽的观点看，这种行为甚至是可以理解的——这两个男要从外表看来都很完美。"

她转向罗杰。"令我不安的是内在。伐木工毫不迟疑地跟随加尔德，但他作战的宗旨究竟是为了保卫洼地，还是为了满足杀戮的欲望？"

"我们从前也这么看魔印人。"罗杰提醒她。"他证明我们错了，或许加尔德的情况也一样。"

"我认为不是一回事。"黎莎说着偏过头去，继续前进。

圣堂耸立在镇中心另一端，正在圣堂侧墙修建的就是第一场雪之前建成的新诊所。

"哎，黎莎女士，罗杰！"班恩看见他们立刻叫道。班恩和他的学徒们站在一起，学徒身上背着大片玻璃，以及各式制作玻璃的用具。旁边站了一群小提琴手，正在吵吵闹闹地调整乐器。班恩对学徒迅速交代几句，随即过来加入他们。

"只要你准备好就可以加持魔法，罗杰。"他说。

"昨天晚上的成果如何？"黎莎问。

班恩把手伸进口袋里，取出一只小玻璃瓶。黎莎接过瓶子，手指摸索着玻璃面上的魔印。瓶身看起来像普通玻璃，而其上的魔印非常平滑，仿佛玻璃被刻蚀魔印后又重新加温煅烧过似的。

"试着摔一下看看。"班恩鼓励道。

黎莎全力将瓶子摔在石板地上，但瓶子只是弹开，发出清脆的声响。她捡起瓶子仔细打量，一点撞击的痕迹也没有留下。

"很棒。"她说。"你的魔印技巧越来越精湛了。"

班恩微笑鞠躬。"在铁砧上有办法打破，如果你真的贴了，还是不太容易。"

黎莎皱眉摇头。"那样也不该打得破才对，让我看看还没加持过的瓶子。"

班恩点头,指示学徒拿来另一只瓶子,看起来和之前那个一模一样。"这是我们打算今晚加持的。"

黎莎仔细打量瓶子,指甲深入刻痕中。"或许刻痕的尝试也会影响加持的强度,"她思索道。"我回去想想。"她将瓶子放入围裙口袋。

"我们已经开始量产了。"罗杰说。"班恩和他的学徒白天吹玻璃并刻蚀魔印,晚上我就和我的学徒引诱地心魔物来加持魔力。再过不久每栋屋子都会安装魔印玻璃窗,而我们也可以安心存放液态恶魔火。"

黎莎点头。"今晚我想看看你们加持的过程。"

"没问题。"罗杰说。

姐西和薇卡等在诊所门口。"黎莎女士。"抵达诊所时,薇卡朝她屈膝行礼。她相貌平平,身体结实,脸型圆润,臀部丰满。

"你用不着每天晚上都屈膝行礼,薇卡。"黎莎说。

"当然要。"薇卡说。"你是本镇草药师。"薇卡本人也是合格的草药师。虽然她和姐西两人都比黎莎年长,但都将黎莎视为她们的上级。

"我想布鲁娜会受不了这种行为。"黎莎说。布鲁娜是她的老师,也是镇上前任草药师,是个脾气暴躁、视那些繁文缛节如粪土的女人。

"老巫婆根本瞎得看不见行礼了。"姐西说,走过来对黎莎点头示意。卑躬屈膝不符合姐西的作风,但这下点头的动作包含了与薇卡的屈膝礼和女士称呼同等的敬意。

身为伐木工家庭的女儿,姐西身材高大结实,不过大多是肌肉而非脂肪。她在庆典的扳手腕比赛中胜过大多数男人,而她腰间佩戴的魔印刀在战阵中多次砍倒恶魔。

"如果伐木工回来时有人受伤，诊所已做好照料伤员的准备。"妲西说。

"谢谢你，妲西。"黎莎说。伐木工会在午夜时结束狩猎，所以午夜总是诊所最忙碌的时刻——即使手持魔印斧，木恶魔依然是可怕的敌人。在林荫下，它们的皮肤贴着树枝上移动，突如其来地跳下来袭击猎物。

尽管如此，伐木工的死亡人数还是很少。当一把魔印武器击中恶魔并绽放出充满活力的魔光时，武器会汲取恶魔的魔力。魔力会存入持用者体内，增强自信和战斗力。感受到魔力的人会变得更强壮，伤口愈合的速度也会更快，效果起码持续到黎明；只有亚伦能在白昼时依然拥有魔力。

"学徒在做些什么？"她问薇卡。

"年长的在织你安排的魔印斗篷。"薇卡说。"其他在对器具进行消毒，并练字。"

"我拿了几本空白书本和一本写好的魔印宝典。"黎莎说着放下背袋。

薇卡说道："我立刻叫她们开始抄写。"

"你让学徒抄写魔印？"罗杰问。

黎莎摇头。"现在我的学徒都在上魔印课，我不会让她们像我们从前一样，天黑后就无法照顾自己。"

☙

罗杰将黎莎留在诊所中，自己朝聚集在广场另一端演奏台前的学徒走去。这些学徒身穿形形色色的彩色衣服。有些是洼地镇民，但大多数是临近村镇的人，被魔印人的传说吸引而来。其中半数是年纪大得举不起工具或武器，于是决定试试拉小提琴的人，结果却发现自己的手指没有拉琴所须的灵巧度。还有好些小孩，要等多年后才能看出有没有天分。

只有少数人真的有天赋，而美丽的坎黛尔就是其中的佼佼者。她是来森人，才刚来镇上不久就学会了拉奏复杂的乐曲，而且她在音乐方面资质甚高。她身材苗条、身手矫健，学翻筋斗和杂耍，也跟学小提琴一样快。有朝一日她会成为顶尖的吟游诗人。

罗杰并没有立刻向学徒招呼，而他们也知道不要主动向他打招呼。他拿出小提琴，拨弦调音。满意后，他以断掌的剩余手指取出琴弓——琴弓仿佛是他手臂的延伸。

当晚所有隐藏在吟游诗人面具下的情绪全部伴随着音乐缓缓流出，广场上随即萦绕在动人的旋律中，旋律层层交叠，音乐逐渐繁复，罗杰伸展肌肉，准备开始干活。

演奏完毕后，学徒们鼓掌叫好，罗杰鞠了个躬，接着带领他们拉奏一系列暖场子用的简单旋律。他皱眉听着各式各样走板的音调，只有坎黛尔跟得上他的步调，她的表情十足专注。

"太难听了！"他叫道。"昨晚到现在，除了坎黛儿，其他人都没有拿小提琴出来练习吗？练习！整天练！每天练！"

有些学徒低声抱怨，但罗杰用小提琴拉了几个刺耳的音阶，把他们吓了一跳。"我不想听你们抱怨！"他叫道。"我们是要迷惑恶魔，不是在婚礼上演出。如果你们不打算认真学习，现在就把小提琴放回琴盒去！"

所有人低头看脚，罗杰知道自己太严苛了——其实还不及艾利克一半严厉。他知道自己应该说点激励的话，一时却想不起说什么好——艾利克在这一方面并没有树立多少榜样。

他转身离开，深深吸了一口气，不自觉地把琴弓放回定位，心中的罪恶与沮丧化为旋律。他让情绪转化为音乐，然后看向学徒，让音乐与他们沟通，赋予言语无法表达的希望和鼓励。随着他的演奏，人们开始抬头挺胸，双眼再度绽放坚定的光芒。

"实在太动人了。罗杰。"当他终于放下琴弓时，一个声音从身后说道。罗杰看见坎黛儿站在他身边。他甚至没有注意到她走近——完全沉浸在音乐中。

"你渴吗？"坎黛儿问，举起一只石杯。"我煮了一点茶，还是热的。"

黎莎打从一开始就知道她是要煮给自己今晚喝的吗？罗杰心想——你不配，小提琴男孩。伊罗娜说过。你自己也知道。

看来黎莎也知道，她干脆直接给坎黛儿一把长弓算了。

"我向来不喜欢甜茶，"罗杰说。"会让我的手发抖。"

"喔，"坎黛儿说，立即如同泄了气的皮球。"好吧……那没关系。"

"今晚我想听你独奏。"罗杰说。"我认为你可以了。"

坎黛尔眼睛一亮。"真的吗。"她尖叫一声，一扑而上，拥抱他很长一段时间。

当然，黎莎总会选在这种时候出现。罗杰身体一震，坎黛儿困惑地放开双手，直到她看见黎莎。她立刻离开罗杰，朝黎莎行屈膝礼。"黎莎女士。"

"坎黛尔。"黎莎微笑招呼。"我闻到甜茶的味道了吗？"

坎黛儿满脸通红。"我，呃……"

罗杰脸色一沉。"去拿你的小提琴，坎黛儿。"他转身面对黎莎。"坎黛尔今晚要学习独奏表演。"

"她可以吗？"黎莎问。

罗杰耸肩。"这问题就像汪姐可以猎杀地心魔物了吗？她甚至比坎黛儿还要年轻。"

"你当时有迫切的需求。"黎莎说。

"不会有危险。"罗杰说。"必要时我会接手,女人们也会随时搭弓戒备。"他朝魔印圈边缘点头,汪妲在内的弓箭手都在那边集结。

他们开始准备,命令弓箭手清空禁忌魔印圈外的一块空地。接着罗杰带领提琴手拉奏一系列嘈杂尖锐的音调,四周随即充斥着地心魔物痛苦杂乱的噪声。演奏台将这阵噪声限制在禁忌魔印圈外圈的区域,地心魔物时常在那里聚集,有时候数量众多。

一旦清空后,玻璃匠的学徒就冲出禁忌魔印圈,在空地四处旋转魔印玻璃。有大玻璃片、大玻璃瓶、小玻璃瓶,甚至还有一把耗费几星期才制作出来的玻璃斧魔印。

玻璃匠安全回来后,提琴手立即改变曲调。罗杰主导音乐,一边演奏一边大声下令,利用众人的音乐强化他的特殊魔法,引诱恶魔从树林进入空地。接着他独自走出禁忌魔印圈,利用自己的音乐控制每头恶魔的步伐,直到它们全站在他认为满意的地点。

"坎黛儿!"他叫道。女孩踏上前来,开始演奏。罗杰音乐渐弱,自地心魔物面前撤退,她才逐渐提高音量,迎向地心魔物,直到他完全停止演奏,将遭受迷惑的恶魔交给她去控制。

罗杰来到魔印圈边缘,黎莎等待的地方。"她真的很厉害。"他骄傲地说道。"恶魔会如同木偶般跟随她的节奏,加持所有它们接触到的玻璃。"

的确,地心魔物跟随坎黛儿小心翼翼的步伐在空地上移动。每当恶魔接触到地上的玻璃时就会发出一片闪光,刻蚀其上的魔印会吸收恶魔体内部分魔力,作全新的用途。

地心魔物低声嘶吼,朝魔力外泄处乱抓。坎黛儿试图改变旋律,抚慰它们的情绪,但大家都听出她在害怕,因为她已经开始走音。她试图加快节奏，弥补失误，但这样做只会让情况更糟。恶魔逐渐开始抛开脑中的迷惑魔力。

身穿魔印斗篷的罗杰慢慢接近她，在恶魔失去控制前还有足够的时间，但接着坎黛尔踏错一步。一只玻璃瓶在她脚下粉碎，玻璃插入她的软皮鞋底。她失声大叫，琴弓滑开琴弦，发出尖锐的琴音。

地心魔物立刻清醒，她的魔法崩溃。它们的鼻孔在闻到她的血腥味时张得很大，接着它们仰头嚎叫，朝她一拥而上。

罗杰发足狂奔，但他跑太远去和黎莎讲话，在跑到足够近的距离前，一头地心魔物的利爪已经陷入坎黛尔体内，将她拉到身前，然后对准她的肩膀狠狠咬下。鲜血浸湿她的衣衫，其他恶魔随即扑上，争先恐后地想要分享猎物。

"弓箭手！"罗杰绝望地叫道。

"我们会射中坎黛儿！"汪姐大叫回应，罗杰看见所有女人都拉满弓，只是没人胆敢放箭。

他开始拿起小提琴，拉奏恐吓恶魔的曲调。它们尖声吼叫，不再攻击，坎黛儿摔倒在地，但空气中弥漫着血腥味，想要逼退它们并不容易。它们嘶吼着，张牙舞爪，阻挡罗杰的去路。

"坎黛儿！"罗杰叫道。"坎黛儿。"

她虚弱地抬起头来，一边喘息一边朝他伸出一只血淋淋的手掌。

突然间，某个巨大的身影冲过罗杰身边，差点将他撞倒。他抬起头来，看见加尔德抓住一头木恶魔，甩到另一头身上。两头木恶魔都被魁梧的伐木工给扑倒，接着他举起魔印护手，狠狠锤打被自己压在地上的恶魔，发出阵阵耀眼的魔光。另一头恶魔爬起时，他也已经翻身而起，但地心魔物动作迅速，一口咬中他的手臂。

加尔德大叫一声，伸出另一手抓住恶魔的胯下。他强壮的手臂使劲，举起巨大的木恶魔，把它当作巨锤撞向其他恶魔。当他和恶魔双双倒地时，其他伐木工已经冲入空地，以魔印武器砍杀地上的恶魔。

在混战中，罗杰的小提琴毫无用处，于是他迅速跑到坎黛儿身边，将斗篷披在她身上，斗篷马上沾染一大滩血渍。坎黛儿在罗杰试图抱起自己时发出虚弱的叫声。场上的骚动吸引更多恶魔离开树林，多得弓箭手没有时间一一射击。

加尔德血淋淋的双手各持一斧，朝人群这边杀开一条血路。他丢下武器，将坎黛儿好像羽毛般一把抱起，在弓箭手和伐木工保护下，他迅速将她送往诊所。

✦

"我需要输血！"黎莎在加尔德踢开诊所大门时叫道。他们把坎黛儿放在一张床上，学徒冲去拿黎莎的器材。

"抽我的。"罗杰说着卷起衣袖。

"检查他的血型是否符合。"黎莎对薇卡说，走过去刷洗手掌和手臂。薇卡立刻抽取罗杰的血样，妲西则试图检视加尔德手上的伤。

"先去看那些重伤的人。"加尔德说，抽回手臂。他指向大门，其他受伤的伐木工正被抬进来。

草药师开始工作，现场一片血腥。黎莎剥开、固定并缝合坎黛儿伤口，足足花了两小时才处理完。罗杰从头到尾在旁观看，因为输血的关系而有些头昏眼花。

最后，黎莎暂停片刻，扬起血淋淋的手背擦拭额头的汗水时，罗杰问道，"她会没事吗？"

黎莎叹息。"她会活下来。加尔德，把手给我看看。"

"只是擦伤。"加尔德说。

黎莎压抑住一股皱眉的冲动，提醒自己今晚加尔德有多英勇。但不管如何努力，她还是忘不了自己的一生差点毁在他的谎言中，以及解除婚约后他如何殴打每个胆敢和她套近乎的男人。

"你被恶魔咬伤了，加尔德，"她说，"如果任由伤势恶化，我想很快就得砍掉整条手臂。过来。"

加尔德嘟哝一声，走了过去。"不太严重。"黎莎在用猪根剂清洗后说道。在他吸收的魔力帮助下，恶魔利齿咬出的伤痕比较平整，并已开始愈合。她拿干净绷带包扎好加尔德的手臂，然后将罗杰拉到一边。

"我就跟你说坎黛儿还不能独奏。"她愤怒地低声说道。

"我以为……"罗杰开口解释。

"你要在想，"黎莎说，"你只是想要献宝，这差点害死一个女孩！这不是闹着玩的游戏，罗杰！"

"我知道这不是闹着玩的游戏！"罗杰叫道。

"那就谨慎点。"黎莎说。

罗杰皱眉。"并非所有人都和你一样完美，黎莎。"他激动不已，但黎莎看穿隐藏在他眼中的痛楚。

"到我办公室来。"她说着，拉起他的手臂。罗杰一把甩开，但还是跟随黎莎进入她的办公室。黎莎倒了一杯比较适合杀菌的酒给他。

"我很抱歉，"她说，"我说得太过分了。"

罗杰瘫在椅子上，一脸颓败，将杯里的酒一饮而尽。"不，你没有，"他说，"我是个骗子。"

"胡说，"黎莎回道，"我们都会犯错。"

"我不是犯错，"罗杰说，"我是骗人。我谎称自己可以教人如何迷惑地心魔物，但事实上我连自己怎么办到的都不清楚。就像去年我骗你说我可以安然无恙地从安吉尔斯护送你前来此地。艾利克死后，我就靠在小村落里骗人混饭吃，也是靠骗人进入吟游诗人公会；我这辈子似乎都在骗人。"

"为什么？"黎莎问。

罗杰耸耸肩。"因为我一直告诉自己假装是什么人就可以真的变成那种人。所以只要我假装可以像你和魔印人一样伟大，我就会和你们一样伟大。"

黎莎惊讶地看着他。"我一点也不伟大，罗杰。你应该比任何人还要清楚才对。"

但罗杰哈哈大笑。"你甚至没有看出自己的伟大。"他叫道。"无数武器和魔印出自你的小屋，你只要随手一挥就能治好病患和伤者。我唯一会做的就是拉小提琴，而我拉挑战提琴时甚至连一条人命都救不了。你和魔印人都已经变成伟人，而我花了好几个月教出来的学徒却只能在镇民跳舞时帮忙伴奏。"

"不要小看你和你的学徒为这个贫困的小镇所带来的欢乐。"黎莎说。

罗杰耸肩。"我的贡献和一桶麦酒没什么两样。"

黎莎攞着他说。"这样讲太荒谬了。你的魔法与亚伦或我的一样强大，仅看它这么难学就知道你有多特别了。"

她发出悲伤的笑声。"再说，不管我有多伟大，我妈总是有办法把我贬得一文不值。"

※

当晚星月无光，而黎莎和罗杰所在之处，远离禁忌魔印圈的光芒保护，几乎处于完全的黑暗中。黎莎手持一根长杖，顶端挂着绽放强光的烧瓶，为他们照亮眼前的道路。烧瓶和长杖上都刻有隐形魔印；地心魔物可以看见光芒，但看不见光芒根源，就和看不见身穿魔印斗篷的两人一样。

"我不懂他为什么不能和我们约在镇上见面，"罗杰喃喃说道，"他或许不会冷，但我会。"

"有些事私下谈比较好，"黎莎说，"而他很容易引人围观。"

魔印人站在通往黎莎小屋的魔印石板道上等着他们。他的巨型战马黎明舞者身披全副战甲以及钢刺，几乎完全隐形于黑暗中。魔印人穿一条缠腰布，一身刺青裸露在寒风中。

"你们迟到了。"魔印人说。

"诊所里比较忙。"黎莎说。"加持玻璃时出了点意外。你为什么不穿斗篷？"她试图装出随口一问的样子，想到自己花了那么多时间帮他缝制斗篷，偏偏除了丢到他身上看看合不合身的那次之外完全没有看他穿过，她就觉得很不是滋味。

"我放在鞍袋里。"魔印人说。"我不想躲避魔物。如果它们想来找我，就让它们来，世界少几头恶魔会更好。"

他们将黎明舞者绑在院子里的拴马柱上，然后走进小屋。黎莎自围裙中取出火石点火，在茶壶里装水，然后放在炉火上烧煮。

"那位提琴手巫师练得怎样？"魔印人问罗杰。

"恐怕比较难，提琴手不像巫师。"罗杰说。"他们还没准备好。"

魔印人皱起眉。"如果有个能够控制恶魔情绪的提琴手随队出巡，伐木工巡逻队会战力大增。"

"我可以和他们一起巡逻。"罗杰说。"我有斗篷可以确保安全。"

魔印人接着。"你的职责是教导他们。"

罗杰呼出一口长气，偷瞄黎莎一眼。"我尽力而为。"

"情况如何?"魔印人在黎莎倒水时来到桌旁问道。

"迅速扩张。"黎莎说,"镇上人口已经比去年流感肆虐前多了好几倍,而且每天持续有更多人来。我们规划新镇区时已预估过人口成长,但人口聚集的速度超过预期。"

魔印人点头。"我们可以请伐木工夷平更多林地,规划另外一个大魔印力场。"

"反正我们也需要木材,"黎莎同意道,"我们已经一个冬天没有运送木材给林白克公爵了。"

"我们得重建整座村落。"魔印人说。

黎莎耸耸肩。"或许你愿意去向公爵解释。他又派遣一名信使要求你前去见他,他们怕你,也怕你对洼地所做的计划。"

魔印人摇头。"我没有计划,只是不想让洼地遭受地心魔物的侵扰。此事一了,我就离开。"

"但对抗恶魔的大圣战呢?"罗杰问,"你必须带领人们冲锋陷阵。"

"不要胡扯——我不是天杀的解放者!"魔印人吼道,"这可不是什么牧师《卡农经》里的奇幻故事,我不是上天派来团结人类的使者,我只是提贝溪镇压的亚伦·贝尔斯,一个背负太多运气的苦孩子,也往往会给大多数人带来厄运。"

"但没有其他人选了!"罗杰说,"如果你不出面领导,还有谁?"

魔印人耸肩。"与我无关。我不会强迫任何人上战场,我只想要确保任何想要战斗的人能战斗。一旦达成这个使命,我就要置身事外。"

"为什么?"罗杰问。

"因为他认为自己不是人。"黎莎说,言语中充满怨恨。"他认为自己深受地心魔物的魔力污染,所以会对我们造成和地心魔物同等的威胁，虽然根本没有任何证据支持这种荒诞的怪论。"

魔印人瞪着她，但黎莎恨恨地瞪了回去。

"我有证据。"他终于说道。

"什么？"黎莎问，她语气稍缓，但依然充满怀疑。

魔印人看向罗杰，罗杰微微退缩。"我说的话不能泄露出去，"他警告道，"如果我在任何歌谣或是故事里听到相关的……"

罗杰高举双手。"我对光发誓，绝对守口如瓶。"

魔印人凝视着他，终于点了点头。他目光低垂，开口说话。"我……在禁忌魔印圈内很不舒服。"

罗杰瞪大双眼，黎莎深吸一大口气，随即屏住呼吸，心念电转。最后，她强迫自己呼气。她会发誓治愈魔印人，或至少抑制他的病症，而她打算信守这誓言。他救过她的性命，还有全洼地镇民的性命，这是她至少能够为他做的。

"有什么症状？"她问。"你步入魔印圈内会怎么样？"

"会有……阻碍。"魔印人说。"仿佛逆风而行。我感觉魔印在脚下增温，且身体越来越冷。穿越镇上时，感觉像走在水深及腰的池塘里。我一直假装没有异常，其他人似乎都没发现，但我自己很清楚。"

他转向黎莎，目光哀伤。"禁忌魔印想要驱赶我，就像驱赶恶魔一样，我已经不再属于人类了。"

黎莎摇头。"胡说，那只是大魔印在吸取你身上所储存的魔力。"

"不只是这样。"魔印人说，"隐形斗篷让我头昏，而且我只要一接触魔印武器就会感到它们的锋利，我怕自己日复一日变得更像恶魔。"

黎莎自围裙口袋中取出一只魔印玻璃瓶交给他。"压碎它。"

魔印人耸耸肩，使尽全力挤压。他的力气比十个男人加起来还要大，可以轻易压碎玻璃，但魔印瓶就连他也捏不碎。

"魔印玻璃。"魔印人说，检视玻璃瓶。"那又是怎样？这把戏是我教你的。"

"这瓶子是在你接触到它后才加持魔力的。"黎莎说。魔印人瞪大双眼。

"刚好证明了我的说法。"他说。

"它只证明了我们需要更多测试，"黎莎说，"我已经誊抄完你身上的刺青并且研究它们。我认为下一步要开始找自愿者实验。"

"什么？!"罗杰和魔印人同声问道。

"我可以用黑柄叶在皮肤上做染料，"黎莎说，"我可以做控制实验，标明结果。我确定我们可以——"

"绝对不行，"亚伦说，"我不准。"

"你不准？"黎莎问，"你是解放者吗，这样命令人？你无权不准我做任何事，提贝溪镇的亚伦·贝尔斯。"

他瞪着她。黎莎怀疑自己会不会太过分了。他背部弓起，如同蓄势待发的猛兽，一时间她害怕他会扑到自己身上，但她毫不退缩。最后，他松懈下来。

"拜托，"他说，语气不再严峻，"不要冒险。"

"人们会模仿你，"黎莎说，"约拿已经开始拿炭棒在人们身上绘制魔印。"

"只要我一句话他就会停止，而且必须停止这种行为。"魔印人说。

"那是因为他认定你是解放者。"罗杰提出这点，结果在被魔印人瞪视时缩回椅子上。

"那样做没有用的,"黎莎说,"你的传说迟早会吸引文身师前来洼地,到时候就会一发不可收拾。最好还是先在能控制的环境下实验。"

"拜托,"魔印人再度说道,"不要让更多人经历我的诅咒。"

黎莎不悦地看着他。"你才没被诅咒。"

"喔?"他问,接着转向罗杰。"身上有带飞刀吗?"

罗杰手腕一抖,一把飞刀弹入他的掌心。他熟练地回转刀身,刀柄在前地交给魔印人,但魔印人摇头不接。他站起身来,后退几步。"射我。"

"什么?"罗杰问。

"拿这把飞刀,"魔印人说。"射我,瞄准心脏。"

罗杰摇头。"不。"

"你每天都在对人投掷飞刀。"魔印人说。"怕什么?"

"那是耍人的把戏。"罗杰说。"我才不要对你的心脏射飞刀,你疯了吗?就算你能运用你的魔力迅速弹开飞刀……"

魔印人叹气,转向黎莎。"那就你来吧,随便丢点什么——"

他话还没说完,黎莎已经抄起挂在火炉上的平底锅,冲着他砸了过去。

但平底锅并没有击中目标。魔印人立即化为一团烟雾,铁锅透体而过,如同以手掌挥过浓烟般穿过他的身体。铁锅撞上后方的墙壁,哐当一声落在地板上。黎莎倒抽一口凉气,罗杰看得张大嘴。

雾气经过好几秒才终于重新凝聚,再度化为魔印人的身体。他在成形的同时大口喘气。

"我练过,"他说。"解体很快。放松你的身体,并且好像高温将水煮成水气一样让身体扩散出去。在太阳底下办不到,但晚上我可以随心所欲地化为烟雾。重新凝聚就比较困难了。有时候我担心自己会变得太薄，然后……就此随风飘逝。"

"听起来真可怕。"罗杰说。

魔印人点头。"但这还不是最糟糕的。解体后，我就会感到地心魔域在拉拽我。越接近黎明，拉扯的力道就越强。"

"就像那天黎明前在路边那样。"黎莎说。

"哪天？"罗杰问，但黎莎根本没有听见，思绪回到那个可怕的早晨——

在路上遭受强盗袭击的三天后，黎莎身体上的伤痊愈了，内心的痛苦却没有丝毫减缓。她满脑子只想到自己的子宫及可能在其中滋长的东西。布鲁娜曾教她一种药茶——可以在男人种子扎根前将之冲刷出体外的药茶。

"我有什么理由会想要煮这种邪恶的东西？"黎莎问。"世上的孩童已经够少了。"

布鲁娜哀伤地看着她，"孩子，我希望你记着，没准有用得上它的时候。"

但当强盗离开时，黎莎就了解了。如果药草袋在身上，她一洗完身体就会立刻煮药，但男人们连她的草药袋也抢走了，因此她无从选择；等他们抵达洼地时就来不及了。

但当药草袋回到她手上后，选择权再度回到她手上。唯一缺少的药草是潭普草根，而她在躲进洞穴避雨时看到路旁有几株潭普草。

当晚黎莎辗转难眠，于是在天还没完全亮，罗杰和魔印人都还在睡的时候起床，走出洞外拔了些草根。即使到了那时，她还是不确定自己要不要喝下药茶，不过不管喝不喝她都要煮。

魔印人来找她，把她吓坏了，但她强迫自己面露微笑，与对方交谈，净说些植物和恶魔的话题，掩饰自己真正的目的。

整个交谈过程中,她脑中一片混乱。

但接着她无意间侮辱了他,而他眼中受伤的神情让她混乱的思绪为之清明。那一瞬间,她看见从前的他,一个和她一样心灵受伤,却仍然拥抱痛楚,并未轻言放弃的好人。

她感受到那种与自己的痛苦共鸣,所有翻滚的思绪突然像是大钟里的齿轮一般卡到定位,她知道自己该怎么做了。

不久后,她和亚伦一起躺在泥泞中,出于绝望地疯狂交合,结果却被一头木恶魔坏了好事。爱抚她的男人消失,再度化身为魔印人,与地心魔物扭打,离开她身边。太阳逐渐高升,魔印人和恶魔都开始变成烟雾。她惊惧地看着他们沉入地底。

但接着烟雾飘回地表,他们再度凝聚成形,恶魔在阳光下烧成灰烬。黎莎试图安抚亚伦,但魔印人掉头就走,而她为此咒骂他。她被自己的情绪所困,完全没有考虑他当时的感受……

黎莎摇了摇头,抛开杂乱的思绪。

"我真的很抱歉。"她对魔印人说。

他若无其事地挥了挥手。"是我自己的选择。"

罗杰看着她,然后转向他,接着又看回她。"造物主呀,你妈说的没错。"

他懂了。黎莎知道这个秘密会对让他伤心难过,但她无能为力。就某方面而言,很高兴公开这个秘密。

"不可能只是文身的关系。"她说,回到之前的话题。"这毫无道理。"她看向魔印人。"我要你全部的魔印宝典。你教我的知识都是透过你自己的理解而来,我要原本魔印来研究导致这一切的原因。"

"魔印宝典不在这里。"魔印人说。

"那我们去拿，"黎莎说，"在哪里？"

"最近的藏书处在安吉尔斯，"魔印人说，"雷克顿也有一份，克拉西亚沙漠也有。"

"安吉尔斯很合适，"黎莎说，"我在吉赛儿女士那里还有事情没处理完，或许你还可以趁机说服公爵，你不打算抢夺他的王冠。"

"这传信的差事，我或许帮得上忙，"罗杰说，"我是在林白克的宫殿里帮工长大的，当时艾利克担任他的传令使者。我可以顺道造访吟游诗人公会，或许帮我的学徒雇佣几个合适的老师。"

"好吧，"魔印人说。"等积雪消融我们就出发。"

化身魔宽大的翅膀转眼就能赶好几里路，但恶魔王子痛恨地面积雪的反光，整晚除了最黑暗的时刻通通遁入地心魔域藏身。今晚是新月过后的第一个夜晚，就连如此暗淡的月光对恶魔王子的眼睛都还太刺眼。回到地心魔域后，在那颗受诅咒的圆球完全月亏前它绝不会再度现身。

解放者洼地的大魔印圈于下方映入眼帘，魔印获取的魔力如同灯塔般闪亮。心灵恶魔朝眼前的景象低声嘶吼，额头鼓动，转眼间将这幅景象传送到南方数百里外，与兄弟的心灵产生共鸣。

对方立刻回应，恶魔的头骨中回荡着兄弟的挫败。

化身魔悄然落地，心灵恶魔跳下它的背。化身魔随即抖落翅膀，变成一头身手灵巧的火恶魔，冲上前去确保地心魔物王子与小镇间的道路通畅无阻。

大魔印大得无法抹除，威力也强得就连恶魔王子也无法突破。恶魔可以看见长期累积下来的魔力圈绕在镇外闪闪发光——一道比石头还要坚硬的屏障。它绽放心灵的力量，头骨上的软瘤不停鼓动，试图接触魔印力场内部的人心，但大魔印强大的力场就连心灵入侵也能阻隔。

恶魔绕着小镇外围游走，观察着魔印蜿蜒处的地形。威力强大的防御力场只有少数弱点，而这些弱点也很难加以利用。众多恶魔离开树林，受到地心魔物王子吸引，但它以脑中思绪躯离它们。

它在某个地方发现两名雌性人类站在魔印圈边缘，手持原始的武器。恶魔仔细聆听她们口中发出的声音，等待某个特定代表称谓的发音。它很快就等到了，雌性人类相互拥抱，然后拿好武器，朝不同的方向沿着魔印边缘离去。

心灵恶魔赶到较为年长的雌性人类前方，在某个偏僻地点等待，直到雌性人类再度进入视线范围。它向化身魔传达指令，它的仆役身形胀大，鳞片融化，变成粉色皮肤，以及那些地表牲畜包在身上的衣衫。

年长雌性人类走近时，化身魔摔倒在禁忌魔印圈外的阴影中。它大叫对方的名字，声音就和它的外形一样完全模仿年轻的雌性人类。"玛拉！"

"汪妲？"它选定的猎物叫道。她近乎疯狂地四下找寻，但没有看见任何恶魔，她冲向她以为是自己朋友的恶魔。"我们才刚分开！你怎么会跑到魔印圈外？"

心灵恶魔从一棵树后钻出来，令雌性人类倒抽一口凉气，立刻举起长弓。地心魔物王子额头上的软瘤轻轻抽动，雌性人类立刻身体一僵，双手不听使唤地压低长弓。心灵恶魔来到近处，雌性人类捧着手中的投射器给它检视。

投射器上的魔印威力强大，心灵恶魔可以感受它们在吸收自己体内的魔力。它朝武器挥动利爪，惊讶地看着武器在距离自己皮肤好几寸外的距离发光。

恶魔王子深入探测猎物的心灵，翻箱倒柜般翻找对方脑中的影像和记忆。它查出了许多情报，多到它明白绝对不能在没有谨慎考虑的情况下草率行动。

距离黎明还有好几个小时，但天边已经开始微微放亮。它感觉到遥远的南方传来兄弟的认同。他们还有时间可以研究这个问题。

心灵恶魔打量着雌性人类。它可以取走这段记忆——让她在毫不知情的情况下回禁忌魔印圈——但与大部分都没有使用的硕厚人类心灵接触，激发了它的食欲。

化身魔感应到主人的欲望，挥出锐利的触角砍断雌性人类的脑袋。它接下头颅，踉跄走到主人面前，以利爪剥开头骨，献上主要最喜爱的美味珍馐。

地心魔物王子扯出头颅内的灰色物体，开始大快朵颐。这一餐比不上它私人珍藏那些愚昧无知的脑袋可口，但地表狩猎的满足感为这顿大餐增添不少刺激。

恶魔看向它的化身魔，在地心魔物王子进食时，它在一边警戒。它发出允许的指令，化身魔身形胀大，张开满嘴利齿的血盆大口冲向雌性人类，一口吞下剩下的躯体。

当主人和仆役饱餐一顿后，它们化身魔雾，在天色持续转亮时飞回地心魔域。

（未完待续）

附录 APPENDIX

克拉西亚名词解释 Krasian Dictionary

阿拉，Ala，世界或地球；

阿拉盖，Alagai，恶魔或地心魔物；

阿拉盖丁卡，Alagai'ting Ka，恶魔之母，奈的仆人；

阿拉盖卡，Alagai Ka，恶魔之父；

阿拉盖沙拉克，Alagai'Sharak，圣战；

阿拉盖霍拉，Alagai hora，恶魔头骨做的骰子；

阿金帕尔，Ajin'pal，同生共死的兄弟，八拜之交；

安德拉，Andrah，克拉西亚的王，艾弗伦最宠爱的达玛；

青恩，Chin，来自北方绿地的信使；

库西酒，Couzi，克拉西亚地区的一种烈酒；

达玛，Dama，祭司，克拉西亚领导人；

达玛丁，Dama'ting，精通占卜与医疗的巫师；

达玛佳，Dama'jah，英内薇拉的敬称；

达玛基，Dama'ji，克拉西亚十二支部族首领组成的议会；

达玛基丁，Damaj'iting，各部族达玛丁首领；

戴尔沙鲁姆，Dai'Sharum，克拉西亚精英战士；

《伊弗佳》，Evejan Law，克拉西亚圣典。

艾弗伦，Everam，造物主；

艾弗伦恩惠，Everam'sBounty，莱森堡被克拉西亚殖民时期的称号；

汉奴帕许，Hannupash，少年进入训练营接受培训或磨炼期；

英内薇拉，Inevera，艾弗伦的旨意，贾迪尔的妻子；

吉娃卡，Jiwah Ka，解放者的第一任妻室；

吉娃森，Jiwah Sen，吉娃卡之后入门的妻妾；

吉娃沙鲁姆，Jiwah'Sharum，后宫中的慰安女子；

凯沙鲁姆，Kai'Sharum，阿拉盖沙拉克指挥官；

卡吉，Kaji，艾弗伦的使者，第一任解放者；

卡沙鲁姆，Kha'sharum，原为卡菲特的战士；

卡菲特，Khaffit，非祭司或战士，最低贱的阶层；

奈，Nie，与艾弗伦敌对的神，带来黑暗与混乱的恶魔；

奈卡，Nie Ka，即"第一位"，奈沙鲁姆队长或领头人；

奈沙鲁姆，NieSharum，未成年的预备役战士，或娃娃兵；

奈达玛，Nie'dama，处于见习期的达玛；

奈达玛丁，Nie'Dama'ting，处于见习期的达玛丁；

帕尔青恩，Par'chin，勇敢的外来者，亚伦的别称；

普绪丁，Push'ting，女性特质很足的男人，假女人；

沙利克霍拉，Sharik Hora，艾弗伦的神庙，英勇骸骨；

沙拉克，Sharak，战争；

沙拉克卡，Sharak Ka，大圣战，最终决战；

沙拉克桑，Sharak Sun，白昼战争，征服绿地人类的战争；

沙拉吉，Sharaji，培训学校；

沙鲁姆，Sharum，战士；

沙鲁姆丁，Sharum'ting，斩杀恶魔的女战士；

沙鲁姆卡，Sharum Ka，统率所有凯沙鲁姆的第一勇士；

沙达玛卡，Shar'Dama Ka，解放者；

沙鲁沙克，Sharusahk，徒手搏击术；

沙鲁金，Sharukin，徒手搏击套路。

※ 本书中涉及的英制单位换算公式如下：

1 英寸 = 2.54 厘米

1 英尺 = 0.304 8 米

1 英里 = 1.690 千米

1 码 = 0.914 4 米

1 磅 = 0.453 6 千克

1 盎司 = 28.35 克